Georg Christoph Lichtenberg

Aus den Sudelbüchern 1765–1799

Ausgewählt von
Hannah Arnold und
Heinz Ludwig Arnold

Fischer Taschenbuch Verlag

Originalausgabe

Veröffentlicht im Fischer Taschenbuch Verlag,
einem Unternehmen der S. Fischer Verlag GmbH,
Frankfurt am Main, November 2008

Satz: Dörlemann Satz, Lemförde
Druck und Bindung: Clausen & Bosse, Leck
Printed in Germany
ISBN 978-3-596-90116-6

Unsere Adressen im Internet:
www.fischerverlage.de
www.fischer-klassik.de

Inhalt

Die Kaufleute haben ihr Waste book (Sudelbuch, Klitterbuch glaube ich im Deutschen), darin tragen sie von Tag zu Tag alles ein was sie verkaufen und kaufen, alles durch einander ohne Ordnung, aus diesem wird es in das Journal getragen, wo alles mehr systematisch steht, und endlich kommt es in den Leidger at double entrance nach der italiänischen Art buchzuhalten.
In diesem wird mit jedem Mann besonders abgerechnet und zwar erst als Debitor und dann als Creditor gegenüber. Dieses verdient von den Gelehrten nachgeahmt zu werden. Erst ein Buch worin ich alles einschreibe, so wie ich es sehe oder wie es mir meine Gedanken eingeben, alsdann kann dieses wieder in ein anderes getragen werden, wo die Materien mehr abgesondert und geordnet sind, und der Leidger könnte dann die Verbindung und die daraus fließende Erläuterung der Sache in einem ordentlichen Ausdruck enthalten.
vid. p. XXVI *Georg Christoph Lichtenberg*

1765–1770

Es ist eine Frage ob in den Wissenschaften und Künsten ein *Bestes* möglich sei, über welches unser Verstand nicht gehen kann. Vielleicht ist dieser Punkt unendlich weit entfernt, ohnerachtet bei jeder Näherung wir weniger vor uns haben. [A 2]

Die Gesichter der Menschen sind oft bis zum Ekelhaften häßlich. Warum dieses? Vermutlich konnte die nötige Verschiedenheit der Gemüts-Arten nicht erhalten werden ohne eine solche Einrichtung; man kann dieses als eine Seelen-Charakteristik ansehen, welche zu lesen wir uns vielleicht mehr befleißigen sollten. Um einigen Grund in dieser schweren und weitläuftigen Wissenschaft zu legen müßte man, bei verschiednen Nationen, die größten Männer, die Gefängnisse und die Tollhäuser durchsehen, denn diese Fächer sind so zu reden die 3 Hauptfarben, durch deren Mischung gemeiniglich die übrigen entstehen. [A 4]

Bei einem großen Genie gehet das in einem Augenblicke vor, was oft bei einem andern ganze Stunden dauert. Ein gewisser Mensch, der eben keine großen Gaben hatte, hielt einen zum Betrug mit der Feder nachgemachten Druck eine ganze Stunde würklich dafür, andere sahen es im ersten Augenblick. [A 7]

Die Erfindung der wichtigsten Wahrheiten hängt von einer feinen Abstraktion ab, und unser gemeines Leben ist eine beständige Bestrebung uns zu derselben unfähig zu machen, alle Fertigkeiten, Angewohnheiten, Routine, bei einem mehr, als bei dem andern, und die Beschäftigung der Philosophen ist es, diese kleinen blinden Fertigkeiten, die wir durch Beobachtungen von Kindheit an uns erworben haben, wieder zu verlernen. Ein Philosoph sollte also billig als ein Kind schon besonders erzogen werden. [A 11]

Die größten Dinge in der Welt werden durch andere zuwege gebracht, die wir nichts achten, kleine Ursachen, die wir übersehen, und die sich endlich häufen. [A 19]

Der Einfluß des Stils auf unsere Gesinnungen und Gedanken, von dem ich an einem andern Ort geredet habe, zeigt sich sogar bei dem sonst gnauen Linnaeus, er sagt die Steine wachsen, die Pflanzen wachsen und leben, die Tiere wachsen leben und empfinden, das erste ist falsch, denn der Wachstum der Steine hat keine Ähnlichkeit mit dem Wachstum der Tiere und Pflanzen. Vermutlich hat ihn das Steigende des Ausdrucks, den er bei den letzten gespürt hat, auf den Gedanken gebracht, auch die erstern mit unter diese Klasse zu bringen. [A 22]

Da alle Glieder der Tiere eine sehr weisliche Absicht ihres großen Schöpfers zeigen, so fragt sich warum die Menschen oft Gewächse, Glieder ohne eine Absicht, bekommen. [A 25]

Die Esel haben die traurige Situation, worin sie jetzo in der Welt leben, vielleicht bloß dem witzigen Einfall eines losen Menschen zu danken, dieser ist Schuld, daß sie zum verächtlichsten Tier auf immer geworden sind und es auch bleiben werden, denn viele Eselstreiber gehen deswegen mit ihren Eleven so fürchterlich um, weil es Esel, nicht weil es träge und langsame Tiere sind. [A 26]

Die Schnecke baut ihr Haus nicht, sondern es wächst ihr aus dem Leib. [A 31]

Aus den Träumen der Menschen, wenn sie dieselben gnau anzeigten, ließe sich vielleicht vieles auf ihren Charakter schließen. Es gehörte aber dazu nicht etwa einer sondern eine ziemliche Menge. [A 33]

Am 4ten Julii 1765 lag ich an einem Tag, wo immer heller Himmel mit Wolken abwechselte, mit einem Buche auf dem Bette, so daß ich die Buchstaben ganz deutlich erkennen konnte, auf einmal drehte sich die Hand, worin ich das Buch hielt, unvermutet, ohne daß ich etwas verspürte, und weil dadurch mir einiges Licht entzogen wurde, so schloß ich es müßte eine dicke Wolke vor die Sonne getretten sein, und alles schien mir düster, da sich doch nichts von Licht in der Stube verloren hatte. So sind oft unsere Schlüsse beschaffen, wir suchen Gründe in der Ferne, die oft in uns selbst ganz nahe liegen. [A 35]

Die Speisen haben vermutlich einen sehr großen Einfluß auf den Zustand der Menschen, wie er jetzo ist, der Wein äußert seinen Einfluß mehr sichtbarlich, die Speisen tun es langsamer, aber vielleicht ebenso gewiß, wer weiß ob wir nicht einer gut gekochten Suppe die Luftpumpe und einer schlechten den Krieg oft zu verdanken haben. Es verdiente dieses eine gnauere Untersuchung. Allein wer weiß ob nicht der Himmel damit große Endzwecke erreicht, Untertanen treu erhält, Regierungen ändert und freie Staaten macht, ⟨und ob nicht die Speisen das tun was wir den Einfluß des Klima nennen.⟩ [A 43]

Heftigen Ehrgeiz und Mißtrauen habe ich noch allemal beisammen gesehen. [A 46]

Ich habe etliche Mal bemerkt, daß ich Kopf-Weh bekam wenn ich mich lange in einem Hohl-Spiegel betrachtete. [A 49]

Wenn ich bisweilen viel Kaffee getrunken hatte und daher über alles erschrak, so konnte ich ganz gnau merken, daß ich eher erschrak ehe ich den Krach hörte, wir hören also gleichsam noch mit andern Werkzeugen, als mit den Ohren. [A 50]

Leute, die nicht die feine Verstellungskunst völlig inne haben, und andere mit Fleiß hintergehen wollen, entdecken uns gemeiniglich das Generelle ihrer ganzen Denkungs-Art bei der ersten Zusammenkunft, wer also der Neigung eines andern schmeicheln will und sich in dieselbe schicken lernen will, der muß bei der ersten Zusammenkunft sehr acht geben, dort findet man gemeiniglich die bestimmende Punkte der ganzen Denkungs-Art vereinigt. [A 51]

Der Tod ist eine unveränderliche Größe, allein der Schmerz ist eine veränderliche die unendlich wachsen kann. Dieses ist ein Satz, den die Verteidiger der Folter zugeben müssen, denn sonst foltern sie vergeblich, allein in vielen wird der Schmerz ein Größtes und < der Tod. [A 53]

Die Vorurteile sind so zu reden die Kunsttriebe der Menschen, sie tun dadurch vieles, das ihnen zu schwer werden würde bis zum Entschluß durchzudenken, ohne alle Mühe. [A 58]

Ich wünschte mir an jedem Abend die Sekunde des vergangenen Tags zu wissen, da mein Leben den geringsten Wert hatte, das ist, da wenn Reinigkeit der Absichten, und Sicherheit des Leben Geld wert sind, ich am allermeisten würde gegolten haben. [A 60]

Man muß sich in acht nehmen, daß man um die Möglichkeit mancher Dinge zu erweisen nicht gar zu bald auf die Macht eines höchstvollkommenen Wesens appelliert, denn sobald man z.E. glaubt [daß] Gott die Materie denken mache, so kann man nicht mehr erweisen, daß ein Gott außer der Materie sei. [A 62]

Unser Leben hängt so gnau in der Mitte zwischen Vergnügen und Schmerz, daß uns schon zuweilen Dinge schädlich werden können, die uns zu unserm Unterhalt dienen, wie ganz natürlich veränderte Luft, da wir doch in die Luft geschaffen sind. Allein wer weiß ob nicht vieles von unserm Vergnügen von diesem

Balancement abhängt, diese Empfindlichkeit ist vielleicht ein wichtiges Stück von dem was unsern Vorzug vor den Tieren ausmacht. [A 64]

Ein gewisses großes Genie fängt aus einem besondern Hang an eine Verrichtung vorzüglich zu treiben, weil es schwer war, so wird er bewundert, andere reizt dieses. Nun demonstriert man den Nutzen dieser Beschäftigungen. So entstehen Wissenschaften. [A 67]

Um uns ein Glück, das uns gleichgültig scheint, recht fühlbar zu machen müssen wir immer denken, daß es verloren sei, und daß wir es diesen Augenblick wieder erhielten, es gehört aber etwas Erfahrung in allerlei Leiden dazu um diese Versuche glücklich anzustellen. [A 72]

Wenn wir so vollständig sprechen könnten als wir empfinden, die Redner würden wenige Widerspenstige, und die Verliebten wenig Grausame finden. Unser ganzer Körper wünschet bei der Abreise eines geliebten Mädgens, daß sie dableiben mögte, kein Teil drückt es aber so deutlich aus als der Mund: wie soll er sich aber ausdrucken, daß man auch etwas von den Wünschen der übrigen Teile empfindet, gewiß das ist sehr schwer zu raten, wenn man noch nicht in dem Fall würklich ist, und noch schwerer wenn man nie darin war. [A 83]

Zu Dorlar einem Dorf an der Lahn nicht weit von Gießen haben fast alle Leute rote Haare. [A 98]

Der Streit über *bedeuten* und *sein*, der in der Religion so viel Unheil angestiftet hat, wäre vielleicht heilsamer gewesen, wenn man ihn über andere Materien geführt hätte, denn es ist eine allgemeine Quelle unsers Unglücks, daß wir glauben die Dinge seien das würklich, was sie doch nur bedeuten. [A 114]

⟨Ein Narr, der sich einbildet, ein Fürst zu sein, ist von dem Fürsten der es in der Tat ist durch nichts unterschieden, als daß jener ein negativer Fürst, und dieser ein negativer Narr ist, ohne Zeichen betrachtet sind sie gleich.⟩ [A 117]

Kein Fürst wird jemals den Wert eines Mannes durch seine Gunst bestimmen, denn es ist ein Schluß, der nicht auf eine einzige Erfahrung etwa gegründet ist, daß ein Regent meistens ein schlechter Mann ist. Der in Frankreich backt Pasteten und betrügt ehrliche Mädgen, der König von Spanien haut unter Pauken und Trompeten Hasen in Stücken, der letzte König in Polen der Kurfürst von Sachsen war schoß seinem Hofnarren mit dem Blasrohr nach dem Arsch, der Fürst von Löwenstein beklagt bei einem großen Brand nichts als seinen Sattel, der Landgraf von Kassel fährt einer Tänzerin zu Gefallen in der Suite eines Fürsten der nicht viel mehr ist als er und wird durch die erbärmlichsten Leute betrogen, der Herzog von Württemberg ist ein Wahnsinniger, der König von Engelland macht .... Engelländerin P...., der Fürst von Weilburg badet sich öffentlich in der Lahn; die meisten übrigen Beherrscher dieser Welt sind Tambours, Fouriers, Jäger. Und dieses sind die Obersten unter den Menschen; wie kann es denn in der Welt nur erträglich hergehen; was helfen die Einleitungen ins Kommerzien-Wesen, die arts de s'enrichir par l'agriculture, die Hausväter, wenn ein Narr der Herr von allen ist, der keine Oberen erkennt, als seine Dummheit, seine Caprice, seine Huren und seinen Kammer-Diener, o wenn doch die Welt einmal erwachte, und wenn auch drei Millionen am Galgen stürben, so würden doch vielleicht 50 bis 80 Millionen dadurch glücklich; so sprach einst ein Peruquenmacher in Landau auf der Herberge, man hielt ihn aber mit Recht für völlig verrückt, er wurde ergriffen, und von einem Unteroffizier noch ehe er in Verhaft gebracht wurde mit dem Stock todgeschlagen, der Unteroffizier verlor den Kopf.

[A 119]

Wenn Plato sagt die Leidenschaften und die natürlichen Triebe seien die Flügel der Seele, so drückt er sich sehr lehrreich aus, solche Vergleichungen erläutern die Sache und sind gleichsam Übersetzung der schweren Begriffe eines Mannes in eine jedermann bekannte Sprache, wahrhafte Definitionen. [A 120]

Es kann ohnstreitig Kreaturen geben, deren Organe so fein sind, daß sie nicht im Stande sind durch einen Lichtstrahl durchzugreifen, so wie wir nicht durch einen Stein durchgreifen können, weil unsere Hände eher zerstört werden würden. [A 121]

Träume führen uns oft in Umstände, und Begebenheiten hinein, in die wir wachend nicht leicht hätten können verwickelt werden, oder lassen uns Unbequemlichkeiten fühlen welche wir vielleicht als klein in der Ferne verachtet hätten, und eben dadurch mit der Zeit in dieselben verwickelt worden wären. Ein Traum ändert daher oft unsern Entschluß, sichert unsern moralischen Fond besser als alle Lehren, die durch einen Umweg ins Herz gehen. [A 125]

Der Bauer, welcher glaubt, der Mond sei nicht größer als ein Pflug-Rad, denkt niemals daran daß in einer Entfernung von einigen Meilen eine ganze Kirche nur wie ein weißer Fleck aussieht, und daß der Mond hingegen immer gleich groß scheint, was hemmt bei ihm diese Verbindung von Ideen, die er einzeln alle hat? Er verbindet in seinem gemeinen Leben auch wirklich Ideen vielleicht durch künstlichere Bande, als diese. Diese Betrachtung sollte den Philosophen aufmerksam machen, der vielleicht noch immer der Bauer in gewissen Verbindungen ist. Wir denken früh genug aber wir wissen nicht daß wir denken, so wenig als wir wissen daß wir wachsen oder verdauen, viele Menschen unter den gemeinen erfahren es niemals. Eine gnaue Betrachtung der äußeren Dinge führt leicht auf den betrachtenden Punkt, uns selbst, zurück und umgekehrt wer sich selbst einmal erst recht gewahr wird gerät leicht auf die Betrachtung der

Dinge um ihn. Sei aufmerksam, empfinde nichts umsonst, messe und vergleiche; dieses ist das ganze Gesetz der Philosophie.

[A 130]

Den 25. Febr. 1770.

Was ist es, das macht, daß wir uns zuweilen eines geheimen Kummers standhaft entschlagen können, da die Vorstellung, daß wir unter dem Schutz einer höchstgütigen Vorsicht stehen, die größte Würkung auf uns hat, und dennoch oft in der nächsten halben Stunde diesem nämlichen Kummer beinah unterliegen. Mit mir ist es wenigstens so, ohne daß ich sagen könnte, daß ich bei der 2ten Vorstellung meinen Kummer von einer neuen Seite betrachte, andere Relationen einsehe, nichts weniger. Fände dieses statt, so würde ich diese Anmerkung nicht einmal niedergeschrieben haben. Ich glaube vielmehr, daß die moralische Empfindlichkeit im Menschen zu unterschiedenen Zeiten verschieden ist, des Morgens stärker als des Abends. [A 132]

Es donnert, *heult*, *brüllt*, zischt, pfeift, braust, saust, summet, brummet, rumpelt, *quäkt*, *ächzt*, *singt*, rappelt, prasselt, knallt, rasselt, knistert, klappert, *knurret*, poltert, *winselt*, *wimmert*, rauscht, *murmelt*, kracht, *gluckset*, *röcheln*, klingelt, *bläset*, *schnarcht*, klatscht, *lispeln*, *keuchen*, es kocht, schreien, weinen, schluchzen, krächzen, stottern, lallen, girren, hauchen, klirren, blöken, wiehern, schnarren, scharren, sprudeln. Diese Wörter und noch andere, welche Töne ausdrücken, sind nicht bloße Zeichen, sondern eine Art von Bilderschrift für das Ohr.

[A 134]

Weiser werden heißt immer mehr und mehr die Fehler kennen lernen, denen dieses Instrument, womit wir empfinden und urteilen, unterworfen sein kann. Vorsichtigkeit im Urteilen ist was heutzutage allen und jeden zu empfehlen ist, gewönnen wir alle 10 Jahre nur *eine* unstreitige Wahrheit von jedem philosophischen Schriftsteller, so wäre unsere Ernde immer reich genug.

[A 137]

Den Männern in der Welt haben wir soviel seltsame Erfindung[en] in der Dichtkunst zu danken, die alle ihren Grund in dem Erzeugungstrieb haben, alle die Ideale von Mädchen und dergleichen. Es ist schade, daß die feurigen Mädchen nicht von den schönen Jünglingen schreiben dürfen wie sie wohl könnten, wenn es erlaubt wäre. So ist die männliche Schönheit noch nicht von denjenigen Händen gezeichnet, die sie allein recht mit Feuer zeichnen könnten. Es ist wahrscheinlich, daß das Geistiche, was ein paar bezauberte Augen in einem Körper erblicken, der sie bezaubert hat, ganz von einer andern Art sich den Mädchen in männlichen Körpern zeigt, als es sich dem Jüngling in weiblichen Körpern entdeckt. [A 139]

Es ist zum Erstaunen, wie wenig dasjenige oft, was wir für nützlich halten, und was auch leicht zu tun wäre, doch von uns getan wird. Die Begierde, geschwind viel wissen zu wollen, hindert oft an gnauen Untersuchungen, allein es ist selbst dem Menschen, der dieses weiß, sehr schwer etwas gnau zu prüfen, da er doch weiß, er kommt auch nicht zu seinem Endzwecke viel zu lernen, wenn er nicht prüft. [A 140]

Aus einer Menge von unordentlichen Strichen bildet man sich leicht eine Gegend, aber aus unordentlichen Tönen keine Musik. [A 141]

Wenn Leute etwas Schweres an dem einen Arm tragen, so pflegen sie den andern gradaus zu strecken, um das Moment bei einer geringeren Biegung des Körpers dennoch zu verstärken. [A 165]

Wenn zwei Seifen-Blasen von ungleicher Größe gegen einander gehen und sich an einander anschließen die Größe des halben Zirkels zu bestimmen, der ihren gemeinschaftlichen Durchschnitt abgibt. [A 168]

Hat man wohl schon elektrische Versuche mit Eiern angestellt; die man hernach der Henne untergelegt? Mit Insekten? Eiern von Insekten? [A 175]

Würde man wohl eine Wärme verspüren wenn man das Licht des Blitzes mit einem großen Brennspiegel auffinge? [A 177]

Die Sonne wärmt sagt man; vielleicht nur unsere Erde, es ist die Frage ob sie andere Körper warm macht. Hieraus läßt sich einigermaßen die Möglichkeit einsehen wie es auf dem Saturn und dem Merkur eben so sein könne als auf unserer Erde. [A 181]

Regen, der aus den Wolken fällt [be]kommt eine Geschwindigkeit in welcher er [von] der Luft zerteilt wird. Da nun vermutlich die Zerteilung ohne eine augenblickliche Ruhe nicht vorgeht, so ereignet sich hier etwas Ähnliches wie mit den Pendel-Uhren, die Beschleunigung wird wieder aufgehoben, und kann also niemals sehr groß werden. [A 190]

Regen, Schnee Winde folgen so aufeinander daß wir kein gewisses Gesetz unter ihrer Folge gewahr werden können, Gesetze sind aber wieder nur von uns erdacht um uns den Begriff einer Sache zu erleichtern, so wie wir uns Geschlechter schaffen. [A 192]

In Göttingen gab es vor einiger Zeit eine Familie Hühner, die alle Vier Füße hatten. An einem derselben, welches Herr Prof. Büttner in Spiritu vini hatte sahe ich, daß die zwei Vorder-Füße statt der Flügel herausgewachsen waren, und daß ihnen die Flügel ganz fehlten. Ein Beweis daß das Feder-Vieh mit unter die 4füßigen Tiere gehört nur mit dem Unterschied, daß sie zwei Füße für die Luft bekommen haben, so wie man die Füße der Gänse Wasser-Flügel nennen könnte. [A 197]

Es kann vielleicht eine durchsichtig machende Materie in der Welt sein, die sich in die verschiedenen Körper zieht und die Schwingungen des Lichts annimmt und fortpflanzt. [A 206]

Ich bin gar nicht abgeneigt zu glauben, daß die Menschen mit der Zeit können fliegen lernen. Junge Kinder müssen aber dazu gewöhnt werden, dabei müßte eine eiserne Stange der Rücken herauf über den Kopf weggehen, um ein Geg[enge]wicht anzubringen damit der Mittelpunkt der Schwere zwischen die Arme fiele, diese Stange könnte auch zur Befestigung der Flügel dienen. An der Stange, just dem Schwerpunkt gegenüber könnte ein Ring angebracht werden woran man sich bei der Übung aufhängen könnte. Die Arme vom Ellenbogen an brauchte der Fliegende nicht. [A 218]

Κέρας Ἀμαλθείας
Lesebemerkungen
1765–1772

Die Yameos in Westindien können nur bis auf 3 zählen, welche Zahl Drei sie durch das weitläufige Wort: Poettarrarorincouroac anzeigen. (Vid. Condamine relat. de la Riviere des Amazons p. 67) Sie mögen wohl einen Begriff von größeren Zahlen haben, ob ihnen gleich die Benennungen fehlen; daher helfen sie sich gemeiniglich mit den Ausdrücken der Europäischen Sprachen. [KA 1]

Unter Cromwelln, war das Wort Königreich in Engelland so verhaßt, daß man man im *Vater unser* nicht mehr beten wollte thy kingdom come, sondern thy republick come zu uns komme deine Republik. [KA 2]

Die Einwohner der Marianischen Insuln die so umwissend waren, daß sie bei der Landung des Magellan noch nichts vom Feuer wußten, und die erste Flamme, die sie sahen für ein fressendes Tier hielten, wußten sich sehr zärtlich in Liedern auszudrücken. [KA 3]

Die wilden Amerikaner konnten die Spanier von ferne riechen. [KA 4]

Eben diesem Weltweisen [Sokrates] wurden einst Löcher in den Kopf geschlagen, so ließ er drunter schreiben N. N. fecit. [KA 10]

Ein alter sehr schwächlicher Soldat bat einmal den Cäsar um Erlaubnis sich selbst umbringen zu dürfen; so antwortete Cäsar ei lebst du denn noch. [KA 12]

Caviar ist der italiänische Namen einer Speise, die in Rußland aus dem Rogen des Störs zubereitet wird, ein grüner Schleim der [auf] gerösteten Brod mit Butter und Zitronen-Saft gegessen wird. Vid. Arzt. St. T. V. St. 115 [KA 15]

In jedem Haar sein 8 hohle Röhren die mit unzähligen Querfaden verbunden sind, sie laufen bis in die Spitze hinaus. [KA 51]

Dante sieht in der Hölle die falschen Propheten mit umgedrehten Kopf, so daß ihnen die Tränen, die sie weinen über den Hintern fließen. [KA 129]

Der Esel ist nur in Europa durch seine lange Sklaverei so faul geworden. In den orientalischen Fabeln heißt er der Aufgeweckte und spielt fast eine Rolle, wie unser Fuchs. Vid. Gött. gel. Anz. 1767 p. 784. 98tes St. [KA 131]

Man sagte einem Menschen die Seele sei ein Punkt, worauf er antwortete, warum kein Semikolon, so hätte sie einen Schwanz. [KA 135]

Die Mexikaner glaubten, als ihr 100jähriger Kalender zu Ende ging, die Welt würde untergehen. [KA 137]

Im Jahr 968 den 22ten Dez: geriet die Armee des tapferen Otto I. über eine Sonnenfinsternis in ein solches Schrecken, daß sie zum Teil in Fässer und Kasten krochen. Vid. Schröckh T. I. p. 233. [KA 139]

Liscow. Die Leute die den Reim für das Wichtigste in der Poesie halten, betrachten die Verse wie Ochsen-Käufer von hinten. [KA 141]

Ebendas. Ein elender Schriftsteller, der sich nicht mehr zu helfen weiß faßt endlich die Hörner des Altars. [KA 142]

Ebend. Schlechte Schriftsteller sind nach meinem Begriff diejenige, welche allerhand abgeschmackte Grillen und läppische Einfälle, die Ihnen eigen sind und deren Torheit alle Leute die nur ihre 3 Sinne haben begreifen können in einer albernen scheußlichen Schreibart so verworren und undeutlich vortragen, daß man mit Hände[n] greifen kann daß sie nicht recht unter dem Hut verwahrt sind und daß sie selbst nicht wissen was sie haben wollen. [KA 143]

Als der Pabst unter Karl dem 5ten von den Spaniern in der Engelsburg eingeschlossen war so betete man doch in allen Kirchen in Spanien daß Gott den Pabst aus den Händen seiner Feinde befreien mögte. [KA 159]

Ein Churfürst von Bayern mußte einmal in Holland für Speck und Eier, wobei er seinen eigenen Wein noch trank 50 Dukaten bezahlen. Was Henker, fragte er den Wirt, sind denn hier die Eier so selten. Nein antwortete er ganz trocken, die Eier nicht aber die Churfürsten. [KA 178]

Arzt 1ter Band. 2tes Stück

Die Arzeneikunst machet künstliche Krankheiten, bloß um die natürlichen damit zu heilen. [KA 188]

4tes Stück

Ich weiß es wohl daß es Leute gibt, die kaum Zeit haben zu leben, und die keine andre Gesundheit verlangen, als die man im Lehnstuhle erlangen kann. [KA 190]

17tes St.

Ein einziger, kühler Wind in einer Hundstags-Nacht reißet mehr Menschen dahin als tausend Gewitter. [KA 191]

18tes St.

Unser ganzer Leib ist gleichsam mit Seele durchwürkt. [KA 193]

Das Bier ist ein fließendes Brodt. [KA 199]

Es gibt ein Sprüchwort im Englischen, das heißt: er ist zu dumm um ein Narr zu werden. Es steckt sehr viel feine Bemerkung hierin. [KA 231]

Je wilder eine Nation ist desto weniger kann man die Weiber an den Gesichtern von den Männern unterscheiden. Defenses des recherches philos. sur les Americains p. 19 [KA 234]

Die Maulwürfe zu vertreiben wird ein sonderbares bewährt gefundenes Mittel in den Schwed. Abh. für das Jahr 1761 angegeben. Herr Hederström ist der Erfinder. Ein[e] Tonne mit *einen* Boden wird mit der offnen Seite in die Erde eingesenkt, durch den Boden wird eine Stange gesteckt, die nach unten in die Erde getrieben wird, oben an der Stange befestigt man eine gewöhnliche Windklapper die durch ihre Umdrehung eine Erschütterung und Getöse in der Tonne verursachen soll, welche die Maulwürfe sehr weit spüren, und weil sie dadurch in dem Schlaf nach ihren Mahlzeiten, den sie sehr lieben gestört werden, so sollen sie die Gegend verlassen. [KA 250]

Wo muß ich hierbei hin sehen um etwas zu finden, was noch kein Mensch gefunden hat? [KA 252]

Die Bibliotheken werden endlich Städte werden sagt Leibniz. [KA 257]

Alles gelernt, nicht um es zu zeigen, sondern um es zu nutzen. [KA 262]

Ideal davon, und Karikatur davon. [KA 288]

Man soll öfters dasjenige untersuchen was von den Menschen meist vergessen wird, wo sie nicht hinsehen, und was so sehr als bekannt angenommen wird, daß es keiner Untersuchung mehr wert geachtet wird. [KA 291]

Vielleicht ist dieses nur durch eine beständige Gewohnheit von Kindheit an in mir so entstanden. Was für Ansichten würden wir bekommen, wenn wir unser Kapital von Wahrheiten einmal von demjenigen entblößen könnten, was ihnen nicht so wohl wesentlich ist als vielmehr aus der öfteren Wiederholung zuwächst. [KA 294]

Was für Mühe hat es nicht die ersten Menschen oder das Kind gekostet bis es zu dieser Erkenntnis gelangt ist? [KA 333]

Mein Gott wenn das so fort geht. [KA 342]

1768–1771

Wenn er seinen Verstand gebrauchen sollte, so war es ihm als wenn jemand, der beständig seine rechte Hand gebraucht hat, etwas mit der linken tun soll. [B 1]

Er hatte zu nichts Appetit und aß doch von allem. [B 3]

Mich dünkt immer die ganz schlechten Schriftsteller sollte man immer in den gelehrten Zeitungen ungeahndet lassen, die gelehrten Zeitungsschreiber verfallen in den Fehler der Indianer die den Orang Outang für ihres gleichen, und seine natürliche Stummheit für einen Eigensinn halten, von welchem sie ihn durch häufige Prügel vergeblich abzubringen suchen. [B 12]

Es gibt eine gewisse Art von Büchern, und wir haben in Deutschland eine große Menge, die nicht vom Lesen abschrekken, nicht plötzlich einschläfern, oder mürrisch machen, aber in Zeit von einer Stunde den Geist in eine gewisse Mattigkeit versetzen, die zu allen Zeiten einige Ähnlichkeit mit derjenigen hat, die man einige Stunden vor einem Gewitter verspürt. Legt man das Buch weg, so fühlt man sich zu nichts aufgelegt, fängt man an zu schreiben, so schreibt man eben so, selbst gute Schriften scheinen diese laue Geschmacklosigkeit anzunehmen, wenn man sie zu lesen anfängt. Ich weiß aus eigener Erfahrung, daß gegen diesen traurigen Zustand nichts geschwinder hilft als eine Tasse Kaffee mit einer Pfeife Varinas. [B 15]

Der Pöbel ruiniert sich durch das Fleisch das wider den Geist, und der Gelehrte durch den Geist dem zu sehr wider den Leib gelüstet. [B 21]

Diese Frau war mit einer Zunge schon eine Fama, was würde sie erst getan haben, wenn sie tausendzüngig gewesen wäre. [B 24]

In den Romanen gibt es tödliche Krankheiten, die im gemeinen Leben nichts weniger als tödlich sind, und umgekehrt im gemeinen Leben tödliche, die es in Romanen nicht sind. [B 29]

Der Deutsche liegt im Charakter so zwischen dem Franzosen und Engelländer in der Mitte, daß unsere Romanen-Schreiber leicht einen von diesen beiden schildern, wenn sie einen Deutschen nur mit etwas starken Farben malen wollen. [B 30]

Der eigentliche Mensch sieht wie eine Zwiebel mit vielen tausend Wurzeln aus, die Nerven empfinden allein in ihm, das andere dient diese Wurzeln zu halten, und bequemer fortzuschaffen, was wir sehen ist also nur der Topf, in welchen der Mensch (die Nerven) gepflanzt ist. [B 35]

Es sind sehr wenige Dinge von denen wir uns durch alle 5 Sinne Begriffe erwerben können. [B 37]

Jedermann sollte wenigstens so viel Philosophie und schöne Wissenschaften studieren als nötig ist um sich die Wollust angenehmer zu machen. Merkten sich dieses unsere Landjunker, Hof-Kavalier, Grafen und andere, sie würden oft über die Würkung eines Buchs erstaunen. Sie würden kaum glauben wie sehr Wieland den Champagner erhöhet, seine häufge Rosenfarbe, sein Silberflor, seine leinenen Nebel würden ihnen selbst den Genuß eines guten elastischen Dorf-Mädgens mehr sublimieren. [B 41]

Sein Rock war mehr wert als seine Ehre, und jeder Jude hätte ihm mehr für jenen als für diese gegeben. [B 48]

Südostwärts von Herrn Grätzels Mühl
Am Wege, der da heißt Kaßpühl,
Da liegt ein schön gepflastert Städtgen
Von dem man hat ein ganz Traktätgen.

Da sieht man stets Jahr aus Jahr ein
Bei Regen und bei Sonnen-Schein
Auf breiten Steinen und in Buden,
An Musen-Söhnen und bei Juden,
Steinschnallen, Ringe, goldne Borten,
Gekaufte und geborgte Sorten;
Kurz sylphisch ausstaffierte Menschen
Mit allem was ein Mädgen nennt schön.
Dies Völkgen, das sich öfters umbrächt',
Wär kein Prorektor und kein Gumprecht,
Von dem man vieles hört und liest
Was lieblich klingt und doch nicht wahr ist,
Von dem will ich nun Taten singen
Die wahr sind, und nicht lieblich klingen.
Dazu Johann, bring mir Tobak, Pfeif'
Und Bier und meines Butlers Sack-Pfeif'.
Und soll die Wahrheit ja was anziehn,
So seis der Wams vom Harlekin. [B 49]

Gott schuf den Weibern die Haare lang und um die Schultern hängend, aber ein Perüquenmacher fand für gut dieses zu ändern, und sie hinaufzukämmen. [B 55]

Wir können gar nichts von der Seele sehen wenn sie nicht in den Mienen sitzt, die Gesichter einer großen Versammlung von Menschen könnte man eine Geschichte der menschlichen Seele nennen mit einer Art von chinesischen Zeichen geschrieben. Die Seele legt, so wie der Magnet den Feilstaub, so das Gesicht um sich herum und die Verschiedenheit der Lage dieser Teile bestimmt die Verschiedenheit dessen, das sie ihnen gegeben hat. Je länger man Gesichter beobachtet, desto mehr wird man an den sogenannten nichtsbedeutenden Gesichtern Dinge wahrnehmen, die sie individuell machen. [B 69]

Unsere Kunstkammern sind alle voll von elfenbeinernen Bechern, ein Beweis von der Favorit-Neigung unserer lieben Voreltern, ein Stück Elfenbein woraus der Grieche einen Apoll geschnitzt hätte schnitten sie zum Becher hohl. [B 72]

Jeder Mensch hat auch seine moralische backside, die er nicht ohne Not zeigt, und die er so lange als möglich mit den Hosen des guten Anstandes zudeckt. [B 78]

In dem Hause, wo ich wohnte, hatte ich den Klang und die Stimmung jeder Stufe einer alten hölzernen Treppe gelernt, und zugleich den Takt, in welchem sie jeder meiner Freunde, der zu mir wollte, schlug, und, ich muß gestehen, ich bebte allemal, wenn sie von einem Paar Füßen in einem mir unbekannten Ton heraufgespielt wurden. [B 79]

Der Mann zu sein, der so absolut in Deutschland herrschen könnte wie ich auf meinem Schreibtische, wünsche ich mir nie, ich würde gewiß nur Dintenfässer umwerfen, und durch Aufräumen die Sachen nur noch mehr verwirren. [B 85]

Mein Buchbinder hält mich länger mit des Herrn N. Büchern auf, als Herr N. den Verleger. [B 93]

Er hatte einige Definitionen hergesagt ohne zu stocken und wenn er ein Wort ausließ, so wußte er es gleich nachzuholen, seine Zunge mehr als sein Verstand lehrte ihn daß etwas fehlte, denn er hatte alles auswendig gelernt. [B 98]

Der Mensch kommt unter allen Tieren in der Welt dem Affen am nächsten. [B 107]

Er war der Verfasser verschiedener Abhandlungen die hier und da unter dem Artikel Nonsense in den Journalen erschienen. [B 108]

Das Ding von dessen Augen und Ohren wir nichts und von dessen Nase und Kopfe wir nur sehr wenig sehen, kurz unser Körper. [B 109]

Ein Licht (die Sonne) über 18000000 Meilen zu stellen so daß man mittags um 12 Uhr in der halben Welt, gedruckt und geschrieben, lesen kann, ist würklich etwas Großes. [B 110]

Er hatte seine Bibliothek verwachsen, so wie man eine Weste verwächst. Bibliotheken können überhaupt der Seele zu enge und zu weit werden. [B 112]

Der Stolz des Menschen ist ein seltsames Ding, es läßt sich nicht sogleich unterdrücken, und guckt, wenn man das Loch A zugestopft hat, ehe man sichs versieht zu einem andern Loch B wieder heraus und hält man da zu, so steht er hinter dem Loch C usw. [B 123]

Es gibt zwei Wege das Leben zu verlängern, erstlich daß man die beiden Punkte geboren und gestorben weiter von einander bringt und also den Weg länger macht, diesen Weg länger zu machen hat man so viele Maschinen und Dinge erfunden, daß man wenn man sie allein sähe unmöglich glauben könnte, daß sie dazu dienen könnten einen Weg länger zu machen, in diesem Fache haben einige unter den Ärzten sehr viel geleistet. Die andere Art ist, daß man langsamer geht und die beiden Punkte stehen läßt, wo Gott will, und dieses gehört für die Philosophen, diese haben nun gefunden, daß es am besten ist daß man zugleich botanisieren geht, zickzack, hier versucht über einen Graben zu springen und dann wieder herüber, wo es rein ist, und es niemand sieht, einen Purzelbaum wagt und so fort. [B 129]

Der Trieb zum Bücherschreiben, der gemeiniglich wie ein andrer eben so starker in die Zeit des ersten Barts fällt, hat sich bei mir etwas früher eingestellt, mein erstes Jucken, wenn ich vom ersten

Vers der Messiade zu zählen anfange, fiel in das 6te Jahr des deutschen Hexameters und ohngefähr in das 14te wenn ich mit meiner Geburt anfange. Es ist dieses eine etwas kützliche Zeit und Eltern und Lehrer haben gnau acht zu geben auf ihre Kinder. Ich will daher beschreiben was ich in mir fühlte, man wird leicht erachten können wie jemand aussehen muß, der dieses fühlt. Ich fand die Sprache in unserer Familie etwas zu plan, ich vermißte hier und da die Beiwörter und fühlte mich so voll wenn ich welche fand, zumal die ich selbst gemacht hatte pp. [B 132]

den 3ten Mai 1769.

Alle Leute, welche Sachen von uns kaufen, die wir nicht mehr brauchen, und eben aus dieser einzigen Ursache weggeben, stehen nicht in dem besten Kredit bei der Welt, die Antiquarii, die geringen Juden, alle Trödler, die Dungkärrner, die ihre Grade haben und endlich sich gar in das Unehrliche verlieren. [B 142]

Ich gehe zuweilen in 8 Tagen nicht aus dem Hause und lebe sehr vergnügt, ein eben so langer Hausarrest auf Befehl würde mich in eine Krankheit werfen. Wo Freiheit zu denken ist, da bewegt man sich mit einer Leichtigkeit in seinem Zirkel, wo Gedanken-Zwang ist, da kommen auch die erlaubten mit einer scheuen Miene hervor. [B 143]

Trinken, wenn es nicht vor dem fünf und dreißigsten Jahre geschieht, ist nicht so sehr zu tadlen, als sich viele von meinen Lesern vorstellen werden. Dieses ist ohngefähr die Zeit, da der Mensch aus den Irrgängen seines Lebens heraus auf die Ebene tritt in welcher er seine künftige Bahn von nun an offen vor sich hinlaufen sieht. Es ist betrübt, wenn er alsdann erst sieht daß es die rechte nicht ist, eine andre zu suchen, wenn er nicht sehr gut zu Fuß ist, ist gemeiniglich zu spät. Ist diese Entdeckung mit einer Unruhe verknüpft, so hat man durch die Erfahrung befunden, daß der Wein zuweilen Wunder tut, fünf bis sechs Gläser oder bis an die Spes dives des Horaz getrunken, gibt nun dem Menschen die Lage die er verfehlt hat, das Gesinnungen-System findet alles Äußere mit seinem angenehmsten Stande harmonisch, wo Prospekte verbaut sind, da reißt die Seele ein, und überall schafft sie sich die schönsten Perspektive, von dem reinsten rosenfarbenen Licht erhellt, oder dem erquickendsten Grün das nur ein Auge zur Stärkung und eine Seele zur angenehmsten Füllung verlangen kann. [B 159]

Der Genuß seiner selbst findet mehr bei ruhigen Seelen statt, sagt Winckelmann. [B 163]

Wenn man die Kur in Regenwasser trinken will, so muß man nach Göttingen kommen, da hat man es allezeit frisch. [B 172]

Er mußte etwas zu spielen haben, hätte ich ihn keine Vögel halten lassen, so hätte er Maitressen gehalten. [B 175]

Schreiben an einen Freund. Göttingen den pp.

Seitdem mein Kutscher und mein Schicksal
Mich, Teuerster, aus deinem Blick stahl,
Leb' ich in diesem Vaterstädtgen
Von hoher Weisheit in Traktätgen,*
Berühmt in allerlei Bedeutung
Durch Würste, Bibliothek und Zeitung,
Durch Professorn, und schlechtes Wetter,
Und breite Stein, und Wochenblätter.
Du kennst zwar schon aus einem Bändgen
Dies geistliche Schlaraffen-Ländgen.
Liebst du die gare Wahrheit, heißt es,
So öffne hier das Maul des Geistes,
Nur aufgesperrt, mein lieber Sohn,
Das andere gibt sich selber schon.
Hier trieft der Honig der Erkenntnis
Und dort die Sahne vom Verständnis.

* Von großen Geistern und Tratätgen.

Kommt, Jünglinge, die ihr gebessert
Sein wollt, und trinkt sie ungewässert.
Ihr zahlt, und trinkt sie nirgends so schön,
Vier Taler vier und zwanzig Groschen.

Nun kommen die Ursachen warum so viele die sie trinken doch nicht weiser werden.

Doch ists Herrn Stephans Fehler daß er
Sie trank zur Kur wie Selzer Wasser
Vier Wochen nur, um wie wir wissen
Sie doppelt wieder wegzupissen.
Dabei lebt er so diaitetisch
Als Kunkel kaum an seinem Teetisch,
Las statt Poeten die Poetik
Und zur Abwechslung Crusens Logik.
Verlangt sein Magen was Piquantes,
So half Picander und Menantes*.
Die geistische Vereinigung
Mit Doppelbier war ihm Begeistrung
Und dennoch war sein großer Hang
Zu Liedgen Mangel an bon sens. [B 176]

Er verstund Philosophie, so wie sie der gemeine Mensch gewöhnlich versteht, er raisonierte in die Haushaltung, machte Hypothesen in die Haushaltung, kurz was Kästnern und Leibnizen die Welt ist das war für ihn der Platz zwischen Bossiegel und Schmahlens Laden. [B 177]

Sprach allzeit zärtlich tändelnd so wie
Der Nachtgedankenfeind Jacobi,
Piquant wie Wittenberg der lose
In seiner steifsten Festtags-Prose,
Schrieb jedem Mädgen holde Briefgen
Voll Liebe und Diminutivgen,
Nie alles voll, stets nur ein bißgen,

* so wars ein neuerer Menantes.

Knosp ward ein Knöspgen, Fuß ein Füßgen,
Und wie ein Trüppgen von Pygmäen
Stehn da die Marzipan-Ideen.
Oh ruft man aus, das ist gewiß von
Gleim oder gar Anakreon? [B 178]

Man soll sehr gut schießen, wenn man etwas getrunken, sehet da die Verwandtschaft zwischen Schützenkunst und Poesie. [B 183]

Er hörte immer lieber einen Papagei sprechen als einen Professor und nächst Sinngedichten, die nicht sehr schwer waren, hörte er am liebsten Kanarien-Vögel. Die Graunische Passion hatte nicht so viel Reize für ihn als: *Straf mich nicht in deinem Zorn* pp wenn es von einem Finken gepfiffen wurde. In der Poesie hat er den falsch zärtlichen Geschmack, der heutzutage mehr junge Genies hinreißt, als die Pocken Kinder, und wenn er geheilt wird nicht selten Narben zurückläßt; eine wahre Dörrsucht der Seele, die gemeiniglich den Patienten endlich zu dem macht was er selbst den Vertrauten der Grazien, und der vernünftige Mann einen Gecken nennt. [B 191]

Man pflegte ihn den Halbköpfigten zu nennen, nicht wegen einer besondern Einrichtung und Form seines Kopfes, als vielmehr desjenigen unsichtbaren Wesens, das nach der meisten Menschen Urteil im Kopf sitzt. [B 192]

Ein gewisser Mensch bleibt allezeit in den Augen des Weltweisen einerlei, er mag Perüquenmacher oder Minister sein, so wie der Marmor derselbe bleibt, die Statue mag einen Kapuziner oder den Apollo vorstellen, Bronze oder Sandstein wird er aber nicht. [B 194]

Er besaß viel Philosophie, oder common sense, der so aussah. [B 205]

Ein Deutscher, der eben aus Paris kam und nun wieder in seinem Städtgen aus dem Fenster sah, wo es sehr still war, fragte in der Hitze Mon Dieu, est ce qu'il n'y a point de bruit ici? [B 207]

Ihr Unterrock war rot und blau sehr breit gestreift und sah aus, als wenn er aus einem Theater-Vorhang gemacht wäre. Ich hätte für den ersten Platz viel gegeben, aber es wurde nicht gespielt. [B 216]

Weil er seinem Vater nun einmal bei der Zeugung mißlungen war, so getraute sich kein Kupferstecher nachher noch einmal sein Heil mit ihm in Kupfer zu versuchen. [B 217]

Taten, die zum Schaden der Täter, allein zum Vorteil anderer eben deswegen gereichten, hat man weil sie ihrer Natur nach keine bare Bezahlung zuließen mit Lob zu bezahlen gesucht, und Ehrengedächtnisse sind Wechsel, die man auf die Nachwelt stellen muß, weil sie oft die lebende Welt mit Protest würde zurückgehen lassen. [B 220]

Leute werden oft Gelehrte so wie manche Soldaten werden, bloß weil sie zu keinem andern Stand taugen, ihre rechte Hand muß ihnen Brod schaffen, sie legen sich, kann man sagen, wie die Bären im Winter hin und saugen aus der Tatze. [B 223]

⟨Witz und Laune müssen, wie alle korrosive Sachen, mit Sorgfalt gebraucht werden.⟩ [B 232]

Jedermann kennt das Vergnügen und die angenehme Sicherheit mit welcher man in neuen Strümpfen ausgeht, wenn die vorhergehenden schon öfters geflickt worden, und dennoch zuweilen die Aufmerksamkeit der Leute durch ein Loch auf sich gezogen haben. [B 233]

Das Trinken hat wie die Malerei seinen mechanischen und dichterischen Teil, so wie auch die Liebe. Dieses gehört mit zur Pinik. [B 236]

Wer ist da? Nur ich. O das ist überflüssig genug. [B 240]

Und mit dem Wein, der nun nicht mehr in den Bouteillen, sondern im Kopf war, gingen sie auf die Straße. [B 245]

Es wäre nicht gut, wenn die Selbstmörder oft mit der *eigentlichen* Sprache ihre Gründe erzählen könnten, so aber reduziert sie sich jeder Hörer auf seine eigene Sprache und entkräftet sie nicht sowohl dadurch, als macht ganz andere Dinge daraus. Einen Menschen recht zu verstehen müßte man zuweilen der nämliche Mensch sein, den man verstehen will. Wer versteht, was Gedanken-System ist, wird mir Beifall geben. Öfters allein zu sein, und über sich selbst zu denken, und seine Welt aus sich zu machen kann uns großes Vergnügen gewähren, aber wir arbeiten auf diese Art unvermerkt an einer Philosophie, nach welcher der Selbst-Mord billig und erlaubt ist, es ist daher gut sich durch ein Mädgen oder einen Freund wieder an die Welt anzuhaken, um nicht ganz abzufallen. [B 262]

Bei unsrem frühzeitigen und oft gar zu häufigen Lesen, wodurch wir so viele Materialien erhalten ohne sie zu verbauen, wodurch unser Gedächtnis gewöhnt wird die Haushaltung für Empfindung und Geschmack zu führen, da bedarf es oft einer tiefen Philosophie unserm Gefühl den ersten Stand der Unschuld wiederzugeben, *sich* aus dem Schutt fremder Dinge herauszufinden, *selbst* anfangen zu fühlen, und *selbst* zu sprechen und ich mögte fast sagen auch einmal selbst zu existieren. [B 264]

Kein Schriftsteller muß je glauben, daß das, was einer gemischten Gesellschaft gefällt, deswegen der Welt gefalle. Die kleine Gesellschaft hat alle erforderliche Mittel einen Gedanken in allen seinen Relationen zu betrachten, sie kann aus der Gelegenheit und Umständen die Zeit messen, die der Urheber brauchte ihn hervorzubringen, die Vergleichung der Zeit oder anderer Umstände mit dem inneren Gewicht des Gedankens könnte man sein Moment nennen, und man sieht, daß ein schlechter Gedanke zuweilen ein großes Moment bekommen, wenn er unerwartet kommt, dabei nicht viel Zeit kann gekostet haben. Die Welt schätzt bloß das Werk nach dem Gewicht, nicht nach der Zeit, worin es ist zu Stande gebracht worden. Wüßte der Leser die Umstände gnau, so würde der Gedanke nichts verlieren, es ist aber höchst ungereimt zu glauben, daß dasjenige, was ich einer Gesellschaft sage die ich kenne, eben die Wirkung auf ein ganzes Publikum haben soll das ich doch nicht kenne. [B 271]

Was mich allein angeht denke ich nur, was meine guten Freunde angeht sage ich ihnen, was nur ein kleines Publikum bekümmern kann schreibe ich, und was die Welt wissen soll wird gedruckt. Von einem Gedanken der mich angeht brauche [ich] nur ein Exemplar, eben so für den Freund und das kleine Publikum eben so viel, jedes auf eine Art gedruckt wie es sich für sie am besten schickt und am bequemsten ist, die Welt muß mehrere Exemplare haben, und so lassen wir drucken. Wäre es möglich auf irgend eine andere Art mit ihr zu sprechen, daß das Zurücknehmen noch mehr stattfände, so wäre es gewiß dem Druck vorzuziehen. [B 272]

Ich habe mit ihm 2 Jahre in einerlei Nachtgeschirr gepisset und kann also schon wissen was an ihm ist. [B 273]

Lernen sich selbst zu prüfen und zu belehren, hat so viele Bequemlichkeit und ist nicht so gefährlich als sich selbst zu rasieren, jedermann sollte es in einem gewissen Alter lernen, aus Furcht irgend einmal der Raub eines übelgeführten Schermessers zu werden. [B 279]

Etwas in Prose oder in Versen arbeiten zu können, ist zu gewissen Zeiten eben so bequem, als sich selbst rasieren und frisieren zu können. [B 288]

Ich habe eine Menge kleiner Gedanken und Entwürfe zusammengeschrieben, sie erwarten aber nicht sowohl noch die letzte Hand, als vielmehr noch einige Sonnenblicke, die sie zum Aufgehen bringen. [B 295]

Es waren ihrer zwo Schwestern, die ältere majestätisch, still, und alles verkündigte ohne Zwang den Verstand den sie besaß, die jüngere einnehmend, flatterhaft, aber dennoch vortrefflich, kurz wenn man sie beisammen sah, so glaubte man Freundschaft und Liebe zu sehen. [B 298]

Man könnte also deutsche Gesellschaften als ein Kabinett ansehen worin oft ein philosophischer Ältester junge Affen in ihrer Überzeugung große Geister zu sein, wie in einem leichten Spiritus aufbewahrt, um daraus Glieder zu der Kette zu finden mit welcher der Gelehrte an dem Kopisten anhängt. [B 306]

Berthold Schwarz, der aller Wahrscheinlichkeit nach der erste war, der sich die Finger mit Schießpulver verbrannte, hat doch nun auch Leute gefunden die ihm diese geringe Ehre streitig machen wollen. [B 307]

Es ist eine Frage, welches schwerer ist, zu denken oder nicht zu denken. Der Mensch denkt aus Trieb, und wer weiß nicht wie schwer es ist einen Trieb zu unterdrücken. Die kleinen Geister verdienen also würklich die Verachtung nicht, mit der man [ihnen] nun in allen Landen zu begegnen anfängt. [B 308]

Es ist ein Fehler, den der bloß witzige Schriftsteller mit dem ganz schlechten gemein hat, daß er gemeiniglich seinen Gegenstand eigentlich nicht erleuchtet, sondern ihn nur dazu braucht sich selbst zu zeigen. Man lernt den Schriftsteller kennen und sonst nichts. So hart es auch zuweilen widergehen sollte eine witzige Periode wegzulassen, so muß es doch geschehen, wenn sie nicht notwendig aus der Sache fließt. Diese Kreuzigung gewöhnt allmählig den Witz an die Zügel die ihm die Vernunft anlegen muß, wenn sie beide zusammen mit Ehren auskommen sollen. [B 310]

Zwischen Wachen und Traum, auch bei der herannahenden Gottheit des Bacchus, nimmt oft die Erinnerung längst vergangener Wollust einen ganz himmlischen Schwung in unsern Seelen. [B 329]

Ich fand ihn in seiner Stube, die Hose bis an die Knie herunterhängend und mit einem Messer in der Rechten, jedermann, der ihn so gefunden haben würde, würde geglaubt haben er wolle sich kastrieren, er hatte eben die Hosen die ihm geplatzt waren mit einem langen Bindfaden zugebunden, den er beschäftigt war abzuschneiden. [B 340]

Die Natur des Menschen erfordert es, und die Natur des Affen selbst ist nicht abgeneigt es anzunehmen. [B 341]

Ein gewisser Freund den ich kannte pflegte seinen Leib in drei Etagen zu teilen, den Kopf, die Brust und den Unterleib, und er wünschte öfters, daß sich die Hausleute der obersten und der untersten Etage besser vertragen könnten. [B 344]

Der liebe Gott muß uns doch recht lieb haben, daß er immer in so schlechtem Wetter zu uns kommt. [B 359]

Sie glauben oft um ein schöner Geist zu sein müsse man etwas liederlich leben, und gleichsam das Genie mit verdorbenen Sitten fett machen. [B 361]

Ist es denn so unrecht daß der Mensch wieder durch die nämliche Pforte zur Welt hinausgeht durch die er hineingekommen ist? [B 369]

Ich spreche jetzo nicht mit Ihrem Witz, der alles zu bemänteln weiß, sondern mit Ihrem Gewissen spreche ich. [B 375]

Es kann nicht alles ganz richtig sein in der Welt weil die Menschen noch mit Betrügereien regiert werden müssen. [B 387]

Es tun mir viele Sachen weh, die andern nur leid tun. [B 389]

Dieser Mann teilte alles sehr gerne mit, was ihn nichts kostete, unter allen aber Komplimente, beleidigte niemanden, wenigstens wußte man es nicht, hatte allezeit eine liebreiche Miene und seine Bescheidenheit war so groß, daß sie in der Stimme sogar an das Klägliche grenzte, er passierte bei vielen Leuten für tugendhaft und bei den meisten für demütig, kurz er war von der Art Leute, die man so ziemlich häufig antrifft, und die man in England mit dem Namen sneaking rascals zu beehren pflegt. [B 392]

Sa Majesté très Voltairienne. Der König von Preußen. [B 393]

Ein Mann, der gut schreiben will, soll, so viel er kann, außer allem medio resistente schreiben, und bloß sich durch die Natur der Sache leiten lassen. [B 405]

Ich sehe nicht ein warum nur derjenige Mann bekannt werden soll dessen Fähigkeiten durch viel Lärmen und Schimmer hörbar und sichtbar werden, der nicht ihr eigen ist. Alexanders Genie war ein Funke, der in ein Pulver-Magazin fiel, das aufflog und Asien beben machte, unser Funke fiel neben vorbei ins Feuchte, ich sage nur was hätte das für eine Erschütterung geben können, wenn er auf das Pulver gefallen wäre. [B 408]

Die beste Politik ist doch noch nicht für den Zustand von Europa, was ein gutes Barometer für das Wetter ist. [B 414]

1772–1773

Die eine Schwester ergriff den Schleier und die andere den Hosen-Schlitz. πμ [C 5]

Bei mir liegt das Herz dem Kopf wenigstens um einen ganzen Schuh näher als bei den übrigen Menschen, daher meine große Billigkeit. Die Entschlüsse können noch ganz warm ratifiziert werden. [C 20]

Flick-Sentenzen. [C 21]

Ein Drei-Groschen-Stück ist immer besser als eine Träne. [C 22]

Ihr die ihr so empfindsam von der Seele eurer Mädchen sprechen könnt, ich gönne euch diese Freude, glaubt aber ja nicht, daß ihr so was Erhabenes tut oder sagt, oder dünkt euch nicht edler als der Pöbel, der gewiß so gar unrecht nicht hat sich hauptsächlich an den Körper zu halten. Was doch ein junger Rezensionen-Leser für eine Idee von einem so feinen Sentiment hat! Der Bauerknecht schielt nach dem Unterrock-Schlitz und sucht den Himmel dort, den du in den Augen suchst. Wer hat recht? Ich wäge keine Gründe in dieser Frage und noch viel weniger entscheide ich sie, aber raten will [ich] es aus treuem Herzen allen empfindsamen Kandidaten, daß sie sich mit dem Bauern setzen, es könnte sonst auf verdrießliche Weitläuftigkeiten hinlaufen. [C 23]

Die Sand-Uhren erinnern nicht bloß an die schnelle Flucht der Zeit, sondern auch zugleich an den Staub in welchen wir einst verfallen werden. [C 27]

Vergangener Schmerz ist in der Erinnerung angenehm, vergangenes Vergnügen auch, künftiges Vergnügen wieder, auch gegenwärtiges, also ist nur der zukünftige und gegenwärtige Schmerz, was uns quälet; ein merkliches Übergewicht von Seiten des Vergnügens in der Welt, das noch dadurch vermehrt wird, daß wir uns beständig Vergnügen zu verschaffen suchen dessen Erhaltung wir in vielen Fällen mit ziemlicher Gewißheit voraussehen können; hingegen der noch künftige Schmerz weit seltner vorausgesagt werden kann. [C 31]

Ja die Nonnen haben nicht allein ein strenges Gelübde der Keuschheit getan, sondern haben auch noch starke Gitter vor ihren Fenstern.

A. O durch das Gelübde wollten wir wohl kommen, wenn wir nur durch die Gitter wären. [C 37]

Die Mädchen hören euch vielleicht gerne zu, wenn ihr auf euren Lauten eure Phantasien vorklimpert, wenn es ihnen aber zu tun ist zwischen Geist und Fleisch Friede zu stiften, so werdet ihr nie zum Kongreß gelassen. [C 51]

Ich will dir keinen Schatten machen kleines Tierchen (es war eine Spinne), die Sonne gehört dir so gut als mir. [C 57]

Er ist schon in den Vierzigen und trägt noch immer rotes Unterfutter und helle Farbe. Also ins historische Lexikon wird er nie kommen, weder als Genie noch als Spitzbube. [C 66]

Unsere Gelehrten verfallen in den Fehler der Krämer in den kleinen Städten, sie kaufen nicht an der Stelle, wo es wächst, sondern lassen sich es lieber erst von einem Engländer oder Franzosen vorsagen. Das ewige Unsern-Lands-Leuten-bekannt-Machen, warum suchen wir unsern Landsleuten nicht den Geist einzuprägen selbst zu versuchen, und immer auf das Bessermachen zu denken? [C 67]

Aus den gemeinen in Kandidaten-Prose abgefaßten moralischen Erzählungen ließen sich zuweilen gute Sachen machen, wenn man die *kleinen Umstände einmischte*, die einer Erzählung Wahrheit geben. [C 74]

Was einem das Liegen auf dem rechten Ellenbogen ist, nachdem man eine Stunde auf dem linken gelegen. [C 81]

Seitdem jedermann kritische Chartequen liest, so sind die Produkte des Witzes der Leute gewissermaßen der Maßstab geworden, nach welchem man ihren Wert als Mensch überhaupt bestimmt. [C 87]

Herr Westenhof in Osnabrück erzählte mir, daß ihn einmal ein Bauer gefragt hätte: Ich hebbe hört Ihr sollt *elendigen* schön sprecken. Elendig schön ist eine sehr gemeine Redensart und sagt so viel als *sehr schön*. [C 88]

Im Osnabrückischen Land-Recht steht: Wenn fremde Hühner Schaden tun und mein Korn abfressen, bin ich befugt ihnen die Kröpfe auszuschneiden und das Korn daraus zu nehmen. [C 94]

Es gibt 100 Witzige gegen einen der Verstand hat, ist ein wahrer Satz, womit sich mancher witzlose Dummkopf beruhigt, der bedenken sollte, wenn das nicht zuviel von einem Dummkopf gefordert heißt, daß es wieder 100 Leute, die weder Witz noch Verstand haben, gegen einen gebe, der Witz hat. [C 100]

Aus der Weisheit Gottes manche Sachen schließen zu wollen ist nicht viel besser, als es aus seinem eignen Verstand zu tun. [C 103]

Er führte erst den Degen fürs Vaterland mit nicht sonderlichem Glück und nun fing er an die Meßkette für dasselbe zu führen. [C 105]

Diogenes ging in einem schmutzigen Aufzug über die prächtigen Fußdecken in den Zimmern des Plato. Ich trette, sagte er, den Stolz des Plato mit Füßen; ja, erwiderte Plato, aber nur durch eine andere Art von Stolz. [C 115]

Er speit Geheimnisse und Wein. [C 120]

Die Mutter sagts, der Vater glaubts und ein Narr leugnets. [C 123]

Tue nicht allzufein, damit nicht ein natürlich Feinerer zuweilen merkt, daß du *würklich* so bist, wie du ihn gerne finden wolltest. pm [C 124]

Wir Protestanten glauben nunmehr in sehr aufgeklärten Zeiten in Absicht auf unsere Religion zu leben. Wie wenn nun ein neuer Luther aufstünde? Vielleicht heißen unsre Zeiten noch einmal die finstern. Man wird eher den Wind drehen oder aufhalten können, als die Gesinnungen des Menschen heften. [C 148]

Die Regeln der Grammatik sind bloße Menschen-Satzungen daher auch der Teufel selbst, wenn er aus besessenen Leuten geredet, schlecht Latein geredet. Wie man dieses in der Geschichte des Urbain Grandier im Pitaval Tome II. mit mehrerm nachlesen kann. [C 151]

Die Mönche zu Lodève in Gascogne erklärten eine Maus für heilig, die eine geweihte Hostie gefressen hatte. [C 169]

Der bekannte Barelette gedenket eines Bischofs, der dem Fluchen sehr ergeben gewesen. Barelette nahm sich einesmals die Freiheit es ihm vorzuhalten, worauf der Bischof antwortete, wer ins Teufels Namen hat Euch gesagt, daß ich fluche? [C 171]

Ein Vater schloß einen Brief an seinen Sohn: *Wenn du nicht gleich nach Hause kommst, so soll dich der Henker holen: Gott befohlen.* [C 172]

Es wird schwerlich Ein Mensch können gefunden werden, dessen Urteil über das Gute und Schöne als die Stimme der menschlichen Natur wird angesehen werden können. Man sollte anfänglich glauben, daß ein Mann von der größten Erfahrung und Einsicht allemal am besten schreiben würde. Allein ist der Witzige nicht eben so gut ein Mensch? Da ein menschliches Geschlecht von lauter Weisen so wenig das glücklichste wäre als eines von lauter Narren oder Witzigen, sondern das Glück desselben vielmehr in einer Mischung derselben besteht, so kann kein Glied desselben sein Gedanken- und Gesinnungen-System als das Maß des Besten angeben. Seneca und Plinius haben so gut recht als Cicero. Am besten wird derjenige schreiben, der so schreibt wie es die Vernünftigsten derjenigen Klasse gut finden würden die er durch seine Schriften zu belehren gedenkt. Allgemeine Regeln werden sich nie in diesem Stück angeben lassen. [C 181]

Die kleinsten Unteroffizier sind die stolzesten. [C 186]

Die Türken begegnen den Christen so, wie die schlechtesten Leute bei uns den Juden, der Türke nennt den Christen Dsjaur, das ist *Ungläubiger*, er gibt aber auch im Zorn seinem Vieh diesen Namen. Die Leute in Konstantinopel nötigen zuweilen vorbeigehende Christen die Straße vor ihren Häusern zu reinigen, oder für Erlassung davon Geld zu bezahlen. Herr Niebuhr sagt dieses Beschreibung von Arabien p. 44. Die Christen müssen von den Eseln steigen wenn ein Türke zu Pferd kommt. Die Edlen in Batavia sollen es aber den Indianern und Europäern selbst nicht besser machen, die Araber sind hierin besser. Ihre Gastfreiheit aber ist außerordentlich. [C 187]

Herr Niebuhr (p. 55) hatte zwar in Arabien eine Kaffeemühle, er bediente sich aber derselben nicht mehr, so bald sie den gestoßenen Kaffee der Araber getrunken hatten, der viel besser ist, vermutlich bringt das Stoßen die öligen Teile besser heraus als das Mahlen. [C 188]

Opium, *Haschisch* (eine Art von Hanfblättern den die Araber, um sich zu berauschen, rauchen) und *Wein*. [C 189]

Bei der Abhandlung von Gespenstern könnte vorzüglich die Neigung der Menschen zum Wunderbaren, das daher entstehende Selbstbelügen, und das Bemühen die Sache wenigstens so vorteilhaft vorzustellen als sie es leidet [behandelt werden]. Es hat z.B. jemand etwas gesehen. So bald er es für würdig hält zu erzählen, so kann man sicher sein, er wird nichts fehlen lassen den Leuten wenigstens begreiflich zu machen, daß die Sache bemerkenswert gewesen sei. Jedem Kenner des Menschen ist es bekannt wie schwer es ist Erfahrungen so zu erzählen, daß sich in die Erzählung kein Urteil einmischt. [C 192]

Bei einem Brief an einen guten Freund, der gut geschrieben sein soll, muß immer hauptsächlich der eine Gedanke durch das Ganze hervorsehen: *Sie hatten nicht nötig gehabt sich zu bedanken.* Im Jetzigen muß das Künftige schon verborgen liegen. Das heißt Plan. Ohne dieses ist nichts in der Welt gut. [C 195]

So wie wir eine Messiade und Verlornes Paradies, wo alles Göttliche menschlich zugeht, haben, so könnte ein Bauer eine Henriade schreiben, wo alles wie in seinem Dorfe, nur idealisiert vorginge. [C 197]

Er speiste so herrlich, daß 100 Menschen ihr: *tägliches Brod gib uns heut* davon hätte erfüllt werden können. [C 205]

Das Bekehren der Missetäter vor ihrer Hinrichtung läßt sich mit einer Art von Mästung vergleichen, man macht sie geistlich fett, und schneidet ihnen hernach die Kehle ab, damit sie nicht wieder abfallen. [C 206]

Die Bibliotheken werden endlich Städte werden, sagt Leibniz. [C 212]

Der Mensch vergibt sich nichts ohne etwas zu erwarten, daher das Sammeln des Lohns im Himmel, Geißelung und dergleichen. Die Philosophie des gemeinen Mannes ist die Mutter der unsrigen, aus seinem Aberglauben konnte unsre Religion werden, so wie unsere Medizin aus seiner Hausmittelkenntnis. Er tat etwas ohne Belohnung vorauszusehen, er erhielt [sie] aber auch ohne sich eines kurz vorhergängigen Verdienstes bewußt zu sein, was war natürlicher als eine Verbindung zwischen *jenem* Verdienst und *dieser* Belohnung zu finden? Was konnte für den Religionsstifter wichtiger und was der Gesellschaft nützlicher sein? So wurde der Mensch aus Eigennutz uneigennützig und was ihm das Glück ohnehin zugeführt hätte wurde ihm als eine Bezahlung angerechnet, die ihn noch mehr verpflichtete.

[C 219]

Die Katholiken bedenken nicht, daß der Glauben der Menschen sich auch ändert, wie überhaupt die Zeiten und Kenntnisse der Menschen. Hier zunehmen und dort stille stehn ist den Menschen unmöglich. Selbst die Wahrheit bedarf zu andern Zeiten wieder einer andern Einkleidung um gefällig zu sein. [C 223]

Ein närrischer Einfall ist im Deutschen so viel als ein guter Einfall, *beziehen* heißt im Deutschen so viel als *betrügen*, dieses könnte daher kommen daß *beziehen* plattdeutsch *betrecken* im praeterito *betrocken* hat, welches fast wie *betrogen* klingt.

[C 225]

Welches ist schwerer zu erklären, wie der Schnecke das Haus aus dem Leibe wächst, oder wie sich die Spinne ihr Netz webt? Wächst ihr dieses nicht auch aus dem Leibe? Könnten wir das Spiel der Drüsen wodurch der Schleim zum Schnecken-Haus abgesondert, und die Kanäle durch die er angesetzt wird sehen, so würden wir vielleicht sagen, die Schnecke bauet ihr Haus. Z.U. [C 226]

Leichen. Schuhputzen ehe man sie wegwirft. [C 230]

Einen Roman zu schreiben ist deswegen vorzüglich angenehm, weil man zu allen Meinungen, die man gerne einmal in die Welt laufen lassen will, allemal einen Mann finden kann, der sie als die seinigen vorträgt. [...] [C 242]

Du fragst mich Freund welches besser ist, von einem bösen Gewissen genagt zu werden oder ganz ruhig am Galgen zu hängen? [C 247]

Es war das bei der Sache, was der Schwanz-Meister bei der Ramme ist, er kommandierte, führte den dicksten Strick und arbeitete am wenigsten. [C 248]

Daß die wichtigsten Dinge durch Röhren in der Welt ausgerichtet werden. [C 252]

So wie Julius Caesar einen Brief schreiben und zugleich etliche diktieren konnte, so hatte er die Gabe einen Takt zu tretten und in einem andern Magentropfen in einen Löffel zu zählen.
[C 257]

Zur Verteidigung des Timorus. Was kann bescheidener sein, als daß ich mich S. [21] unter die mittelmäßige Köpfe rechne, meint ihr das wäre so ganz ohne Kampf geschehen? Ich bin auf 12 Jahr nunmehr damit umgegangen es öffentlich zu sagen, denn ich habe immer geglaubt noch irgend eine große Entdeckung zu machen, denn anderer Leute Werken eine Kleinigkeit zuzusetzen, Staub abzublasen, Fliegen zu wehren, das habe ich nie der Mühe wert geachtet weil sich dadurch minder wahre Ehre erwerben läßt als bei andern Ausstäubern und Mückenwehrern.
[C 260]

Die Vergnügen der Einbildung sind gleichsam nur Zeichnungen und Modelle, womit die armen Leute spielen, die sich die andern nicht anschaffen können. [C 264]

Er redete oft an Orten sehr frei wo jedermann eine heilige Miene annahm, dafür predigte er aber die Tugend wiederum an Orten, wo sie sonst kein Mensch predigte. [C 266]

Wie leicht Eigenliebe, ohne daß wir es merken, die Triebfeder mancher uns von derselben ganz independent scheinenden Handlung sei, können wir daraus sehen, daß Leute das Geld lieben können als Geld ob sie gleich nie Gebrauch davon machen. [C 267]

Gäbe es nur lauter Rüben und Kartuffeln in der Welt, so würde einer vielleicht einmal sagen, es ist schade daß die Pflanzen verkehrt stehen. [C 272]

Die Indiander nennen das höchste Wesen *Pananad* oder den Unbeweglichen weil sie selbst gerne faulenzen. [C 273]

Ein Gericht von 4blätterigten Kleeblättern. [C 275]

Er spricht mit dem Munde wie der Franzose, mit Handlungen wie der Engländer, mit den Achseln wie der Italiäner oder mit allen dreien, wie der Deutsche. [C 276]

Als ich in meinem Schimpfwörter-Buch nachsah, so fand ich kein passenderes als das arabische Dreck auf deinen Bart. [C 285]

Man könnte ihn den Zaunkönig der Schriftsteller nennen. [C 299]

Alkibiades hieb einmal seinem Hund den Schwanz ab. Als man ihn um die Ursache fragte, so sagte er, ich tue es bloß um den Atheniensern etwas zu sprechen zu geben. [C 314]

Ich kann es keinem Mädchen verdenken, wenn sie sich in ihrer Wahl eines Gemahls nicht nach dem Willen der Eltern richtet. Soll sie etwas, das sie oft im Spiegel beschaut, woran sie so oft poliert und geputzt hat, dessen Auszierung, Pflegung und Erhaltung so lange ihre einzige Sorge gewesen ist, soll sie das jemanden hingeben, den sie nicht leiden kann? [C 318]

Es kommt hierbei lediglich auf ein geschicktes Aus- und Einhändigen an. [C 319]

Bei einem kleinen Werkchen denke ich immer, das ist nur ein Späh-Büchelchen, wodurch er Ankergrund für ein größeres suchen läßt. [C 320]

Den Bärtigen kommt dieses freilich anders vor. [C 321]

Sie hatten bei dem jungen Menschen die eigentliche Pfropf-Zeit vorbeistreichen lassen, und es wollte nichts mehr auf dem wilden Stamm bekleiben. [C 322]

Eine Hauptregel für Schriftsteller, zumal solche, die ihre eigne Empfindungen beschreiben wollen, ist: Ja nicht zu glauben, daß, weil sie solches tun, dieses bei ihnen eine besondere Anlage der Natur dazu anzeige. Andere können dieses vielleicht ebenso gut als du. Sie machen nur keine Geschäfte daraus, weil es ihnen einfältig vorkommt solche Dinge bekannt zu machen. [C 324]

Solcher poetischer Filet, wozu ist er gut? [C 329]

Wie dieses der Zaunkönig der Dichter in seinem Abschied an den Amor sehr schön zwitschert. [C 337]

Das Vorlesen der Alten bei Tische wieder einzuführen, was bei der Suppe, was bei dem Braten, was [bei] dem Obst zu lesen sei, wir haben die vortrefflichsten Sachen für jede Schüssel.
[C 364]

Die Menschen können nicht sagen, wie sich eine Sache zugetragen, sondern nur wie sie meinen, daß sie sich zugetragen hätte.
[C 375]

1773–1775

In den Worten *Vox populi vox Dei* steckt mehr Weisheit, als man heut zu Tage in vier Worte zu stecken pflegt. [D 10]

Er hat den Galgen nicht auf dem Buckel, aber in den Augen. [D 27]

Schwachheiten schaden uns nicht mehr sobald wir sie kennen. [D 29]

Wenn jemand Lavatern vor die Stirne schlägt und sagt, so wache doch auf Träumer, da schimpfen die Kandidaten der Empfindsamkeit, die Bürger brummen und murren und die politischen Weisen zischeln sich auf der Straße in die Ohren, so geschäftig, so gesprächig, mit einer so geheimnisvollen Geschwätzigkeit, daß man glauben sollte die Äbtissin wäre mit Zwillingen niedergekommen oder der Erzbischof hätte den Dripper. Aber wenn jemand der gesunden Vernunft vor den Kopf schlägt, das achtet man so viel als ein Bohnenfleckgen. [D 30]

Man liest auch um andere Schriftsteller kennen zu lernen. Jemand der von Kindheit an nichts als die Meisterstücke des menschlichen Verstandes hätte kennen lernen würde das Gesicht zum Erstaunen verziehen wenn er einige unsrer Neuen lesen sollte. Es würde [ihm] vorkommen als eine Musik auf einem verstimmten Klavier, oder eine von Pfannen und Mörsern und Tellern. *Eine Situation die zu gebrauchen wäre.* [D 46]

Man ist nur gar zu sehr geneigt zu glauben, wenn man etwas Talent besitzt, Arbeiten müßte einem leicht werden. Greife dich immer an, Mensch, wenn du etwas Großes tun willst. [D 47]

Wenn ich dieses Buch nicht geschrieben hätte, so würde heute über 1000 Jahre abends zwischen 6 und 7 z.E. in mancher Stadt in Deutschland von ganzen andern Dingen gesprochen worden sein, als würklich gesprochen werden wird. Hätte ich zu Vardöhus einen Kirschkern in die See geworfen, so hätte der Tropfen Seewasser den Myn Heer am Kap von der Nase wischt nicht gnau an dem Ort gesessen. [D 55]

Bei andern Nationen da will ich es noch gelten lassen, da kann einer ein so großer Mann und ein schlechter Schriftsteller zugleich sein. Wer etwas Nützliches so verrichtet daß es wohl ein anderer bleiben lassen muß ihm nachzutun, ist da ein wackrer Mann, und wenn er Genie mit einem Sch. schriebe. Aber in Deutschland, wo Stil das Maß von Verdienst und Würdigkeit, und so auf und ab auch von Ehrlichkeit geworden ist, wo die Pferde-Philister wissen was Parenthyrsus und Clinquant du Tasse ist und beim Branntewein über französischen Zindel und griechische Stoffe sich einander in den Haaren liegen; wo die Kringeljungen der Schnaken wegen Rezensionen lesen; wo, Kerl du bist ein Schmierer, so viel sagt als in Arabien Dreck auf deinen Bart, wißt ihr wohl was in dem Land ein schlechter Schriftsteller ist? Ein schlechter Schriftsteller ist ein vogelfreier, ehrloser Schandbalg, dem jeder Rezensent oder sein Waffenträger im Vorbeigehen seine Nußschalen ins Gesicht wirft, oder seine Pritsche um die Ohren haut, den man in Journalen beschreibt austrommelt und Hohn bellt und in kleinen Zeitungen Hohn zwitschert. Es ist mir für gewiß erzählt worden, daß in einem gewissen Stockhause, worin eine gelehrte Zeitung gehalten wird und wo man sich gewisser Ursachen halber, über die sich viel Lehrreiches sagen ließe, nicht gern Beutelschneider, Dieb und Spitzbube schilt, die Gefangnen sich in der Hitze oft Skibbler, Bav, Mäv, Bombastkollerer und Tändeleienzwitscherer schelten sollen. (Wenn einer an einem Sonntage seinem Kameraden, der auf der Streu ausgesteckt liegt, mit der flachen Hand eins aufgibt, so heißt er ein Naturalist.) [D 56]

Eine Uhr, die ihrem Besitzer immer um Viertel zuruft *Du* … um halb *Du bist* – – um 3/4 *Du bist ein* … und wenn es voll schlägt: *Du bist ein Mensch.* [D 59]

Er hatte vielen Schlachten beigewohnt, ohne eine Wunde zu bekommen, und wurde endlich von einer Bouteille Winser Breihan erschlagen, die zu fest zugekorkt gewesen war. Die Pfeife, die er dabei rauchen wollte, brennte schon. [D 61]

Auf der Schule hatte er schon die üble Gewohnheit an sich den Porträten der Gelehrten Bärte zu machen, und nun machte er recensiones famosas. (empfohlen) [D 67]

Das heißt recht Eulen nach Athen oder Compendia nach Göttingen tragen. [D 70]

Wenn er eine Rezension verfertigt, habe ich mir sagen lassen, soll er allemal die heftigsten Erektionen haben. [D 75]

Was heißt schwätzen? Schwätzen heißt mit einer unbeschreiblichen Geschäftigkeit von den gemeinsten Dingen, die entweder schon jedermann weiß oder nicht wissen will, so weitläufig sprechen, daß darüber niemand zum Wort kommen kann, und jedermann Zeit und Weile lang wird. Die deutsche Sprache ist sehr arm an Wörtern für Handlungen die sich so zu andern Handlungen des vernünftigen Mannes verhalten wie Geschwätz zur zweckmäßigen vernünftigen Unterredung. So fehlt es uns an einem solchen Wort für rechnen. [D 80]

Die Komödie bessert nicht unmittelbar, vielleicht auch die Satyre nicht, ich meine man legt die Laster nicht ab, die sie lächerlich macht. Aber das können sie tun, sie vergrößern unsern Gesichtskreis, vermehren die Anzahl der festen Punkte aus denen wir uns in allen Vorfällen des Lebens geschwinder orientieren können. [D 81]

Eine Vergleichung zwischen dem was man denkt und dem was man sagt anzustellen. Man kann es sagen, ohne deswegen den Staupbesen zu fürchten, daß die Hälfte der Einwohner den

Staupbesen bekommen würden, wenn sie öffentlich sagten was sie denken, und doch ist der Mensch das was denkt und nicht das was sagt. Zwo Personen, die sich einander komplimentieren, würden einander an den Köpfen kriegen, wenn sie wüßten was sie von einander denken. [D 89]

Ein Mensch wählet sich ein Thema, beleuchtet es mit seinem Lichtchen so gut ers hat und schreibt alsdann in einem gewissen erträglichen Modestil seine Alltags-Bemerkungen, was jeder Sekundaner auch sehen aber nicht so festlich hätte sagen können. Für diese Art zu schreiben, welches die Lieblings-Art der mittelmäßigen und untermittelmäßigen Köpfe ist, wovon es in allen Ländern wimmelt, in welchen die *Magazin*-Satyren gemeiniglich geschrieben sind, habe ich kein besseres Wort als Kandidaten-Prose finden können. Er führt höchstens das aus, was die Vernünftigen schon bei dem bloßen Wort gedacht haben.
[D 90]

Das was man tun muß, um wie Shakespear schreiben zu lernen, liegt viel weiter ab als die Lesung desselben. [D 93]

Ein König läßt befehlen, daß man bei Lebensstrafe einen Stein für einen Demant halten soll. [D 99]

Man könnte Kaffee-Grütze-Mühlen und dergleichen an die Wagen anbringen, so hätten sie etwas zu tun, wenn sie leer nach Hause fahren. [D 103]

Von dem Trinker, der das Austrinken einer ihm zugeschickten Champagner-Bouteille nach einem großen Schmaus mit Newtons Auflösung eines Problems nach einer Ermüdung verglich.
[D 104]

Die Zeitungsschreiber haben sich ein hölzernes Kapellchen erbaut, das sie auch den Tempel des Ruhms nennen, worin sie den ganzen Tag Porträte anschlagen und abnehmen und ein Gehämmer machen, daß man sein eignes Wort nicht hört. [D 108]

Wenn du in einer gewissen Art von Schriften groß werden willst, so lese mehr, als die Schriften dieser Art. Wenn du auch schon nicht deine Äste über ein großes Stück Feld ausbreiten willst, so ist es deiner Fruchtbarkeit immer zuträglich deine Wurzeln weit ausgebreitet zu haben. Ein bloßer Leser des Wieland wird nie ein Wieland werden. Ich glaube Wieland nähme es wohl selbst über sich für die Wahrheit dieses Satzes Bürge zu werden. [D 110]

Was werden die künftigen Zeiten nicht noch entdecken? O hätten doch die unsrigen über manche Dinge so klug räsoniert, als Seneca über die Kometen! [D 113]

Laß dich nicht anstecken, gib keines andern Meinung, ehe du sie dir anpassend gefunden, für deine aus; meine lieber selbst. [D 121]

Man kann sicher bei verschlossenen Augen in das erste beste Buch den Finger auf eine Zeile legen, und sagen, hierüber ließe sich ein Buch schreiben. Wenn man die Augen auftut, so wird man sich selten betrogen finden. [D 123]

Alles bis auf das äußerste hinaus zu verfolgen, so daß nicht die geringste dunkle Idee zurückbleibt, mit Versuchen die Mängel daran zu entdecken, sie zu verbessern, oder überhaupt zu dieser Absicht etwas Vollkommeneres anzugeben, ist das einzige Mittel uns den so genannten gesunden Menschen-Verstand zu geben, der der Haupt-Endzweck unsrer Bemühungen sein sollte. Ohne ihn ist keine wahre Tugend. Er macht allein den großen Schriftsteller, scribendi recte sapere est et principium et fons. Man muß nur wollen, war der Grundsatz des Helvetius. [D 133]

Was sind unsere Gedanken und Vorstellungen, die wir wachend haben, anders, als Träume, wenn ich wachend an meine verstorbene Freunde gedenke, so geht die Geschichte fort ohne daß mir nur einmal einfällt sie seien tod, so wie im Traum, ich stelle mir vor ich hätte das große Los gewonnen, in dem Augenblick habe ich es, der hinten drein kommende Gedanke, daß ich es nicht gewonnen habe, wird erst hinten angetroffen als eine Urkunde zum Beweis des Gegenteils. Der würkliche Besitz eines Guts gewährt uns zuweilen Vergnügen die nicht stärker sind als die uns die bloße Vorstellung, wir besäßen es, gewährt. Unsere Träume können wir sanfter machen, wenn wir des Abends kein Fleisch essen, aber die andern? – – [D 134]

Heutzutage machen drei Pointen und eine Lüge einen Schriftsteller. [D 139]

Die erste Satyre wurde gewiß aus Rache gemacht. Sie zu Besserung seines Neben-Menschen gegen die Laster und nicht gegen den Lasterhaften zu gebrauchen, ist schon ein geleckter abgekühlter zahm gemachter Gedanke. [D 140]

Ein Grab ist doch immer die beste Befestigung wider die Stürme des Schicksals. [D 143]

Dummköpfe in Genies zu verwandeln, oder Büchen-Holz in Eichen, ist wohl so schwer als Blei in Gold. [D 146]

Es ist ihm wie einem großen philosophischen Schwätzer nicht so wohl um die Wahrheit zu tun, als um das Geläute seiner Prose. [D 153]

Wenn eine gewisse Mode-Schreib-Art aufkommt, so muß man nicht so verächtlich von denen sprechen die dieselbe mitmachen, gegenteils verdienen sie Lob, es ist das beste Mittel dem Publiko eine Wahrheit beizubringen. Meint ihr denn sie würde leichter hinuntergehen wenn auch das Vehiculum nicht nach der Mode ist? Nur nützliche Dinge gesagt. Wenn die gewöhnlichen Geldpressungen kein Geld mehr geben, so muß man Lottos errichten. [D 156]

Der Mensch ist vielleicht halb Geist und halb Materie, so wie der Polype halb Pflanze und halb Tier. Auf der Grenze liegen immer die seltsamsten Geschöpfe. [D 161]

Sich in einen Ochsen verwandeln ist noch kein Selbst-Mord. [D 169]

Wenn es uns in den Ohren klingt, so wird wohl jedermann dieses durch eine Bewegung in den Gehör-Werkzeugen erklären, die derjenigen ähnlich ist, die durch die Bewegung der Luft in denselben hervorgebracht wird. Sollte nicht, wenn ich in die Sonne sehe und ihr Bild noch nach verschlossenen Augen vor mir sehe, auf der Tunica retina noch ihr Bild zu erblicken sein phosphoreszierend? Wenn ich die Augen im Dunkeln drücke, so sehe ich Gegenstände. Bringt der Druck würklich eine Bewegung auf der Retina hervor die der Lichtstrahl hervorbringt oder halten wir jede Bewegung in einem sinnlichen Werkzeug, das die meiste Zeit nur vom Licht gereizt wird, für Würkung des Lichts? Wäre alles Licht aus der Welt genommen, so würden also alle die seltsamen Figuren auch wegfallen die man sieht, wenn man sich die Augen drückt, oder der Mensch würde jene Figuren als außer sich betrachten. Ich mögte wohl wissen ob die Blindgebornen solche Empfindungen haben wenn sie sich die Augen drücken, vielleicht würden sie nicht im Stande sein das Bild von dem Schmerz zu trennen, das wir jetzt als 2 verschiedene Gegenstände der Empfindung ansehen. Hat man wohl schon Tiere im Dunkeln erzogen und hernach zusammen ans Licht gebracht? In künftigen Zeiten wird man vielleicht noch anfangen Versuche mit Menschen anzustellen, wovon uns noch zur Zeit Religion zurückhält. Es liegt aber im Menschen so etwas zu tun. Wenn einmal die Welt mehr bevölkert sein wird, so werden solche Versuche angestellt werden, und jene Zeiten werden weit über uns hinauskommen und am Ende wäre es denn grausamer ein Kind im Dunkeln zu erziehen, um daraus Schlüsse herzuleiten, als es zu kastrieren um hernach unnatürlich in einer Oper zu trillern? Was für wichtige Folgerungen hat man nicht schon aus der Geschichte der Völker gezogen, die fern von dem Tag des Evangelii, der Geschichte, der Philosophie, und der Lampe der Pädagogik, der Kritik und der Platonischen Liebe gelebt haben. (Hierbei ist der Unterschied des imaginis pictae und des sensibilis wohl zu merken den Herr Lambert festsetzt.) [D 170]

Ich bin nun nicht mehr Geselle, als Mensch betrachtet, ich verarbeite selbst Meinungen so gut ich kann, wenn sie nicht abgehen, so ist es mein Schaden. Aber meine Schuld? das ist eine andere Frage. [D 171]

Acht Bände hat er geschrieben. Er hätte gewiß besser getan er hätte 8 Bäume gepflanzt oder 8 Kinder gezeugt. [D 175]

Bei Ausarbeitungen habe vor Augen Zutrauen auf dich selbst, edlen Stolz und den Gedanken, daß andere nicht besser sind als du, die deine Fehler vermeiden und dafür andere begehn, die du vermieden hast. [D 176]

Ein rechtes Sonntagskind in Einfällen. [D 177]

Die gelehrten Streitigkeiten in Zezu werden auf Universitäten ganz besonders abgetan, der Kurator hat nämlich ein kleines niedliches Gebäude eine halbe Meile von der Stadt auf einem Berge aufführen lassen. Es hat, wie Perikles zu dem Odeum, die Gestalt des Dachs von seinem Kopf genommen, daher Fuhrleute und Postillione das Häusgen den Ochsenkopf nannten. Bekommt ein Professor eine Streitigkeit mit dem andern, so wird einer Statue der Rock des einen angezogen und der andere zankt sich ganz allein ohne Zuschauer und Hörer mit ihr, schimpft, schlägt, stößt, kneipt, reißt, zupft sie, wie er will. [D 181]

Zur Verteidigung des Witzes. In bequemeren Zeitaltern, als unser gegenwärtiges ließ man den Himmel durch die Philosophie befragen warum er das Böse geschaffen hätte, da es etwas höchst Unangenehmes wäre. Unser gegenwärtiges ernsthaftes Dezennium wird ihn hoffentlich bald befragen warum er die bunten Schmetterlinge und den Regenbogen hat werden lassen, der offenbar zu weiter nichts da ist, als daß sich die Gassenjungen und Mädchen darüber freuen, oder [ein] physikalischer Müßiggänger in Betrachtungen darüber gerät. [D 182]

Gott schuf den Menschen nach seinem Bilde, das heißt vermutlich der Mensch schuf Gott nach dem seinigen. [D 201]

Heutzutage haben wir schon Bücher von Büchern und Beschreibungen von Beschreibungen. [D 204]

Himmel laß mich nur kein Buch von Büchern schreiben.
[D 205]

Was die Spannung der Triebfedern in uns am meisten hemmt, ist andere Leute im Besitz des Ruhms zu sehen, von deren Unwürdigkeit man überzeugt ist. [D 218]

Der gute Schriftsteller ist der der viel und lange gelesen und nach 100 Jahren noch in allerlei Format aufgelegt und eben dadurch das Vergnügen des Menschen im allgemeinen wird. Das ganze menschliche Geschlecht lobt nur das Gute, das Individuum oft das Schlechte. [D 219]

Regeln für den Schriftsteller. Allen Ständen verständlich und angenehm, 2) die Nachwelt vor Augen, oder eine gewisse Gesellschaft, den Hof pp. [D 220]

Die Genies brechen die Bahnen, und die schönen Geister ebnen und verschönern sie. Eine Wegverbesserung in den Wissenschaften wäre anzuraten, um desto besser von einer zu den andern kommen zu können. [D 221]

Rezensent, quasi recens natus. [D 222]

Es ist mit dem Witz wie mit der Musik, je mehr man hört, desto feinere Verhältnisse verlangt man. [D 223]

Jedermann wird sich wundern, daß ich in den letzten Tagen der alt gewordenen Welt noch so was schreiben mag. [D 226]

Erstlich glaube ich nicht, daß ich auf die Nachwelt komme, und dann sind wir ja die Väter der Nachwelt und die wird uns gewiß ihren kindlichen Respekt nicht versagen. Ich kann nicht begreifen warum man sich mehr vor ihr als vor dieser Welt schämen soll. [D 233]

Was auf Shakespearisch in der Welt zu tun war hat Shakespear größtenteils getan. [D 243]

Unsere Erde ist vielleicht ein Weibchen. [D 244]

Das ist eine Arbeit wobei sich glaube ich die Gedult selbst die Haare ausrisse. [D 245]

Mit etwas Fähigkeit, biegsamen Fibern und einem *steifen* Vorsatz sonderbar zu scheinen kann man sehr viel närrisches Zeug in der Welt anfangen, wenn man *schwach* genug ist es zu wollen, und müßig genug es auszuführen. (steif und schwach muß gebessert [werden]) [D 246]

Weil doch nun einmal Geld in der Welt dasjenige ist was macht, daß ich das Kinn höher trage, freier aufsehe, sicherer auftrete, härter an andere anlaufe. [D 247]

Die Professoren auf Universitäten sollten Schilde aushängen wie die Wirte. [D 248]

Swiften mögte ich zum Barbier, Sterne zum Friseur, Newton beim Frühstück, Hume beim Kaffee gehabt haben. [D 249]

Wenn man etwas schreibt, sagt Helvetius, so muß man immer an die Nachwelt denken, so erhebt sich Stil und Gedanke. [D 250]

Man könnte eine Diätetik schreiben für die Gesundheit des Verstandes. [D 251]

Jeder Mensch hat seinen Zirkel von Kenntnissen, worin er sich besser zu finden weiß als der meiste Teil unsrer Philosophen sich in den ihrigen zu finden wissen. In diesem bemerkt er das Lächerliche, das Feine, das Dumme, das Überflüssige in einem Blick, und wie kann es anders sein, wenn ich die Absicht einer Sache kenne, und habe mir eine Kenntnis der bekannten Mittel erworben, so muß es mir leicht sein das Falsche in neuen Mitteln einzusehen. Wenn ich einem Küchen-Mädchen eine Beschreibung von einem Gericht geben will, und sagte ihr daß es ein cürieuses Essen und von einem besondern Wohlschmack sei, und daß man Grütze auf den Rand der Schüssel streuen könne, so wird sie mich sicher auslachen. Viele Schriftsteller behandeln ihre Materien auf diese Art, das Widersinnige ist ihnen verborgen. Wenn man also Personen etwas begreiflich machen will, so muß man sich der Beispiele aus ihrem Zirkel bedienen, und wiederum kann man aus diesen Erfahrungen lernen was man zu tun hat um eine gewisse Wissenschaft sich zu seinem Zirkel zu machen. [D 252]

Es wäre kein Wunder fürwahr wenn die Zeit einem solchen Schurken das Stundenglas ins Gesicht schmisse. [D 253]

Sind wir nicht schon einmal auferstanden? Gewiß aus einem Zustand in welchem wir weniger von dem gegenwärtigen wußten, als wir in dem gegenwärtigen von dem künftigen wissen. Wie sich verhält unser voriger Zustand zu unserm jetzigen, so der jetzige zum künftigen. [D 254]

Wenn unsere jetzt im Schwang gehende registerartige Gelehrsamkeit nicht bald zu ihrem Winterstillstand kommt, so ist allerdings viel zu befürchten. Der Mensch lebt allein um sein und seines Mitmenschen Wohl so sehr zu befördern als es seine Kräfte und seine Lage erlauben. Hierin kürzer zu seinem Endzweck zu gelangen nützt er die Versuche seiner Vorfahren. Er studiert. Ohne jene Absicht studieren, bloß um sagen zu können was andere getan haben, das heißt die letzte der Wissenschaften, solche Leute sind so wenig eigentliche Gelehrte, als Register Bücher sind. Nicht bloß wissen, sondern auch für die Nachwelt tun was die Vorwelt für uns getan hat, heißt ein Mensch sein. Soll ich um nichts noch einmal zu erfinden, was schon erfunden ist, mein Leben über der Gelehrten-Geschichte zubringen? Sagt man ja Dinge vorsätzlich 2 mal, und man nimmt es einem nicht übel, wenn nur die Einkleidung neu ist. Hast du selbst gedacht, so wird deine Erfindung einer schon erfundenen Sache gewiß allemal das Zeichen des Eigentümlichen an sich tragen. [D 255]

Eigentlich nicht der menschliche Verstand, oder das menschliche Herz, sondern das menschliche Maul ist es für was wir sorgen, das wir bilden, für dessen Erziehung bedacht wir Bibliotheken und Abtritte mit Journalen anfüllen. Polen wird geteilt, der Orden der Jesuiten aufgehoben, Holstein an Dänemark abgetretten. Davon reden 10 bis 15 politische Zeitungen wie es sich gehört mit untertänigst devotester Trockenheit. Aber nun hört einmal. Bahrdt travestiert das neue Testament. Da wird in allen gelehrten und ungelehrten Zeitungen gedonnert, gezischt, geklatscht, gepfiffen und getreten, Gläser entzwei geschlagen, Bleistifte stumpf notiert, Zähne verfroren, Dintenfässer für Sandbüchsen und Sandbüchsen für Schnupftabaksdosen angesehen, Perüquen aufgehoben und darunter gekratzt, in Journalen und Annalen darüber gesprochen gedacht und nicht gedacht. Mit allem Respekt vom Publikum gesprochen, wenn mein Bedienter so etwas täte, ich dankte ihn ab oder schickte ihn ins Zuchthaus. Endlich werden sich die großen Herrn noch der bedrückten Schriftsteller annehmen. Der Grund hiervon ist eine gewisse Weichlichkeit, die ihren Grund endlich im vielen Kaffeetrinken hat. Was höhere Wesen davon denken dahin will ich gar nicht einmal denken. Aber die Handwerks-Pursche

[D 256]

Es ist allemal ein gutes Zeichen, wenn Künstler oft von Kleinigkeiten gehindert werden können ihre Kunst gehörig auszuüben. Forkel steckte seine Finger in Hexen-Mehl wenn er auf dem Klavier spielen wollte und ein anderer großer Klavierspieler ( ) von welchem mir Herr Professor Meister erzählte konnte nie zum Spielen gebracht werden, wenn er sich die Nägel nicht lange vorher abgeschnitten hatte. Den mittelmäßigen Kopf hindern solche Sachen nicht weil ihre Unterscheidungskraft überhaupt nicht so weit geht und [sie] ein sehr grobes Sieb führen.

[D 257]

Wenn ich sage, halte deine Zähne rein und spüle den Mund alle Morgen aus, das wird nicht so leicht gehalten, als wenn ich sage, nehme die beiden Mittelfinger dazu und zwar über das Kreuz. Des Menschen Hang zum Mystischen. Man nütze ihn.

[D 258]

Ein Mann der sehr viel schreibt und wenig Neues sagt schreibt sich täglich wieder herunter. Als er noch wenig geschrieben hatte obgleich auch nichts darinnen war, stund er doch in der Meinung der Menschen höher. Die Ursache ist weil sie damals künftig noch bessere Sachen erwarteten; im andern Fall können sie die ganze Progression übersehen. [D 259]

Den richtigen Begriff von der Vollkommenheit einer Sache festgesetzt, so kann man hernach sicher sein, daß man der Absicht der Natur gemäß handelt, wenn man nach dem großen Endzweck, wachse und mache wachsen, in der Natur handelt. Ich bin sicher von der Allgemeinheit dieses Gesetzes überzeugt. [D 260]

Eine Hof-Nulle, Dichter-Rezensenten-Nulle. [D 261]

Man schimpft auf die armen Rezensenten, ich denke nicht so: die Männer unter ihnen verdienen Dank, daß sie statt unserer Nebels Merzens und Besserers Predigten lesen, hingegen die jungen Knaben, die ein Vergnügen darinnen finden über andere zu urteilen ehe sie urteilen können, werden mehr gestraft als sie verdienen, es wird nie etwas aus ihnen, wenn sie zu männlichen Jahren kommen und wollen nun als Männer urteilen, so können sie nicht. Für ihre Leckerhaftigkeit ohne Jugend erwartet sie nun im Alter der Lohn der Impotenz. [D 268]

Einige Ärzte wollen nun gar glauben, daß das menschliche Geschlecht die venerischen Krankheiten und andere den Satyren zuzuschreiben habe die man auf die Ärzte gemacht hat. [D 271]

So wie gewisse Schriftsteller nachdem sie ihrer Materie erst einen derben Hieb versetzt haben hernach sagen sie zerfalle von selbst in zwei Teile. [D 272]

Wenn man über dieses anfängt zu sprechen, so wird es plausibel, denkt man aber daran, so findet man daß es falsch ist. Der erste Blick, den ich im Geist auf eine Sache tue, ist sehr wichtig. Unser Geist übersieht die Sache dunkel von allen Seiten, welches oft mehr wert ist, als eine deutliche Vorstellung von einer einzigen. [D 273]

Gott schuf den Menschen nach seinem Bilde, sagt die Bibel, die Philosophen machen es grade umgekehrt, sie schaffen Gott nach dem ihrigen. [D 274]

Ich glaube der schlechteste Gedanke kann so gesagt werden, daß er die Wirkung des besten tut, sollte auch das letzte Mittel dieses sein ihn einem schlechten Kerl in einem Roman oder Komödie in den Mund zu legen. [D 275]

Ob ein Mann, der schreibt, gut oder schlecht schreibt, ist gleich ausgemacht, ob aber einer, der nichts schreibt und stille sitzt, aus Vernunft oder aus Unwissenheit stille sitzt, kann kein Sterblicher ausmachen. [D 285]

Während als die übrigen von der Fakultät sehr einträchtig miteinander lebten, einander invitierten, Gevattern stunden, Wurstsuppe schickten, wenn sie geschlachtet hatten, hatten diese beiden immer etwas mit einander zu kramen, rezensierten einander und suchten sich Fehler in ihren Büchern auf. [D 290]

Gesichter, so wie sie vom Galgen heruntersehen. [D 294]

Sobald ich einen Satz behauptet habe: Wo findet man noch mehr Exempel? [D 295]

Die Schreibart einzuteilen wie die Salat-Samen

1) Groß englisch nonpareille
2) geschachter Hanswurst
3) – Sachsenhäuser Steinkopf bunt
4) – dito schlicht
5) bunter Prahler
6) Großer Mogul
7) gesprengter Prinzenkopf. [D 297]

Die Bauernmädchen gehen barfuß, und die Vornehmen barbrust. [D 303]

Wenn die Menschen nicht in Etagen wohnten, so wäre die halbe Erde schon mit Häusern angefüllt, so bauen wir schon in die Luft wo wir nicht hingehören. [D 304]

Man darf sagen, ich habe Lust zu der Wissenschaft, aber nicht, ich habe Genie, das letztere wäre Prahlerei. [D 310]

Ein Egoist könnte in allerlei lächerliche Situationen gebracht werden. [D 311]

Ich stelle mir vor, wo wir an die uns gesetzten Grenzen der Dinge kommen oder noch ehe wir daran kommen, so können wir ins Unendliche sehen, so wie wir auf der Oberfläche der Erde in den unermeßlichen Raum hinaussehen. [D 312]

Man muß keinem Werk, hauptsächlich keiner Schrift die Mühe ansehen, die sie gekostet hat. Ein Schriftsteller der noch von der Nachwelt gelesen sein will muß es sich nicht verdrüßen lassen, Winke zu ganzen Büchern, Gedanken zu Disputationen in irgend einen Winkel eines Kapitels hinzuwerfen, daß man glauben muß, er habe sie zu Tausenden wegzuschmeißen. [D 313]

Daß die Menschen alles aus Interesse tun, ist dem Philosophen nützlich zu wissen, er muß nur nicht darnach handeln, sondern seine Handlungen nach dem Weltgebrauch einrichten. So wie ein guter Schriftsteller nicht von dem gewöhnlichen Gebrauch der Wörter abgeht, so muß auch ein guter Bürger nicht gleich [von] dem Handlungsgebrauch abgehen, ob er gleich vieles gegen beides einzuwenden hat. Ich bin so sicher überzeugt, daß der Mensch alles seines Vorteils wegen (dieses Wort gehörig verstanden) tut, daß ich glaube es ist zu Erhaltung der Welt so nötig als die Empfindlichkeit zu Erhaltung des Körpers. Genug daß unser Vorteil so sehr oft nicht erhalten werden kann ohne 1000 glücklich zu machen, und unsere erste Ursache das Interesse eines Teils so weislich mit dem Interesse vieler andern zu verbinden gewußt hat. [D 321]

Über den Neger-Embryo in Spiritus.

Da liegt er noch in der Stellung, worin er Leben und Tag erwartete, Leben und Tag, die dem Armen nie erschienen. Kind wie glücklich bist du, schon so früh an dem Ziel, das Tausende deiner Brüder unter blutigen Striemen, unter Leiden ohne Zahl erst erreichen.

Armer Kleiner, wie glücklich bist du, die Ruhe die du genießest müssen sich Tausende deiner unglückseligen Brüder mit Blut unter der Geißel nichtswürdiger Krämer erkaufen. Nichts, nichts hast du an dieser Welt verloren, wo deine Rechte verkauft sind, und wo dein Herr ein Krämer gewesen wäre. Auch für ihn wäre es besser gewesen, der deine Kette schon bereit hielt, er hätte wie du den Tag nicht gesehen. [D 322]

Das Gastmahl der Journalisten.

Die schlechten Journalisten kommen zusammen, auch hier und da ein guter mitunter, auf einem Dorfe, wohin ich mich begebe. Ihre Ankunft nach und nach. Ich als ein Stummer bekomme Erlaubnis auf und abzugehen (oder wie das ist). Es ist ein Vergnügen die Leute zu sehen, die bisher das Verdienst der Schriftsteller entschieden hatten. Einer hat die Gelbsucht. Nachdem sie ein wenig zu sich genommen rücken sie mit ihren Künsten heraus. [D 323]

Die drei 7 in 1777. nicht zu vergessen. [D 324]

Bei wachender Gelehrsamkeit und schlafendem Menschen-Verstand ausgeheckt. [D 325]

Unsere Welt wird noch so fein werden, daß es so lächerlich sein wird einen Gott zu glauben als heutzutage Gespenster. [D 329]

Daß der Mensch das edelste Geschöpf sei läßt sich auch schon daraus abnehmen, daß es ihm noch kein anderes Geschöpf widersprochen hat. [D 331]

Es läßt sich ohne sonderlich viel Witz so schreiben, daß ein anderer sehr vielen haben muß es zu verstehen. [D 332]

Das Gastmahl der Journalisten.

Gleich nach Jubilate voriges Jahrs wurde mir von einem Freund gemeldet, daß zu Flarchheim, einem kleinen Dorfe auf der Seite von Langensalz[a], eine merkwürdige Zusammenkunft sein würde, die wohl verdiente von jemanden der so viel Neugierde hätte, und, wie er sich ausdrückte, den Seelen so gerne in die Gesichter guckte als ich gesehn zu werden. Es wären einige der wichtigsten Gelehrten Zeitungsschreiber und Journalisten von Deutschland, wie er selbst von einem unter ihnen wisse, entschlossen, an diesem Ort zusammenzukommen, sich persönlich kennen zu lernen und ein paar Tage zu schmausen. Er glaubte daß vielleicht wichtige Sachen vorgenommen werden würden, wenigstens hätte ihm dieses derselbe Mann zu verstehen gegeben, vermutlich eine kleine Veränderung mit der Literatur mögte wohl der Gegenstand sein.

Ich war über diese Nachricht fast außer mir. Denn was muß das nicht für ein Anblick sein, dachte ich, die Zirkel von καλοις κ' ἀγαθοις [dem Schönen und Guten] beisammen zu sehen, die ehrwürdigen Glieder des Gerichts, das keinen zeitlichen Richter erkennt, diese Bewahrer jenes großen Siegels womit die Patente des Ruhms und die Entrée-Billets zur Ewigkeit gestempelt werden, und die endlich allein das Jus praesentandi bei der Nachwelt aus den Händen der Welt empfangen haben. Man hat längst bemerkt, daß je undeutlicher die Begriffe sind die man von der

Größe eines Mannes hat, desto mehr würken sie auf das Blut, und desto enthusiastischer wird die Bewunderung: Himmel, sagte ich, mache mich so glücklich dieses Anblicks zu genießen, die Leute zu sehn gegen die alle Weisen der Erden das sind was die Weisen gegen dich, und in dem Augenblick kam mir es bei der sichersten Überzeugung daß mir meine Bitte gewährt werden würde vor, als wenn ich die Gesellschaft sähe, jeden mit einem heiligen Schein um den Kopf. Ob ich gleich nicht deutlich weiß daß ich je einen Journalisten mit einem Apostel verglichen, so schien es doch fast als wenn ich es einmal dunkel getan haben müsse, denn sie schienen mir in dem augenblicklichen Gesichte dazusitzen wie die eilfe auf einem Kupferstiche den ich in meiner Kindheit öfters angesehen hatte. [D 337]

Einer unsrer Voreltern muß in einem verbotenen Buch gelesen haben. [D 339]

Vielleicht gehören die eigentlichen Dichter nur in die rohen Zeiten, jetzt da diese nicht mehr sind müssen wir auch andere Dichter haben. [D 341]

Der Witz [wird] mit den Jahren stumpf, andere Kenntnisse bleiben. [D 349]

Es muß untersucht werden, ob es überhaupt möglich etwas zu tun ohne sein eignes Bestes immer dabei vor Augen zu haben. [D 350]

Er hat das *nihil scire* (den akademischen Zweifel) gut begriffen. [D 351]

Es gibt eine Art von Ironie, die wohl einmal eines Versuchs wert wäre. Man müßte nämlich die Zweifel die man gegen eine Sache hat mit einem gewissen starken Anschein von Güte des Herzens und Überzeugung von der Richtigkeit der Meinung, die man bestreitet, vortragen. Z.E. Ich will die Anmerkung von der Genugtuung nehmen. So könnte einer an Herrn Leß oder sonst jemanden so schreiben: Ich habe unmaßgeblich gedacht, daß weil der liebe Gott nichts an den Pflanzen und den Tieren zu ändern gefunden sondern sie so gelassen hat, wie sie anfänglich waren, so wäre es meiner einfältigen Einsicht nach doch ganz sonderbar warum er am Menschen, den er doch nach seinem Bilde gemacht, schon nach Verlauf von 2000 Jahren eine Reparation nötig gefunden, und noch dazu eine solche, daß er etwas tun mußte, was die Nachwelt kaum glauben kann, daß er nämlich seinen Sohn hat herabschicken müssen. Wollen Ew. Wohlgeboren gütigst bemerken, daß die große Abweichung des Menschen von seiner ersten vollkommenen Art eine Folge der in ihn gelegten Freiheit war, daß ihn aber sein Hang zur Veränderlichkeit endlich von selbst wieder zurückgebracht haben würde.

[D 357]

Unsere besten Ausdrücke werden veralten, schon manches Wort ist jetzo niedrig, was ehmals eine kühne Metapher war. Es ist also gewissermaßen der Dauer eines Werks zuträglich wenn man etwas neu im Stil tut, doch so, daß die Nachahmung schwer ist, es kann nicht so leicht veraltern. [D 362]

Der Mangel an Ideen macht unsere Poesie jetzt so verächtlich. Erfindet wenn ihr wollt gelesen sein. Wer Henker wird nicht gern etwas Neues lesen? [D 363]

Man kann eine Sache wieder so sagen wie sie schon ist gesagt worden, sie vom Menschenverstand weiter abbringen, oder sie ihm nähern, das erste tut der seichte Kopf, das zweite der Enthusiast, das dritte der eigentliche Weltweise. [D 364]

Der Deutsche ist nie mehr Nachahmer als wenn er absolut Original sein will, weil es andere Nationen auch sind, den Original-Schriftstellern andrer Nationen fällt es nie ein Original sein zu wollen. Der Esprit du Corps zeugt Gedanken, in einer Rezensenten-Innung hat mancher Kopf einen Einfall gehabt, den er insuliert nicht gehabt haben würde. [D 367]

Wenn du auch schon einmal in dem Zustand gewesen bist, so wirst du mich beneiden, lieber Leser, wo nicht, für einen Narren halten. [D 368]

Der oft unüberlegten Hochachtung gegen alte Gesetze, alte Gebräuche und alte Religion hat man alles Übel in der Welt zu danken. [D 369]

Ehmals, wenn man ein schlechtes Buch schrieb, so hatte man es auf seinem Gewissen, wenn jemand verführt oder angeführt wurde. Jetzt bei den vielen gelehrten Zeitungen darf man sich nicht mehr so sehr scheuen. [D 376]

Wenn ein Buch und ein Kopf zusammenstoßen und es klingt hohl, ist das allemal im Buch? [D 399]

Wer weiß ob nicht Sokrates, wenn er jetzt in Frankfurt wäre, mit an der gelehrten Zeitung arbeitete. [D 400]

Die sonderbaren Revolutionen im Reiche der Autoren schreibe [ich] zum Teil unserer verkehrten Erziehung und zum Teil den häufig wehenden Nordwestwinden zu. [D 401]

Wenn der Deutsche eine Maschine erfindet, wer gibt ihm was dafür? Es ist schon sehr viel wenn ein gnädiger Kammerdiener das Modell untertänigst vorzuzeigen verspricht von dessen Kindern es hernach mit der heiligen Christ-Ware ein Schicksal hat. Bücher werden noch so ziemlich abgesetzt, aber unsere Produkte können wir doch noch nicht mit Vorteil außer Land führen. [D 402]

Die Hottentotten nennen das Denken die Geißel des Lebens. *Que des Hottentots parmi nous!* ruft Helvetius! Ein schönes Motto. [D 403]

In den vorigen Zeiten achtete man auf Kometen und Nordscheine um andere Bedürfnisse zu befriedigen. Aberglauben trieb damals den Beobachter, jetzt tut es Ehrgeiz und Wißbegierde. [D 404]

Die Religion hat viel Übels gestiftet, ist sie deswegen zu verwerfen? Aus eben dem Grund wäre die bekannte belli taeterrima causa auch abzuschaffen. [D 405]

Der Philosoph setzt sich oft über die Großen der Erde weg mit einem Gedanken, der Große setzt sich über sie weg und fühlt es. [D 406]

Die Welt muß noch nicht sehr alt sein, weil die Menschen noch nicht fliegen können. [D 407]

Ich glaube kaum, daß es möglich sein wird zu erweisen, daß wir das Werk eines höchsten Wesens, und nicht vielmehr zum Zeitvertreib von einem sehr unvollkommenen sind zusammengesetzt worden. [D 412]

Je mehr man in einer Sprache durch Vernunft unterscheiden lernt, desto schwerer wird einem das Sprechen derselben. Im Fertig-Sprechen ist viel Instinktmäßiges, durch Vernunft läßt es sich nicht erreichen. Gewisse Dinge müssen in der Jugend erlernt werden, sagt man, dieses ist von Menschen wahr, die ihre Vernunft zum Nachteil aller übrigen Kräfte kultivieren. [D 413]

Es ist dem Menschen sehr natürlich, wenn er verliebt ist Ähnlichkeiten zwischen seinem Namen und seiner Geliebten Namen, ja sogar zwischen den Geburts-Orten und den Geburtstagen zu finden. Dr Tolle, der sich in Mamsell D. verliebt hatte und zwar äußerst, fand es sonderbar, daß er auf den 4ten November und sie den 4. Dezember geboren war. Ein anderer, daß er den ersten Julii und sein Mädchen den ersten Jänner, grade das halbe Jahr voraus geboren war. [D 414]

Ich halte Schlözern für einen Mann, dem ich meinen Beifall nicht geben kann, aber dessen Beifall mir lieber wäre als vieler andern. [D 421]

Wenn wir mehr selbst dächten, so würden wir sehr viel mehr schlechte und sehr viel mehr gute Bücher haben. [D 425]

Ein eigentlicher Rezensent, sagen sie, muß die Kritik aus dem Grund aus verstehen. Es ist seiner Ehre und seines Kredits wegen notwendig, daß er sich selbst als einen guten Schriftsteller gezeigt haben muß, sonst traut man ihm so wenig als einem unverheurateten Dorf-Pastor, wenn er von der Keuschheit predigt. Hat er diese Eigenschaften nicht, so verliert er die Achtung eines großen Teils des Publikums, und die Achtung des eigentlichen Philosophen, des Menschenkenners, des Selbstdenkers kann er sich nie erwerben. Denn die Urteile des seichten Kopfs verraten sich dem Kenner durch etwas, was sich der seichte Kopf nicht abgewöhnt, weil er grade *darin* dem Denker überlegen zu sein glaubt. Wahrhaftig so viel Worte so viel Ungereimtheiten und Spöttereien von denen einige juristisch behandelt, und von den Prozeßgespenstern, Unkosten, Ärgernis und Sorgen, ihren müßigen Erfindern, scheußlich vergrößert und *versinnlicht*, vorgestellt zu werden verdienen. Die Kritik aus dem Grund aus studieren? Aus dem Grund aus? Was heißt aus dem Grund aus? Nicht wahr, so lange fort halbieren bis nichts mehr übrig bleibt? oder soll der Vater so lange Kritik studieren bis es ihm sein Enkel freundschaftlich verweist? Mit dem ewigen absurden Gründlichen, mich dauern nur unsre guten Seelen, die so etwas der Körper wegen mitmachen müssen, ich zweifle auch nicht daran, daß sie in einem Anfall von Entkörperung über sich selbst lachen. So wenig der Mensch innerhalb der Kugel sitzt die er bewohnt, sondern auf der Oberfläche, wenn man die Luft abrechnet, so ist auch das Innere der Dinge nicht für den Menschen sondern nur die Oberfläche, wenn man die geringe Tiefe abrechnet, in welcher der philosophische Taucher noch leben kann. Was ihr von Grund aus studieren nennt geht bloß in die Breite, das Gründlich ist nicht für den Menschen, so lange er an diese Maschine angeschlossen ist, die ihm nur Anstöße summiert, so muß er bei der Fläche bleiben. Will er weiter, so ist er noch sehr glücklich wenn er das Leben verliert, er könnte um seinen Verstand kommen. Aber, sprechen einige meiner Freunde, was haben Sie nötig so viel Philosophie, oder was wenigstens so aussieht vor sich aufzudämmen um einen so kleinen Anfall abzuhalten? Sie erlauben mir meine Freunde, Sie sollen es gleich hören warum? Ich habe nicht umsonst diese Stelle so befestigt. Kennen Sie die fast courant gewordene Distinktion zwischen solider und superfizieller Gelehrsamkeit noch nicht? Uns eignen Sie die superfizielle und sich die solide zu? Sehen Sie nicht die Pasquille aus dem Nebel dieser der Geometrie abgeborgten Metapher hervorfletschen? Denn ist dieses, so ist unsere Gelehrsamkeit nicht bloß durch plus und minus von der Ihrigen unterschieden, sondern wir können unsere Gelehrsamkeit aufs äußerste treiben und sie wird doch nicht solid, hundert superfizielle Folianten sind noch nicht so viel wert als ein solides Insekt von einem Büchelchen, das an einer Uhrkette bümmelt. Sind das Kleinigkeiten? Aber hundert gegen eins, ich verderbe den Herrn ihre Freude. Daß unsere und Ihre Gelehrsamkeit unterschieden ist sieht allerdings ein Blinder, auch daß unsere superfiziell ist fällt in die Augen. Aber – – O daß doch der Mensch keine Worte hat Kapitel auf einmal auszusprechen, wie sollten [sie] die guten Männer verblüffen, also, euch zu Liebe, nach und nach. Aber kennt ihr denn nur zwo Dimensionen von Witz und Gelehrsamkeit? Und an die lineare denkt ihr nicht und das ist grade, grade die ihr besitzt – Aber wahrhaftig keine Sarkasmen, mit Exempeln, mit Tatsachen belege ich. Die Wahrheit ist nicht durchdringlich, entweder ich oder ihr. Und alle alle stoße ich euch hinunter und [bin] meiner Sache gewiß, jeden mit *A* und *non A*.

[D 433]

Man muß nie denken, dieser Satz ist mir zu schwer, der gehört für die großen Gelehrten, ich will mich mit den andern hier beschäftigen, dieses ist eine Schwachheit die leicht in eine völlige Untätigkeit ausarten kann. Man muß sich für nichts zu gering halten. [D 434]

Einige Leute wollen das Studieren der Künste lächerlich machen indem sie sagen man schriebe Bücher über Bildchen. Was sind aber unsre Gespräche und unsre Schriften anders als Beschreibungen von Bildchen auf unserer Retina oder falschen Bildchen in unserem Kopf? [D 448]

Wenn man die meisten Gelehrten ansieht, nichts verrichten sie an sich als daß sie sich die Nägel und Federn schneiden. Ihre Haare lassen sie sich durch andere in Ordnung legen, ihre Kleidung durch andere machen, ihre Speise durch andre bereiten, dafür daß sie das Wetter in ihrem Kopfe beobachten. [D 450]

Der Mann hatte so viel Verstand, daß er fast zu nichts mehr in der Welt zu gebrauchen war. [D 451]

Er war ein solcher aufmerksamer Grübler, ein Sandkorn sah er immer eher als ein Haus. [D 475]

In der Republik der Gelehrten will jeder herrschen, es gibt da keine Aldermänner, das ist übel, jeder General muß so zu reden den Plan entwerfen, Schildwache stehen und die Wachtstube fegen, und Wasser holen, es will keiner dem andern in die Hände arbeiten. [D 483]

Alles verfeinert sich, Musik war ehmals Lärm, Satyre war Pasquill, und da wo man heutzutag sagt, erlauben Sie gütigst, schlug man einem vor alters hinter die Ohren. [D 487]

Nonsense ist in der Tat etwas sehr Betrübtes, und ein Professor der welchen schreibt sollte freundlich auf Pension gesetzt werden. [D 488]

Wenn sich einmal ein Maul einfallen lassen wollte mehr zu essen als der Kopf und die Hände verdienen können, so wollte ich es und auf ewig zustopfen. [D 494]

Es gibt Leute die zuweilen ihre Offenherzigkeit rühmen, sie sollten aber bedenken daß die Offenherzigkeit aus dem Charakter fließen muß, sonst muß sie selbst der als eine Grobheit ansehen, der sie sonst, wenn sie echt ist, hochschätzt. [D 501]

In Deutschland haben wir eine Menge Gelehrte die sich, wie man zu sagen pflegt, geschwinde in ein Fach hineinwerfen können, diese Leute wundern sich heimlich über sich selbst, daß sie so bald im Stande sind über eine Materie zu schreiben. Sie werden Polygraphen, ehe sie sich dessen versehen. Sie bekommen einen Ruhm, allein fast immer werden sie mehr von Unwissenden und Halberfahrnen angestaunt, der eigentliche Mann des Fachs lächelt bei ihren Arbeiten, die der Wissenschaft selbst nicht einen Pfennig eintragen. Sie gegenteils sind blödsinnig genug diesen ihnen versagten Beifall des Kenners für Neid zu halten. Unsere meisten Schriftsteller sind von der Art, man darf es kühn behaupten. Sie sind vortrefflich um von ihnen zu sprechen, denn auch unter diesen hervorzuragen ist eine Ehre, wenigstens in dem Lande wo es Mode ist auf diese Art gelehrt zu sein, allein Vorteil bringen sie der Wissenschaft sicherlich nicht. Um in einer Wissenschaft so zu schreiben, daß man nicht bloß die Menge staunen macht, sondern den Beifall des Kenners erhält und der Wissenschaft selbst etwas zulegt, um dieses zu tun, sage ich, muß man sich ihr allein widmen, und zu gewissen Zeiten selbst nur einzelne kleine Teile derselben bearbeiten. Unsere Gelehrten werden gewiß von andern ähnlichen wieder verdrängt, und so fort. Sie sterben am Abend des Tages, da sie in der Sonne schimmerten und spielten, zu Tausenden dahin und werden vergessen. Man kann sich selbst bis zum Erstaunen in einer Sache Gnüge leisten, und der Erfahrne lacht über unser Werk. [D 503]

Ein Louisd'or in der Tasche ist besser als 10 auf dem Bücherschrank. [D 509]

Herr mein Gewissen ist so geldfest, daß meine Taschen in einem halben Jahre keines zu sehn bekommen. [D 523]

Bücher werden aus Büchern geschrieben, unsere Dichter werden meistenteils Dichter durch Dichter-Lesen. Gelehrte sollten sich mehr darauf legen Empfindungen und Beobachtungen zu Buch zu bringen. [D 541]

Stolz, mit hoher Brust und halb umgedrehtem Haupt, schritte sie daher, wie die Eitelkeit, wenn sie sieht ob ihr die Schleppe nachkommt. [D 547]

Den Buckel mit birkenem Pinsel blau bemalen. [D 548]

Der Herbst, der der Erde die Blätter wieder zuzählt, die sie dem Sommer geliehen hat. [D 559]

Wo und wann habe ich denn gesagt, daß ich unter orientalischen Sprachen das Arabische, Hebräische, Syrische oder Chaldäische verstehe? Ich lebe und schreibe in Westfalen, wie das alle meine Freunde wissen, und da verstehe [ich] unter den orientalischen Sprachen das eigentlich Hochdeutsche, das Brandenburgische, das Wendische und da ich der Meinung zugetan bin, daß das eigentliche Kauderwelschland Westfalen gegen Morgen liegt, auch das Kauderwelsche. [D 562]

Ich habe seine Stärke im Kauderwelschen beständig bewundert. [D 563]

In England sind jetzt die sogenannten papier maché-Verzierungen so eingerissen, daß man, glaube ich, endlich Denkmäler in Westminster Abtei davon machen wird. Überhaupt wäre der Gedanke nicht übel, wenn mancher Gelehrter sein verfertigtes Makulatur stampfen und daraus seine Büste wollte verfertigen lassen. [D 578]

Er war sonst ein Mensch wie wir, nur mußte er stärker gedrückt werden um zu schreien. Er mußte zweimal sehen was er bemerken, zweimal hören was er behalten sollte, und was andere nach einer einzigen Ohrfeige unterlassen, unterließ er erst nach der zwoten. [D 584]

Wenn sich etwas Bestimmtes von dem Charakter der Engländer sagen läßt, so ist es dieses, daß ihre Nerven wie man zu sagen pflegt sehr fein sind, sie unterscheiden vieles wo andere nur eins sehen, und werden leicht durch den gegenwärtigen Eindruck hingerissen, daher sieht man wie ihre Wankelmütigkeit mit ihrem Genie zusammenhängt. Wenn sie sich vorsätzlich einer einzigen Sache überlassen, so müssen sie es auf diese Art sehr weit bringen. [D 596]

Grade das Gegenteil tun heißt auch nachahmen, es heißt nämlich das Gegenteil nachahmen. [D 604]

Manche unserer Original-Köpfe müssen wir wenigstens so lange für wahnwitzig halten, bis wir so klug werden wie sie. [D 605]

And now to sense and now to Nonsense leaning
He stumbles on and blunders out a meaning. [D 606]

Er pflegte damals echte griechische geschnittene Steine für die jungen Altertums-Kenner zu verfertigen. Wenn Praxiteles jetzt lebte, so hätte er ihn zum Gesellen angenommen. [D 614]

Ich kann in der Welt nicht begreifen, was wir davon haben, den Alten so bei jeder Gelegenheit gleich den Bart zu streicheln, danken können sie es uns nicht, und aus den breiten und niedrigen Stirnen und den trotzigen Gesichtern zu schließen, worüber sich jeder deutsche Pitschierstecher aufhält, würden sie nicht einmal, wenn sie könnten. Es ist fürwahr eine mächtige Ehre für uns alte Studenten, daß es vor zweitausend Jahren Leute gegeben hat, die gescheuter waren als wir. Meint ihr vielleicht wir lebten noch in den Zeiten, wo die größte Weisheit in dem Bewußtsein bestund, daß man nichts weiß? Auf das Kapital borgt man euch keinen Magistertitul, so wenig als auf den Reichtum der in der Armut besteht einen Groschen. Nein Freunde, die Zeiten haben wir verschlafen. Diese Sätze sind heutzutage nichts weiter als schöne Nester von ausgeflogenen Wahrheiten. In den philosophischen Kunstkammern gehen sie mit, in die Haushaltungen taugen sie nicht einen Schuß Pulver. Eine herrliche Ehre heutzutage überzeugt zu sein, daß man nichts weiß. Ihr könnt schon daraus sehen, daß der Satz unmöglich mehr gelten kann, oder eure Klagen über die gegenwärtigen Zeiten sind noch in einem andern Betracht widersinnig. Das könnt ihr nicht leugnen, daß wir heutzutage mehr Leute haben, die nichts wissen, und die einfältige Überzeugung davon ließe sich ihnen bald beibringen. [D 616]

Ich übergebe euch dieses Büchelgen als einen Spiegel um hinein nach euch und nicht als eine Lorgnette um dadurch und nach andern zu sehen. [D 617]

Das Land, in welchem *ehrliche* Haut und *unschuldiger Tropf* Schimpfwörter sind, und *anführen* so viel als *betrügen*.
[D 628]

Man kann, was einer erfindet, immer ansehen als hätte er es verloren, es ist nur so zu reden verlegt in seinem Kopf, wer nichts in seinem Kopf verloren hat kann nichts finden. [D 640]

Schöne Frauenzimmer.

Anatis Xerxes Schwester	Atalanta
Zenobia	Lais
Kleopatra	Helena
Aspasia	Polyxena
Timosa	Panthea
Jane Shore	Herodice
Phryne	Lukretia

Schöne Männer.

Parthenopäus	Spurinna zerschnitt sein Gesicht
Tenidates	Combabus entmannte sich
Antinous	Abdalmuralis Mahomets Großvater
Paris	Owen Tudor
Ganymed	Edward IV
Alkibiades	Tigranes
Xerxes	Ephestio
Demetrius Poliorcetes	

[D 642]

Einen schlechten Geschmack kann niemand haben, aber gar keinen haben manche Leute. Die meisten Menschen haben keine Ideen, sagt Dr Price, sie sprechen über eine Sache, aber sie denken nicht, ich habe das oben mehrmalen *eine Meinung haben* genannt. [D 645]

In einem Städtgen, das, wenn das Schnupfen- und Pockenjahr zusammentrafen, einen einzigen Arzt ganz bequem ernähren konnte, lebten ihrer zween, der eine in der Neustadt und der andere in der Altstadt. Vielleicht ist nie ein unähnlicheres Paar sonderbarer zusammengebracht worden als diese beiden Leute. In ihren Grundsätzen waren sie so verschieden, daß sie sich einander in Schriften todgekränkt haben würden, wenn sie auch nicht auf eine Art zusammengebracht worden wären die selbst Brüder gegen einander aufbringen konnte. Es ist gar mit Worten nicht auszudrücken, was für seltsame Streit-, Kuren- und Sterbfälle die Eifersucht dieser beiden Leute verursacht hat. Wenn eine Krankheit herrschte, so erkundigte sich der eine immer nach dem was der andere verschrieb, bloß um das Gegenteil zu tun. Das sonderbarste war, daß beide gleich glücklich und gleich unglücklich waren, und wenn sie ihre Fälle drucken ließen, so wußte man nicht zu sagen was man denken sollte. [D 654]

Leib und Seele ein Pferd neben einen Ochsen gespannt. [D 656]

Schimpftwörter und dergleichen.

alter Krachwedel	Betrüger
alter Hosenhuster	Lork
Dreck auf den Bart (Araber)	Affengesicht
Bärnhäuter	Narre
Schandbalg	Matz
alte Hure	Lausewenzel
Bankert	Flöhbeutel
Flegel	Galgenschwengel
Reckel	Galgenvogel
Bengel	Sauwedel
Tölpel	Lümmel; Saulümmel
Gelbschnabel	Laffe
Schuft	Schelm
Hundsfott	Rotzlöffel
Esel	Schnauzhahn
Schlingel	Hundejunge
Maul-Affe	Poltron
Klotzkopf	Lausebalg

Dummkopf
Schurke
Spitzbube
Dieb

Schandbalg
Scheißmatz
Knasterbart
Memme

Hure
Nickel
Mensch
Drecksau
Schlampe
Vettel
Luder

Hexe
Canaille
Trulle
Schind-Aas
Regiments-Hure
– – – – – Nickel.

hol dich der Teufel
daß dich tausend Teufel zerreißen
daß dich der Donner und das Wetter erschlüge
daß du tausend Schwere-Not hättest
daß du die Kränke hättest
Blitz, Hagel, und alle Wetter
Schwere-Not!
Himmel Sakrament!
Potz Donner, und der Teufel
Tausend Sakrament
Beim Teufel. [D 667]

Wörter und Redens-Arten.

Wörter mit ab. als sich abängstigen.

Er hat sich so abgedacht, so abdemonstriert, mit einem abgedachten Gesicht, sich abgeärgert pp

abdrohen, er hat ihm dieses Geständnis abgedroht

abenteuerlich

Aberglaube Aberwitz woher? *After* oder *Über*? *super*stitio?

abgefäumt

abfilzen

einem ein Geheimnis *ab*fragen, abschmeicheln

abgedroschen, an dieser Materie, dächte ich, wäre

schon genug gedroschen worden

abkarten

abgeriffelt ad politiorem humanitatem informatus

Einem etwas abhadern obtinere aliquid per litem ab aliquo

Ein ableibiger Kerl macilentus

abmergeln

abschachern

ein abgesiechter Körper

kleiner Affe

ein häßlicher Affe

einen am Affenseil herumführen spe falsa aliquem producere

Alfanzereien nugae

altvettelische Tändeleien

angekünstelt

einen *an*schnarchen, *an*schnauzen invehi in aliquem

Er weiß sich überall anzuvettern, subblandiri

anzetteln

so auf und ab, praeter propter

in Bausch und Bogen

augendienerisch

ein Ausbund von einem Schalk

Mauserei

Ausschuß Schafe

Es ist ein *Gebeffz*

bekreuzigen

begaffen

behext

bekleiben wie ein Propf-Reis

Es ist ein beständiges Belfern und Beffzen und Beißen

Beluchsen, beschuppen

beschert, das ist eine schöne Bescherung

Biedermann

Ein Blaustrumpf (Verräter, delator)

blinzen nictare

blutsauer

nicht ein Bohnenflöckgen ne hilum, not a whit

Kalmäusern litteris se abdere

Contreband

beian sagen (dabei)

Dockmäuser

das Drahtziehen

eigenköpfig

Wörter mit Erz. z.E. Erz-Pfiff, Erz-Vogel

Eselmühle, die Eselmühle kenne ich schon

Fabel-Hans

Fickfack, Intriguenmacher ardelio

das ist ein stinkender Firnis mein lieber Freund

fistulieren, voce acutiore, quam quidem natura fert, cantare.

Flicksentenzen Flickseufzer und andere Wörter mit Flick

Friedensrock

Frönen praebere operas

Fuchsschwänzerei

Fülle plenitudo

Gaukelei

Geifer

Gelag convivium

Gelecke

Er braucht geräumige Ausdrücke

Geschmeiß

Gespons, Braut

Trillen vexare

das feine Gewebe, Gespinst

Gewimmer planctus

wimmern

Gerinne

Gewirre

Gewölke

Zerren

Gickeln

Ein Seher unter den Menschen

vergeistlichen

libellieren

Glorie

Magie, Orakelwörter

winddürr

wegfrömmeln abgefrömmelt

Hieroglyphe

die Straße des Friedens

Schatzgräberei

wimmeln

sich einander tätscheln (schmeicheln) und tänzeln

in seinem Sudelbuch (common place book)

die Spielwochen eines Schriftstellers

Sinnlichkeit

sinnekrank

Ich weiß wohl wo der Seufzer hingeht

Duft

Im *Guß* verdorben

ekstatisch, magisch

transzendent

ein ausgestochener Galgenvogel

hinhudeln, Hudler

koppelhafte Gespräche

Sich ein bißgen Geld *er*schreiben und *er*schimpfen

schnöd

Nissigkeit so viel als niedriger Geiz

der Erz-Päbstler Montaigne

beklügeln so viel als betadeln

Greuel der unter unsern Augen begangen wird

Fasel-Mast, wenn nur wenig an den Gipfeln hängt. Sieh die Herleitung im Bremischen Wörterbuch

Geschnatter

Was ist das greiflachend p. 156. im III[ten] Teil des Nothanker?

Bücherei statt Bibliothek

Eselei

Faselei

Hudelei, Hümpelei

Klügelei

Sudelei

Witzelei

Jämmerlich! ruft Lessing aus

Möser: die Würde, die er aus dem ursprünglichen *Verein* hatte, das ehrwürdige Kapitel, das aus *ebenbürtigen* Mitgliedern besteht

sprudelt und raset (Lessing)

der ganze Praß

Lavater redet einmal vom *Hinbrüten, dunigtes* (downy) *wollustwarmes erschlaffendes Hinbrüten*

πμ

Prügelfaules Fell.

[D 668]

1775–1776

Gedanken über Tun und Schwätzen. [E 2]

Er teilte des Sonntags Segen und oft schon des Montags Prügel aus. [E 3]

Es hätte etwas aus seinen Ideen gemacht werden können, wenn sie ihm ein Engel zusammengesucht hätte. [E 9]

Wenn man eine Kröte darauf bindet oder es von einem Prinzen angreifen läßt. [E 10]

Arschwische mit Motto's. [E 11]

Aristoteles hat angemerkt, daß unter allen Arten von Autoren die Dichter ihre Werke am liebsten haben. [E 15]

Die Gedanken dicht und die Partikeln dünne. [E 16]

Pascal, der Mann der in seinem 12ten Jahr die Sätze des Euklid für sich fand, und in seinem 16ten ein Werk über die Kegelschnitte schrieb, das seines gleichen seit Archimedes Zeiten nicht gehabt haben soll, glaubte in seinem 30ten in allem Ernst, daß eine Tränenfistul seiner Schwester Tochter durch eine Reliquie, einen heiligen Dorn geheilt worden sei. Pascal lebte 39 Jahr, diese können wir füglich = 80 setzen, denn er starb von Alter schwach und entkräftet. 30 sind also ohngefähr 61 Jahre, das ist schon ein Alter um etwas zu glauben. [E 29]

Es ist ein großer Unterschied, welchen Weg man nimmt um zu Erkenntnis gewisser Dinge zu gelangen. Wenn man mit Metaphysik und Religion in der Jugend anfängt, so geht man leicht in Vernunftschlüssen bis zur Unsterblichkeit der Seele fort. Nicht jeder andere Weg wird dazu führen, wenigstens nicht eben so leicht. Wenn sich auch schon von jedem Wort einzeln ein deutlicher Begriff geben läßt, so ist es doch unmöglich in einem sehr zusammengesetzten Schluß alle diese Begriffe gleich deutlich vor sich zu haben, in der Anwendung werden sie oft nach der Art verbunden, die uns von Jugend auf die gewöhnlichste und leichteste war. [E 30]

Nichts ist schwerer in der Philosophie als eine Sache ganz von Anfang zu nehmen, und doch bei Betrachtung derselben von erworbenen Kenntnissen Gebrauch zu machen. Z.E. Über die Unsterblichkeit der Seele denken zu wollen, ohne vorher schon ein gewisses Ende zu sehen, ein gewisses Ziel; nicht beim 6ten Schluß schon eine Meinung zu ergreifen und den 8ten 9ten 10ten pp nur anzuhängen. Kann uns nicht das Denken in unserer materiellen Substanz eben so außerordentlich vorkommen, weil wir dieses selbst sind? Je näher wir einem Gegenstand in der Natur kommen, desto unbegreiflich[er] wird er, das Sandkorn ist gewiß das nicht wofür ich es ansehe. Ich begreife eben so wenig wie ein zusammengesetztes Wesen denken könne, als wie ein einfaches mit einem zusammengesetzten in Verbindung gebracht werden können. Hätten wir eine Analysis für dergleichen Sätze und könnten sie in eine Formul bringen, so würden wir sehen, daß beide Sätze einerlei sind, und daß das Unbegreifliche nur verschoben aber nicht aufgehoben ist. Ich weiß nicht wie weit die beiden Sätze 2 mal 2 ist 4 und Heinrich der IV. von Frankreich ist von Ravaillac ermordet worden, in meinem Kopf von einander liegen, oder ob jeder allemal den ganzen Kopf einnimmt, oder wenn sie nur einen kleinen Teil einnehmen, ob sie in allen Menschen eben dieselben sind. Mir ist es wahrscheinlich, daß entweder jeder Gedanke eine gewisse Gegend des Gehirnes besonders in Bewegung setzt, aber diese Bewegung dem ganzen übrigen Kopf mitteilt, in einem Menschen stärker als in dem andern, oder nicht ganz, allein in einem Menschen weiter als in dem andern. Hieraus läßt sich das Unzusammenhängende in den Träumen erklären. [E 31]

Daß die wichtigsten Dinge durch Röhren getan werden. Beweise erstlich die Zeugungsglieder, die Schreibfeder und unser Schießgewehr, ja was ist der Mensch anders als ein verworrnes Bündel Röhren? [E 35]

Wir haben so viele Original-Köpfe im Meß-Catalogo und so wenige unter dem Galgen. (Thomas Reeves *of an undaunted boldness*. Vid. Old Bailey Trials T. I. p. 147 war ein Original.) Wilkinson, und hauptsächlich der leichtsinnige James Carrick, der bis unter den Galgen Possen spielte und die Zuschauer lachen machte während als die andern beteten, ja sich sogar den Strick auf eine possenhafte Art um den Hals schlung. [E 36]

Der obige Gedanke kann so ausgedruckt werden: In England findet man mehr Original-Charaktere in Gesellschaften und unter dem gemeinen Volk als man aus ihren Schriften kennt. Wir hingegen haben eine Menge im Meß-Catalogo, wenig in Gesellschaft und dem gemeinen Leben, und unter dem Galgen gar keine. [E 37]

Man wird bei allen Menschen von Geist eine Neigung finden sich kurz auszudrücken, geschwind zu sagen was gesagt werden soll. Die Sprachen geben daher keine schwache Kennzeichen von dem Charakter einer Nation ab. Wie schwer ist es nicht einem Deutschen den Tacitus zu übersetzen. Die Engländer sind schon konziser als wir, ich meine ihre guten Schriftsteller. Sie haben einen großen Vorzug darin für uns, daß sie besondere Wörter für die Species haben, wo wir oft das Genus mit einer Limitation gebrauchen, welches Weitläuftigkeit verursacht. Es könnte nicht schaden, wenn man in jeder Periode die Worte zählte und sie jedesmal mit den wenigsten auszudrücken suchte. [E 39]

Jede Verfassung der Seele hat ihre eigne Zeichen und Ausdruck, so gut als die Unschuld, welche die *Schuld* nie erreicht, da seht ihr wie schwer es ist Original zu scheinen ohne es zu sein. [E 40]

Wir kennen ihre Spitzbuben besser als sie unsere Gelehrten.
[E 42]

Der Mann hatte so eine gesetzte Umständlichkeit in allem was er sagte und eine solche frachtbriefmäßige Art sich auszudrücken, daß es gar kein lebendiger Mensch bei ihm ausdauren konnte.
[E 43]

Es ist der Ordnung der Natur sehr gemäß, daß zahnlose Tiere Hörner haben, was Wunder wenn es alten Männern und Weibern öfters so geht? [E 45]

Die Kaufleute haben ihr Waste book (Sudelbuch, Klitterbuch glaube ich im Deutschen), darin tragen sie von Tag zu Tag alles ein was sie verkaufen und kaufen, alles durch einander ohne Ordnung, aus diesem wird es in das Journal getragen, wo alles mehr systematisch steht, und endlich kommt es in den Leidger at double entrance nach der italiänischen Art buchzuhalten. In diesem wird mit jedem Mann besonders abgerechnet und zwar erst als Debitor und dann als Creditor gegenüber. Dieses verdient von den Gelehrten nachgeahmt zu werden. Erst ein Buch worin ich alles einschreibe, so wie ich es sehe oder wie es mir meine Gedanken eingeben, alsdann kann dieses wieder in ein anderes getragen werden, wo die Materien mehr abgesondert und geordnet sind, und der Leidger könnte dann die Verbindung und die daraus fließende Erläuterung der Sache in einem ordentlichen Ausdruck enthalten. vid. p. XXVI [E 46]

Man nennt Tiere Tausendfüße, die kaum die Hälfte (oder wieviel?) der Zahl haben. [E 47]

Eher kannst du einen Tropfen Wasser wiederfinden, der sich im Luftmeer verloren hat. [E 48]

Der Mensch kann einen Gran Gold aus einem Quecksilber-See herausfinden, aber das nicht. [E 49]

Es muß ein Spiritus rector in einem Buch sein oder es ist keinen Heller wert. [E 50]

Vom Licht. Sich die Vorstellung der wunderbaren Würkung so viel als möglich zu erleichtern haben einige angenommen es wäre nicht wahr. [E 51]

Es ist ein großer Unterschied zwischen etwas *noch* glauben und es *wieder* glauben. *Noch* glauben, daß der Mond auf die Pflanzen würke, verrät Dummheit und Aberglaube, aber es *wieder* glauben zeigt von Philosophie und Nachdenken. [E 52]

Um witzig zu schreiben muß man sich mit den eigentlichen Kunstausdrücken aller Stände gut bekannt machen, ein Hauptwerk in jedem nur flüchtig gelesen ist hinlänglich. Denn was ernsthaft seicht ist, kann witzig tief sein. [E 54]

Er ist sicherlich der Mann der Roger Bacons Zelle zu Oxford einfallen machen könnte, wenn er wollte. [E 55]

Er war der eigentliche Besitzer von Lullys Kunst, denn er konnte stundenlang über eine Materie disputieren ohne ein Wort davon zu verstehen. [E 56]

Ich bin überzeugt, daß alles gut sein wird an dem Tage, wenn die Geschichte ihre Bücher schließt, aber wer kann mir verdenken, wenn ich auch zuweilen meinen Baß in diesem Konzert brumme? [E 62]

Ir[by] Nichts kann mehr zu einer Seelen-Ruhe beitragen, als wenn man gar keine Meinung hat. [E 63]

In den glückseligen Zeiten der Barbarei, da hatte man doch noch Hoffnung, einmal mit der Zeit ein guter Christ zu werden. Man durfte nur regelmäßig in die Kirche gehen und dem lieben

Gott von allem was er einem gab wieder etwas zurückgeben, dessen Besorgung noch dazu die Geistlichkeit übernahm. Aber heutzutag ist es kaum mehr möglich, diesen Titul zu erlangen. [E 65]

In dem güldenen Alter der Welt, ich meine die Zeiten der sogenannten Barbarei, da hielt man doch noch auf ein Buch. Eine Gräfin Agnes von Anjou bezahlte für ein Homiliarium eines Bischofs Haimo zu Halberstadt* 200 Schafe, 5 Malter Weizen und glaube ich eben so viel Malter Roggen und Hirsen. Zweihundert Schafe für einen Band Homilien, das klingt doch noch wie ein pro labore. Aber fragt einmal jetzt einen Halberstädtischen Domherrn was man für seine empfindsame Predigten kriegt. Keine Hammelskeule. [E 66]

In den barbarischen Zeiten, wenn das sogenannte Eselsfest zum Andenken der Flucht in Ägypten gefeiert wurde, schrie der Priester anstatt den Segen zu sprechen 3mal wie ein Esel, und die Gemeinde sprach ihm diese verständlichen Worte treulich nach, der eine gut der andre schlecht je nachdem er [ein] guter oder schlechter Esel war. Dieses sollte kein Spaß sein, sondern war eine sehr heilige Handlung. Vid. Ducange, voc. Festum V. III p. 424. [E 67]

Besondere den Charakter der Engländer erläuternde Züge. Hiervon siehe unten p. XIX seq. Man hat fast durchaus außer England falsche Vorstellung[en] von dem Charakter dieser Nation.

Die Verteidiger der Freiheit tragen heutzutage halbe Ellen hohe Toupees, und riechen wie pots pourris. Man sieht sie so in der City und in den Assembleen des Lord Mayors (Wilkes). Man dachte sich sonst unter einem Alterman ein fast eben hoch als breites fettes Schildkröten fressendes und Ale und Claret

* Robertson schreibt ihn Haimon.

trinkendes Ding. Die Zeiten sind vorbei, es gibt Aldermänner dünne schlank und leicht.

Der Porter ist der Tröster des gemeinen Volks, er macht daß sie weniger über das Wort Freiheit nachdenken, und selbst die Taxe weniger fühlen, die man auf ihn gelegt hat.

Die Sterblichkeit in London ist so groß, daß keine von Simpson's und Moivre's Regeln darauf angewendet werden kann, dafür lebt man aber auch geschwinder, man genießt mehr Vergnügen in einem Tag als an andern Orten in einer Woche. Wenn sich die Politur einer Nation verhält wie die Verschiedenheit der Physiognomien in derselben, so ist England die polierteste Nation, die ich kenne.

Damals als Wilkes mit der Petition nach dem König fuhr, sah ich einen Kerl der sich auf den Vorsprung einer Mauer gestellt hat[te], hier mußte er sich sehr gut balancieren, wenn er nicht fallen wollte, und seine Arme dichte an der Wand, so wie seinen Kopf und Rücken halten. Als Wilkes kam, und er seinen Hut schwingen wollte, so läßt sich nicht beschreiben, wie lächerlich die beiden einander aufhebenden Bemühungen des Kerls sich in seinem Balancement äußerten, die nicht von der Mauer unter den Haufen zu fallen, wo er weder sehen noch gesehen werden konnte, und die Wilkes zu Ehren seinen Hut zu schwingen.

Ein Sentiment auf dem Theater in London, zumal wenn es Großmut oder Erkenntlichkeit in dem Manne, der es äußert, verrät, wird allemal mit größerem Beifall von dem gemeinen Volk aufgenommen, als eine Zote.

John Bull's ist der Charakter der Engländer.

Mervin Lord Audley war es, der seine Frau und Tochter von seinem Bedienten notzüchtigen ließ, und die erstere selbst hielt, während als der Kerl die Tat verrichtete, die letztere aber die nur 12 Jahr alt war mit Öl an der Stelle schmierte, wo der Kerl hinein wollte, bis es ihm gelung. Er ward im Jahr 1631 im April deswegen zum Galgen verdammt, nach der Hand aber enthauptet. Man siehe Trials for High-Treason and other crimes Tom. I. p. 168. Dieses Verhör verdient gelesen zu werden.

William Prynne ist der Verfasser des Histriomastix. Er mußte am Pranger stehen, verlor beide Ohren, Oxford wo er einen Gradum angenommen hatte degradierte ihn wieder, ferner wurde ihm eine Strafe von 5000 Pfund auferlegt, und [er] auf ewig festgesetzt.

Herr Rousse, Prediger zu Clophill in Bedfordshire, mein sehr guter Freund, ist ein wahrer Charakter. Über 74 Jahr alt, und munter wie ein Mann von 30, oft mutwillig, laudator temporis acti zwar, aber mit so viel Laune, daß man ihm Beifall geben muß.

Maccaroni nennten sich ehmals die Glieder eines gewissen Ordens, so wie jetzt es Lazzaroni gibt, die Scavoir vivre, oder ehmals die kit kat. Man leitet es aus Scherz von μακάριος [glücklich] und ὄνος [Esel] her.

Acht Meilen von Oxford lebt noch jetzt ein Geistlicher (Edward Lewis) der etliche achtzig Jahr alt ist. Dieser Mann hat [seit] seinem 30. Jahr nichts anders getrunken als Wasser und glaubt daß dieses der Weg zur Tugend sei. Er predigt diese Lehre jedermann, und ich habe einen Brief von ihm gesehen, den er im Jahr 1759 an einen seiner Freunde schrieb, der dem Trunk ergeben war, der mir außerordentlich gefallen hat, Ausdruck und Wendung zeigten außer den gut gewählten Gründen, daß Mr Lewis ein Mann von Geist ist. Er liest beständig und sehr geschwind, weil er ununterbrochen liest. Zweimal die Woche geht er nach Oxford, wo er gewöhnlich ankommt, ehe die Jugend aufgestanden ist, geht auf ein Kaffee-Haus und liest alle Zeitungen, die er findet, und geht nach Endigung dieses Geschäftes gleich wieder zurück. Er trägt jedes Kleid drei Jahre. Das erste Jahr als sein Staatskleid und bei besondern Gelegenheiten, das 2te Jahr wird es das Alltagskleid, im dritten wird es gewendet und dann erscheint es noch einmal vielleicht als Futter. Er ist sehr lang, trägt starke Schuhe und blaue wollene Strümpfe. (Sir Francis)

Ich habe in England bald wie ein Lord und bald wie ein Handwerks-Pursche gelebt.

Ein englischer Bauer, der ein geborner Rechner war, zählte einmal die Worte in einer Komödie in welche man ihn zum Zeitvertreib geführt hatte. [E 68]

Mich dünkt der Deutsche hat seine Stärke vorzüglich in Original-Werken, worin ihm schon ein sonderbarer Kopf vorgearbeitet hat, oder mit andern Worten er besitzt die Kunst durch Nachahmen Original zu werden in der größten Vollkommenheit. Er besitzt eine Empfindlichkeit augenblicklich die Formen zu haschen und kann seine Murky aus allen Tönen spielen, die ihm [ein] ausländischer Original-Kopf angibt. [E 69]

Burke hat die Formen der Argumente in seinen Reden allein weit vollkommener als Goethe die Formen des Shakespear, und jener ist zu dem Namen des großen Redners und dieser des Shakespear gekommen wie die Keller-Esel (Läuse) zum Namen Tausendfuß, weil sich niemand die Mühe nehmen wollte sie zu zählen. [E 70]

Laune kommt in dem Deutschen von luna der Mond, und launigt hieß ehmals so viel als mondsüchtig, so heißen die Engländer noch jetzt einen Mondsüchtigen a lunatic, aus welchem das Wort launigt leicht hergeleitet werden kann, wenn man ein paar Buchstaben durch ein paar andere ablösen läßt. [E 71]

Was? die Sache verstehen wenn man disputieren will? Ich behaupte, daß zu einem Dispute notwendig ist, daß wenigstens einer die Sache nicht versteht, worüber gesprochen wird, und daß in dem sogenannten lebendigen Disput in seiner höchsten Vollkommenheit beide Parteien nichts von der Sache verstehen, ja nicht einmal wissen müssen, was sie selbst sagen. Dieses ist Lullys ganze Kunst. Es ist kein Arkanum, sondern ein Rätsel, er hatte die Welt zum besten, wie mancher Philosoph vor und nach ihm. Wir besitzen sie alle und sie ist offenbar in der Kunst Prose zu reden schon mitbegriffen. Als ich in England war disputierte

[man] auf allen Bierbänken, Kaffeehäusern, Kreuzwegen und Landkutschen über die Amerikaner nach den Regeln des lebendigen Dispüts und selbst in dem Rat der Aldermänner an dessen Spitze Wilkes stund wurde nach diesen Regeln disputiert, ja als einmal [ein] einfältiger Tropf (vid. supra p. 28. 29) aufstund und zu bedenken gab ob es nicht einigermaßen gut wäre die Sache ernstlich zu prüfen, ehe man einen Entschluß fasse, so antwortete ein anderer Mann ausdrücklich, daß, da dieses zu weit führen würde und mühsam wäre, der Entschluß ohne weitre Untersuchung gefaßt werden müßte. Welches auch damals, weil es fast Essens-Zeit war, genehmigt wurde. [E 72]

In St. James-Street wohnte zu meiner Zeit eine Obsthändlerin, die es gewiß weiter gebracht als je eine ihrer Vorgängerinnen in diesem Fache. Sie war in allen Intriguen unterrichtet, hatte immer die ersten Nachrichten von Staats-Neuigkeiten. Nicht jeder durfte in ihren Laden kommen, so wenig als in das Kabinett in St. James. Ihre Bude war nur Leuten von Rang und Mode offen. Z.E. jetzt Lord March, Duke of Devonshire, Charles Fox. Diese traten hinein, schnitten sich eine Scheibe Ananas, und aßen sonst einige Kostbarkeiten, besprachen sich mit ihr und gingen wieder weg ohne eben jetzt zu bezahlen. Nach einem Jahr bekamen diese Herren oft Rechnungen von 500 Pfunden von ihr. Ein Freund von mir (Sir F. C.) sah noch gestern am 22ten Julii Charles Fox mit ihr vor ihrer Türe sprechen, sie mahnte ihn und sagte, wenn Sie mir nur jetzt 100 Pfunde geben könnten. So mahnt eine Obsthändlerin in St. James's Street. [E 73]

Hab ich je etwas Non-Deutsches gehört, so ist es das. [E 74]

Ein junger Engländer in Eton stach sich mit [dem] Federmesser in die Hand bloß um sein Blut zu sehen. (Irby) Greatheed tat es auch. [E 75]

Zu meiner Zeit erhing sich in Kew ein liederlicher, versoffener Pagenwärter, er wurde noch bei guter Zeit abgeschnitten und zu sich selbst gebracht. Die Königin ließ ihn das Schloß räumen und gab ihm eine Pension von 60 Pfund des Jahrs. [E 76]

Kitty in der Alley in Pall Mall. Eines der schönsten Mädchen in England. [E 77]

Die fünf Kitty's die sich um die Wette auskleiden. [E 78]

Wer zwei Paar Hosen hat, mache eins zu Geld und schaffe sich dieses Buch an. [E 79]

Der Mann hat sich die Mühe genommen meine Fehler aufzudecken, da der Dienst, den er mir getan hat, der angenehmste eben nicht ist, so kann ich auf eine Schadloshaltung gewissermaßen Anspruch machen. Ich verlange keine größere Genugtuung, als daß er nun etwas von seiner eigenen Arbeit drucken läßt. [E 83]

Ich weiß gar nicht was der Mann will. Er hat sich in den Kopf gesetzt, daß gewisse Wörter eine gewisse Bedeutung hätten, die sie beständig behalten müßten. Ich frage, ist eine Königliche Verordnung dagegen oder nicht? Wer will mir wehren hier ein Wort und dort eine Bedeutung zu nehmen und zu verbinden? Es ist alles offenbar Mangel an großer Welt, und die allein ist Welt. [E 85]

*Har*burg und *Ham*burg, *Hier*burg und *Hin*burg. Hannover ist so viel als Hinüber. [E 91]

Wenn man bedenkt, daß der Mensch aus Leib und Seele besteht, daß sich die letztere im ersteren auf tausenderlei Weise verkriechen und verstecken kann, hingegen der erstere sich vergeblich in die letztere zu verkriechen sucht, so ist meines Erachtens die

Art wie Karl der 5te das Interim einzuschärfen suchte immer die beste Art Meinungen auszubreiten. Mit einer Handvoll Soldaten läßt sich in einer Campagne mehr Wahrheit ausbreiten, als mit einer Handvoll Büchern, und die rote Religion hat mir in psychologischen Dingen mit einer Klarheit zu räsonieren geschienen, die noch keine andere hat erreichen können, was ist Barbara Celarent gegen Flamme und Schwert und Blut? Und da der Mensch halb Affe und halb Engel ist, und der Affe immer hingeht wo der Engel hin will und vice versa, so ist es gleich viel welcher von beiden den Stoß kriegt. Trabant und Haupt-Planet. Eine Handvoll Soldaten ist immer besser als ein Maulvoll Argumente. [E 96]

Seine Uhr lag schon einige Stunden in einer Ohnmacht. [E 97]

Oden, wenn man sie liest, so gehen einem mit Respekt zu sagen Nasenlöcher und Zehen auseinander. [E 98]

Nun seht ihr sind die Musen schon von Göttingen nach Lauenburg oder die Musen lassen nun ihren Kalender in Lauenburg drucken. [E 99]

Wir ziehen unsere Köpfe in Treibhäusern. [E 100]

Ich warne alle Menschen sich vor dem Jahr 1777 in Acht zu nehmen. London denkt noch immer an sein 1666. [E 101]

Die geheimen und ungeheimen Tiefen der Philosophie. Er kannte die Tiefen dieser Wissenschaft mit allen ihren Untiefen. [E 102]

Kurz man mag sagen oder brummen was man will, so ist nicht zu leugnen, daß die sogenannten launigten und empfindsamen Werke der Deutschen den Schwaden der Musen dampfen und einen Geist atmen, den man nur in der sanften Gegend des Malstroms und unter dem jonischen Himmel von Nova Zemla antrifft. [E 103]

Menschen-Verstand ist eine herrliche Sache, allein das unbeholfenste unbrauchbarste Ding von der Welt bei solchen Gelegenheiten wo man ihn nicht nötig hat. Wer sagt euch denn, daß ihr ihn brauchen sollt wenn ihr eine Ode lesen wollt? Sie sind bei schlummerndem Menschen-Verstand geschrieben, und ihr beurteilt sie bei wachendem. Mit einem Wort das rechte Werk ist da, aber ihr bringt den rechten Kopf nicht. Wenn ein Buch und ein Kopf an einander stoßen und es klingt hohl, ist das allemal im Buch? Horaz hätte ganze andere Oden geschrieben, sagen sie. Es wären Zeilen darin, die bewundere man immer mehr je älter man würde und je öfter man sie läse, dahingegen die meisten deutschen Oden immer einfältiger klängen je öfter man sie läse. Kann man sich eine maliziösere Liscowischere Art sich zu erklären aussinnen? Ich glaube einem steinernen Apostel müßte die Gedult ablaufen. Ihr Haubenstöcke, wer sagt euch denn, daß ihr unsere Odensänger mit dem Horaz vergleichen sollt? Was? Horaz lebte an einem der ersten Höfe der Welt und in einer Stadt die das Herz des menschlichen Geschlechts genannt werden konnte. Da konnten die Gassen-Buben das Quicquid agunt homines auf jedem Kirchhof oder hinter jeder Mauer sehen, wenn sie nur die Augen auftun wollten. Da war es freilich eine gewaltige Kunst den Menschen zu kennen, Wahrheiten, bei deren Erforschung wir jetzt alle unsere Physiognomik aufbieten und bei deren Bewunderung uns die Augen über und die Zehen auseinander gehen, wißt ihr was die in Rom waren? Kaffeediscourse, nichts weiter, Dinge über die jeder Betrüger noch 50 Staffeln hinausgehen mußte wenn er seine Künste spielen wollte. Ich hätte fast Neigung die feinen Herrn die unsre Lauenburger Sänger mit dem Horaz messen können und gewiß mit mehrerem Recht mit gewissen Original-Köpfen zu vergleichen, die in Celle in einem gewissen Haus eingeschlossen sitzen. Einfältige Streiche. Unsere Oden-Dichter sind meistens junge unschuldige

Tröpfe, die in kleinen Städten leben und singen, wo alle Einwohner einerlei hoffen, einerlei fürchten, einerlei hören und einerlei denken, wo 20 Köpfe in einer Gesellschaft immer für einen gelten, Leute, die aus Dichterlesen Dichter werden, so wie man aus Büchern schwimmen oder aus Rugendas Bataillen die Kriegskunst lernt. Unerfahrene Menschen, davon jeder etwa ein Dutzend eigne und 2 Dutzend geborgte Ideen bar liegen hat, da läßt sich mit über die Welt handeln. Außerdem gibt es ja zweierlei Oden, die gelehrte für Geist und Ohr und die ungelehrte für das Ohr allein, und zu der letzteren braucht man kaum einmal vom Weibe geboren zu sein. Wenn man etwas Silbenmaß in den Ohren hat und dabei 20 bis dreißig Oden als stimulantia liest, so mögte [ich] gern das Gesicht von dem Sterblichen sehen, der nicht eine Ode wiederhallen könnte bei der jedem poetischen Primaner die Nasenlöcher auf und Finger und Zehen auseinandergehen sollten. Mit einem Worte solche Kompositionen muß man gar nicht mit dem Maßstabe messen mit dem [man] Hagedorns Uzens und Ramlers Oden mißt, sie gehören zu einer ganzen andern Klasse von Kompositionen und sind das in der Poesie was Jacob Böhms unsterbliche Werke in Prose sind, eine Art von Pickenick, wobei der Verfasser die Worte (den Schall) und der Leser den Sinn stellt. Will er nicht, oder kann er nicht, gut so läßt ers bleiben. Zu einem solchen Kränzgen finden sich immer Leute. [E 104]

Jacob Böhm, der Mann, dessen Schriften alles das gediegen und in einer festen Masse enthalten, was uns seine albernen Nachfolger mit einer bloß scheinbaren Verständlichkeit verdünnt und verdorben übergeben, ist und bleibt einer der ersten Schriftsteller unserer Nation. Für das, was die Rezensenten heutzutag das Weben des Genies hoch in den Wolken oder das Brausen desselben am Boden des Ozeans nennen, für [die] halb ausgedachten großen Losungs-Ideen denkender Adepten, in denen sich ihre Seelen küssen, in einem Goldregen von Wörtern und Ausdrükken der lechzenden Seele versinnlicht, ist nie jemand ihm gleich gewesen. Denn unsere beiden Preußen und unser Schweizer sind bloße Original-Köpfe, Leute die bloß das subtilere Babel schreiben. [E 109]

Witzige Schriften wollten sie. Da regnete blitzte und hagelte es Epigramme. Wißt ihr was die Antwort war? die alte ausgepeitschte Sentenz es gäbe hundert Witzige gegen einen der Verstand hätte. Wer konnte es alsdann den Spottvögeln verdenken, von denen es in Deutschland wimmelt, wenn sie die Welt mit verständigen Schriften anfüllten, ich meine mit solchen in welchen kein Gran von Witz anzutreffen ist, daher nahm die verständige Komödie ihren Ursprung, die verständige Farce, unsre verständige Satyre, ja man machte sogar verständige Wortspiele. [E 111]

Zu Heinrichs des VIII$^{\underline{ten}}$ Zeiten speiste man in England um 10 Uhr des Morgends zu Mittag und um vier Uhr zu Nacht. [E 116]

Über die Fortrückung der Nachtgleichen und der Essenszeit. Die letztere zu untersuchen ist so wichtig für den Moralisten, als die erstere für den Astronomen. [E 117]

In demselben Manuskript, woraus die Nachricht von Heinrich III. genommen ist, befinden sich noch allerlei unterhaltende Nachrichten. Vid. Lloyd's Evening post. 1775. p. 236. Unter andern wird allen Königlichen Bedienten ernstlich anbefohlen, keine Schlüssel, Messer, Schüsseln oder sonst Hausgeräte aus den Häusern zu stehlen, wohin der König besuchen geht.

Man könnte eine solche alte Verordnung erdichten, sie könnte sehr unterrichtend eingerichtet werden.

p. 92 Injunction to the brewer not to put any Hops or Brimstone into the ale.

Man aß damals porpoises am Hof, die oft für ein Pferd zu schwer waren. Kein Wunder daß die Leute stärker waren. [E 118]

Über die Fortrückung der Essenszeit. In England ißt man in der großen Welt um 5 zu Mittag. Viele Personen essen daher nicht mehr zu Nacht, aber dafür ein starkes Frühstück um 10, hier ist es also wo Suppieren nunmehro anfängt in Mittagessen überzugehen und sich in einer Mahlzeit (im Frühstück) zeigt, das vom Abendessen die Absicht und vom Mittagessen die Zeit borgt. [E 119]

Im September als die Gefangenen von verschiednen Gefängnissen nach Newgate abgeführt wurden, begegneten sich 2 solcher Kolonnen (nämlich eine von New prison und die andere von Bridewell), so fingen sie an um eine Wette zu rennen, welche Partie zuerst in Newgate sein würde, und die Wette wurde von der letzteren Partei gewonnen. [E 120]

Wir fahren nicht mit Bouquets und weißen Coquarden nach dem Galgen, schneiden uns nicht aus Neugierde in die Finger um unser Blut zu sehen, braten nicht Rippenstücke von unsern Weibern oder Geliebten, wie der Kerl tat mit dessen Gerippe der Wind auf Hounslow Heath noch jetzt spielt. Und wir wollen original sein? [E 121]

Was man ernstlich sagen will in einer Ironie kann entweder als Worte der Gegner beigebracht werden, oder mit einem *zwar*. Es ist *zwar* wahr, wir können nicht leugnen pp und dann eine Verteidigung. [E 122]

Zwar scheint aus 'tis wahr (it is true) entstanden zu sein. [E 123]

Schöne Nester ausgeflogener Wahrheiten. Gut zu Vorschriften nicht für die Welt sondern für die Schreibmeister in Fraktur, oder zum Übersetzen in Torten. [E 124]

Seit wann ist dann schlecht und recht und recht schlecht einerlei? [E 125]

ad p. XV. oben Horaz hätte ganz andere Oden gesungen. Hört Freunde, wenn ihr Ungerechtigkeiten sagen wollt, so sagt sie wenigstens schlechtweg und versündigt euch nicht mit solchen mutwilligen Kombinationen von groß und klein bei aller Gelegenheit, und wenn ihr den Unwillen und Kaltsinn der Welt auf uns zu bringen sucht, so verschont uns wenigstens mit ihrem Spott. Was hat Horaz hier zu tun? Meint Ihr ich merke eure Streiche nicht? Aber wahrlich, reizt mich nicht zu ähnlichen Sarkasmen, ich wette ich feure euch fünfmal gegen Euer Einmal. [E 126]

Ich rede nicht von Jahrhunderten sondern von Leipziger Messen. [E 127]

Und gesetzt ein junger Mensch, der einen Trieb in sich verspürt ein Originalkopf zu werden, schreibt uns eine Romanze oder eine Ballade oder so etwas, wobei jedem vernünftigen Mann die Augen aus Mitleiden über das unglückliche junge Genie übergehen, hat man deswegen gleich Ursache, ein Langes und Breites davon zu machen und sich anzustoßen, zuzuwispern und zuzugicklen und so laut heimlich zu tun, als wenn der Pabst mit Zwillingen niedergekommen wäre? Wenn jemand schlecht schreibt, gut, so laßt ihn schreiben. Sich in einen Ochsen verwandeln ist noch lange kein Selbstmord. [E 128]

Es hatte die Würkung, die gemeiniglich gute Bücher haben. Es machte die Einfältigen einfältiger, die Klugen klüger und die übrigen Tausende blieben ungeändert. [E 129]

Macht aus Materien, die eigentlich ein Stück in einem Wochenblatt füllen könnten, kein Buch, und aus zwei Worten keine Periode. Was der große Dummkopf in einem Buch sagt, würde erträglich sein, wenn er es in 3 Worte bringen könnte. [E 130]

Schwätzt doch nicht. Was wollt Ihr denn? wenn die Fixsterne nicht einmal fix sind, wie könnt ihr denn sagen, daß alles Wahre wahr ist? [E 139]

Sie schreiben aus Vaterlands-Liebe Zeug, worüber man unser liebes Vaterland auslacht. [E 140]

Ich bin eigentlich nach England gegangen um deutsch schreiben zu lernen. [E 144]

Nachdem die Theorie von der Notwendigkeit eines Mangels an Symmetrie um original zu sein ist gegeben worden, so kann gesagt werden: Ich hielte daher für ratsam daß man den neugebornen Kindern einen sanften Schlag mit geballter Faust auf den Kopf gäbe, der ohne ihnen zu schaden die Symmetrie des Gehirns etwas verrückte. Ich riete ihn ja nicht grade auf die Stirne oder oben oder hinten hin zu geben, auch nicht auf die Seite, weil dieses die Symmetrie keinesweges affizieren würde. Denn in den drei ersten Fällen werden beide Seiten gleich stark unmittelbar getroffen und in dem letzten würde die Reaktion der gegenüberstehenden Seite statt eines Schlages von der entgegengesetzten Seite sein. Ich riete also unmaßgeblich den Schlag grade über einem von den beiden äußern Augenwinkeln anzubringen, denn da alsdann Teile von einer ganz andern Struktur und Lage in Reaktion gebracht werden, so kann es nicht anders sein, als daß endlich die schönste Asymmetrie des Gehirnes erhalten werden wird. Von hinten auf den Kopf zu schlagen wollte ich deswegen nicht raten, weil das Cerebellum oder die Hintergebäude der Seele [da] liegen, wo bekanntlich die Werke des Witzes nicht verarbeitet [werden], und die Seele sich mit auswärtigen Affairen nicht abgibt. Ich habe deswegen oft mit Verdruß bemerkt, daß die Schläge auf den Kopf oder die sogenannten Ohrfeigen in unsern Schulen abkommen und nur noch in der großen Gesellschaft wo sie ganz umsonst angebracht werden, weil die Köpfe alsdann gewöhnlich schon in das Holz gegangen

sind, Mode sind. Man hat Exempel, daß Leute, die auf den Kopf gefallen oder darauf mit einem Prügel geschlagen worden sind, zuweilen angefangen haben zu weissagen, und anders von den Dingen in der Welt zu denken, als andere Menschen (die Regeln der Grammatik ausgenommen). Dieses hieß nun freilich dem Guten zu viel tun, und ich erkläre noch alles hierin aus einer symmetrischen Zerrüttung des Gehirns, allein kein Mensch kann leugnen, daß der beneidenswürdigste Kopf in dieser Welt derjenige wäre, den man vergöttern würde, wenn er die eine Seite nicht hätte, und den man in Bedlam einsperren müßte, wenn die andere nicht wäre, das sind die großen Seelen die Affe und Engel zugleich sind, und die freilich zuweilen die läppischen Ideen des erstern mit dem transzendenten Periodenklang des letztern, oder die sonnhellen Ideen des letztern mit den hundsföttischen unverständlichen Zeichen des ersteren ausdrücken. Weiter. Warum schlagen sich die Menschen an den Kopf wenn sie etwas nicht wissen, was sie hätten wissen sollen, ein Gebrauch der den Menschen natürlich ist? Das Kopfschütteln, einige zuerst nach der Rechten, andere nach der Linken.
[E 147]

Mut, Geschwätzigkeit und Menge ist auf unserer Seite. Was wollen wir weiter? [E 148]

Was man nicht gleich sieht ist keine drei Groschen wert, artifizielles Gewäsch. [E 149]

ad p. VI In dem Sudel-Buch können die Einfälle die man hat, mit aller der Umständlichkeit ausgeführt werden, in die man gewöhnlich verfällt so lang einem die Sache noch neu ist. Nachdem man bekannter mit der Sache wird, so sieht man das Unnötige ein und faßt es kürzer. Es ist mir so gegangen als ich meinen Timorus schrieb. Ich [habe] oft mit dem, was ein Aufsatz im Sudelbuch war, einen Ausdruck schattiert. [E 150]

Die Briefe über die neuste Literatur, die ich im Namen einer Aufwärterin geschrieben habe, können in dem Buch so angebracht werden: Wenige Länder in der Welt, ich darf es kühn behaupten, kommen Deutschland in diesem Stücke gleich, ich habe auf meinen Reisen eine merkwürdige Probe davon gehabt. Ich hielt mich einmal in einem Städtgen auf, wo die Dienstmädchen und Bedienten eine Lese-Gesellschaft errichtet hatten und, statt ihren kleinen Überfluß in Strümpfen und Schuhen, Halstüchern und sonst Dingen auszulegen die zur Üppigkeit gehören, Bücher dafür anschafften. Die Aufwärterin in meinem Haus war nicht lange vor meiner Ankunft in die Gesellschaft getretten, wie die Briefe zeigen, die ich fand nachdem sie das Haus verlassen. Denn der Wirt, ein Idiote, wollte kein Mädchen haben die die gelehrte Zeitung läse. [E 151]

Romane. Unsere Lebens-Art ist nun so simpel geworden, und alle unsere Gebräuche so wenig mystisch, unsere Städte sind meistens so klein, das Land so offen, alles ist sich so einfältig treu, daß ein Mann der einen deutschen Roman schreiben will fast nicht weiß wie er Leute zusammenbringen oder Knoten knüpfen soll. Denn da die Eltern jetzt in Deutschland durchaus ihre Kinder selbst säugen, so fallen die Kindervertauschungen weg, und ein Quell von Erfindung ist verstopft, der nicht mit Geld zu bezahlen war. Wollte ich ein Mädchen in Mannskleidern herumgehen lassen, das käme gleich heraus und die Bedienten verrieten es noch ehe sie aus dem Haus wäre, und außerdem werden unsere Frauenzimmer so weibisch erzogen, daß sie gar das Herz nicht haben so etwas zu tun. Nein fein bei der Mama zu sitzen, zu nähen und zu kochen um selbst eine Koch- und Näh-Mama zu werden, das ist ihre Sache, es ist freilich kommode für sie, aber eine Schande fürs Vaterland, für die Romanenschreiber eine unüberwindliche Hindernis. Ferner glaubt man in England, daß, wenn zwei Personen von einerlei Geschlecht in demselben Zimmer schlafen, ein Kerkerfieber unvermeidlich ist, deswegen sind die Personen in einem Hause des

Nachts am meisten getrennt, und ein Schriftsteller darf nur sorgen wie er die Haustüre offen kriegt, so kann er in das Haus lassen wen er will, und er darf nicht sorgen, daß jemand aufwacht als wen er braucht. Ferner da in England die Schornsteine nicht bloß Rauch-Kanäle, sondern hauptsächlich die Luftröhren der Schlafkammern sind, so geben sie zugleich einen vortrefflichen Weg ab unmittelbar und ganz ungehört in jede beliebige Stube des Hauses zu kommen, ja so bequem daß ich mir habe sagen lassen, daß wer einmal einen Schornstein auf und abgestiegen sei, ihn fast einer Treppe vorzöge. In Deutschland käme ein Liebhaber schön an, wenn er einen Schornstein hinab klettern wollte, ja wenn er Lust hat auf einen Feuerherd, oder in einen Waschkessel mit Lauge, oder in die Antichambre von 2 bis 3 Öfen zu fallen, die man wohl gar von innen nicht einmal aufmachen kann. Und gesetzt man wollte einen Liebhaber so in die Küche steigen lassen, so ist die Frage, wie bringt man ihn aufs Dach? Die Kater in Deutschland können diesen Weg wohl zu ihren Geliebten nehmen, aber nicht die Menschen. Hingegen in England formieren die Dächer eine Art von Straße, die zuweilen besser ist, als die an der Erde, und wenn man auf einem ist, so kostet es nicht mehr Mühe auf das andere zu kommen, als über eine Dorf-Gosse im Winter zu springen. Man will zwar sagen man habe diese Einrichtung wegen Feuersgefahr getroffen, da aber diese sich kaum alle 150 Jahr einmal in einem Hause eräugnen, so stelle ich mir vielmehr vor, daß man es zum Trost bedrängter Verliebten und Spitzbuben für nützlich befunden hat, die sehr oft diesen Weg nehmen, wenn sie gleich noch andere wählen könnten, aber gewiß allemal wenn die Retirade in der Eile geschehen muß, grade so wie etwa die Hexen und der Teufel in Deutschland zu tun pflegen. Endlich eine rechte Hindernis von Intriguen ist der sonst feine und lobenswürdige Einfall der Postdirektoren in Deutschland, durch den eine unzählige Menge von Tugenden des Jahrs erhalten werden, daß sie statt den englischen Postkutschen und Maschinen, in denen sich eine schwangere Prinzessin weder schämen noch fürchten dürfte zu reisen, die so beliebten offnen Mistwagen eingeführt haben. Denn was die kommoden Kutschen in England und ihre vortrefflichen Wege für Schaden tun ist mit Worten nicht auszudrücken. Für das erste, wenn ein Mädchen mit ihrem Liebhaber aus London des Abends durchgeht, so kann sie in Frankreich sein ehe der Vater aufwacht, oder in Schottland ehe er mit seinen Verwandten zu einem Entschluß kommt, so daß daher ein Schriftsteller weder die Feen, noch die Zauberer noch Talismane nötig hat, denn wenn er sein Paar nur bis nach Charingcross oder Hyde park corner bringen kann, so sind sie so sicher als wenn sie in des Weber Maleks Kasten wären.* Hingegen in Deutschland wenn auch der Vater den Verlust seiner Tochter erst am dritten Tage gewahr würde, wenn er nur weiß daß sie mit der Post gegangen ist, so kann er sie zu Pferde immer auf [der] dritten Station wieder kriegen. Ferner bringen Episoden zum Keim die leider nur allzu guten Gesellschaften in den bequemen Postkutschen in England, die immer voll schöner wohlgekleideter Frauenzimmer stecken, und wo, welches das Parlement nicht leiden sollte, die Passagiere so sitzen daß sie einander ansehen müssen, wodurch nicht allein eine höchst gefährliche Verwirrung der Augen, sondern zuweilen eine höchst schändliche zum Lächeln von beiden Seiten reizende Verwirrung der Beine, und daraus endlich eine oft nicht mehr aufzulösende Verwirrung der Seelen und Gedanken erstanden ist, so daß mancher ehrliche junge Mensch der von London nach Oxford reisen wollte zum Teufel gereist ist. So etwas ist nun dem Himmel sei Dank auf unsern Postwagen nicht möglich. Denn erstlich können artige Frauenzimmer sich unmöglich auf einen solchen Wagen setzen, wenn sie sich nicht [in] der Jugend etwas im Zaunbeklettern, Elsternesterstechen, Äpfelabmachen und Nüsseprügeln umgesehen haben, denn der Schwung über die Seitenleiter erfordert eine besondere Adresse und wenig unerfahrene Frauenzimmer können ihn ohne Hosen tun, wenn sie nicht die unten stehenden

* Weber Malek S. den 111ten Tag in den Persischen Märgen.

Wagenmeister und Stallknechte lachen machen wollen. Für das zweite, so sitzt man, wenn man endlich sitzt, so, daß man sich nicht in das Gesicht sieht, und in dieser Stellung können, was man auch dagegen sagen mag, wenigstens Intriguen nicht gut angefangen werden, die Erzählung verliert ihre ganze Würze, und man kann höchstens nur verstehen, was man sagt, aber nicht was man sagen will; endlich so hat man auf den deutschen Postwagen ganz andere Sachen zu tun, als zu plaudern, man muß sich fest halten wenn die Löcher kommen, oder in den schlimmern Fällen sich gehörig zum Sprung spannen; muß auf die Äste achtgeben, und sich zur gehörigen Zeit ducken, damit der Hut oder Kopf sitzen bleibt; die Windseite merken, und immer die Kleidung an der Seite verstärken, von der der Angriff geschieht, und regnet es gar, so hat bekanntlich der Mensch die Eigenschaft mit andern Tieren gemein, die nicht in oder auf dem Wasser leben, daß er stille ist, wenn er naß wird, da steht die Unterredung ganz still, und kommt man endlich in einem Wirtshaus an, so geht die Zeit mit andern Dingen hin, der eine trocknet sich, der andere schüttelt sich, der eine kaut seine Brustkuchen und der andere bäht sich den Backen, und was dergleichen Kindereien mehr sind vid. p. LVI (hierüber Vid. Buch F p. 13.) Also fallen die Postkutschen-Intriguen mit den Postkutschen selbst, den rechten Treibhäusern für Episoden und Entdeckungen schlechterdings weg. Aber im Hannöverischen ist ja nun eine Postkutsche, wird man sagen. Gut, ich weiß es und zwar eine die immer so gut ist als eine englische. Also soll man alle Romanen auf dem Weg zwischen Harburg und Münden anfangen lassen, den man jetzt so geschwind zurücklegt, daß man kaum Zeit hat recht bekannt zu werden, und alles was ja die Fremden tun ist, daß sie zum Lob des Königs ausbrechen, der dieses so geordnet hat, oder schlafen, denn sie sind ehe sie in diese Kutsche kommen gemeiniglich im Hessischen, Holsteinischen oder auf dem Eichsfeld so zugerichtet worden, daß sie in der Kutsche glauben sie wären zu Haus oder lägen im Bette. Das sind fürwahr feine Gegenstände für einen Roman, 5 schlafende Kaufleute schnarchend einzuführen, oder ein Kapitel mit dem Lobe eines Königs anzufüllen, von dem ohnehin Deutschland voll genug ist. Das erstere ist schlechterdings gar kein Gegenstand für ein Buch, und das letztere [für] keinen Roman. Was geht die Romanschreiber das an? Darüber mag Robertson oder Hume oder Gatterer oder Schlözer der Nachwelt so viel vorplaudern als sie wollen. Das gehört gar nicht zur Sache, von der ich durch eure unüberlegten Einwürfe fast gänzlich abgekommen bin. Ja wenn nicht noch zuweilen ein Kloster wäre wo man ein verliebtes Paar unterbringen könnte, so wüßte ich mir keinen eigentlichen deutschen Roman bis auf die 3te Seite zu spielen. Und wenn es einmal keine Klöster mehr gibt, so ist das Stündchen der deutschen Romane gekommen. Die Fortsetzung s. unten S. LVI. [E 152]

Frei? Wie? Vogelfrei vielleicht? [E 153]

Deutsche Charaktere. Das ist die schon hundertmal hergeleierte Klage der allgemeinen Bibliothek, über der einem fast alle Geduld ausgehen mögte. Ich frage gleich: Was ist ein deutscher Charakter? Was? Nicht wahr, Tabakrauchen und Ehrlichkeit? O Ihr einfältigen Tröpfe. Hört seid so gut und sagt mir, was ist es für Wetter in Amerika? Soll ichs statt eurer sagen? Gut. Es blitzt, es hagelt, es ist dreckig, es ist schwül, es ist nicht auszustehn, es schneit, friert, wehet und die Sonne scheint. [E 154]

(Er habe mit Windmühlen gefochten.) Was auch Asmus oder Cervantes davon denken mögen, so weiß mein Herr aus vielfältiger Erfahrung, daß es weit gefährlicher ist mit Windmühlen zu fechten als mit Ochsen. Denn wenn man Gegenwart des Geistes genug hat die letztern bei den Hörnern zu fassen und sich ihnen auf den Buckel zu schwingen, so kann man sie reiten, da gegen die ersteren nichts dient, wie selbst mein Herr erfahren hat, der in einem Haar unter die Flügel geraten wäre. [E 155]

Ferner müßt ihr mit dem kleinstädtischen, kaffeeschwesterlichen Deuten der Charaktere wegbleiben, das in Deutschland bis zur Schande eingerissen ist, wenn ich sage, der Mann mit der weingrünen Nase, so kann ich sicher rechnen, daß ich nicht bloß die weingrünen alle gegen mich habe, sondern auch alle die blauen und die roten, endlich schlagen sich wohl gar die finnigten noch dazu, und so bin ich ein in die Acht erklärtes Geschöpf, das seinen Wein künftig zwischen seinen vier Wänden trinken muß. [E 156]

Wir ahmten zu viel nach. Dieses ist der schändlichste Einwurf unter allen, und sollte von Rechts wegen mit einem Schimpfwort beantwortet werden. Allein ich will mich fassen und nur einsweilen hiermit feierlich deklarieren, es mags gesagt haben wer da will, so bringe ich entweder den Mann noch um seine Besoldung oder zu Kirchenbuße oder rezensiere ihm einmal ehe er sichs versieht eines seiner Werke, daß er die Schwindsucht darüber kriegen soll. Es mögen ihm nun alle die 9 Musen daran geholfen, Meil die Vignetten radiert und Dieterich es gedruckt haben, das ist mir gleich viel. So muß kein honetter Mann mit Leuten umgehen, die sich, um ihm ein Vergnügen zu machen, zwischen Dintenfaß und Sandbüchse so abdenken, daß [sie] wenn sie sterben nicht so viel Saft in sich haben als eine Geige. Es ist Raserei zu sagen daß wir zu einer Zeit, da jeder Patriot wünschen sollte, daß wir doch wieder zu unserm alten Schlendrian, ich meine zur Nachahmung der Ausländer zurückkommen mögten. Ich wünschte, daß der Pasquillant zur Strafe unsere Original-Köpfe zusammenzählen müßte. Was will der Tropf denn? Im Amt Kalenberg sitzen allein an die funfzig und draußen in Böotien sollen fast gar keine andere Köpfe mehr sein. Im Böotischen Dialekt: Heer steke er doch die Nosen in's Zeitug 'nein, willst's find'n, und wennd'sts nit find'st bist 'nt Teufl wert, hast d'n Nosen nit für's G'nie z'riechen. Ich übersetze diese Zeilen nicht, denn sie sind Zeilen des Genies, und das Genie ist wie Voltaire sagt, der nicht allzeit lügt, unübersetzbar. Selbst ich, ohne Ruhm zu melden, schäme mich nicht zu sagen, daß ich mich für ein Original-Genie halte, die Menge macht uns keine Schande. [Ich merke was die einfältigen Leute wollen, sie meinen, daß Original-Schriftsteller so viel wäre als ein großer Schriftsteller, aber um aller Welt willen wer unter uns hat denn je im Traum so etwas gesagt?] [E 157]

Man könne, sagen sie, nichts aus unsern Original-Schriften lernen, wenn ich wieder sticheln wollte, so könnte ich sagen, vermutlich weil ihr schon alles wißt. Es ist zwar nicht zu leugnen, daß es das eigentliche Kriterion eines großen Schriftstellers ist, daß selbst aus seinem weggeworfenen Scherz denkende Köpfe ernsthaften Nutzen ziehen können, und daß sie über einen Kirschenstiel Betrachtungen anstellen können, die andrer Leute ihren über die Seele nichts nachgeben. [E 158]

Der Engländer tut für den Schall: *Liberty* so viel als mancher ehrliche Mann in Deutschland für das Ding: Freiheit. [E 163]

Die Katholiken und die andern Menschen. [E 166]

Bildhauer? Ich mögte wissen für was wir Bildhauer nötig hätten. Nicht wahr? Pfeifenköpfe zu schneiden, oder gotische Kirchenfenster zu flicken. [E 167]

O Helvetius, Helvetius, du hast wohl recht!
Que des Hottentots parmi nous! [E 168]

Ich weiß nicht mehr recht wo ich es gehört habe, aber gehört habe ichs, daß man seit einiger Zeit unter den Fuhrleuten, die zwischen Frankfurt und Leipzig fahren, etwas von dem poetischen Geist bemerkt, der unter den spanischen Eseltreibern so sehr gemein ist. Man hat mir sogar Proben erzählt. Es war ein Lied auf einen Wagen der stecken geblieben war. Ich erinnere mich nur einiger Zeilen daraus, die den Leser gewiß begierig auf das Ganze machen werden.

Da staken wir, und staken wir
Und staken wir in Sachsen
Im Dreck bis an die Achsen
So fest wie angewachsen.

Es ist zu verwundern, daß unsere Postillionen nicht auf etwas Ähnliches verfallen, da sie gemeiniglich Talente zur Musik besitzen. Man sollte daher fast schließen, daß poetisches Talent in Deutschland nicht einheimisch sondern eingeführt sei, und daß den Thüringer Fuhrleuten vielleicht irgend wo einmal Baretti in die Hände gefallen sein müsse, da sie denn nicht sowohl aus Anlage als vielmehr aus dem den Deutschen ganz eignen löblichen Eifer, keiner Nation eine Ehre allein zu lassen, ihre Liedchen so zu reden im Treibhaus gezogen haben. Ich habe öfters Deutschlands hohem Dichter-Genius mit anbetendem Erstaunen nachgesehen, wie er alles sein kann, was er will, er singt Lieder, die durch starke und simple Bilder wild harmonisch hinlaufen, als wenn er erst gestern das Feigenblatt mit einem Fell abgeworfen hätte, unter den deutschen Esquimaux vor 2000 Jahren könnten sie nicht natürlicher sein. Von Franzwein oder von Kaffee erhitzt kann er im Wald unter einer Eiche oder im Kabinett unter einer Pfingst-Birke prophetische Schauder abwarten, und wenn sie kommen, halb Barde und halb Bacchant heiligen Nebel sehen und metrisches Babel sprechen. Hier tollt und taumelt er mit seinem schönsten Viertel außer sich von Dithyrambe zu Dithyrambe bis an die Schwelle des Tollhauses fort, stutzt, besinnt sich und steht auf einmal wieder vollkommen und die Zierde der Schöpfung da. Dort liegt er unter Myrten und gibt dem Rosenknöpfchen, dem er seine Tau-Träne abküßt, eine Träne des Entzückens wieder zurück, wirft seinen Körper weg, wie wir einen Schlaf-Rock und küßt und liebt so unkörperlich wie Bilder in dem Brennpunkt konvexer Gläser küssen und lieben. Ja er hat sogar (und das hätte er können bleiben lassen) Menschen-Verstand in Versen zu sprechen gewagt und uns den Ursprung des Übels, die Falschheit menschlicher Tugend und von Kometen gesungen. Ich leugne zwar nicht, daß sich der Deutsche in dieser

Art von Dichtkunst vielleicht zum Rang der ersten schwingen könnte, da die ersten Versuche, die wir gemacht haben, fast über die letzten der übrigen Nationen weg sind, allein was ist das für eine Ehre Verse zu machen wobei man denken muß, eine feine Ehre das erste Trauerspiel gemacht zu haben, das zum Lachen zwingt, und ist jenes von dem unterschieden? Endlich steht noch wohl gar einmal ein Kästner auf und gibt uns wie Manilius eine Astronomie in Versen, das wird lustiges Zeug werden. Es gibt zwar Gegenstände in der Astronomie (allein so gar häufig sind sie auch nicht) die wenn man sie in gewöhnlicher Zeitungs-Prose erzählt fast wie erhabene Poesie klingen, aber ist das eine Folge, daß sie deswegen zu Versen taugen? [E 169]

Ich kann nicht unterlassen den Lesern oder vielmehr den Verlegern zu melden, daß ich endlich nach einer fast 15jährigen Lektüre des größten Schriftstellers, den wir haben, ich meine Jacob Böhmes, einige Paragraphen in ihm so verstehe, als wenn ich sie heute selbst geschrieben hätte. Es sind offenbar Weissagungen, und wer sich nur etwas im Künftigen umgesehn hat wird eingestehn müssen, daß sie auf die fürchterlichen drei 7 gehen, die wir fast in tausend Jahren nicht in unsrer Jahrzahl gehabt und die grade im tausendsten Jahr wieder kommen. War nicht 1555 der Religions-Friede und brannte nicht 1666 London ab? Ich werde die letzte Hand nicht eher an das Werk legen bis sich [die] Begebenheiten selbst ereignet haben. [E 170]

Daß man seine Gegner mit gedruckten Gründen überzeugen kann, habe ich schon seit dem Jahr 1764 nicht mehr geglaubt. Ich habe auch deswegen die Feder gar nicht angesetzt, sondern bloß um sie zu ärgern, und denen von unserer Seite Mut und Stärke zu geben und den andern zu erkennen zu geben, daß sie uns nicht überzeugt haben. [E 171]

Es gibt Leute, die so fette Gesichter haben, daß sie unter dem Speck lachen können, daß der größte physiognomische Zaubrer nichts davon gewahr wird, da wir arme winddürre Geschöpfe denen die Seele unmittelbar unter der Epidermis sitzt immer die Sprache sprechen, worin man nicht lügen kann. [E 172]

Er hatte außer Leib und Seele eine fast zolldicke Maske von Speck über sich gezogen, die die Bewegung seiner Gesichts-Muskeln so verhüllte, als der Körper bei andern Leuten die Gedanken. Er konnte unter dieser Hülle lachen und Gesichter schneiden, ohne daß die Umstehenden das mindeste davon merkten.

Oder so: Es soll in einem Buch weiter nichts stehen als was grade hinein gehört. Kein Gedanke und kein Worte Nonsense. Besteht denn der Mensch auch bloß aus Leib und Seele? Oder hat er nicht auch Speck, der weder zum einen noch zum andern gehört? [E 173]

Um eine fremde Sprache recht gut sprechen zu lernen, und würklich in Gesellschaft zu sprechen mit dem eigentlichen Akzent des Volks, muß man nicht allein Gedächtnis und Ohr haben, sondern auch in gewissem Grad ein kleiner Geck sein. [E 174]

Hüte dich, daß du nicht durch Zufälle in eine Stelle kommst, der du nicht gewachsen bist, damit du nicht scheinen mußt, was du nicht bist, nichts ist gefährlicher und stört alle innere Ruhe mehr, ja ist aller Rechtschaffenheit mehr nachteilig als dieses, und endigt gemeiniglich mit einem gänzlichen Verlust des Kredits. [E 175]

Wise ist ein Schimpfwort im Englischen, *he is a wise one* heißt so viel als er ist ein einfältiger Pinsel. [E 183]

Ihr wünscht uns einen Kopf, und ich wünsche daß ihr zwei hättet und säßet in Spiritus bis über die vier Ohren. [E 184]

Er hatte damals eine Dintenschenke in einer Übersetzerei zu Leipzig und arbeitete endlich selbst im Memoires-departement ins Grobe. [E 185]

Keine Leute sind eingebildeter, als die Beschreiber ihrer Empfindungen, zumal wenn sie dabei etwas Prose zu kommandieren haben. [E 190]

Für alle die Bemerkungen eines Mannes, der z.E. barfuß nach Rom laufen könnte um sich dem Vatikanischen Apoll zu Füßen zu werfen, gebe ich keinen Pfennig. Diese Leute sprechen nur von sich wenn sie von andern Dingen zu reden glauben, und die Wahrheit kann nicht leicht in üblere Hände geraten. [E 191]

Auch ich habe meine Empfindung beschreibende Prose oft mit einem Entzücken gelesen, das meine sterbliche Hülle mit einer wollüstigen Gänsehaut überzog; ich habe bei protestantischem Kopf und Herzen in den Hallen eines katholischen Tempels bei heiliger Musik und unter dem Donner der Pauken die Tritte des Allmächtigen zu hören geglaubt und Tränen der Andacht geweint. Mit unaussprechlicher Wollust denke ich noch an den Tag zurück, da ich in Westminster Abtei, über den Staub der Könige wandelnd, bei mir selbst die Worte betete, Ehe denn die Berge worden und die Erde und die Welt geschaffen worden bist du Gott von Ewigkeit zu Ewigkeit. (Die Beschreibung von den Bemerkungen bei dem Banqueting-Haus p. 1.) [E 192]

Die Leute können nicht begreifen, wie es Menschen geben könne, die das sogenannte Weben des Genies in den Wolken, wo ein glühender Kopf halb gare Ideen auswirft, für Possen halten können, ja wie man so grausam sein könne [und] ganze Kapitel voll schöner Ausdrücke nicht so hoch achtet als ein Senfkorn von Sache. [E 194]

Die Beweiser, da nichts zu beweisen ist. Es gibt eine Art von leerem Geschwätz, dem man durch Neuigkeit des Ausdrucks, unerwartete Metaphern das Ansehen von Fülle gibt. Klopstock und Lavater sind Meister darin. Im Scherz geht es an. Im Ernst ist es unverzeihlich. [E 195]

Die Wahrheit hat tausend Hindernisse zu überwinden, um unbeschädigt zu Papier zu kommen, und von Papier wieder zu Kopf. Die Lügner sind ihre schwächsten Feinde. Der enthusiastische Schriftsteller, der von allen Dingen spricht und alle Dinge ansieht, wie andere ehrliche Leute, wenn sie einen Hieb haben, ferner der superfeine erkünstelte Menschenkenner, der in jeder Handlung eines Mannes, wie Engel in einer Monade, sein ganzes Leben sich abspiegeln sieht, und sehen will, der gute fromme Mann, der überall aus Respekt glaubt, nichts untersucht, was er vor dem 15. Jahr gelernt hat, und sein bißgen Untersuchtes auf [un]untersuchten Grund baut, dieses sind Feinde der Wahrheit. [E 196]

Ich glaube, daß von 50 die den Homer schön finden ihn kaum einer versteht, sie haben ihn nie tadeln hören, und so kann sie seine Lektüre ergötzen, allein es gehört viel dazu ihn eigentlich zu verstehn. Ein Buch das man ganz übersieht, und das man im Zwanzigsten *ganz* versteht gefällt nicht leicht mehr, wenn man 30 alt ist, daher kommen die elenden Nachahmungen der Alten die wir von jungen Leuten lesen. Sie haben z.E. den Horaz, den Shakespear nachgeahmt, den sie sahen, gewiß gnau, davon bin ich sicher überzeugt, aber nicht den Horaz und Shakespear, den der erfahrnere klügere und weisere Mann in ihm findet. Der eine klebt bloß an dem Ausdruck und der Manier die er nicht erreicht, der zweite gibt uns fast in der Manier Sachen, die grade denen ähnlich sind, die man aus dem Original wegwünschen könnte. Ein dritter den Ausdruck ganz, allein er hat nichts in der Welt gesehen und erfahren, und sagt uns Dinge, die wir schon auswendig wissen pp. Ein sicheres Zeichen von einem guten

Buch ist, wenn es einem immer besser gefällt je älter man wird. Ein junger Mensch von 18, der sagen wollte, sagen dürfte und vornehmlich sagen *könnte* was er empfindet, würde von Tacitus etwa folgendes Urteil fällen: Tacitus ist ein schwerer Schriftsteller, der gute Charaktere zeichnet und vortrefflich zuweilen malt, allein er affektiert Dunkelheit und kommt oft mit Anmerkungen in die Erzählung der Begebenheiten herein, die nicht viel erläutern, man muß viel Latein wissen um ihn zu verstehn. Im 25ten vielleicht, vorausgesetzt, daß er mehr getan hat als gelesen, wird er sagen: Tacitus ist der dunkle Schriftsteller nicht für den ich ihn ehmals gehalten, ich finde aber, daß Latein nicht das einzige ist was man wissen muß um ihn zu verstehen, man muß sehr viel selbst mitbringen. Und im 40ten, wenn er die Welt hat kennen lernen, wird er vielleicht sagen, Tacitus ist einer der ersten Schriftsteller, die je gelebt haben. [E 197]

Man sagt von England Est terra ubi multa dicuntur sed pauca fiuntur. [E 198]

Es sind ganz brave Leute, aber die Hälfte des Guten und Bösen, das man von ihnen sagt, ist nicht wahr. [E 199]

Margate. Es geht da so wie an allen Orten, wo Bäder sind, man holt ein bißgen verlorne Gesundheit und verliert sein Herz. [E 200]

Sie verkaufen alles bis aufs Hemd und noch weiter. [E 201]

Ein Schluck von Vernunft. [E 202]

Sie lesen nur und sehen nicht, und trinken Hühnerbrühe. [E 203]

Der fast Lessingische Ausdruck, der dem Gedanken sitzt wie angegossen. [E 204]

Alsdann verfiel er in ein albernes Kleinkünstlen, das Kriterium der Stümper, und bekümmerte sich wie ein Dorffriseur um Härchen, und ließ die ganze Perücke in Verwirrung. [E 206]

Wenn alle Menschen des Nachmittags um 3 Uhr versteinert würden. [E 207]

Hierbei kommt noch ein Umstand in Betrachtung der auch alle freundschaftliche Mischung der Gesellschaft in den Wirtshäusern unmöglich macht. Nämlich weil die Postwagen-Reisen mit so vielen Trübsalen verbunden sind, so hat man dafür gesorgt, daß die Wirtshäuser noch um so viel schlechter sind, als nötig ist um den Postwagen wieder angenehm zu machen. Ja man kann sich nicht vorstellen, was das für eine Würkung tut. Ich habe Leute die zerstoßen und zerschlagen waren und nach Ruhe seufzten, als sie das Wirtshaus sahen, wo [sie] sich erquicken sollten, sich mit einem Edelmut entschließen sehen weiter zu reisen, der würklich etwas Ähnliches mit jenem Mut des Regulus hatte, der ihn nach Karthago zurückzugehen stärkte, ob er gleich wußte, daß man ihn dort in eine Art von deutschem Postwagen setzen und so den Berg herunter rollen lassen würde. Ferner haben wir in Deutschland allgemeine Gebete, aber keinen allgemeinen Fluch, und kein Schimpfwort, das überall gilt, und keinen Galgen, den man überall kennt. In dem letztern Umstand geht man recht bis zum Einfältigen weit, da man zu Tyburn alles aufknüpft, was sich in dem millionenvollen Middlesex hängensfähig macht, so hat in Deutschland nicht allein fast jedes Dorf seinen Galgen, sondern in großen Städten hat die Bürgerschaft einen eignen Galgen, und die andern einen eignen, und ich fürchte daß man endlich um unsern Ausdrücken alle Kraft von daher zu verwässern Familien-Flüche erfinden und Familien-Galgen errichten wird. [E 208]

Deutsche Sitten auf das Theater bringen pp. Ein nobler Vorschlag, wahrhaftig völlig wie der Zichorien-Kaffee und Birken-

Champagner. Endlich werden sie gar spotten, daß man hebräische Geschichte auf die Kanzel bringt, und von deutschen Aposteln zu faseln anfangen. Um aller Welt willen sagt mir, was haben wir für Sitten die für das Theater taugen? Sollen wir etwa unsere Bauernschinder darauf bringen, unsere Gespensterweisen und unsere Ärzte die die Wassersucht mit Radnägeln, und die Zahnschmerzen mit Roßzähnen heilen? Einen deutschen Baron der kein Deutsch versteht, aber dafür Französisch spricht, aus dem kein Franzos klug werden kann, die vornehmen Leute von *Gout* und *Monde*, für die die Ulmischen Messerschmiede Londonsche Schermesser und die Darmstädtischen Kammacher Pariser Kämme machen? Unsere ewigen Affen der Engländer und Franzosen, der mit dem Hut, der andere im Zopf, der dritte im Sporn, der vierte mit Mon-Dieu, der fünfte mit damn me? Was? Den jungen Helden, der im Feld steht wie ein Franzose bei Roßbach und dafür zu Hause Filet macht wie Herkules, der auf alles zuschlägt die Feinde ausgenommen? Den Hippagogen, der glaubt ein Pferd zu dressieren sei wenigstens so schwer und auf und ab auch so wichtig als ein Volk mit Ruhm und Segen zu beherrschen, der das Verdienst weder im Purper, noch mit einer Uniform noch mit einem schwarzen Kleide sondern mit einer ledernen Hose zeichnet? Unsere vortreffliche Abteilung des menschlichen Geschlechts bald in Adliche und Gesindel, bald in Katholiken und Teufelsbraten, und bald in Schriftsteller und Klotzköpfe? Die deutschen Burgemeister, die sich für römische Konsuls, [den] Schützen-Obristen mit Haarbeutel und Coquarde der sich für den Prinz Ferdinand hält? Unsere Hochzeiten, wo Geld vertan wird, wovon man künftig leben, oder unsere Magisterschmäuse wo die Weisheit verleugnet wird, die man lehren wollte? Der Beamte, dem sein Prälat mit seinen Schmäusen die Ehre der Schwindsucht angetan hat? Unsere Unkosten bei Trauer und Leichenbegängnissen, für die man oft den Seligen wieder neu hätte haben können? Die öftere Verwechselung von Orden und Strick, Beutel-Perücke und Narrenkappe? Unsere hohlen papiernen Titul, unsere Adlichen die sich schämen einen Sohn in den Bürgerstand zu erheben und lieber einen abgehärmten Staatsbettler mit langen Spüllumpen-Manschetten und einer Perücke à trois couleurs als einen gesunden reinlichen und glücklichen Kaufmann zum Sohn haben wollen?

Das sind feine Gegenstände für eine Komödie. Da könnten unsere Schauspieler und Autoren dabei forthungern. Wer Henker würde denn 3 Groschen für die Erlaubnis bezahlen etwas in irgend einem unbrauchbaren moderichten Magazin von einem Komödienhaus vorstellen zu sehen, was man täglich im gemeinen Leben und im tapezierten Zimmer umsonst sieht? Und für ein Trauerspiel haben wir noch weniger Gegenstände. Ein armer Teufel, der helden[haft] für das Vaterland stirbt, und arme Teufel die für ihre Vogelfreiheit fechten, ein Vater oder eine Mutter, die ihr Sohn unter die Erde studiert, ein Bauermädgen, auf die der Landjunker Sorge gelächelt hat; einen Schriftsteller, den ein Artikel in einem Journal an den Rand des Grabes gebracht. Abgedankte rechtschaffne Minister und Offiziere, ein Bauer an dem ein Advokat saugt, ein Heer von frönenden Untertanen und die Wahrheit mit einem Galgen auf dem Buckel, das sind fürwahr feine Materien. Darbendes Verdienst, hungernde Künstler, Förster und wilde Schweine im Wohlleben. Wie der Nimrod bei Hofe einkehrt, wenn der alte Adam auszieht. Ich dächte ehe wir solche Alfanzereien auf die Bühne bringen, so behelfen wir uns besser mit eingeführter Ware, oder lassen unsere Helden Englisch-Böotische Festtags-Prose donnern, die wo nicht dem Menschen doch dem Journalleser schmeckt. Was hilft es euch denn den Menschen auf eure Theater zu bringen wie er ist, wenn kaum zwei, drei Skelette auf dem Drei-Groschen-Platz ihn erkennen? [E 209]

Unser Leben kann man mit einem Wintertag vergleichen, wir werden zwischen 12 und 1 des Nachts geboren, es wird 8 Uhr ehe es Tag wird, und vor 4 des Nachmittages wird es wieder dunkel, und um 12 sterben [E 212]

Wenn die Menschen plötzlich tugendhaft würden, so müßten viele Tausende verhungern. [E 213]

Dem Pabst einen Bart machen heißt das reformieren? [E 214]

Ein Buch ist ein Spiegel, wenn ein Affe hineinguckt, so kann freilich kein Apostel heraus sehen. Wir haben keine Worte mit dem Dummen von Weisheit zu sprechen. Der ist schon weise der den Weisen versteht. [E 215]

Es ist keine Kunst etwas kurz sagen, wenn man etwas zu sagen hat, wie Tacitus, allein wenn man nichts zu sagen hat und schreibt dennoch ein Buch und macht die Wahrheit mit ihrem ex nihilo nihil fit zur Lügnerin, das heiß ich Verdienst. [E 222]

In unseren verklärten Tagen, wo den Voltaire verachten das Kriterium philosophischer, und Wielanden für einen armen Sünder halten schöner Talente ist. [E 230]

Einen Primaner, der den Goethe anbetet und den Wieland anspeit. [E 231]

Der Mann, der glaubt ein Kompendium wäre ein Buch, oder Facta registrieren wäre Geschichte schreiben. [E 232]

Ich habe so wenig für die Gelehrten geschrieben, daß ich vielmehr öfter mit den Ungelehrten rede als ihnen lieb sein [wird]. Überhaupt dünkt mich aber beruht die ganze Anmerkung auf einem Wortstreit, man nimmt an, daß man, so oft man sich an die Schriftsteller wendet, die Gelehrten meine. Das ist aber einfältig. Ehemals war es so, aber seitdem man das Wort Buch in einem so weitläuftigen Verstand nimmt, daß man Compendia, Kompilationen, Wetterbeobachtungen und Zänkereien mit darunter zählt, so schreiben nicht allein eine Menge Leute Bücher, die gar keine Gelehrte sind, sondern wenn das so fort geht, und man, wie ich hoffe, die Lotterie-Listen und Muster-Charten mit unter die Bücher rechnen wird, so werden die eigentlichen Gelehrten sich allein auf das bereits einreißende Erfinden legen, und nicht mehr schreiben sondern tun, und das Schwätzen darüber andern Leuten überlassen. Ferner werden denn Bücher bloß zum Lesen geschrieben oder nicht auch zum Unterlegen in der Haushaltung? [E 235]

Die große Regel: Wenn dein Bißgen an sich nichts Sonderbares ist, so sage es wenigstens ein bißgen sonderbar. [E 243]

Ordnung müßt ihr im Büchelgen nicht suchen. Ordnung ist eine Tochter der Überlegung, und meine Feinde haben so wenig Überlegung gegen mich gebraucht, daß ich gar nicht absehe warum ich welche gegen sie gebrauchen sollte. [E 249]

Briefe über die neuste Literatur: und ich dank es dem lieben Gott tausendmal, daß er mich zum Atheisten hat werden lassen. [E 252]

Wir sollten deutsche Charaktere auf die Bühne bringen, vortrefflich, und die deutschen Charaktere uns dafür ans Halseisen. Nicht wahr? [E 254]

Ein Unterschied zwischen unsern Dichtern und denjenigen Alten, die ich kenne, und einigen Engländern, der einem gleich [in] die Augen fällt, ist der, daß sie selbst in ihren Oden Dinge gesagt haben, die nachher die Philosophen brauchen können. So zitiert Beattie den Milton, so wie er sich auf die Natur beruft. Hingegen selbst diejenigen unter uns die großes Aufsehen unter der Jugend und einigen bejahrten Vornehmen gemacht haben sind entsetzlich darin zurück. Die Sprache der alten Dichter ist die Sprache der Natur schon in eine menschliche übersetzt, unsere Neuern sprechen die Sprache der Dichter unabhängig von Empfindung, das heißt eine verrückte, was sie sagen hat scheinbaren

Zusammenhang und ist oft zufälliger Weise richtig. Die Ursache ist, sie bilden sich nicht durch Beobachtung sondern durch Lesen, und man kann ja nicht verstehen wovon man keinen Begriff hat. Sie glauben die gerühmten Alten wären das, für das sie sie ansehen, und ahmen sie als solche nach. Horaz hat gewiß nicht für Leute geschrieben, die von einer Stadtschule auf Universitäten gehen, nicht einmal für die Lehrer solcher Leute, er konnte nicht für sie schreiben nachdem er am ersten Hof der Welt gelebt hatte. Jedermann schreibt am leichtesten für die Klasse von Menschen unter die er gehört, ich meine nicht unter die er in der Welt laut gerechnet wird. Wenn wir hätten was er als Primaner geschrieben hat, das mögte vielleicht einem Primaner ganz verständlich sein, wenigstens einem römischen. Ich sage nicht, daß ein Dichter lauter Schönheiten haben soll, die nur dem Weltkenner verständlich sind. Nein sie sollen auch hierin der Natur folgen, die für das unbewaffnete Auge, ja selbst für den Blinden ihre Schönheiten hat, den silbernen Mond hinhängt dem Wanderer zu leuchten, Mayern seinen Lauf zu bestimmen und dem Kinde auf dem Arme mit beiden Händen darnach zu greifen. Viele die dieses lesen werden, werden sich oft heimlich gesagt haben daß ihnen die Alten nicht so schmecken als manche Neuern. Ich muß bekennen, es ist mir selbst so gegangen, ich [habe] manche bewundert ehe sie mir gefallen haben, hingegen haben mir auch manche gefallen ehe ich sie verstanden habe. Und ich bin überzeugt, es geht manchen Personen so die Kommentarien über diese Werke geschrieben haben. Ich habe den Horaz lange vorher bewundert ehe er mir gefallen, ich mußte es tun, so wie man in Wien niederfallen muß wenn das kommt was man dort das Venerabile nennt. Und Milton und Vergil haben mir eher gefallen ehe ich sie verstanden habe. Nachdem ich bekannter mit der Welt geworden bin, nachdem ich angefangen habe selbst Bemerkungen über den Menschen zu machen, nicht niederzuschreiben, sondern nur aufmerksam zu sein, und mich dann, wenn ich in diesem Schriftsteller las, meiner Bemerkung wieder zu erinnern, da fand ich daß grade was ich in jenem Dichter als unbrauchbares Gestein weggeworfen hatte grade das Erz war, ich versuchte es nun mit andern Stellen, mit denen meine Bemerkung noch nicht zusammengetroffen war, dieses machte mich im gemeinen Leben aufmerksam, und seit der Zeit (ich bekenne gern, daß es noch nicht lange ist) wächst meine Bewunderung jener Männer täglich, und ich schätze mich glücklich, daß ich von Grund meines Herzen überzeugt bin, daß sie die Unsterblichkeit verdienen, die sie erhalten haben. Wer sich in dieser Art die Alten zu lesen etwas geübt hat, der gehe nun einmal in die Neueren hinein. Er wird nicht allein keine Beschäftigung finden, sondern wird oft einen geheimen Unwillen bei sich verspüren, wenn er sieht, was für einen Ruhm diese Leute erhalten haben, und daß es einem für Unverstand ausgelegt werden würde, wenn man es öffentlich bekennen wollte, allein ich denke, laßt sie gehen, sie gehn gewiß nicht durch das feine Sieb womit die Zeit unsere Werke der Ewigkeit zusichten wird. Kein Buch kann auf die Nachwelt gehen, das nicht die Untersuchung des vernünftigen und erfahrnen Weltkenners aushält, selbst die Farce, die Schnurre muß Ergötzung für diesen Mann in sich enthalten und sie kann es, wenn sie zur Ewigkeit gehn soll, geschieht es zuweilen, daß solche Dinge doch fortdauern, so ist es mehr den messingenen Krappen zuzuschreiben. Der Beifall der Primaner und der Zeitungsschreiber ist, so wie ihr Tadel in Absicht des Ruhms eines Werks das ein Tropfen im Weltmeer ist. Ihren gerechten Tadel wird der Fels der Vergessenheit der schon hängt um sich über alles Elende zu wälzen mit dem Werk zugleich bedecken und mit ihrem ungerechten können sie so wenig einem Werk den Weg zur Unsterblichkeit verbauen, als die eintretende Flut mit einem Kartenblatt zurückfächeln. Dem Verfasser können sie allerdings schaden, den Leib können sie töden aber nicht die Seele. In der Tausend und einen Nacht ist mehr gesunde Vernunft als viele von den Leuten glauben, die Arabisch lernen, sonst hätten wir vermutlich schon Übersetzungen von den übrigen Bänden. [E 257]

Die Mädgen, anstatt sich für ihren Überfluß Schuh, Strümpfe, undurchsichtige Halstücher und solchen üppigen Plunder anzuschaffen, lasen die gelehrte Zeitung, und errichteten eine Lese-Gesellschaft, bliesen Oden und lauschten auf das Brausen des Genies in den Wolken. [E 258]

Deutschland hat man ohnstreitig eine der ersten Entdeckungen dieses Jahrhunderts zu danken, und die wie alle deutschen Entdeckungen bei der Nachwelt in seliger Erinnerung bleiben wird, sie mag nun zu lauter Kopf oder zu lauter Herz werden. Nämlich wir haben zuerst gelehrt wie man von den Verrückten und Rasenden Gebrauch machen könne, die man bisher als das Kehrigt der Gesellschaft weggeworfen hatte. Sie werden nämlich bekanntermaßen schon an vielen Orten in Deutschland gebraucht den gemeinen Menschen-Verstand in das mit Recht beliebte Halbgare und Unbegreifliche zu übersetzen. Denn da man in Deutschland endlich dahin gekommen ist, ich meine daß man glaubt ein Mann habe gar keinen Kopf, wenn er nicht zuweilen darauf geht, das ist keinen originellen hat, und doch mancher Mann, der Weib und Kinder zu ernähren hat und unter der strengen Disziplin des planen Menschen-Verstandes steht, sich nicht hinsetzen und noch ein Original-Kopf werden kann, so kann ich nunmehr melden, daß sich einige unglückselige Bewohner dieses Hauses erboten haben diese Mühe für sie zu übernehmen. Sie belieben nur ihre Werkgen in ganz gemeiner Prose z.E. 2 mal 4 ist 8 und 3 davon abgezogen fünf pp einzuschicken, oder so: Es läßt sich zuweilen aus der Nase den Lippen und der Stirne und Augen auf die Seele des Mannes schließen, in dessen Besitz sie sind, zumal wenn der Mann in dem Volk lebt, wo man seine Bemerkung jung angefangen hat zu sammeln, oder es ist angenehm wohl zu tun, ja ein Vergnügen davon zu lesen, das zuweilen Freuden-Tränen bei guten Leuten erweckt. Alles dieses werden unsere Köpfe ins Unbeschreibliche übersetzen. Zuweilen werden sie einer bekannten alten guten Bemerkung etwas von dem Menschenverstand benehmen der drinnen liegt, und [die] Lücke mit dem ihrigen ausfüllen, so daß man glauben sollte es wäre dreimal mehr darhinter. Dieses ist eine vortreffliche Erfindung und wir haben die Ehre zu melden, daß einige angesehene Männer, die wir nicht nennen wollen, die ersten Philosophen von Deutschland ihre Büchelchen in unserm Hause haben bestreichen lassen, so wird es nämlich genennt, und damit viel Aufsehen in der Welt gemacht haben. Ferner, da es vernünftigen Leuten schwer wird sich einen neuen Stil zu schaffen, worin hingegen die Narren eine ganz eigne Gabe haben, so hat man an die hundert und funfzig teils noch nicht gebrauchte, teils aber von einigen Gelehrten bereits erstandene Stil-Arten verfertigen lassen, die die größte Satisfaktion geben werden. Es liegen noch gegen 140 Proben da, darunter [einige] bis zum Entzücken artig und andere zum Krepieren drolligt sind. Man hat ihnen der Verständlichkeit wegen Namen gegeben die zwar zum Teil von Salatsamen hergenommen, aber allemal so gewählt worden sind, daß sie die Natur des Stils besser ausdrucken, als in einer dreimal so langen Definition möglich gewesen wäre. Wir haben sie in Klassen von sieben abgeteilt, darunter die pretiöseste folgende ist. Im Geschlecht der launigten, genere lunaticorum übertrifft sie schlechterdings nichts.

1) Groß-Shakespearisch Nonpareille
2) Englisch geschachter Hanswurst à la surprise
3) Saxenhäuser Steinkopf, bunt.
4) dito schlicht.
5) bunter Prahler mit und ohne Yorick.
6) großer Mogul
7) gesprengter Prinzenkopf. [E 259]

Wir hätten jetzt in Deutschland allein an die 2000 Original-Köpfe. Nun was ist denn? Ist es etwa einem Lande eine Schande viele Original-Köpfe zu haben? Nein damit ihrs wißt, wir haben über 10000. Ehmals, setzen sie mit einem Satyr-Gesicht hinzu, ehmals in den dummen Zeiten des alten Griechenlands und

Roms zählt man kaum 3 in 100 Jahren. Freilich höchst ungereimt wenn man annimmt, daß die Alten uns in allem überlegen waren, allein nichts ist leichter zu erklären, so bald man annimmt daß unsere Zeiten viele tausendmal erleuchteter sind als jene. Ja ich will am Ende ein Mittel bekannt machen, wie jeder Mensch gleichsam spielend originell schreiben könne, ja wie er sogar wenn er nicht Zeit hat seine Frau es für sich kann tun lassen. [E 261]

Solche Leute sollte man Knöpfe mit dem Buchstaben Null tragen lassen, damit man sie kennte. [E 263]

Wir ahmten alle nach, und wir könnten nicht einmal recht nachahmen, unsere Nachahmer haschten gemeiniglich nur die Formen der Originale, den Glanz ohne das Gewicht, und was sie noch außerdem für Zeug vorbringen. Um ja ihr Tränkgen so bitter zu machen, als möglich, so tadeln sie uns erst, und dann sprechen sie uns das Beste aus dem was sie uns vorwerfen auch wieder ab. So sagen sie, Ihr ahmt nach und das nicht mal recht. Der Deutsche taugt nur wo Bewunderung mit Schweiß oder Blut erweckt werden muß, und dazu nicht einmal recht. Das ist gelogen, damit ihrs wißt, und das nicht einmal recht. [E 264]

Da sitzen sie, legen die Hände zusammen ohne die Augen aufzutun und wollen warten bis ihnen der Himmel einen Shakespear-Geist gibt. Verlaßt euch nicht darauf, daß Shakespear geboren worden ist. So tröstet der Teufel die Ochsen. Shakespear hat keine Offenbarungen gehabt. Alles was er euch sagt, hat er gelernt oder erfahren, also um wie Shakespear zu schreiben muß man lernen und erfahren, sonst wird nichts daraus. Wenn Ihr auch gleich eure Werke den seinigen so ähnlich haltet als ein Ei dem andern. Der, der über euch ist, sieht den Unterschied augenblicklich, so bald er an seiner Sonne genießen will was Ihr bei eurer Lampe angerichtet habt. Shakespear wartete vor der

Tür des Komödien-Hauses auf und machte sich Geld damit, das wissen wir. Was tat er für das Geld, nicht wahr, ging hin und studierte die Alten, blätterte sich die Lippen trocken hinter den Wörterbüchern und machte Auszüge? Nicht wahr? und wurde Hofmeister, sah gelb aus, wurde Professor, empfahl die Alten wieder, spitzte Stuben-Maximen zu, usw.? Nein er verzehrte sein Geld auf englischen Kaffeehäusern, speiste in einem *chop-haus*, [an] öffentlichen Plätzen und das in einer Nation, die stolz darauf ist ihre Neigungen nicht zu verbergen, dort lernte er die Sprache der Alten verstehen und alsdann las er sie in einer Übersetzung, die er leicht verbessern konnte. Der Grund von allem ist die Beobachtung und Kenntnis der Welt, und man muß viel selbst beobachtet haben, um die Beobachtungen anderer so gebrauchen zu können als wenn es eigne wären, sonst liest man sie nur und sie gehen ins Gedächtnis ohne sich mit dem Blut zu vermischen, alles Lesen der Alten ist vergeblich, wenn es nicht so getrieben wird. Wir sehen das an unsern jungen Leuten, bei denen Studium der Alten das rechte Losungswort ist, sie empfehlen sie ewig und wenn sie schreiben, so ist es wieder Kandidaten-Prose vor wie nach. [E 265]

Der noch nicht einmal passives und aktives Lesen unterscheiden kann. [E 266]

Den gemeinen Charakter, der zwischen Windbeutel und Trimalchio liegt, bei denen alles Ohngefähr in der Haushaltung mit Fleiß und alles Vorsätzliche recht kuriös von ohngefähr entsteht, die die Suppe aus einem eignen Gout anbrennen lassen, und die Löcher in den Strümpfen der Transpiration wegen offen halten, die alles wohlfeiler kaufen als andere Menschen und recht kuriös glücklich sind zu finden, was sie vorher hingelegt haben. Den Kopisten, der einen Schnupfen in der Hofluft gefangen hat und sich für den Minister hält, oder den Deutschen in London, der den Engländer spielt. Den Bürger der sich einen monströsen schwer bordierten Sonntagshut zulegt und sich so weh tut, daß seine Frau und Kinder sagen, unser Hut. Unsere langsamen durchgeschmauchten und -gerauchten Kartuffel-Menschen, Stäbe jede Staatsverfassung damit abzustecken. [E 267]

Ihre schlappen Nerven sind keiner Empfindung und proportionierten Würkung mehr fähig, und das bißgen dessen sie noch fähig sind bedecken sie mit Speck, daß kein Teufel durchsehen kann. [E 268]

In einem Artikel sind wir allerdings unendlich weit unter den Engländern und das ist in der Kunst avertissements zu machen. Es ist fast unmöglich sich des Kaufens zu enthalten, auch wenn man weiß daß es nicht wahr ist. Man meint man glaubte es nicht und glaubts doch. Ich habe oft der Sache nachgedacht und gefunden, daß es daher rührt: Ich will die Quacksalber nehmen. Sie geben eine Beschreibung von der Krankheit, gegen die ihre Arznei gerichtet [ist], nicht etwa in gemeinen Worten kurz weg, sondern sie wissen daß der Mensch lieber Detail hat. Sie beschreiben daher die Symptomen gnau und was sie sagen *geht oft heim*, die große Kunst aller großen Schriftsteller. Z.E. Ich erinnere mich eines Avertissements eines Mittels wider das Zahnweh das ohngefähr so lautete: Überall, wo man jetzt hinkommt, hört man Personen über Schmerzen klagen, die sie Zahnschmerzen nennen, sie sind aber ganz verschieden, denn viel Personen die sich die Zähne haben ausziehen lassen haben sich eher schlimmer darnach befunden, junge gesunde Personen sind ihnen am meisten ausgesetzt, sie schlafen wenig, getrauen nichts Festes zu essen aus Furcht den Schmerz zu erwecken und fallen daher ganz vom Fleisch und werden elend. Ich muß bekennen, daß meiner großen und langen Erfahrung ungeachtet mich dieses Übel lange getäuscht hat indem ich weder durch Ausziehn noch Schröpfen noch durch meinen bekannten vortrefflichen Zahnbalsam, der sonst gar nicht trügt, etwas ausgerichtet habe. Bis ich endlich meine in dem großen Schnupfen-Jahr 1740 mit dem größten Segen gebrauchte himmlische Tropfen (den Namen gaben ihnen fast wider meinen Willen einige meiner Patienten wegen der wohltätigen und schnellen Würkung) die bisher nicht viel helfen wollen hervorgesucht habe. Sie heilen fast augenblicklich, und ich habe wahre Wunder damit getan. [E 271]

Wenn ihr ein Wörtgen heimsagen könnt, so müßt ihr euch nicht gleich für Auserwählte halten. [E 272]

Die beiden Apotheker, die sich auf Pillen-Mixtur und Pulver herausfordern. Erster Gang, der eine Apotheker stürzt, seine Leute reiben ihm die Schlafe und gießen ihm ein gelbliches Wasser in den Mund, alsdann kam er wieder zu sich, der andere, ein frischer wohlbehaltener Mann, tat einen Schluck und spie das Pulver wieder weg, spülte sich den Mund aus und machte sich zum Mixtur-Gang parat. Sie schluckten die Mixturen zu gleicher Zeit und sahn sich einander an. Das ist mein, schrie jeder und griff nach einer Bouteille, dieses hatte eine gute Würkung, allein der eine sah überall Ameisen laufen, und der andere schüttelte Ohrwürmer von sich ab und griff Fliegen. Man hielt daher für ratsam den Pillengang auf den morgenden Tag auszusetzen und indessen für die Kombattanten Sorge zu tragen. Man wurde über die Zahl fünf eins und daß sie nicht übersilbert sein sollten. Der Neustädter Doktor brachte 5 die fast wie Schwarzkirschen aussahen und glänzten fein, der Altstädtische brachte 5 kleine erbärmliche Dinger, die etwas ins Grünlichte fielen und fast aussahn wie die, die – – – verschreibt. Das Signal wurde gegeben und die Pillen verschluckt, kaum hatte der Neustädtische die Altstädtischen Pillen im Magen, als er auf einmal mit seinen Händen zu schleudern anfing als wenn sie gar nicht seine wären oder die Pillen 5 Teufel gewesen wären. Er sagte weiter nichts als rief ein paar [mal] sehr laut Oben, Oben, das man nicht verstehn konnte ohne die Pillen genommen zu haben, und starb in wenigen Minuten. Der andere verschluckte eine Bouteille Öl, und ward völlig gesund, nur daß er an der rechten Seite lahm und etwas simpel ist. Er wurde mit vieler Solennität zum Stadt-Apotheker erwählt. (Diese Historie habe ich weitläuftiger in dem großen Buch erzählt.) [E 273]

Schimpft nicht auf unsere Metaphern, es ist der einzige Weg, wenn starke Züge in einer Sprache zu verbleichen anfangen, sie wieder aufzufrischen und dem Ganzen Leben und Wärme zu geben. Es ist unglaublich wie viel unsere besten Wörter verloren haben, das Wort vernünftig hat fast sein ganzes Gepräge verloren, man weiß die Bedeutung aber man fühlt sie nicht mehr, wegen der Menge von vernünftigen Männern, die den Titul geführt haben, *unvernünftig* ist in seiner Art stärker. Ein vernünftiges Kind ist ein schlaffer frommer Taugenichts von einem Anbringer, ein *unvernünftiger* Junge ist viel besser. Der Schall *Liberty.* [E 274]

Ist heimsuchen würklich so viel als strafen oder ist es so viel als das Herz untersuchen? Wir müssen mehr Gebrauch machen von dem Wort *heim*, es ist sehr stark: *heim*reden, das ist die Seele, höchste Überzeugung bei Scham sie zu gestehen. [E 275]

Eine schädliche Folge des allzu vielen Lesens ist, daß sich die Bedeutung der Wörter abnutzt, die Gedanken werden nur so ohngefähr ausgedrückt. Der Ausdruck sitzt dem Gedanken nur los an. Ist das wahr? [E 276]

Ich erinnere mich deutlich, daß ich in meiner ersten Jugend einmal ein Kalb wollte apportieren lernen, allein ob ich gleich merkte, daß ich merklich in den nötigen Fertigkeiten zunahm, so verstunden wir uns einander alle Tage weniger, und ich ließ es endlich ganz und habe es nachher nie wieder versucht. [E 284]

Gegen das Publikum: Wären wir, wofür du uns hältst, so ist dein Verfahren noch viel zu beleidigend, und wärst [du] was du sein solltest, unsere Achtung gegen dich noch viel zu groß. Eine schöne Bilanz. [E 285]

Es gibt Leute, die glauben, alles wäre vernünftig, was man mit einem ernsthaften Gesicht tut. [E 286]

Kann etwas feiner sein: Ein anderes wäre es, wenn wir euch eure Fehler aufdeckten und selbst keine begingen: aber jedermann weiß, daß wir gegen jeden den wir euch zeigen oft 5, 6 und drüber begehen. [E 287]

Sie können einen solchen Gedanken ansehn, als wären sie nie fähig ihn selbst zu haben, sie staunen ihn an wie ein Affe den Himmel.

adieu. [E 288]

In einem Städtgen wo sich immer ein Gesicht aufs andere reimt. [E 289]

Der Mensch denkt Wunder, wer er wäre, wenn er die Milbe einen Elefanten und die Sonne einen Funken nennt. [E 296]

Ich sage ausdrücklich die Schornsteine auf dem Dach, denn wenn man sagt, in Niedersachsen gehn die Leute auch durch die Schornsteine in die Häuser, so ist das eine dumme Lüge, die Leute steigen nicht zu den Schornsteinen hinein, sondern der Rauch geht zur Haustüre heraus. [E 305]

Ich mögte nur einen einzigen Tag König von Preußen sein, ich wollte die Berliner zausen. [E 306]

Wenn sie die Wahrheit in der Natur gefunden haben, so schmeißen sie sie wieder in ein Buch, wo sie noch schlechter aufgehoben ist. Formuln. [E 307]

Vorschlag in einem kalten Winter Bücher zu brennen. [E 309]

Er schreibt, daß selbst den Engeln der Verstand stille steht. [E 310]

Schreibt man denn Bücher bloß zum Lesen? oder nicht auch zum Unterlegen in die Haushaltung? Gegen eins, das durchgelesen wird, werden Tausende durchgeblättert, andere Tausend liegen stille, andere werden auf Mauslöcher gepreßt, nach Ratzen geworfen, auf andern wird gestanden, gesessen, getrommelt, Pfefferkuchen gebacken, mit andern werden Pfeifen angesteckt, hinter dem Fenster damit gestanden. [E 311]

Man macht nicht gerne aus einem weißen Bogen Pfefferdutten, so bald darauf gedruckt ist, greift man gerne zu. [E 312]

Sagt, ist noch ein Land außer Deutschland, wo man die Nase eher rümpfen lernt als putzen? [E 316]

Ist denn Besinnen etwas anders als Nachschlagen und Erfinden mehr als Umformen? [E 317]

Eine feine Ironie kann so eingerichtet werden: Sie haben ihn mit einem Adler verglichen der sich die Flügel an der Sonne versengt, und mit einem Riesen, der sich den Kopf am Mond eingestoßen, und die Tröpfe meinen man merke nicht daß das Satyre sein soll, dagegen ist ja Lavater bekanntlich niemals über den Zürcher Kirchturm geflogen, wie jedermann weiß. Mit einem Wort übertriebenes Lob erdichtet und dann gezeigt, daß es übertrieben ist. Z.E. Nichts ist mir angenehmer als die Leute loben zu hören die Lob verdienen, zumal wenn es meine Freunde sind, allein wenn man zu weit geht, so ist es nicht auszustehn. Mit dem Ikarus vergleichen sie ihn, da die Gassenjungen wissen, daß Ikarus so hoch geflogen sein [soll], daß ihm das Wachs an den Flügeln geschmolzen sei, Lavater hingegen ist bekanntlich nie von der Erde weggekommen, sondern ist nur gelaufen wie der Vogel Strauß mit einem Flügel-Getöne, daß die Blinden glaubten das ginge nach nichts Geringerm als der Sonne. [E 318]

Ein guter Ausdruck ist so viel wert als ein guter Gedanke, weil es fast unmöglich ist sich gut auszudrücken ohne das Ausgedrückte von einer guten Seite zu zeigen. [E 324]

In dem Tollhaus muß einer shakespearisch sprechen. [E 325]

Statt Goethisch lies Gothisch. [E 326]

Was! Wollt Ihr etwa auch wie Cervantes im Fliehen siegen? [E 327]

Sich ein paar Kreuzer erschreiben. [E 328]

Ob so etwas in der Natur statt finde weiß ich nicht und bekümmere mich nichts darum, genug daß es in den Büchern statt findet und nicht geleugnet werden kann, daß es in den ansehnlichen Taler-Werken anzutreffen sei. [E 329]

Ich habe in England Astronomen gekannt, die ihre Beobachtungen verbessert haben, und sie haben recht daran getan. Soll man nicht der Natur die Hand zuweilen führen, das sehe ich gar nicht ab. Wenn ich zween Sätze verbinden will und sie wollen nicht zusammen gehen und ich gebe einem einen kleinen Tritt, was ist denn das? Die Leute, die so räsonieren, denken immer an die Wahrheit. Sind denn Systeme gar nichts? Die Wahrheit wird nicht ärmer, wenn ich aus einer 3 eine 2 mache, aber mein System kann wohl gar fallieren. Es freut mich daher immer wenn ich in unsern besten physikalischen Schriftstellern den wackeren philosophischen Ausdruck lese, daß der Versuch den sie zur Bestätigung eines Satzes angestellt haben über alle Erwartung gut ausgefallen sei. Es ist etwas darin, das sich besser fühlen als sagen läßt. Ich kann gar nicht begreifen, wie Leute über so etwas spotten können. Mir kommen die Freuden-Tränen in die Augen [E 331]

Nachdem wir nun die Natur durchaus kennen, so sieht ein Kind ein, daß ein Versuch weiter nichts ist, als ein Kompliment das man ihr noch macht. Es ist eine bloße Zeremonie. Wir wissen ihre Antworten schon vorher. Wir fragen die Natur wie die großen Herrn die Landstände um ihren Konsens. [E 332]

Ich scherze fürwahr nicht, liebe Landsleute, wenn ich eingestehe die Deutschen hätten keinen Esprit, denn das bißgen Atheisterei unter uns kann man noch nicht Esprit nennen. Zu einem französischen Atheisten der Esprit hat wird [verlangt] daß er sich nur bloß bei schmerzlichen Krankheiten und auf dem Todbette bekehrt, unsere hingegen bekehren sich gemeiniglich bei jedem Donnerwetter. Ferner die Liedgen unserer Jugend sind ebenfalls noch kein Beweis daß die Jugend Esprit hat. Es ist zwar wahr, Esprit ist Nonsense, aber nicht jeder Nonsense ist Esprit.

[E 342]

Und das ist allenfalls noch das einzige was sich gegen die Abschaffung der zehen Gebote und des Vaterunsers sagen läßt.

[E 343]

Eine Preisfrage an den Himmel. [E 350]

Als er eine Mücke ins Licht fliegen sah, und sie nun mit dem Tode rang, so sagte er: hinunter mit dem bitteren Kelch, du armes Tier, ein Professor sieht es und bedauert dich. [E 351]

Der Charakter der Deutschen in 2 Worten *patriam fugimus*. Virgilius. [E 354]

Es wäre besser solche Leute legten sich ins Bett als daß sie solches Zeug schwätzen. [E 362]

Alles wohlklingend und alles erlogen. [E 367]

Die Egoisten und Idealisten können in den Briefen über die neuste Literatur lächerlich gemacht werden. Der Common sense der einen Aufwärterin gegen die Philosophie der andern.
[E 371]

Nicht alle die Wohlgeboren sind Wohlgestorben oder im Reich der Toden Hochedelgestorbene. [E 372]

Als ich nun so studierte und schlief. [E 373]

Ich kann mich gar des Lachens nicht erwehren, wenn meine Frau meint sie exstire. Sie hat keinen Guh, Staatsjungfer. Absonderlich deine Ordokraffie ist gar elend. Ordografi. [E 374]

Ein Wörterbuch, worin die eine Aufwärterin der andern erklärt, um ihr einen schönen Stil anzugewöhnen. Der Wilhelm hatte seine enge lederne Hose und war so cockett coquet gestern. Dein Stil ist so ältlich. [E 375]

Geschwätz, das einen bloß konventionellen Wert hat. Es kann dem Berliner, dem Hamburger, dem Saxenhäuser gefallen, dem Menschen gefällt es deswegen nicht. [E 376]

Man hat neuerlich einige deutschen Schriften ins Englische übersetzt die man in England gar nicht schätzt. Das kam daher, sie sind bei uns eine Art von Poesie und haben ihre Schönheiten dem Ausdruck zum Teil mitzudanken, und das was der Übersetzer gab ist nur der Sinn, der leider nicht von der außerordentlichen Art ist. [E 381]

Wenn man etwas sieht, so suche man den Eindruck, den es auf einen macht, in Worte zu bringen, unverfälscht. Es ist kaum zu glauben wie gelehrt der Mensch ist. [E 384]

Wie gehts, sagte ein Blinder zu einem Lahmen. Wie Sie sehen, antwortete der Lahme. [E 385]

Wie viele halten Schriftsteller aus eigner Meinung für gut und groß. Man frage sich einmal hierüber recht deutlich. Die Schönheiten unserer Schriftsteller sind noch zu konventionell, ins Englische übersetzt, klingt manches abscheulig. [E 386]

Zum Anschwärzen seien die Schwarzen am besten. [E 395]

Mitleid und Furcht ist es die Aristoteles zur Absicht des Trauerspiels macht, nicht Mitleid und Schrecken. [E 399]

Wenn man sich nur recht selbst beobachtet. Ein weißer Bogen Papier flößt mehr Respekt ein, als der schönste Bogen Makulatur. Es füllt einen mit einer Begierde ihn zu beseelen. [E 406]

Habe keine zu künstliche Idee vom Menschen, sondern urteile natürlich von ihm, halte ihn weder für zu gut noch zu böse. [E 412]

Nicht jeder Original-Kopf führt eine Original-Feder, und nicht jede Original-Feder wird von einem originellen Kopf regiert. [E 414]

Die gar subtilen Männer sind selten große Männer, und ihre Untersuchungen sind meistens eben so unnütz als sie fein sind. Sie entfernen sich immer mehr vom praktischen Leben, dem sie immer näher kommen sollten. So wie der Tanzmeister und Fechtmeister nicht von der Anatomie der Beine und der Hand anfängt, so läßt sich gesunde brauchbare Philosophie auch viel höher als jene Grübeleien anfangen. Der Fuß muß so gestellt werden, denn sonst würde man umfallen, und dieses muß man glauben, denn es wäre absurd es nicht zu glauben, sind sehr gute Fundamente. Die Leute, die noch weiter gehen wollen, mögen es tun, sie müssen aber ja nicht denken, daß sie etwas Großes tun, denn sie finden doch nur, wenn ihnen alles gelingt, was der vernünftige Mann schon lange vorher wußte. Der Mann, der noch einmal den 12ten Grundsatz des Euklides demonstriert, verdient allenfalls den Namen eines sinnreichen Mannes, zur Erweiterung der Grenzen der Wissenschaft wird er nichts beitragen, was er nicht ohne diese Erfindung auch hätte tun können. Aber den Zweifler zu widerlegen, die widerlegt ihr wahrhaftig nicht, denn welches Argument in der Welt wird den Mann überzeugen können, der einmal Absurditäten glauben kann? Und verdient denn jedermann widerlegt zu werden, der widerlegt sein will? Selbst die größten Schläger schlagen sich nicht mit jedem, der sie herausfordert. Dieses sind die Ursachen, derenwegen die Beattische Philosophie Achtung verdient, sie ist nicht eine ganz neue Philosophie, sondern sie fängt nur höher an. Sie ist nicht die Philosophie des Professors, sondern des Menschen. [E 418]

Wenn ich die Genealogie der Dame Wissenschaft recht kenne, so ist die Unwissenheit ihre ältere Schwester, und [ist] denn das etwas so Himmelschreiendes die ältere Schwester zu nehmen wenn einem die jüngere auch zu Befehl steht? Von allen denen, die sie gekannt haben, habe ich gehört, daß die älteste ihre eigne Reize habe, daß sie ein fettes gutes Mädchen sei, die eben deswegen, weil sie mehr schläft als wacht, eine vortreffliche Gattin abgibt. [E 420]

Mit der Feder in der Hand habe ich, mit gutem Erfolg, Schanzen erstiegen, von denen andere mit Schwert und Bannstrahl bewaffnet zurückgeschlagen worden sind. [E 422]

Unsere Philosophen hören zu wenig die Stimme der Empfindung oder vielmehr sie haben so selten feines Gefühl genug, daß sie bei jedem Vorfall in der Welt immer mehr das angeben was sie wissen, als wie was sie dabei empfinden, und das ist nichts wert, dadurch kommen wir der eigentlichen Philosophie keinen

Schritt näher. Das, was der Mensch wissen kann ist das grade auch das was er wissen soll? [E 423]

Über Menschen-Kenntnis und Stil ließe sich etwas sehr Nützliches schreiben, es müßten die großen Regeln *Vorrat ohne Aufwand*, oder wo [möglich] *Aufwand bei großem Vorrat* ins Licht gesetzt werden. Des Tacitus Ausdruck müßte analysiert und rekommendiert werden. Ein guter Schriftsteller muß sich schlechterdings nichts daraus machen, wenn man ihn auch in 10 Jahren nicht versteht. Was dieses Jahrhundert nicht versteht, versteht das nächste. [E 424]

Die würklichen Philosophen und die titulären. [E 425]

Wer kann dem Menschen seine Gedanken ansehen, nicht einmal seine Krankheiten. Überall widersprechen, das ist Raserei, gehörig einschränken ist das Werk der Vernunft und sie findet gemeiniglich die meiste Beschäftigung da wo mit der größten Zuverlässigkeit behauptet worden ist. [E 432]

den 6ten März Halsweh; gelegen. [E 433]

Man könnte, da man doch einzelne Silben nicht liest, sondern ganze Wörter, manche Bücher sehr abkürzen. In vielen Wörtern sind die Vokalen entbehrlich: Mnsch liest gewiß jedermann Mensch, list gwß jdrmn Mnsch. [E 434]

Daß alle scherzhafte Sachen Possen sind, wird überhaupt nur meistens von alten Theologen oder alten Professoribus Juris behauptet die glauben alles wäre ernsthaft was mit einem ernsthaften Gesichte oder ernsthaften stilo gesagt würde, da es doch ausgemacht ist, daß von 100 Possen gewiß 90 ernsthaft vorgetragen werden. Aus den munteren Schriften kluger Köpfe läßt sich sehr oft mehr lernen, als aus sehr vielen ernsthaften. Sie tragen manches mit einer lachenden Miene vor, was sie im Ernst meinen, was aber noch nicht untersucht genug ist um eine ernsthafte zu kleiden. Andere Leute können das im Ernste gar wohl nützen. [E 435]

Die alten Dichter haben doch noch den Nutzen, wenn sie auch sonst keinen hätten, daß wir die Meinungen des gemeinen Volks hier und da kennen lernen, die sonst nicht aufgezeichnet sind, auch den haben unsere Genies nicht einmal. Denn unsere Volkslieder sind oft voll von einer Mythologie, die niemand im Städtgen kennt, als der Narr, der das Volkslied gemacht hat. [E 437]

Alle unsere besten Gedanken haben wir in einer Art von Fieber-Rausch, im Fieber von Kaffee erregt. [E 438]

den 7ten März zur Ader gelassen, schwarzes Blut aber doch besser als in London. [E 439]

Der Mann geht zu weit, aber tue ich das nicht auch? Er hört sich gern in seinem Enthusiasmus. Höre ich mich nicht gerne mit meinem Witz? oder in meiner kaltblütigen Verachtung alles dessen was aus Empfindung getan wird? [E 442]

Man soll seinem Gefühl folgen und den ersten Eindruck, den eine Sache auf uns macht, zu Wort bringen. Nicht als wenn ich Wahrheit so zu suchen riete, sondern weil es die unverfälschte Stimme unserer Erfahrung ist, das Resultat unserer besten Bemerkungen, da wir leicht in pflichtmäßiges Gewäsch verfallen, wenn wir erst nachsinnen. In so ferne rate ich Beattische Philosophie an. [E 454]

Leute die sehr viel gelesen haben machen selten große Entdekkungen. Ich sage dieses nicht zur Entschuldigung der Faulheit, denn Erfinden setzt eine weitläufige Selbstbetrachtung der Dinge voraus, man muß mehr sehen als sich sagen lassen. Assoziation. [E 467]

So sagen die Menschen gemeiniglich: Da lach ich dazu, wenn sie dazu weinen, oder dazu schäumen mögten. [E 471]

Die Handlungen eines Menschen, die Beschaffenheit seines Hauswesens sind gemeiniglich Fortsätze seiner innern Beschaffenheiten, seines Gehirns pp. So wie der Magnet dem Eisenstaub Form und Ordnung gibt. [E 476]

Hartley Forderung[en] von einem guten Schriftsteller sind Plainness, sincerity and precision. [E 478]

Ein paar herrliche Anmerkungen gegen Lavater zu gebrauchen. Hartley p. 166, 180. [E 483]

Hartley sagt sehr schön: die Bedeutung der Partikeln dechiffriert man aus Sentenzen deren Verstand bekannt ist. [E 484]

Das Wort Teufel, das in meinem Werkchen öfters vorkommt, brauche ich nicht in dem Verstand in welchem es die gemeinen Leute nehmen, sondern wie die neuern Philosophen, um Friede mit allen Sekten zu halten, so ist es mehr mit *x, y, z* der Algebraisten zu vergleichen und eine unbekannte Größe. [E 485]

Die hölzerne Uhr aufgehenkt, den 19. März. [E 486]

Wenn Leute ihre Träume aufrichtig erzählen wollten, da ließe sich der Charakter eher daraus erraten, als aus dem Gesicht. [E 494]

Obgleich in Deutschland viele sehr vernünftige Leser sind, so ist doch der Teil, der seine Meinung öffentlich sagt, eben noch nicht der feinste. Man hat also wenig Gelegenheit die Stimme des Menschen zu hören. Denn unsere Assembleen sind abscheulig. [E 500]

Bei den meisten jungen Leuten, die ich gekannt habe, hat sich mit der Idee und dem Wort Genie eine andere Idee assoziiert die, ich wette, im Gehirn ganz nah an den Ohren liegen muß, etwas von aufsausendem und dann schneidendem Schwung auf Flügeln des Adlers bis zur Sonne, daher sie kaum das Wort Genie aussprechen können ohne sich auf die Zehen zu stellen, oder wenn sie sitzen aufwärts zu sehen. Wo ich nicht sehr irre, so kommt es daher, daß man glaubt mit Genie lasse sich unmöglich von dem getrettenen Pfade aus etwas Gutes sehen, sondern man müsse notwendig durch die Hecken brechen, Felder zertretten, Staub machen, sprützen und sprengen um etwas zu finden. Daher beruhigt sie nur ein abgebrochner Stil, Sätze, Halbgedanken und halb neues Wort. Dem Dichter-Genie will ich ein solches Bild nicht absprechen, nur muß sich der Philosoph kein solches Bild davon machen wollen. So viel ist gewiß, keine Nation führt das Wort Genie so oft im Munde als die deutsche seit 6 bis 8 Jahren, und nie sind die Genies seltner gewesen. Es ließe sich eine Bibliothek von deutschen Büchern sammeln, wo das Wort auf jedem Blatt, die Sache aber selbst gar nicht vorkommen müßte. Der Henker halte sich da in Grenzen wenn man das Genie mit einem Feuerstrom vergleicht, dessen Wellen unaufhaltbar dahinbrausen, und durch seinen Glanz und Lärm Blindheit und Taubheit über das Geschlecht der Zaunkönige verbreitet. So bald ein ehrlicher Mann, der es aus der Zeitung weiß, daß er ein Genie ist, und ein paar kleine Bemerkungen gemacht hat, soll er sie etwa eben so dünne sagen wie Leibniz, Locke, Hartley, das ist nicht möglich, er sprudelt, schäumt, ergießt sich, reißt *Sense*-Körner und *Nonsense*-Felsen wie Häuser mit sich fort, und schwillt und braust und schallt mächtig von Straßburg bis Königsberg. Wenn ich etwas zu sagen [hätte], so ließ ich bei Strafe des Stranges verbieten künftig das Genie mit einem Strom zu vergleichen, oder wenigstens einen ganz stillen langsamen und tiefen dazu zu nehmen ... und brauset und schallt, daß dem Echo die Ohren gellen und die Zunge erstarrt. *Kann so im Paraklетor* vorgetragen werden. Wir halten nicht viel auf gute

Gleichnisse, mich dünkt ein gutes Gleichnis ist etwas, worauf sogar die Polizei ein Auge haben sollte. Es wird wohl niemand leugnen daß wir den wahrhaften Segen an Genies, den Deutschland in den letzten übrigens traurigen Wein- und Kornjahren gehabt hat, und wofür man in England oder in dem alten Griechenland, wo die Genies seltner waren als bei uns im Kirchengebet gedankt haben würde, daß wir dieses unsern herrlichen Gleichnissen von dem Genie zu danken habe. Denn seitdem [sie] die Gleichnisse vom brausenden Feuerstrom, der seine Sonnenwellen unaufhaltsam dahin rollt, eingeführt haben usw. Hätte man ehmals, wie der Eigennutz noch nicht so eingewurzelt war die Wohltätigkeit mit einer Klette verglichen, die sich an die Dürftigkeit (das Verdienst) anhängt, ich glaube die großen Herrn steckten den Gelehrten die Dukaten zum Maule hinein wenn sie sie nicht nehmen wollten. Jedermann kennt die Würkung der Trommel, sie erhebt unser ganzes Wesen, und neben dem Zapfenstreich herlaufen ist kein geringer Genuß. Ich habe bemerkt, daß die besten Oden in See- und Waldstädten gemacht werden. Man vergleiche das Dichter-Genie mit einem langsamen stillen und tiefen Strom, so wird man allenfalls langsam und in der *Stille tief* gehen, und damit sind wir fertig. [E 501]

Was ist natürlicher Geschmack? Da uns nichts gefallen kann, was nicht am Ende mit einer angenehmen Empfindung assoziiert ist, so sieht man wie viel darauf ankommt, das Kind in die besten Lagen zu bringen. Freiheit scheint dazu nötig und doch war Geschmack in Frankreich? [E 503]

Ich sagte euch gerne deutlich, daß ich euch verstehe, aber dann verstündet ihr, Plunderköpfe, mich nicht. Eine deutliche kalte Definition von Genie verhält sich zu einem Feuerstrom, wie eine nützliche Lehre zu einer Ohrfeige. Der Sturm am Berge, das Brausen des Genies in hoher Luft, das Rauschen des Eichenwaldes, diese Ideen sind irgend einmal in der Jugend mit ankommendem Donnerwetter, mit sich heran wälzenden Wasser-

Gebirgen des Weltmeers, die mit Flotten spielen wie mit Häkkerling, mit dem Anblicke des nahen Todes verbunden worden, nun weckt sie die Definition wieder auf und zeigt uns den Tempel des Ruhms offen. Was weiter? Ich fühle die Erklärung und wenn ich nicht Genius hätte, wie könnte ich es fühlen? usw.
[E 504]

Was mir an unseren Definitionen vom Genie nicht gefällt, ist, daß so gar nichts vom jüngsten Tag darin vorkommt, nichts vom Hallen durch die Ewigkeit und nichts von den Fußtritten des Allmächtigen. [E 505]

Der Mann verdiente eine rechte Belohnung, der unserem Zeit-Alter eine solche Achtung für die stille tiefe Untersuchung und gnaue Vergleichung beibringen könnte, als sie jetzt für das Genie haben, das oben im Sturm am Berge sein Nest baut, und niemals in seinem Gegenstand lebt, sondern immer oben drüber braust, brütend aussieht und nie etwas ausbrütet. Hier kann das daunigte Hinbrüten angebracht werden. [E 506]

Es ist eine vortreffliche Bemerkung des Herrn Hartley p. 139, daß durch die Verschiedenheit der Sprachen falsche Urteile verbessert werden. Weil wir in Worten denken. Dieses verdient sehr überlegt zu werden in wiefern die Erlernung fremder Sprachen uns die Begriffe in unsrer eignen aufklärt. *Ein gutes Thema.*
[E 507]

Was muß es auf ein Volk für einen Einfluß haben wenn es keine fremde Sprachen lernt? Vermutlich etwas Ähnliches von dem, den eine gänzliche Entfernung von aller Gesellschaft auf einen einzelnen Menschen hat. [E 510]

Wenn wir die Mütter bilden, das heißt die Kinder in Mutterleibe erziehen. [E 511]

So zeigt sich das Künftige denen am klarsten, die schon über 9/10 im Vergangnen stecken. Alten Weibern. [E 512]

Es ist kein sicherer Weg sich einen Namen zu machen, als wenn man über Dinge schreibt, die einen Anschein von Wichtigkeit haben, die sich aber nicht leicht ein vernünftiger Mann die Zeit nimmt zu untersuchen. [E 513]

A im Mund und *non A* im Herzen. [E 514]

Er fiel sich selbst ins Wort. [E 519]

1776–1779

April 1776.

Nichts ist gut und nichts schlecht in einem Buch was *der Mensch* im großen Verstand nicht endlich ausfindet. Kommt es Ihnen nicht auch so vor, mein lieber B? Nichts nichts dünkt mich ist armseliger, als wenn ein Rezensenten-Club ein gutes Buch durch ihren Tadel zu unterdrucken, und ein schlechtes durch ihr Lob zu heben sucht. Dem Verfasser kann ein Zeitungsschreiber zuweilen schaden, aber den Richter für den der vernünftige Mann allein schreibt, den Menschen im ganzen besticht er sicherlich nicht. Eine gute Schrift kann ein vereintes Feuer aus allen Zeitungen so wenig zu Grunde richten als ich die kommende Flut mit einem Kartenblatt zurückfächle. [F 2]

Grade das Gegenteil tun ist auch eine Nachahmung, und die Definitionen der Nachahmung müßten von Rechts wegen beides unter sich begreifen. Dieses sollten unsere großen nachahmenden Original-Köpfe in Deutschland beherzigen. [F 4]

Es ist eine Schande, sagte neulich einmal ein Mann zu mir, daß sich Deutschland so sehr durch Gelehrte Zeitungen und Journale lenken läßt. Ich hätte wenigstens von dem Manne eine solche Bemerkung nicht erwartet. Besteht denn Deutschland aus Gelehrten Zeitungsschreibern? Ich glaube nicht daß ein vernünftiger Mann in Deutschland ist, der sich um das Urteil einer Zeitung bekümmert, ich meine der ein Buch verdammt, weil es die Zeitung verdammt, oder schätzt, *weil* es die Zeitung anpreist, denn es streitet schlechterdings mit dem Begriff eines vernünftigen Mannes. [F 5]

Assoziation: Ein langes Glück verliert schon bloß durch seine Dauer. [F 6]

Lesen heißt borgen, daraus erfinden abtragen. [F 7]

Wir haben keine deutliche Vorstellung vom menschlichen Gesicht, und das macht es so schwer Physiognomik zu lehren; die Regeln enthalten immer nur Beziehungen einzelner Teile auf den Charakter. Das Gesicht eines Mannes, der mich einmal betrogen hat, z.E. kenne ich so gnau, sehe es so deutlich vor mir, daß ich in einem andern ihm ähnlichen Gesicht die geringste Abweichung so schnell bemerke, als wären sie ganz verschieden, ob ich gleich nicht im Stande bin mit Worten auszudrücken, wo es liegt, und noch weniger es zu zeichnen, und doch werde ich aus der größern oder geringeren Ähnlichkeit, die andere Leute mit jenem haben, auf ihren Charakter schließen, weil sich die Vorstellung der Betrügerei mit jener Sensation assoziiert hat. Ein Zug im Gesicht wird sich nicht so leicht mit der Vorschrift assoziieren, als mit der Handlung. Ich habe immer gefunden, daß Leute von mittelmäßiger Weltkenntnis die sind, die sich am meisten von einer künstlichen Physiognomik versprechen, Leute von großer Weltkenntnis sind die besten Physiognomen, und die die am wenigsten von den Regeln erwarten. Die Ursache ist leicht anzugeben. [F 9]

Darf man Schauspiele schreiben, die nicht zum Schauen sind, so will ich einmal sehen wer mir wehren will ein Buch zu schreiben, das kein Mensch lesen kann. [F 10]

Wenn man gerne wissen will, was andere Leute für eine gewisse Sache denken die einen selbst angeht, so denke man nur, was wir unter gleichen Umständen von ihnen denken würden. Man halte niemanden für moralisch besser in diesem Stück, als man selbst ist, und niemand für einfältiger. Die Leute merken öfter, als man glaubt, solche Dinge, die wir vor ihnen mit Kunst versteckt zu haben denken. Von dieser Bemerkung ist mehr als die Hälfte wahr und das ist allemal viel für eine Maxime, die jemand in seinem 30. Jahr festsetzt, so wie ich diese. [F 14]

Ich werde das in Ewigkeit nicht vergessen ist ein falscher Ausdruck. [F 15]

Das Doktor-Werden ist eine Konfirmation des Geistes. [F 19]

Mai 1776.

Es wäre der Mühe wert, zu untersuchen, ob es nicht schädlich ist zu sehr an der Kinderzucht zu polieren. Wir kennen den Menschen noch nicht genug um dem Zufall, wenn ich so reden darf, diese Verrichtung ganz abzunehmen. Ich glaube, wenn unsern Pädagogen ihre Absicht gelingt, ich meine, wenn sie es dahin bringen können, daß sich die Kinder ganz unter ihrem Einfluß bilden, so werden wir keinen einzigen recht großen Mann mehr bekommen. Das Brauchbarste in unserm Leben hat uns gemeiniglich niemand gelehrt. Auf öffentlichen Schulen, wo viel Kinder nicht allein zusammen lernen, sondern auch Mutwillen treiben, werden freilich nicht so viel fromme Schlafmützen gezogen, mancher geht ganz verloren, den meisten sieht man aber ihre Überlegenheit an. Bewahre Gott, daß der Mensch, dessen Lehrmeisterin die ganze Natur ist, ein Wachsklumpen werden soll, worin ein Professor sein erhabnes Bildnis abdruckt. [F 38]

Kluge Leute glauben zu machen man sei, was man nicht ist, ist in den meisten Fällen schwerer als würklich zu werden, was man scheinen will. [F 51]

Das Wohl mancher Länder wird nach der Mehrheit der Stimmen entschieden, da doch jedermann eingesteht, daß es mehr böse als gute Menschen gibt. [F 52]

Wir, der Schwanz der Welt, wissen nicht, was der Kopf vorhat. [F 54] bon sens, Menschen-Verstand, common sense wird zu oft für einen vollkommenen Sinn gehalten, in der Tat ist [er] aber weiter nichts, als eine immer wachsam anschauende Erkenntnis von der Wahrheit nützlicher allgemeiner Sätze. [F 56]

Nachdem die Welt schon so lange gestanden hat, scheint es fast unnötig am Menschen weiter zu künsteln. Man lasse die Kinder so viel als möglich tun, *halte sie immer zu älteren als sie selbst sind.* Schwätze ihnen nicht viel von großen Männern vor, sondern halte sie wo möglich an andere zu übertreffen. Wer immer angehalten wird, seine Spiel-Kameraden zu übertreffen, der wird im 40ten alle seine Kollegen übertreffen. Aus den Schulen von Eton und Westminster kommen Leute, die, was es auch sein mag, immer lieber tun als schwätzen. Wenn ich mir ein Vergnügen machen will, so denke ich mir einen von unsern 15jährigen gelehrten Knaben in die Gesellschaft eines 15jährigen Engländers, der aus der Schule von Eton zurückkommt. Den ersten im Haarbeutel, gepudert, demütig und gespannt auf den mindesten Druck mit einer Menge Gelehrsamkeit loszugehen, in seinen Meinungen schlechterdings nichts anderes, als der im kleinen schlecht kopierte Papa oder Präzeptor, ein bloßer Widerschein, bewundert bis ins 16. Jahr, im 17ten, 18ten, 19, 20ten mit Erwartung und Stille angesehen, da indessen das auf hohlen Grund aufgeführte Gebäude zu sinken anfängt. Im 22ten, 23ten usw. ein mittelmäßiger Kopf und so bis ans Ende. Den Engländer sein reines lockigtes Haar um die Ohren und die Stirn hängen, die Miene blühend, die Hände zerkratzt, und auf jedem Knöchel eine Wunde. Horaz, Homer und Virgil immer gegenwärtig, in seinen Meinungen bestimmt und eigen, irrt sich tausendmal, aber verbessert sich selbst pp. [F 58]

Sauerampfer ist ein Pleonasmus. Ampfer heißt schon sauer. Amper heißt sauer im Holländischen. [F 62]

Zu einem jeden Handwerk wird eine gute Zeit Lehrjahre erfordert. Ich zweifle aber gar nicht daran, daß unsere Genies eben so schnell sich ins Schuhmacher-Handwerk werfen könnten, als sie sich in das Fach der Kritik werfen, sie bedenken aber nicht, daß sie für Leute von Geschmack weit schlechtere Kritiken machen, als sie für ihre eignen Augen Schuhe machen. Sie sollten bedenken, daß es Leute gibt, die eben so schnell und dabei richtig von einem Werk des Witzes urteilen als andere von einem Schuh. Ich habe eine Menge Leute gekannt die Klopstockische Oden sangen, aber nur wenige die mittelmäßig zeichneten. [F 63]

Eine Gestalt, die hinreichend war Robinson Crusoe selbst auf seiner Insul und bei seinem Mangel von der Liebe abzuschrekken, oder Niemand hätte sie geheuratet, als etwa Robinson. [F 64]

Blitztrunkene Wolken, spottrunken. [F 65]

Die deutlichen Begriffe wieder zu klaren herabstimmen. [F 77]

Ahlborn ist nichts als Schirling. Nehmen wir nicht in Pflanzen und Insekten wahr was uns an dem Menschen unerklärlich vorkommt und ist Gott der Urheber des Bösen, wenn eine Spinne eine Fliege fängt? So alt dieses Beispiel ist, so viel ließe sich daraus herleiten. [F 78]

Junius 1776.

Sie haben genieset, gezischt, gehustet und noch 2 Arten von Lärm gemacht wozu wir im Deutschen keine Wörter haben. [F 87]

Die unterhaltendste Fläche auf der Erde für uns ist die vom menschlichen Gesicht. [F 88]

Ein Buch 9 Jahre liegen lassen? Einfältig, ist denn ein Buch ein Prozeß? oder werden die Gedanken besser, wenn sie lange liegen? [F 92]

Ich sehe nicht warum, da der Autor selbst nur 9 Monat im Mutterleib gelegen hat, ein Buch 9 Jahre im Pult liegen soll. Man kann sich nicht[s] Einfältigeres denken. Mich wundert es gar nicht daß ein Staat (und ich wette es soll ein Spaß vom Horaz sein, er spielt auf die 9 Monate der Schwangerschaft an) mit solchen Gesetzen nicht bestehen kann. Ich weiß zwar keine Provinz in Deutschland, wo die Gelehrten ihre Werke 9 Jahre liegen lassen, aber es ist mir ein Land bekannt, wo die Richter die Horazische Regel befolgen, sie lassen nämlich die Prozesse neun Jahre liegen, und am Ende werden sie doch viel einfältiger entschieden, als in den Ländern, wo sie aus dem Stegreif entschieden werden. [F 93]

Ich habe Leute gekannt, die haben heimlich getrunken und sind öffentlich besoffen gewesen. [F 95]

Sie streichen die Postwagen rot an, als die Farbe des Schmerzens und der Marter. Sie bedecken sie mit Wachslinnen, nicht wie man glaubt um die Reisenden gegen Sonne und Regen zu schützen (denn was die Reisenden [sind] tragen ihren Feind unter sich, das sind die Wege und der Postwagen), sondern aus derselben Ursache warum man den zu Henkenden eine Mütze über das Gesicht zieht, damit nämlich die Umstehenden die gräßlichen Gesichter nicht sehen mögen, die jene schneiden. [F 96]

Die Frösche waren unter Klotz dem Ersten weit glücklicher als unter Storch dem Ersten. [F 97]

Er sah in jeden drei Worten einen Einfall und in jeden drei Punkten ein Gesicht. [F 98]

den 20$^{\underline{ten}}$ Juli schlug der Blitz hier auf der Barfüßer Straße ein. [F 99]

Es regnete so stark, daß alle Schweine rein und alle Menschen dreckig wurden. [F 100]

Die Gewissen der Menschen sind so wie ihre Leiber, nicht allein nicht gleich zart, sondern auch bei einem Menschen zart wo sie beim andern schweinsledermäßige Dicke haben. So habe ich Leute gekannt, deren Gewissen so zart war daß sie nicht glauben wollten die Sonne stünde stille, und auf kein Stückgen Brod für wie viel getretten hätten, und die hingegen mit dem Eigentum der Witwen und Waisen schalteten, als mit ihrem eigenen. (Dieses könnte auch einen Charakter abgeben) (Interessantigkeit) [F 101]

Zur Erziehung sowohl als zum Aufwachsen ist da Gelegenheit und Anstalt. [F 102]

In den höflichen Städtgen ist es unmöglich etwas in der Weltkenntnis zu tun, alles ist so höflich ehrlich, so höflich grob, und so höflich betrügerisch, daß man selten bös genug werden kann um eine Satyre zu schreiben. Die Leute verdienen immer Mitleiden. Kurz es fehlt allem die Stärke. [F 103]

Wenn sich unsere jungen Leute gewöhnten gegen 3 Gedichtchen für das Herz nur eins für den Kopf zu machen, so hätten wir Hoffnung einmal im Alter einen Mann zu sehen der Herz und Kopf hätte, die seltenste Erscheinung. Die meisten haben selten mehr Licht im Kopf als grade nötig ist zu sehen, daß sie nichts darin haben. [F 104]

Man muß zuweilen trinken um den Ideen, die in eines Gehirn liegen, und den Falten mehr Geschmeidigkeit zu geben, und die alten Falten wieder hervor zu rufen. [F 105]

Es ist nicht zu leugnen, daß einige von unsern neuern schönen Geistern alle die Anlage zu großen Schriftstellern haben, die sie von der Natur empfangen konnten, allein, daß sie keine große Schriftsteller sind, ist, sie haben nichts gelernt. Sie haben keinen Überfluß und daher können sie keine Gold-Münzen wegwerfen. Ihre Ähnlichkeiten sind Alltagsware nur mit einer Art geputzt und aufgefrischt, woran man sieht sie könnten etwas leisten. Der Schriftsteller, der nicht zuweilen einen Gedanken, worüber ein anderer Dissertationen geschrieben hätte, hinwerfen kann, unbekümmert ob ihn der Leser findet oder nicht, wird nie ein großer Schriftsteller werden. So sehr er auch die stimulantia, Homer und Shakespear gebrauchen mag. Er lernt von diesen großen Mustern wenn er auch die seltene Gabe hat sie zu verstehen, und anschauend zu erkennen was ihnen die Unsterblichkeit gegeben hat, doch nur immer das Wie? aber nicht das Was. Führwahr einigen unsrer Schriftsteller sollte die Obrigkeit den Produkt geben lassen, den ihnen der Schulmeister nicht mehr geben kann, daß sie die Jahre, wo sie Erfahrungen sammeln sollten, so schändlich hinstreichen lassen, berauscht von dem elenden Beifall den ihnen ein paar Zeitungsschreiber geben, die man Publikum nennt, bis endlich ihr Original-Kopf zwischen 30 und 40 erwacht und sich leer und betrogen findet, alsdann wollen sie den Menschen schildern den sie nicht kennen, und in den Gesellschaften ihrer Verehrer nicht kennen lernen konnten. Es wäre nicht übel, wenn jemand solche Briefe an einige der Herrn schriebe wie Junius an die Minister getan hat. [F 106]

Ein Buch ist ein Spiegel, wenn ein Affe hineinsieht, so kann kein Apostel heraus gucken. [F 112]

Wo man bloß den Buchmenschen kennt, und in jeder Sache nur sieht was man schon weiß. [F 113]

Lessings Geständnis, welches er Herrn Klotz tut Tom: II. Antiqu. Briefe, daß er fast für seinen gesunden Verstand zu viel gelesen habe, beweist wie gesund sein Verstand ist. [F 114]

Unter allen Charakteren ist keiner, den ich weniger beneide als der von einem Cacalibri, Leute die [in] allen Meßcatalogis stehen, immer schreiben ohne der Welt zu nützen und ohne etwas Neues zu sagen, auch ohne nur im Umgang das geringste wahre Philosophische zu zeigen oder in ihren Schriften Winke zu geben. [F 117]

Erfahrung. Am vergangnen Dienstag war eine außerordentliche Hitze bei Südostwind, den Donnerstag regnete es den ganzen Tag, klärte sich um 5 Uhr auf und ward um 10 außerordentlich klar und sternhell. An diesem Abend und den folgenden sah ich mehr Sternschnuppen fallen als jemals. Wir glaubten einmal es blitzte sehr stark, weil aber weder Donner noch Wolken für einen solchen Blitz nah genug waren, so war es vermutlich eine kleine Feuerkugel. [F 125]

Die Spitzbuben würden allerdings gefährlicher sein, oder es würde eine neue Art von gefährlichen Spitzbuben geben, wenn man einmal anfangen wollte die Rechte zu studieren um zu stehlen, als man sie studiert um ehrliche Leute zu schützen; es muß unstreitig zur Vollkommenheit der Gesetze beitragen, wenn es Spitzbuben gibt, die sie studieren um ihnen mit heiler Haut auszuweichen. [F 127]

Didymus ein Grammatiker war der große Cacalibri von dem Seneca redet, er soll 4000 Bücher geschrieben haben. [F 129]

Wenn ich ein deutsches Buch mit lateinischen Buchstaben gedruckt lese, so kommt es mir immer vor, als müßte ich es mir erst übersetzen, eben so wenn ich das Buch verkehrt in die Hand nehme und lese, ein Beweis, wie sehr unsere Begriffe selbst von diesen Zeichen abhängen. [F 130]

Er las so sehr gerne, wie er sagte, Abhandlungen vom Genie, weil er sich immer stark darnach fühlte. [F 132]

Wenige Bücher kosten so viel Zeit zu schreiben als zu binden, und alles daran erfordert Fleiß und Sorgfalt, das Papier, das Setzen und Drucken, das Binden, nur das Verfertigen nicht. [F 135]

Vor einigen Wochen meldete sich bei mir ein Mann in Göttingen, der aus zwei Paar alten seidenen Strümpfen ein Paar neue machen konnte, und seine Dienste offerierte. Wir verstehen die Kunst aus ein paar alten Büchern ein neues zu machen. [F 136]

Herr von Buffon sagt von der Aristoteles Geschichte der Tiere, was Lessing von desselben Poetik sagt. Wenn man recht untersucht, was er sagt, so findet man, daß er gemeiniglich recht hat. Man hüte sich ja einem alten Schriftsteller so gar geschwind aus dem Stegreif zu widersprechen, ich meine einem Schrifsteller, den ich von dem Kompilater und Cacalibri unterscheide. Sie haben gemeiniglich sehr sorgfältig untersucht, was sie bekannt machten. [F 140]

Wenn einmal ein negativ elektrischer Welt-Körper unserer Erde, wenn sie positiv elektrisch ist nahe käme, so könnte ein Blitz entstehen, der die Erde gänzlich umkehrte, dieses könnte der Fall mit einem Kometen sein. [F 148]

Man geht heutzutage unter uns im Studio der Naturhistorie zu weit, die meisten lernen nur was andere gewußt haben, ohne so

weit zu kommen selbst etwas zu sehen. Ich leugne die Wichtigkeit und die Würde eines solchen Studi gar nicht, allein es ist traurig wenn man junge Leute über einer Insektenhistorie die Kenntnis ihrer selbst, ihres Körpers und [ihrer] Seele vernachlässigen sieht, und daß sie die Kennzeichen einer Phaläne besser inne haben, als die von der Syntaxis genitivi, und daß man von einem ostindischen Fisch zu reden weiß, ohne zu wissen wo der Magen liegt. (*hiervon notwendig etwas in den Parakletor*)
[F 149]

Der Umgang mit vernünftigen Leuten ist deswegen jedermann so sehr anzuraten weil ein Dummkopf auf diese Art durch Nachahmen klug handeln lernen kann, denn die größten Dummköpfe können nachahmen, selbst die Affen, Pudelhunde und Elefanten können es. [F 150]

Von der leichten Ordnung der Natur bis zur erzwungenen Regelmäßigkeit eines aufgeputzten Dummkopfs. [F 151]

Was mag wohl die Ursache sein, daß einen unangenehme Gedanken viel lebhafter schmerzen, des Morgends, wenn man erwacht, als einige Zeit nachher, wenn man weiß, daß alles wacht, oder auch wenn man aufgestanden ist, oder mitten am Tage, oder auch des Abends, wenn man zu Bette liegt? Ich habe davon vielfältige Erfahrung gehabt, ich bin des Abends ganz beruhigt über gewisse Dinge zu Bette gegangen, über die ich gegen 4 Uhr des Morgends wieder sehr bekümmert gewesen bin, so daß ich oft einige Stunden wachte und mich herumwarf, um 9 Uhr oder auch noch vorher war schon Gleichgültigkeit oder Hoffnung wieder da. [F 152]

Empfindsam zu schreiben, dazu ist mehr nötig als Tränen und Mondschein. [F 157]

Mit Phlegma schreibt sichs keine Satyren gegen Phlegma, darin besteht eben seine Natur, daß es sich nicht selbst stört. Wir ahmen immer die Satyre der Engländer und Franzosen nach und bedenken nicht, daß wir mit ganz andern Fellen zu tun haben. [F 159]

Beim Gehirn kommt es nicht allein auf die Größe sondern auch auf die Feinheit und spezifische Schwere an. [F 160]

Die lebendigen Sprachen sind größtenteils für die Ausländer tod, wenn sie nicht unter dem Volk gelebt haben. Wie schwer ist es alle die kleinen Beziehungen zu erlernen, fast unmöglich, wenn man einmal bei Jahren ist. [F 161]

Wenn man manche Histörchen gnau untersucht, so wird man immer finden daß etwas Wahres darunter steckt, und zuweilen etwas ganz anderes, als man gemeiniglich sich vorstellt, so sind z.E. die Hexen, die man ehmals so sehr mit Feuer und Wasser verfolgte, gar die Geschöpfe nicht gewesen, die man sich gemeiniglich vorstellt – auch hat man das Verbrennen derselben ein wenig zu früh eingestellt. Ich habe an die 150 Loca gesammelt, woraus ich beweisen kann, daß die Hexen der vorigen Welt eigentlich die so genannten Kaffeeschwestern der jetzigen sind. Unter dem Namen Kaffeeschwester verstehe ich alle alte Frauenspersonen, die in ihrer Jugend so viel gelernt haben, daß sie die Bibel bis auf einige Nomina Propria im alten Testament ziemlich fertig weglesen und alle Zahlen aussprechen können, wenn sie mit Worten geschrieben sind, und die, nächst den Biblischen Geschichten, hauptsächlich sich auf die Privat-Geschichte aller Familien in ihrem Städtgen gelegt haben, und über Schwangerschaften, Ehverlöbnisse, Hochzeit-Tage, und Kopfzeuge Register halten, die in jeder Krankheit eines jungen Mädgens den Bastard reifen sehen, und den Mann und den Ball erraten, der die Ursache und die Gelegenheit dazu war, die hypothetische Ehen zwischen ledigen Personen und nicht selten reelle Ehescheidungen mit ihrem Geschwätz stiften, kurz alle unverständige plappernde, besuchen gehende alte Weiber, so sehr die Pest und das Verderben der guten Gesellschaft als hingegen die reinliche verständige Matrone und ehrwürdige Mutter die Zierde derselben ist. Die Hexen schwammen auf dem Wasser ist ein bloß figürlicher Ausdruck und soll nur so viel heißen, daß eigentlich Tee und Kaffee ihr Element sei, und ich glaube im Ernst, daß unsere neuern Hexen im Kaffee nicht ersäuft werden können, denn ich habe selbst eine einmal 14 Tassen trinken sehen, da die frischsten Westfälischen Viehmägde an vieren sterben. Daß die am ersten Mai auf einem Besen reiten hat mir von Anfang am meisten zu schaffen gemacht, denn ich habe zwar öfters in meinem Leben Birkenbesen und Kaffeeschwestern beisammen gesehen, allein allemal ritt das Birkenholz auf der Kaffeeschwester. Ferner da im mittleren Latein ein Busch oder Besen Boessonus heißt, so hätte es leicht sein können, daß jemand *den Bösen* als welches den Teufel bedeutet, mit dem allerdings die Hexen so wohl als Kaffeeschwestern viel zu tun haben, mit dem *Besen* verwechselt. Aber so wahrscheinlich auch dieses manchem scheinen mögte, so wird doch der Denker auch hier die Schwierigkeit finden, die wir oben beim Birkenholz antrafen. Denn nach dieser Erklärung hätten die Hexen zwar den Teufel geritten, aber sie könnten alsdann unsere Kaffeeschwestern nicht sein, denn die *reitet* umgekehrt *der Teufel.* Sonst heißt ja bekanntlich die großbärtige Schwalbe, die Ziegenmelkerin wegen ihrer Neigung zum Trinken (Hirundo Caprimulga), in manchen Ländern *Hexe*, was war also natürlicher als daß man die Melkerinnen der Kaffee-Kannen eben so nannte? [F 165]

So wie man den Heiligen eine Nulle über den Kopf malt. [F 167]

September 1776.

Man lacht über Rabeners Noten ohne Text, aber Lavater ist in der Tat noch viel weiter gegangen, der hat uns Noten gegeben, wozu der Text der Kommentar sein muß. Das ist die wahre Sprache der Seher, die man erst versteht, wenn sich die Begebenheiten ereignet haben, die sie verkündigen. [F 171]

Die Silhouetten sind Abstracta. Seine Beschreibung ist ein bloße Silhouette. [F 172]

Die letzte Hand an sein Werk legen, das heißt verbrennen. [F 173]

Etwas Witziges läßt sich wider alles sagen, und für alles. Hiergegen könnte ein witziger Mann wieder etwas sagen, das mich vielleicht diese Behauptung bereuen machen könnte. [F 174]

Kaufleute, die täglich oft ganz entgegengesetzte Moden rühmen hören, und das von Leuten, die sie übrigens hochachten, bekommen einen so gemischten Geschmack, daß ihnen endlich alles gefällt. Sie sagen also mit Recht, dieses hat dieser und jener Mann gewählt, anstatt zu sagen, das ist schön, und das nicht. [F 177]

Das Mittel eine Rede sinnlich zu machen, sagt Mendelssohn, besteht in der Wahl solcher Ausdrücke, die eine Menge von Merkmalen auf einmal in das Gedächtnis zurückbringen, um uns das Bezeichnete lebhafter empfinden zu lassen als das Zeichen. [F 183]

Es gibt noch eine Art das Leben zu verlängern, die ganz in unserer Macht steht. Früh aufstehen, guter zweckmäßiger Gebrauch der Zeit, Wählung der besten Mittel zum Endzweck, und so bald sie gewählt sind muntere Ausführung. Auf diese Art läßt es sich sehr alt werden, so bald man das Leben nicht mehr nach dem Kalender schätzt, und was das Beste ist, so wird auch jenes Leben, das wir mit Kalendern ausmessen, durch jenes, wovon Verdienst der Maßstab ist, verlängert. Wenn man einmal eine Arbeit vor hat, so ist es gut bei der Ausführung nicht das Ganze sich vorzustellen, dieses hat bei mit wenigstens viel Niederschlagendes, sondern man arbeite grade an dem was man vor sich hat und das klar, alsdann gehe man an das nächste. Herr Hofrat Heyne machte einmal eine ähnliche Anmerkung, wegen der Schwierigkeiten in der Archäologie. Eine Sache gleich den Augenblick angefangen, und nicht eine Minute aufgeschoben, viel weniger eine Stunde oder einen Tag, ist ebenfalls ein Mittel die Zeit zu strecken. [F 188]

Eine einzige Seele war für seinen Leib zu wenig, er hätte zwoen zu tun genug geben können. [F 189]

Die eine Seite seines Gehirns war weit härter und älter als die linke, und das gab seinen Gedanken das Sonderbare, er hatte oft Gedanken, die gar nicht wie Gedanken aussahen. [F 190]

Der Mensch. – Jede Größe ist sich selbst gleich, sagt er, und wiegt endlich die Sonne mit allen Planeten ab. Er weiß die Zeit der Bedeckung entfernter Planeten und weiß den Untergang einer Welt nicht, die seinen Körper ausmacht. Ich bin nach Gottes Bild geschaffen, sagt er, und dort schlurft er den Urin des unsterblichen Lama. Staunt eine Bienen-Zelle mit Verwunderung an, und kann selbst Peterskirchen bauen. Wirft Hirsenkörner durch das Ohr einer Nadel oder bestreicht sie mit einem Stein und findet auf dem Meer seinen Weg. Nennt Gott bald das tätigste Wesen, bald den Unbeweglichen, gibt dem Engel bald Sonnenlicht zum Gewand und bald Vielfraß-Pelz (Kamtschatka), betet bald Mäuse und Würmer an, glaubt hier an einen Gott vor dem tausend Jahre sind, wie der Tag der gestern vergangen ist, und bald an gar keinen. Ermordet sich selbst und vergöttert sich selbst, kastriert sich selbst, brennt und hurt sich zu Tode, tut Gelübde der Keuschheit, und verbrennt einer … wegen Troja. Frißt seine Mitbrüder, seinen Mist. (*Mehr verdaut und besser geordnet*) [F 191]

Die Katholiken haben sich wieder einen Apis gewählt. (Pabst) [F 192]

Man sollte Krokodile in den Stadtgräben ziehen um ihnen mehr Festigkeit zu geben. [F 193]

Da die einmal ausgehauchte Luft zum Einatmen untüchtig wird, so ist wahrscheinlich daß sie wohl zu mehrerem dienen muß als zu Abkühlung des Blutes. [F 198]

Vergleichung zwischen Hunger und Neugierde. [F 199]

Wenn man sich an einem Tage nicht von seinem Zweck ableiten läßt, ist auch ein Mittel die Zeit zu verlängern, und ein sehr sicheres, aber schwer zu gebrauchen. [F 200]

Die Verse geraten nur wie die Krebse in den Monaten gut in deren Namen kein r ist. [F 212]

Oktober 1776.

Er hatte die Eigenschaften der größten Männer in sich vereint. Er trug den Kopf immer schief wie Alexander, und hatte immer etwas in den Haaren zu nisteln wie Cäsar. Er konnte Kaffee trinken wie Leibniz, und wenn er einmal recht in einem Lehnstuhl saß, so vergaß er Essen und Trinken drüber wie Newton, und man mußte ihn wie jenen wecken. Seine Perücke trug er wie Dr Johnson und ein Hosenknopf stund ihm immer offen wie dem Cervantes. (und nun auf einmal mit Magister Reinhold) [F 214]

Der Mensch mit 2 Augen sieht mehr als die Hälfte einer Kugel. [F 228]

Bibelträger nennt man in Niedersachsen die Scheinheiligen. [F 229]

Gedichte schreibt man nicht bloß zum Vergnügen, sondern die spagirischen klopstockischen sind auch um sich zu ärgern, und diese Art von Ärgernis ist ein Vergnügen. [F 230]

Diejenigen unter den Gelehrten, denen es an Menschen-Verstand fehlt, lernen gemeiniglich mehr als sie brauchen, und die vernünftigen unter ihnen können nie genug lernen. [F 233]

Die Wälder werden immer kleiner, das Holz nimmt ab, was wollen wir anfangen? O zu der Zeit, wenn die Wälder aufhören, können wir sicherlich so lange Bücher brennen, bis wieder neue aufgewachsen sind. [F 234]

Die Welt so sehr vergrößert daß die Lichtteilgen wie 24pfündige Kanonen-Kugeln aussehen. [F 241]

Es gibt Namen, die man an alle Galgen der Welt schlagen sollte. [F 245]

November 1776.

Es ist gar übel, wenn man alles aus Überlegung tun muß, und zu nichts früh gewöhnt ist. [F 259]

Vielleicht hat ein Hund kurz vor dem Einschlafen, oder ein betrunkener Elefant Ideen, die eines Magisters der Philosophie nicht unwürdig wären. Sie sind ihnen aber unbrauchbar, und werden durch ihre allzu reizbare sinnliche Werkzeuge auch wieder verwischt. [F 265]

Ich sehe nicht ein, warum manche Teile des menschlichen Körpers mit Haaren bewachsen sind, als damit beim Baden sich das Wasser länger darin hält und durch seine Kühlung jene Teile stärkt und kühlt, weil sie es am meisten von Nöten haben. [F 267]

Er war ein Zwillings-Kopf, das ist er hatte ohne eine Mißgeburt zu sein die Kopf-Kräfte von zween. Einen Kopf im andern. [F 268]

Man kann die Fehler eines großen Mannes tadeln, aber man muß nur nicht den Mann deswegen tadeln. Der Mann muß zusammengefaßt werden. [F 269]

Wenn ich nur wüßte, wer es dem ehrlichen Mann beibringen wollte, daß er nicht klug ist. [F 270]

Stichelreden auf den lieben Gott. [F 271]

Dezember 1776.

1) Willst du das versprechen? 2) ja ich verspreche es. 1) auch besiegeln? 2) meine Zunge siegelt besser als dein Siegellack. [F 285]

Erfahrung, nicht lesen und hören ist die Sache. Es ist nicht einerlei ob eine Idee durch das Auge oder das Ohr in die Seele kommt. [F 288]

Eine solche Tugend, solche Sanftmut – Gott! Die Metzger haben bei ihrem Tode geweint und die Schmarotzer, wie sies gehört haben. [F 289]

Die erste Regel bei Romanen sowohl als Schauspielen ist, daß man die verschiedenen Charaktere gleichsam wie die Steine im Schachspiel betrachtet, und sein Spiel nicht durch Veränderung der Gesetze zu gewinnen sucht nach welchen sich diese Steine richten, nicht einen Springer wie einen Bauern zieht pp. 2) diese Charaktere gnau bestimmt, auch sie nicht außer Aktivität setzt um seinen Endzweck zu erhalten, sondern lieber mit der Würksamkeit derselben gewinnt. Das nicht tun heißt eigentlich Wunder tun wollen, die immer unnatürlich sind. [F 291]

Wenn der Mensch seinen Körper ändern könnte wie seine Kleider, was würde da aus ihm werden, oder wenn aus den Kleidungsstücken der Frauenzimmer immer das würde, was sie sich statt derselben hätten kaufen sollen. [F 292]

[...] Was den Schriftsteller beliebt macht, ist nicht so wohl neue Empfindungen zu beschreiben, als vielmehr den gemeinsten einen Anstrich von Wichtigkeit zu geben und dem Leser dadurch glauben zu machen, er habe etwas Ungewöhnliches gedacht, oder noch besser, gemeine Dinge so schön zu sagen, daß der Leser, den Gedanken nach dem *Ausdruck schätzend*, zu glauben anfängt er habe würklich einen großen Einfall gehabt, indem er etwas ehmals gedacht was sich schön sagen läßt. [F 293]

Wäre nicht das Partizipium gebräuchlich zu machen, wie es im vorhergehenden Satz unterstrichen vorkommt? [F 294]

Die Weisesten dieser Erde sind meistens von jungen Leuten gezeugt, so wie unsere besten Gedichte meistens von raschen Köpfen. Parakletor. [F 295]

Busen bedeutet anfangs bloß eine Falte, dann die Falte an der Brust, die Brust selbst, das Herz in der Brust und endlich den ganzen Menschen. Assoziation. [F 299]

Der dramatische Dichter so wohl als der Romanenschreiber müssen keine Wunder tun im kosmologischen Sinn. In der Welt geschehen sie ja nicht mehr. [F 305]

Meine Gedanken von dem Dichterwerden der Erde verdienen durchgesetzt zu werden. Alles wird dichter, alles fällt zusammen, Hauser, Berge, Brücken, und was ist unser Boden anders als eine Brücke? Saturn ist vermutlich eingestürzt. Jupiter wird einmal einstürzen. Die Veränderungen werden jetzt seltner je dichter sie wird. Wenn ich Dach-Ziegel auf der Erde finde, so schließe ich daß sie in der Höhe waren. Alles bricht zusammen und ist im Zusammenbrechen begriffen. [F 309]

Wenn man einen zylindrischen Körper, zum Exempel eine Stange Siegellack nach der Dicke zwischen die Spitze des Daumens und des Zeigefingers nimmt, fest drückt und dann sie wie einen Waagebalken um die Achse führt, so wird man glauben die Stange sei an der Stelle, wo man sie drückt, dünner als an andern. [F 310]

Unter Physiognomik wollen wir hier nur die Kunst verstehen aus den unveränderlichen Zügen des Gesichts einer Person auf ihren Charakter zu schließen, wir wollen hier allein den Kopf betrachten, als von welchem alles kommt und wohin auch alles wieder zurückgeführt wird, und weil man nichts mehr erkennt, sobald er zugedeckt ist. Es sind selten stark bleibende Abweichungen in irgend einem Teil des Leibes die nicht auch im Gesicht ihre Zeichen hätten, Personen die verwachsen sind, zumal an den Schienbeinen, habe gemeiniglich ein sonderbares Unterkinn, die stumpfen Füße sind gemeiniglich mit stumpfen Nasen beisammen, aber nicht umgekehrt. Lange Finger gemeiniglich bei blassen Leuten. [F 311]

Er war ein geschäftiger Schriftsteller und ein sehr fleißiger Leser seiner eignen Artikel in den gelehrten Zeitungen und Journalen. [F 312]

Jänner 1777.

Schweren Stellen den Namen von den Erklärern zu geben. [F 318]

Wenn man den Ländern Namen von den Worten gäbe die man zuerst hört, so müßte England *damn it* heißen. [F 319]

Wenn man gar nicht einmal die Geschlechter an den Kleidungen erkennen könnte, sondern auch noch sogar das Geschlecht erraten müßte, so würde eine neue Welt von Liebe entstehen. Dieses verdiente in einem Roman mit Weisheit und Kenntnis der Welt behandelt zu werden. [F 320]

Man lasse nur einströmen, ohne Vorurteil, in unsern sinnlichen Werkzeugen liegt der Fehler nicht, wenn wir superklug oder Gecken sind, sondern in unserm Lesen und Vorurteilen. [F 321]

Ehe man noch die gemeinen Erscheinungen in der Körper-Welt erklären konnte, fing man weit früher an, Geister zur Erklärung zu gebrauchen. Jetzt da man ihren Zusammenhang besser kennt, erklärt man eines aus dem andern, und die Geister, bei denen wir stille stehen, sind endlich doch ein Gott und eine Seele. Die Seele ist also noch jetzt gleichsam das Gespenst das in der zerbrechlichen Hülle unsres Körpers spükt. Aber ist das selbst nur unserer eingeschränkten Vernunft gemäß: was unserer Meinung nach nicht durch Dinge geschehen kann, die wir kennen, muß durch andere Dinge geschehen als wir kennen? Es ist dieses nicht allein ein falsches sondern abgeschmacktes Räsonnement. Ich bin so sehr überzeugt, daß wir von dem uns Begreiflichen grade nichts wissen, und wie viel mag nicht noch zurücksein, das unsere Gehirn-Fibern nicht darbilden können. Bescheidenheit und Behutsamkeit in der Philosophie, zumal in der Psychologie geziemt uns vorzüglich. Was ist Materie so wie sie sich der Psycholog denkt? so etwas gibt es vielleicht in der Natur nicht, er tödet die Materie und sagt hernach daß sie tod sei. [F 324]

Was für einen Effekt würde es nicht auf mich haben, wen ich einmal in einer ganz schwarz behangenen großen Stube, wo auch die Decke mit schwarzem Tuch beschlagen wäre, und bei schwarzen Fußteppichen, schwarzen Stühlen und schwarzem

Canapee, in einem schwarzen Kleide bei einigen wenigen Wachskerzen sitzen müßte und von schwarz gekleideten Leuten bedient würde? [F 325]

Wahrhaftes unaffektiertes Mißtrauen gegen menschliche Kräfte in allen Stücken ist das sicherste Zeichen von Geistesstärke. [F 326]

Nichts aufgeschoben; alle Tage wenig; Pfennige gespart in allen Stücken, nicht zu viel auf einmal, und lieber oft ein wenig ist meinem Charakter am zuträglichsten, und wenn ich es nicht so ausrichte, so richte ich nichts aus. [F 327]

Was sie Herz nennen liegt weit niedriger als der 4te Westenknopf. [F 337]

Empfindsam schreiben heißen die Herren immer von Zärtlichkeit, Freundschaft und Menschen-Liebe reden. Ihr Schöpse, hätte ich bald gesagt, das ist nur ein Ästgen des Baumes. Ihr sollt den Menschen überhaupt zeigen, den zärtlichen Mann und den zärtlichen Gecken, den Narren, und den Spitzbuben, den Bauer, den Soldaten, den Postillion, alle wie sie sind, das heiß ich empfindsam schreiben. Was ihr schreibt ist uns nicht sowohl verhaßt, als euer ewiges Fiddeln auf einer und derselben Saite. Der Mensch besteht doch noch aus etwas mehr als Testikeln. [F 338]

Was ist denn der Mensch anders als eine Kaffee-Tasse? Er sammelt im Köpfgen um ins Schüsselchen auszugießen, und das Schüsselchen taugt ohne Köpfgen nichts und das Köpfgen nichts ohne Schüsselchen. [F 341]

Das war, wie die Zeit noch keinen Bart hatte. [F 342]

Als ihm F. ihre Silhouette schenken wollte.
Behalt das Bild, was kann der Schatten nützen?
Vor Sonnenglut kann Schatten schützen.
Die Glut [die] dieser Engel angefacht
Kühlt nicht der Schatten den er macht.

G.C.L. [F 343]

Wenn eine andere Generation den Menschen aus unsern empfindsamen Schriften restituieren sollte, so werden sie glauben es sei ein Herz mit Testikeln gewesen. Ein Herz mit einem Hodensack. [F 345]

Ein Taugewas gegen einen Taugenichts = 1 : 0. [F 346]

Ein Nachtwächter der *ein*mal in sein Horn stößt macht allemal 6 andere. [F 347]

Leibniz hat die christliche Religion verteidigt, daraus, wie die Theologen tun, grade weg zu schließen er sei ein guter Christ gewesen, verrät sehr wenig Weltkenntnis. Eitelkeit etwas Besseres zu sagen, als die Leute von Profession, ist bei einem solchen Manne wie Leibniz, der wenig Festes hatte, eine weit wahrscheinlichere Triebfeder so etwas zu tun, als Religion. Man greife doch mehr in seinen eignen Busen, und man wird finden, wie wenig sich etwas von andern behaupten läßt. Ja ich getraue mir zu beweisen, daß man zuweilen glaubt man glaube etwas und glaubt es doch nicht. Nichts ist unergründlicher als das System von Triebfedern unsrer Handlungen. [F 348]

Wenn die Seele einfach ist, wozu der Bau des Gehirns so fein? Der Körper ist eine Maschine und muß also aus Maschinen-Materialien bestehen. Es ist ein Beweis daß sich das Mechanische in uns sehr weit erstreckt, da selbst noch die innern Teile des Gehirns mit einer Kunst geformt sind, wovon wir wahrscheinlicher Weise nicht den hundertsten Teil verstehen. [F 349]

Mir ist ein Kleintuer weit unausstehlicher als ein Großtuer, denn einmal verstehen es so wenig, weil es eine Kunst ist da Großtun aus der Natur entspringt, und dann läßt der Großtuer jedem seinen Wert, da der Kleintuer den, gegen welchen er es ist, offenbar verachtet. Ich habe einige gekannt, die von ihrem wenigen Verdienst, das sie hatten, mit soviel pietistischer Dünnigkeit zu sprechen wußten, als wenn sie fürchteten rnan möchte schmelzen, wenn sie sich in ihrem ganzen Licht zeigten. Ich habe mir aber angewöhnt über solche Leute zu lachen, und seit der Zeit sehe und höre ich sie gerne. [F 350]

Satyre ist am besten angebracht und am leichtesten geschrieben, wenn einige schlaue Betrüger ein ganzes Publikum geblendet zu haben glauben, und wenn man weiß, daß sie einen mit unter die Geblendeten zählen. In dem Fall werde ich nie schweigen, und wenn der Betrüger mit allen Ordensbändern der Welt behangen wäre. Dann wird es schwer satyram non scribere. [F 351]

Krankheiten der Seele können den Tod nach sich ziehen und das kann Selbstmord werden. [F 352]

Wer seine Talente nicht zur Belehrung und Besserung anderer anwendet ist entweder ein schlechter Mann oder äußerst eingeschränkter Kopf. Eines von beiden muß der Verfasser des leidenden Werthers sein. [F 353]

Versuch über die Nachtwächter. Ich selbst bin ein Nachtwächter, meine Herrn, zwar nicht von Profession, sondern ein Dilettante, ich kann nämlich des Nachts nicht schlafen, und habe es darin, so wie Dilettanten gemeiniglich, ohne alle Prahlerei, weiter gebracht, als die meisten von Profession. [F 354]

Angeloni, der Briefe über die Engländer geschrieben hat, glaubt der Selbst-Mord sei unter Protestanten häufiger als [unter] den Katholiken, und zwar rühre das von der Ohrenbeichte her. [F 361]

Ich glaube, daß die Quelle des meisten menschlichen Elends in Indolenz und Weichlichkeit liegt. Die Nation, die die meiste Spannkraft hatte, war auch allezeit die freiste und glücklichste. Die Indolenz rächt nichts, sondern läßt sich den größten Schimpf und die größte Unterdrückung abkaufen. [F 365]

Februar.

Die Menschen gehn zwar nicht auf allen Vieren aber sie gehen mit allen Vieren, niemand kann geschwind laufen ohne mit seinen Händen eine ähnliche Bewegung zu machen. Viele Leut, wenn sie gehen, schleudern mit den Händen nicht aus Nachahmung, sondern aus Natur, es scheint dieselbe Kraft die die Füße bewegt bewege zugleich die Hände; auch Leute die in die Höhe springen, machen eine hüpfende Bewegung mit den Händen. [F 374]

Die Perser nennen ein gutes Buch *Divan* oder die Versammlung der Weisen. [F 378]

Die Frauenzimmer sind in Persien von der Poesie ausgeschlossen. Sie sagen, wenn die Henne krähen will, so muß man ihr die Kehle abschneiden. [F 379]

Er hält sich für fähig zu heiraten oder mit den Persern zu reden: Der Teufel war ihm über den Leib gesprungen. [F 380]

Die Griechen besaßen eine Menschenkenntnis die wir ohne durch den stärkenden Winterschlaf einer neuen Barbarei durch zu gehen kaum erreichen zu können scheinen. [F 388]

In Göttingen wird der Mann, der den Kopf von außen zustutzt, von dem Purschen eines größeren Vertrauens gewürdigt, als der ihn von innen zu verbessern unternimmt. [F 393]

⟨Die Leute, die einem aus Interesse gut sind, sind es auch aus Hoffnung auf Vorteil.⟩ [F 397]

Warum sind junge Witwen in Trauer so schön? (Untersuchung) [F 399]

Das heißt man soll mit dem Licht der Wahrheit leuchten, ohne einem den Bart zu sengen. [F 404]

Immer das Genie lobende, und von dem Genie immer gescholtene Leute. [F 405]

Die Orakel haben nicht sowohl aufhören zu reden als vielmehr die Menschen ihnen zuzuhören. [F 413]

Die Ägypter verehren Zwiebeln, Krokodile. Bei uns ist der Storch und die Schwalbe noch hier und da heilig. Der Maulwurf macht die Hand geschickt, die ihn langsam erdrückt, und mancher, der vor einem gebrechlichen Armen ungerührt vorübergeht, hebt ein Stückgen Brod von der Straße auf um es auf eine Mauer oder einen Pfahl zu legen, wo es nicht einmal ein Hund findet. [F 416]

Wie nah wohl zuweilen unsere Gedanken an einer großen Entdeckung hinstreichen mögen? [F 423]

Wir tun alle Augenblicke etwas, das wir nicht wissen, [die] Fertigkeit wird immer größer, endlich würde der Mensch alles ohne es zu wissen tun und im eigentlichen Verstand ein denkendes *Tier* werden. Vernunft nähert sich der Tierheit. [F 424]

Unsre Psychologie wird endlich bei einem subtilen Materialismus stille stehn, indem wir immer von der einen Seite (Materie) mehr lernen und von der andern über alles hinausgegriffen haben. [F 425]

So sagt man jemand bekleide ein Amt, wenn er von dem Amt bekleidet wird. [F 426]

Der Mensch sucht Freiheit, wo sie ihn unglücklich machen würde, im politischen Leben, und verwirft sie, wo sie ihn glücklich macht, und hängt anderer Meinung blindlings an. Der religiöse und System-Despotismus ist der fürchterlichste unter allen. Der Engländer, der wider das Ministerium schimpft, ist ein Sklave der Opposition, ein Sklave der Mode, alberner Gebräuche, Etiquette. [F 431]

Der Mensch kann sich Fertigkeiten erwerben und kann ein Tier werden, wo er will. Gott macht die Tiere, der Mensch macht sich selber. Vergleiche mit p. 47, 10, 11. [F 433]

Eine Art von Heimweh zum Himmel. Er begeht schändliche Streiche einen über den andern, als wenn er das Heimweh nach der Hölle hätte. [F 435]

Mancher Mann quält sich seine Lebenszeit, studiert sich frigid und impotent über der Entwickelung der Meinung eines Schriftstellers. Ich gebe es zu, es war eine Lebenszeit nötig das System des Mannes zu entwickeln, es vom Schmutz schmieriger Ausbesserer zu reinigen, das ist alles wahr, aber es erforderte nur viertelstündiges helles Wachen gesunder Vernunft einzusehen daß die ganze Historie keine 3 Groschen wert war. [F 436]

Every man's reason is every man's oracle. Bolingbroke True use of retirement and study. [F 437]

Man empfiehlt Selbst-Denken oft nur um die Irrtümer anderer beim Studieren von Wahrheit zu unterscheiden. Es ist ein Nutzen, aber ist das alles? wie viel unnötiges Lesen wird uns erspart. Ist denn Lesen Studieren? Es hat jemand mit großem Grunde der Wahrheit behauptet, daß die Buchdruckerei Gelehrsamkeit zwar mehr ausgebreitet aber im Gehalt vermindert hätte. Das viele Lesen ist dem Denken schädlich. Die größten Denker, die mir vorgekommen sind, waren gerade unter allen den Gelehrten die ich habe kennen gelernt die, die am wenigsten gelesen hatten. Ist denn Vergnügen der Sinne gar nichts? [F 439]

Die meisten Gelehrten sind abergläubischer als sie selbst sagen, ja als sie selbst glauben. Mann kann üble Gewohnheiten nicht so leicht ganz loswerden, sie vor der Welt verbergen und die schädlichen Folgen hindern das kann man. [F 440]

ad 1.49. Wenn man die Menschen lehrt *wie* sie denken sollen und nicht ewig hin, *was* sie denken sollen: so wird auch dem Mißverständnis vorgebeugt. Es ist eine Art von Einweihung in die Mysteria der Menschheit. Wer im eignen Denken auf einen sonderbaren Satz stößt, kommt wohl wieder davon ab, wenn er falsch ist. Ein sonderbarer Satz hingegen, der von einem Mann von Ansehen gelehrt wird, kann Tausende, die nicht untersuchen, irre führen. Man kann nicht vorsichtig genug sein in Bekanntmachung eigner Meinungen, die auf Leben und Glückseligkeit hinaus laufen, hingegen nicht emsig genug, Menschen-Verstand und Zweifel einzuschärfen. Hieher gehört die auf der gegenüberstehenden Seite angeführte Sentenz *every man's reason is every man's oracle.* [F 441]

Die Gottes-Gelehrten können nicht behutsam genug sein bei Ausdehnung des Richteramts der Offenbarung über Dinge, wo die Vernunft auch *dereinst* entscheiden wird. Bei dem jetzigen Zustand unserer Kenntnisse spricht sie mit Recht die Sprache des Zweifels, allein wird sie immer so zu sprechen Ursache haben? Die Vernunft macht täglich Eroberungen aus dem Vergangnen und durch diese Eroberungen gestärkt nützt sie das Gegenwärtige. Es könnte sein, ich hoffe es nicht, daß die christliche Religion durch Begebenheiten künftiger Zeiten vieles verlöre. [F 443]

Zweifel muß nichts weiter sein als Wachsamkeit, sonst kann er gefährlich werden. [F 447]

Ich bin überzeugt, man liebt sich nicht bloß in andern, sondern haßt sich auch in andern. [F 450]

Die Naturkündiger der vorigen Zeit wußten weniger als wir, und glaubten sich sehr nahe am Ziel: wir haben sehr große Schritte darauf zu getan und finden nun, daß wir noch sehr weit ab sind. Bei den vernünftigsten Weltreisen nimmt die Überzeugung von ihrer Unwissenheit zugleich mit ihrem Wachstum an Erkenntnis zu. [F 462]

Haushaltung ist in allen Dingen vorteilhaft, ein guter Gedanke. Ökonomie, Ausgabe und *Einnahme* zu aller Zeit gut angemerkt und bewahrt gibt einen Schatz. Gute Ökonomie ist auch *da* Reichtum. [F 463]

Alles ist sich gleich, ein jeder Teil repräsentiert das Ganze. Ich habe zuweilen mein ganzes Leben in einer Stunde gesehen. [F 478]

⟨Der Wein hat manche große (und gute) Tat (so wie manche böse Tat) hervorgebracht. (drunk)⟩ [F 479]

Was man sucht, ist gewöhnlich in der letzten Tasche, ist ein vermeintlicher Erfahrungs-Satz, den man glaube ich in allen Ländern und in allen Familien angenommen hat, und doch glaubt ihn niemand im Ernst. [F 480]

Man führt gegen den Wein nur die bösen Taten an, zu denen er verleitet, allein er verleitet auch zu hundert guten, die nicht so bekannt werden. Der Wein reizt zur Würksamkeit, die Guten im guten und die Bösen im bösen. [F 481]

Wenn er sprach, so fielen in der ganzen Nachbarschaft die Mäusefallen von selbst zu. [F 482]

In meinem Kopfe leben noch Eindrücke langst abgeschiedener Ursachen. (meine liebe Mutter!!!!!!!) [F 486]

Daß wir nur Geschmack an englischen und französischen Sachen haben ist ein Zeichen, daß unser Geschmack und Kräfte sich von einander entfernt haben. Unser Appetit ist leckerer als es noch zur Zeit unser Boden mit sich bringt. [F 490]

ad 6 p. 54. Bei unsern Mode-Dichtern sieht man so leicht wie das Wort den Gedanken gemacht hat, bei Milton und Shakespear zeugt immer der Gedanke das Wort. [F 496]

Wenn Werther *seinen* Homer (ein albernes Mode-Pronomen) würklich verstanden hat, so kann er sicherlich der Geck nicht gewesen [sein], den Goethe aus ihm macht. Ich meine hier nicht den Unglücklichen, dessen Geschichte jenes Buch veranlasset haben soll, der war würklich und also auch möglich, sondern schlechterdings das Quodlibet von Hasenfuß und Weltweisen. Bei dem Tod geht eine Spaltung vor, der Hasenfuß erschießt sich und der Philosoph sollte billig fortleben. Wogegen hauptsächlich die Widerlegung und womöglich der Spott gerichtet werden muß, ist die Ehre, die diese Buben in einem stürmenden Herzen suchen. Sie hoffen auf Mitleid, aber auf ein beneidendes, das wesenloseste Geschöpf des *kriechenden* Stolzes, wenn ich so reden darf; und dann daß sie glauben sie empfänden allein, was sie allein Torheit und Unerfahrenheit genug besitzen drucken zu lassen. Der Weise, so wie er mehr denkt als er sagt, genießt auch mehr als er ausdrucken kann und will. Jedes Gefühl unter dem Mikroskop betrachtet läßt sich durch ein Buch durch vergrößern. Ist es nötig oder ist es gut? es ist genug, wenn nur jene dunklen Gefühle uns zum Guten stärken, und dann kann man die Entwicklung Müßiggängern überlassen. Meine Hand im

Schlaf auf eine Falte eines seidenen Vorhangs geschlagen, diese Empfindung kann zu einem Traum aufwachsen und blühen dessen Beschreibung ein Buch erfordert. [F 500]

Ein aufmerksamer Denker wird in den Spiel-Schriften großer Männer oft mehr Lehrreiches und Feines finden, als in ihren ernsthaften Werken. Das Formelle, Konventionelle, Etiquettenmäßige fällt da gemeiniglich weg, es ist zum Erstaunen wie viel elendes konventionelles Zeug noch in unserer Art im Druck zu erzählen ist. Die meisten Schriftsteller nehmen eine Miene an, so wie manche Leute wenn sie sich malen lassen. Touren des Ansehens und der Verabredung, Trepfe für Treppe. [F 502]

Es ist sehr gefährlich, sagt Voltaire, in Dingen Recht zu haben, wo große Leute Unrecht gehabt haben. [F 509]

Es fehlt den Deutschen sicherlich noch ein Boileau. [F 510]

Es ist allezeit betrübt für mich wenn ich bedenke, daß man in der Untersuchung mancher Dinge zu weit gehen kann, ich meine, daß sie unserer Glückseligkeit nachteilig werden können. Eine Probe habe ich darin an mir. Ich wünsche ich wäre in meinen Bemühungen das menschliche Herz kennen zu lernen minder glücklich gewesen. Ich verzeihe den Leuten ihre Bosheiten weit lieber als vorher, das ist wahr, wenn jemand in Gesellschaft übel von mir redet, zumal wenn es nur geschieht die Gesellschaft zu belustigen, so kann ich ihm deswegen nicht im mindesten aufsätzig werden, ich mache mir im strengsten Verstande nichts daraus, nur muß es nicht mit wallendem Blut und Hitze geschehen oder grobe Verleumdung sein, die glaube ich nicht zu verdienen. Hingegen ist mir zu wenig an dem Lob der Leute gelegen, ihr Neid wäre allenfalls das einzige was mich noch freuen würde. Das sollte in der Welt nicht sein. Also ist auch hier harmonischer Wachstum des ganzen Erkenntnis-Systems nötig. Wo ein Teil zu sehr kultiviert wird führt es immer auf kleines oder großes Unheil am Ende hinaus. [F 511]

Der Mensch hat einen unwiderstehlichen Trieb zu glauben man sähe ihn nicht wenn er nichts sieht. Wie die Kinder, die die Augen zuhalten um nicht gesehen zu werden. [F 512]

Über den eignen Reiz, den ein eingebundenes Buch weißes Papier hat. Papier das seine Jungferschaft noch nicht verloren hat und noch mit der Farbe der Unschuld prangt ist immer besser als gebrauchtes. [F 513]

Bombast? was ist Bombast? Ein hoher Absatz ist noch keine Stelze. [F 515]

Die schönste Stelle im Werther ist die, wo er den Hasenfuß erschießt. [F 516]

In Göttingen hat man zwar keine förmliche Komödien, allein man kann sich desto leichter eine zusammensuchen, hier eine Szene und dort eine. [F 519]

Aus dem Blöken des Kindes ist Sprache so geworden, wie aus dem Feigenblatt ein französisches Gala-Kleid. [F 520]

Wenn die Physiognomik das wird, was Lavater von ihr erwartet, so wird man die Kinder aufhängen ehe sie die Taten getan haben, die den Galgen verdienen, es wird also eine neue Art von Firmelung jedes Jahr vorgenommen werden. Ein physiognomisches Auto da Fe. [F 521]

Ich kann nicht sagen, daß ich ihm feind gewesen wäre, aber auch nicht gut, es hat mir nie von ihm geträumt. [F 522]

7. Mai 1777. Domicilla. Maria und Christiana beide. Blumen blühen und Nachtigallen schlagen, herrlicher Tag, sanfter Regen, vinolentisch. God bless him. Musaeum germanicum Maii Ist. [F 523]

⟨Ein Physiognomisches Auto da Fe.⟩ [F 524]

⟨Die Physiognomen fangen jetzt ein ungeheures Gebäude an um darauf das Geheim-Archiv der Seele zu erklettern. Die vernünftige Seele steht oben und lächelt, denn sie sieht voraus, daß, noch ehe dieses Babylonische Denkmal $^1/_4$ seiner Höhe erreicht haben wird, sich die Sprache der Maurergesellen verwirren, und [sie] es unvollendet liegen lassen werden. Das Götter-Genie⟩ [F 525]

Es wäre kein übler Gedanke, wenn jemand die Stellen aus Lavaters Physiognomik, wo er von seiner geringen Einsicht in physiognomische Dinge und Unerfahrenheit spricht, sammelte und besonders drucken ließe, als Testimonia eines Mannes der Herrn Lavatern gnau kenne. Man könnte diesen Gedanken ausführen in einem Brief: Schreiben eines Zürchers Herrn Lavaters physiognomische Einsichten betreffend. [F 531]

Ein großer Herr sollte nur eine allgemeine Religion haben. In den Schulen müßten alle Religionen Erlaubnis haben ihren Glauben und Aberglauben zu lehren. Der Fürst aber müßte lehren: daß die Gemeinden, welche die zum Gemein-Wohl abzielenden Gesetze nicht hielten, ihre Religions-Freiheit verlieren sollen. [F 533]

Ein kluges Kind, das mit einem närrischen erzogen wird, kann närrisch werden. Der Mensch ist so perfektibel und korruptibel, daß er aus Vernunft ein Narr werden kann. [F 536]

Vorstellungen sind auch ein Leben und eine Welt. [F 542]

Grabsteine für Bücher. [F 543]

Ich sehe gar nicht ein, warum Gedanken-Stehlen, auch wenn sie schon in Verse oder Wohlklang verarbeitet sind, eine so gar sonderbare Sache sein soll worüber man so großes Aufheben macht. Wir leben jetzt gleichsam in der güldnen Zeit unserer Literatur in Otaheitischer Unschuld, allein man lese einmal die Reise-Beschreibungen, wie jene unschuldsvolle Leute die Engländer und Franzosen plündern so bald sie sich nur auf ihrer Küste blicken lassen. [F 544]

Es gibt Leute von unschädlicher Gemüts-Art, aber doch dabei eitel, die immer von ihrer Ehrlichkeit reden, und die Sache fast wie eine Profession treiben, und mit einer so prahlenden Bescheidenheit von ihrem Verdienst zu wimmern wissen, daß einem die Gedult über den immer mahnenden Gläubiger ausgeht. [F 550]

Nicht die Lügen, sondern die sehr feinen *falschen* Bemerkungen sind es die [die] Läuterung der Wahrheit aufhalten. [F 552]

Ich habe es sehr deutlich bemerkt: Ich habe oft die Meinung wenn ich liege und eine andere wenn ich stehe. Zumal wenn ich wenig gegessen habe und matt bin. [F 557]

Eigne Schwachheiten, wenn man [es] sonst wohl meint, aus der Natur des Menschen zu entschuldigen ist die erste Pflicht jedes Schriftstellers gegen sich selbst. [F 558]

Es wird mir weit leichter etwas zur Linken zu sehen als grade vor mich oder zur Rechten. [F 560]

Mit dem Band das ihre Herzen binden sollte haben sie ihren Frieden stranguliert. [F 561]

Es wäre wohl der Mühe wert die Physiognomik des Shakespear zu untersuchen, er der die größte Gabe hat von klaren Dingen mit Deutlichkeit zu reden die mir je vorgekommen ist. Auch darf man nicht fürchten, daß er vielleicht seine physiognomischen Bemerkungen als zu fein, um verstanden zu werden, zurückbehalten hätte. Shakespear arbeitet aus sich heraus vom Menschen und für Menschen, ob grade immer diesen oder den, das untersucht er nicht. Man findet in der Tat bei ihm Bemerkungen in dem Winkel einer Periode Magd-Dienste tun, die den Scepter einer Disputation zu tragen verdienten. (gut) [F 563]

Der Schmeichler mit dem Spiegel-Gesicht, sagt Shakespear sehr vortrefflich, the glass faced flatterer. Die Wucherer nennt er Kuppler zwischen Geld und Mangel. [F 564]

Shakespear sollte dünkt mich von einem Physiognomen von Wort zu Wort durchgedacht werden. Ist irgend in der Natur zwischen Form des Kopfs z.E. und innerer Anlage bemerkbare Übereinstimmung, so ist sie diesem inspirierten Bemerker des Menschen gewiß nicht entgangen, er hätte sich gewiß nicht gescheut dickmauligte Dummheit zu sagen, wenn er sie je beständig beisammen gesehen hätte, und so mit andern. Er ist meistens schwer ganz zu verstehen, denn seine gelehrten Kommentatoren haben ihn oft nicht verstanden, und ihn gut zu übersetzen ist an vielen Stellen ganz unmöglich, wegen seiner an Neben-Ideen reichhaltigen Metaphern, wo der beste Übersetzer uns doch nur immer einige geben kann. Außer einer tiefen Kenntnis der englischen Sprache, die nur wenige Ausländer sich erwerben können, wird eine noch schwerer zu erreichende Kenntnis der Sitten des Volks erfordert. Weil dieses ein so sehr abgenutzter Gemeinort aller Panegyristen des Shakespear ist, so will ich nur ein Exempel geben, um sie hier zu rechtfertigen. Ich wünschte daß ein Deutscher der seine Nation und die englische gut kennte uns ein Werkgen über die Flüche des Shakespear gäbe, und sie uns durch ähnliche zum Exempel für Obersachsen übersetzte (denn für Deutschland überhaupt müssen wir nicht rechnen weil wir kein London und kein Paris haben), so wie sie gemeiniglich übersetzt werden ist es abscheulig, und drücken Shakespears Sinn nicht aus. Das *Weiß Gott* unsres Pöbels, geschwind gesprochen, erweckt bei uns weiter nichts mehr als die Idee einer Ungezogenheit. Dem Engländer würde es die Idee von Feierlichkeit und wenn es oft kämc von Ruchlosigkeit, zumal am Anfang der Rede, erwecken, ohngefähr wie bei uns wenn man sagte, *Das weiß Gott, daß* pp. So haben wir (ich spreche als Ober-Hesse) nichts was dem englischen schnellen damn it korrespondierte. *Potz Wetter* kommt ihm nah, ist aber zu läppisch. *God damn it* wird in Deutschland oft durch *Gott verdamme* übersetzt, so abscheulich, daß man kaum ärger fehlen könnte, wenn man es durch *der Herr segne* übersetzte. In England ist es mehr pöbelhaft als ruchlos so zu schwören, zumal wenn es geschwind gesprochen wird. Ja es kann so geschwind gesprochen werden, daß es einen Anschein von Artigkeit bei der vornehmen Jugend gibt. Wenn Shakespears Personen fluchen, so verfehlt er in uns seinen Endzweck, was bei ihm eine Schattierung sein sollte wird bei uns die Haupt-Figur. Der Engländer flucht caeteris paribus zehnmal mehr als der Deutsche, weil die fluchende Klasse der Menschen (die Seeleute) diesem Staat seine Reichtümer verschafft und seinen Schutz gewährt, und es unter ihnen Männer gibt die [die] Achtung dieser Welt und der künftigen verdienen. [F 569]

Ein betrunkner Kerl, der einen hitzigen Disput hatte, sagte unter meinem Fenster zu seinem Freund. Eck hebbet recht von der Leber weck sprocken, eck hebbe'n die Wahrheit derbe segt. Meck soll der Düv'l in korten Stücken rieten, wenn's neck wohr is. Wat hest du denne segt, segge (fragte der andere). Dat will eck morgen wohl erst hören. [F 570]

Die Flüche wollen auf unsern Theatern noch nicht recht fort, und es ist auch nicht sehr zu wünschen daß unser Gefühl darin stumpfer wird. [F 571]

Die Nase eher rümpfen lernen als putzen. [F 574]

Alle Unparteilichkeit ist artifiziell. Der Mensch ist immer parteiisch und tut sehr recht daran. Selbst Unparteilichkeit ist parteiisch. Er war von der Partei der Unparteiischen. [F 578]

Dessen, was wir mit Gefühl beurteilen können, ist sehr wenig und simpel, das andere ist alles Vorurteil und Gefälligkeit. [F 584]

Man scherzt so viel über Mohren die einen Handel mit Menschen treiben, aber welches ist grausamer, sie verkaufen, oder zu kaufen? [F 589]

Die Menschheit hat ihre Gradationen, so wie der Mensch. Wir schreiben für den Menschen mit dem wir leben und nicht für das alte Griechenland. Mich überfällt nicht sowohl Mitleid, sondern eine gewisse *Mitscham*, wenn ich junge Leute von *ihrem* Homer (und dieses Pronomen vermehrt sie nicht wenig) reden höre, sie studieren *ihren* Homer, haben immer *ihren* Homer in der Tasche, und wenn sie mit Vernunft zu Vernunft, aus dem Herzen ins Herz reden sollen, so sprechen sie daß man denken sollte sie hätten den Menschen aus Langii Colloquiis kennen gelernt. Unsere Verfeinerung macht uns keine Schande, wir gehören zum älteren Menschen-Geschlecht. Wahrheit, Unterricht und Besserung des Menschen sei der Hauptzweck eines Schriftstellers, erhält er diesen, so können wir über die Mittel ziemlich gleichgültig sein. Das Wort Simplizität wird abscheulig unbestimmt gebraucht, der Bratenwender ist simpel, Harrisons Uhr auch und – – das menschliche Gehirn auch, und vermutlich das letzte das simpelste. Es ist lächerlich, von der Simplizität einer Sache zu urteilen ohne den Endzweck in Betracht zu ziehen. Es ist die Frage ob die so gerühmten Alten es immer so getroffen haben als wir jetzt glauben, da wir, anstatt sie aus ihrem Publikum zu beurteilen, uns [in] der Voraussetzung daß sie alles auf ein Haar getroffen ihr Publikum in Gedanken schaffen. Bei der warmen Empfehlung der Alten, in die man heutzutag so oft aus Selbst-

Empfehlung ausbricht, ist gewiß die Hälfte Schulgeschwätz durch Tradition, wobei die Leute nichts denken. [F 595]

Die Meinung des Menschen, der zwar die Erde für rund hielt, aber glaubte wir gingen auf der konkaven Seite wie die Ochsen im Trett-Rade, verdient angemerkt zu werden. [F 596]

Es gibt Schwärmer ohne Fähigkeit und dann sind sie würklich gefährliche Leute. [F 598]

Schlankheit gefällt wegen des bessern Anschlusses im Beischlaf und der Mannigfaltigkeit der Bewegung. [F 603]

Daß einem (wenigstens mir) so oft träumt, man rede mit einem Verstorbenen von eben demselben als dem Verstorbenen, könnte von den ähnlichen Hemisphärien des Gehirns herrühren, so wie man doppelt sieht, wenn man Ein Auge drückt. Im Traum sind wir Narren, der Scepter fehlt, es hat mir oft geträumt, ich äße gekochtes Menschenfleisch. Von der Natur der Seele aus Träumen ist eine Materie, die des größten Psychologen würdig wäre. Der selige Faber zu Jena hat einmal hier etwas in der deutschen Gesellschaft vorgelesen. [F 607]

Wenn die reine Lehre des Evangeliums so verdreht worden ist, laß Schaden daraus bei übrigens guter Absicht entstanden ist, was muß nicht erst eine ziemlich unreine Physiognomik unter den Umständen tun können. [F 608]

Gesicht und Seele sind wie Silbenmaß und Gedanken. [F 612]

Besonders ist, daß unsere Dichter von unsern vernünftigen Leuten von Stand nicht mit Vergnügen gelesen werden. Der Fehler kann unmöglich in unserm Publikum liegen, er liegt sicherlich in unsern Dichtern, es sind meist junge oder alte Knaben, die im Zirkel unerfahrner Bewunderer aufgewachsen sind, und daher nicht zunehmen können. Wer nicht zu gewissen Jahren oft in Gesellschaft war, wo er nicht die erste Rolle spielte, und seine Kräfte in einer Spannung sein mußten, um nicht eine üble Meinung von sich zu erwecken, wird gewiß ein Tropf werden und das sind gewiß allemal 9 unter 10 unserer gerühmten Dichter. Der Mann der Welt kann nichts von ihnen lernen, er übersieht sie, so wie das handlungsvollste Schauspiel auch noch Bemerkungen enthalten muß, die selbst den Denker bei der Lampe beschäftigen können müssen, so kann selbst die Ode indem sie die Einbildung mit Bildern hinreißt wie das Licht einen, dem der Star jetzt ausgezogen worden, tiefe Bemerkungen enthalten, die den Mann von Überlegung wenn der Rausch verfliegt beschäftigen können. Aber mein Gott wie kann der etwas sagen der nichts weiß? [F 613]

Es gibt keine wichtigere Lebens-Regel in der Welt, als die: halte dich, so viel du kannst, zu Leuten, die geschickter sind als du, aber doch nicht so sehr unterschieden sind, daß du sie nicht begreifst. Das Erheben wird deinem Ehrgeiz durch Instinkt leichter werden, als dem allzugroßen das Herablassen aus kalter Entschließung. [F 614]

Lavater.

Wenn er ein ehrlicher Mann ist, welches ich hier nicht bezweifeln will, so ist er wenigstens ein sehr gefährlicher ehrlicher Mann. Mangel an Selbst-Kenntnis, und Glauben daß das, was andere nicht sagen wollen, nicht sagen könnten, sind seine Haupt-Schwachheiten. Er hält Leute die nicht superfiziell genug sind zu sehen was er sieht für schwächer als sich, und diese haben gegen ihn wieder die Schwachheit, das für Mangel an Fähigkeiten in sich zu halten, was eigentlich größerer Verstand ist. [F 622]

Die Leute machen sich sogar Bilder von General Howe und von Hancock. Ich stelle mir den Washington als einen etwas dicken

Mann von mittlerer Größe vor, mit schwarzem etwas gedunsenem Gesicht. Einen kurzen blauen Rock mit roten Aufschlägen, und etwas schwachen Beinen. Ich sehe ihn immer stehen, niemals zu Pferde und niemals sitzen. Wo ich das herhabe kann ich nicht sagen. Dieses aus den allgemeinsten Gründen erklärt ist der Physiognomik letal. [F 627]

Wir sind alle Blätter an einem Baum, keins dem andern ähnlich das eine symmetrisch, das andere nicht, und doch gleich wichtig dem Ganzen. Diese Allegorie könnte durchgeführt werden. [F 630]

In Lavatern ist nichts von dem sanften Sonnenlicht des Tizian, sondern über alles dampft er einen heiligen Nebel her und blitzt mit Hexenmehl und Kolophonium, und donnert auf der Baßgeige. [F 640]

Er sollte einmal die Köpfe sehen, die bei seiner Physiognomik sind geschüttelt worden. [F 641]

Es ist schade, daß es keine Sünde ist Wasser zu trinken, rief ein Italiäner, wie gut würde es schmecken. [F 674]

Wenn wir die Aufmerksamkeit auf schwache Empfindungen vermehren lernen, so können sie uns den Dienst von starken tun. [F 675]

Selbst Aberglaube kann zuweilen Nutzen stiften. Der gemeine Mann drückt nicht leicht eine ungeladene Flinte auf jemanden los, weil er glaubt der Teufel könne auch mit einer ungeladenen sein Spiel machen. [F 681]

Unsere Gesichter differieren wie unsere Sprachen, und endlich wird man über die ganze Erde italiänisch reden. Eine Folge aus Lavatern. [F 682]

Es ließe sich ein philosophisches Traumbuch schreiben, man hat, wie es gemeiniglich geht, seine Altklugheit und Eifer die *Traumdeutungen* empfinden lassen, die eigentlich bloß gegen die *Traumbücher* hätte gewendet werden sollen. Ich weiß aus unleugbarer Erfahrung daß Träume zu Selbst-Erkenntnis führen. Alle Empfindung, die von der Vernunft nicht gedeutet wird, ist stärker. Beweis das Brausen in den Ohren während des Schlafs, das bei Erwachen nur sehr schwach befunden wurde. Daß es mir alle Nacht von meiner Mutter träumt und daß ich meine Mutter in allem finde ist ein Zeichen wie stark jene Brüche des Gehirns sein müssen, da sie sich gleich wieder herstellen, so bald das regierende Principium den Scepter niederlegt. Merkwürdig ist, daß einem zuweilen von Straßen der Vaterstadt träumt, man sieht besondere Häuser, die einen frappieren, bald darauf aber besinnt man sich und findet (wiewohl es falsch ist), es sei ehmals so gewesen. [F 684]

Den Satz auszuführen: So wie zu den niederträchtigsten und lasterhaftesten Taten Geist und Talent erfordert wird, so ist selbst bei den größten eine gewisse Unempfindlichkeit nötig, die man bei andern Gelegenheiten Dummheit nennt. [F 687]

Von einer Wissenschaft, die stufenweis steigt, und wo man nach Jahrhunderten doch wenigstens bemerkt, daß man fortrückt, da faßt man mit Vergnügen an und zieht an der Last weiter. Vom Anziehen des Bernsteins bis zu dem Blitze des Elektrophors und dem Ableiten des Wetterstrahls ist doch ein Schritt. Hingegen in Physiognomik sind wir nach Jahrtausenden nicht einen Punkt weiter obgleich öfters ist angesetzt worden. Als Aristoteles anfing, mag mancher ihm angehangen haben, mancher ihm widersprochen und mancher sich erärgert haben, wenn man ihm widersprach. Jetzt zeigt man des großen Mannes physiognomische Sätze nur noch als unbrauchbare Altertümer. Wenn ich an dem Elektrophor spiele, so denke ich immer ich reibe noch ein Stückgen Bernstein. Aber bei der Physiognomik wenn Reich aufhört zu drucken, so wird der ganze Babylonische Versuch in Vergessenheit geraten und eine desto tiefere Pause vielleicht von Jahrtausenden hervorbringen, mit desto mehr Gepränge der vergebliche Versuch ist gemacht worden. [F 695]

Mir ist es oft mit Physiognomik so gegangen: Man sieht jemanden mit einem schläfrigen Gesicht, nun ist er schläfrig, man hört den Mann sprechen und er spricht geschwind, ha! das ist ein munterer Kopf, nun sehe ich ihm die geschwinde Sprache in den Augen, und alles sieht zwar stille aus aber in gespannter Ruhe. Er ist an einem Abend in einem tändelnden Hümeur, das ist ein einfältiger Kerl, auch das trage ich in das Gesicht. Endlich steht er mir in einer Gefahr bei, nun ist es ein vernünftiger feiner, guter Kerl bei dessen Namen man Freuden-Zähren vergießt. Und so hat man freilich endlich den Mann kennen gelernt, und seinen Charakter in sein Gesicht übergetragen. [F 697]

Scharfsinn ist ein Vergrößerungs-Glas, Witz ein Verkleinerungs-Glas. Das letztere leitet doch auf das Allgemeine. [F 700]

Und was ist Kränklichkeit (nicht Krankheit) anderes als innere Verzerrung? [F 705]

Eine Rede muß nicht gedruckt werden, man hat gute Redner gehabt in den Zeiten da man vermutlich schlecht schrieb, und etwas, das sich gut lesen läßt, muß [man] nicht hersagen hören, es sind ganz verschiedene Dinge. Ein Gemälde gehört nicht unter das Mikroskop. Das sollten sich unsere dramatische Dichter merken. [F 706]

Die jungen Knaben muß man nicht anfallen, sondern die alten Knaben, einen der ersten niederzuschlagen raubt der Welt einen Mann, wer einen der letzten ausmerzt vertilgt ein Unkraut. [F 708]

Der Mensch und die Affen können nicht nach Belieben gemästet werden wie das Vieh. [F 713]

So wie es Mechaniker von Genie gibt, die mit wenigen und schlechten Instrumenten vortrefflich arbeiten, so gibt es auch Leute, die ihre wenige Belesenheit so zu brauchen und ihren Erfahrungen eine solche Extension zu geben wissen, daß kaum ein sogenannter Gelehrter gegen sie aufkommen kann. (Die Parallele ergründet) Vid. hier p. 10. Robinson [F 715]

Ich verlange keine Schonung, werde auch jedem, der mich mit Unrecht angreift, ohne Schonung begegnen, er sei wer er wolle. Freiheit zu denken und für die Wahrheit zu schreiben und ungestraft, das ist ein Vorzug des Orts den Georg beherrscht und auf dem Münchhausens Segen ruht. Ein Tor ist ein Tor, darf man hier laut sagen, er liege an Ketten oder werde angebetet. [F 716]

Von dem, was der Mensch sein sollte, wissen auch die besten nicht viel Zuverlässiges, von dem, was er ist, kann man aus jedem etwas lernen. [F 720]

Wenn ich noch ein Zeichen des Verstandes angeben soll, das mich selten betrogen hat, so ist es dieses, daß die Leute, die sehr viel ältet sind, als sie scheinen, selten viel Verstand hatten, und umgekehrt junge Leute die alt aussehen sich auch dem Verstand des Alters nähern. Man wird mich verstehen und nicht etwa glauben daß [ich] unter Jung-Aussehen Gesundheit und frische Farbe und unter Anschein des Alters Falten und Blässe verstehe. [F 723]

Unsere Gedanken würden einen ganz andern Gang gehen wenn bloße Reflexion und nicht auch andere Dinge in uns würkten, jeder Mensch würde auch andere Sitten haben so wie ein anderes Gesicht. Vielleicht kann auch etwas von dem Einfluß hinein kommen, den ein Wort das ich rede auf alles hat, was je in der Welt gesprochen werden wird. [F 727]

Auch Gelegenheit macht nicht Diebe allein, sie macht auch beliebte Leute, Menschenfreunde, Helden, von dem Einfall, den ein Witziger hat, gehört mehr als die Hälfte dem Dummkopf zu, den er traf. (umständlich ausgeführt) [F 728]

Der Sturm am Berge, das Rauschen des Eichenwaldes und das Silber-Gewölke sind alles ganze gute Sachen, aber neue Bilder sind besser. [F 731]

Es regnet allemal wenns Jahrmarkt ist, oder wenn wir Wäsche trocknen wollen, was wir suchen ist immer in der letzten Tasche in die wir die Hand stecken. [F 732]

Das Studium des Homers und des Ossians, oder wie man jetzt wenn man ein Buch daraus übersetzen kann sich präskribierend ausdruckt, seinen Homer und seinen Ossian studieren, machts wahrlich nicht aus. Studiert euch selbst erst, mögt ich sagen, das ist, lernt euer Gefühl entwickeln und den augenblicklichen Wink desselben figieren und Buch darüber halten, laßt euch euer Ich nicht stehlen, das euch Gott gegeben hat, nichts vordenken und nichts vormeinen, aber untersucht euch auch erst selbst recht, und widersprecht nicht aus Neurungssucht. Hierzu ist Gelegenheit überall ohne Griechisch und ohne Latein und ohne Englisch. Die Natur steht euch allen offen mehr als irgend ein Buch wozu ihr die Sprache 25 Jahr getrieben habt. Ihr seids selbst. Dieses hat man so oft gesagt, daß es jetzt fast so gut ist, als wäre es niemals gesagt worden. Es ist ein wahrhaftes Unglück wenn Regeln von solcher Wichtigkeit unter einem Volk zu der traurigen Würde eines locus communis oder einer Gebets-Formel gedeihen. Man glaubt sie zu üben, wo man sie nicht übt, und sich selbst überlassen übt man sie oft zu der Zeit wo man sie zu übertretten glaubt, oder sich doch ihrer nicht bewußt ist. Das wird euch weiter bringen als Homer und Ossian, es wird euch Homer und Ossian verstehn lernen. Ihr könnt sie ohne diese Vorbereitung freilich lesen, aber ihr werdet nie einsehen lernen, warum sie so sehr über das seichte Flächengeschlecht unsrer Zeit erhaben sind. [F 734]

Einige der Hauptsätze in meiner Abhandlung haben den Beifall von Köpfen erhalten, die, gezählt, kaum den viertausendsten Teil von Lavaters Bewunderern ausmachen mögten, und gewogen, vermutlich sie alle zusammen 4000mal überwiegen würden. [F 736]

Habe ich geirrt, gut, was ists dann? Es ist unser aller Los, zu irren, vom gnausten tiefschauendsten, analysierenden Weltweisen bis zum Drucker und darüberhinpolternden Chaos-Mischer, von Newton bis zu Lavater. Allein ich frage jeden Unparteiischen, welches ist besser, in Quartanten zu irren die, auf einander gesetzt, dem Altar des Delphischen Apolls, dem Sinnbild der Dauer [gleichen], oder in einem in Lackier-Bildgen gebundenen Almanach, dessen Dauer schon auf dem Titul zu groß angegeben wird: *für das Jahr 1778*. Gerechter Himmel wie bescheiden! Die Menschen können geblendet und bestochen werden, aber nicht der Mensch, für den schreibe ich allein, wenn wir endlich vor den Richterstuhl unserer Enkel kommen.

[F 737]

Ich empfehle Träume nochmals; wir leben und empfinden so gut im Traum als im Wachen und sind jenes so gut als dieses, es gehört mit unter die Vorzüge des Menschen, daß er träumt *und es weiß*. Man hat schwerlich noch den rechten Gebrauch davon gemacht. Der Traum ist ein Leben, das, mit unserm übrigen zusammengesetzt, das wird, was wir menschliches Leben nennen. Die Träume verlieren sich in unser Wachen allmählig herein, man kann nicht sagen, wo das Wachen eines Menschen anfängt.

[F 743]

Die Leute sagen immer, was der Mann originell schreibt, mir kommt der Stil nichts weniger als selten vor; es ist die Schreib-Art aller Leute, die mehr sagen wollen, als sie wissen, und welche eben deswegen der Menge gefällt, weil sie ihr glauben macht sie verstünde Dinge, von denen sie kein Wort weiß. [F 754]

Klopstocks Messias kann nur, dünkt mich, alsdann schwer scheinen, wenn man das darin finden will, was das Geschrei der Zeitungsschreiber und der Barden hinein gelegt hat. Mir kommt es vor, als wenn das Gedicht nicht zu schwer, sondern zu leicht, *oder deutlicher*, nicht zu tief sondern zu seicht wäre. [F 758]

Wir sehen, ein jeder, nicht bloß einen andern Regenbogen, sondern ein jeder einen andern Gegenstand und jeder einen andern Satz als der andere. [F 760]

Ich glaube, daß es weit besser ist aus sich selbst heraus zu holen, als aus dem Plato, den können wir falsch verstehen; wir sind uns allzeit *nah genug* alles Schwere zu erleichtern und alles Dunkle aufzuklären. [F 761]

Krankheit ist das größte Gebrechen des Menschen. [F 762]

Man stellt sich Städte vor, die man nie gesehen hat. [F 763]

Wenn Vernunft, die Tochter des Himmels, von Schönheit urteilen dürfte, so wäre Krankheit die einzige Häßlichkeit. [F 765]

Daß ich etwas, ehe ich es glaube, erst durch meine Vernunft laufen lasse ist mir nicht ein Haar wunderbarer, als daß ich erst etwas im Vorhof meiner Kehle kaue, ehe ich es hinunter schlucke. Es ist sonderbar so etwas zu sagen und für unsere Zeiten zu hell, aber ich fürchte es ist für 200 Jahr, von hier ab gerechnet, zu dunkel. [F 768]

Alle die seichten großen Schriftsteller unserer Zeit. [F 769]

Eine beißende Antwort, wenn Lavaters Freunde mir vorwerfen sollten, ich wäre ehmals für Physiognomik gewesen, wäre die, daß ich es nicht mehr wäre, seitdem ich Lavaters Buch gelesen. [F 777]

Es gibt Leute die kein Blut und manche die keinen Degen sehen können, andre juckt es wenn man von Läusen spricht. [F 779]

Mit Prophezeiungen geben sich heutzutag meistens nur enthusiastische Schuster und Schneider ab. Der Geist der Weissagung liegt heutzutag nur noch auf einigen Gilden. [F 780]

Eine von den Haupt-Konvenienzen der Ehe ist die, einen Besuch, den man nicht ausstehen kann, zu seiner Frau zu weisen. [F 781]

Es ist besonders und ich habe es nie ohne Lächeln bemerkt, daß Lavater mehr auf den Nasen unserer jetzigen Schriftsteller findet, als die vernünftige Welt in ihren Schriften. [F 782]

Ich glaube grade das Gegenteil, daß nämlich das meiste Gute in der Welt durch Menschen getan wird, die ihrer schönen Bildung wegen nicht in Betrachtung kommen. Oder das meiste Unheil in der Welt hat die Schönheit gestiftet. Ob sie gleich das Glück oder vielmehr die Wollust einzelner mag befördert haben. [F 788]

Man lernt kein Latein und kein Griechisch mehr, daher wird alles seicht. Dieses ist die Klage der meisten gelehrten Journale ob sie gleich vielleicht unvorsätzlich die geheimsten und wichtigsten Feinde wahrer Gelehrsamkeit und die Urheber des Übels selbst sind, das sie heilen wollen. Man hält einen Teil der Wirkung für die Ursache. [F 797]

Das beste Gedächtnis kann sich verlieren, ohne daß deswegen die gewölbte Stirn einfällt, der Verstand kann sich verlieren ohne daß die Augenknochen deswegen sich abrunden und die Augenbrauen sich zurückziehen, und wer will mir beweisen, daß alle mittlere Stufen von Dummheit nicht eben so entstehn? Daß einer der heute den Gesundsten gleicht die nächste Nacht an einem Schlagfluß stirbt ist mir nicht unbegreiflicher oder eben so unbegreiflich. [F 810]

Ich habe schon lange an einer Geschichte meines Geistes so wohl als elenden Körpers geschrieben, und das mit einer Aufrichtigkeit die vielleicht manchem eine Art von Mitscham erwecken [wird], sie soll mit größerer Aufrichtigkeit erzählt [werden] als vielleicht irgend einer meiner Leser glauben wird. Es ist dieses ein noch ziemlich unbetrettner Weg zur Unsterblichkeit (nur von Kardinal de Retz). Nach meinem Tod wird es der bösen Welt wegen erst heraus kommen. [F 811]

Betrachte einmal einen Nerven. Von der Spitze meines Fingers ergießen sich Tausende von Empfindungen wie kleine unmerkliche Bäche in einen größern Bach, mit dem wieder andere größere zusammenfließen, die ein anderes Wasser führen, bis [sie] sich endlich in einen Hauptstrom vereinigt in das Meer des Gehirns ergießen, dessen Zustand und Fähigkeiten du aus dem knöchernen Gewölbe beurteilst, unter dem [es] kochen, vertrocknen und versteinert werden könnte, ohne daß du es merktest. [F 814]

Dieses unbegreifliche Wesen, das wir selbst sind, und das uns noch weit unbegreiflicher vorkommen würde, wenn wir ihm noch näher kommen könnten als wir selbst sind, muß man nicht auf einer Stirne finden wollen. [F 816]

(Auf Gesichter angewendet.) Rauhigkeit bei uns ist nicht gleich gefährlich. NB. unser Wort Freund hat ein r, es wäre ihm besser es hätte es nie. amico. NB. NB. Freundin ist in meinen Darmstädtischen Ohren ein Wort, das durch das schönste Gesicht und den sanftesten Ausdruck nicht versüßt wird. Das böse r sollte und müßte entweder heraus, oder sollte zwischen 2 Vokalen stehen. Es erinnert mich trotz meiner Deutschheit immer an frieren und Frost, welches ein abscheuliges Wort in meinen Ohren ist. Den Begriff Freundin auszusprechen sollte die Zunge nicht mehr kosten, als den Mutter und das ist ma mie. [F 822]

Vom Positiv bis zum Superlativ in der Pathognomik. [F 825]

Ein chinesischer Weltweiser wird nicht aussehn wie ein persischer und ein Deutscher, der aussieht wie ein Chineser ist deswegen noch kein interessierter Düftler. [F 827]

Kleine Fehler zu entdecken ist seit jeher die Eigenschaft solcher Köpfe gewesen die wenig oder gar nicht über die mittelmäßigen erhaben waren, die merklich erhabenen schweigen still oder sagen nur etwas gegen das Ganze und die großen Geister schaffen nur ohne zu tadeln. [F 828]

Die Menschen nehmen nicht gern das Los № 1. in einer Lotterie. Nimms, ruft die Vernunft laut, es kann so gut die 12000 Taler gewinnen als irgend ein anderes; nimms um aller Welt willen nicht, wispert ein Je ne sçai quoi, man hat kein Exempel daß solche kleine Zahlen vor großen Gewinnsten stehen, und es wird auch nicht genommen. [F 829]

Ich kann mir vorstellen, daß ein Mensch der von einer Kanonen-Kugel tödlich getroffen wird in einem Sekunden langen Beben seines Gehirns sein ganzes Leben in einem Punkt sieht und fühlt. [F 831]

Das gemeine Volk redet durch *das Pathognomische* noch am meisten unvermischt. [F 841]

In einer so zusammengesetzten Maschine, als diese Welt, spielen wir, dünkt mich, aller unsrer kleinen Mitwirkung ungeachtet, was die Hauptsache betrifft immer in einer Lotterie. [F 846]

Das Hutabnehmen ist eine Abkürzung unsres Körpers, ein Kleinermachen. [F 859]

In keinem Kopf ist Mannigfaltigkeit von Kenntnissen schöner und nötiger und würksamer als im Dichter. Die Dichter der alten Welt pflanzten Kenntnisse fort, ihr Vers war das Vehiculum von Weisheit. Die unsrigen, wenn es möglich wäre, daß so wie ein volles Gedicht den Kopf anfüllt, ihn ein leeres ausleerte, würden alle Leser um ihre Wissenschaft bringen. Gray war, wenn wir Herrn Mason glauben dürfen, einer der größten Gelehrten seiner Zeit, Milton war es gewiß. Ihr sollt einen feinen Menschen bessern, einen schlauern zur verhaßten Tugend leiten, leckern Zungen einen bittern Heiltrunk beibringen, denkt nur nicht daß ihr den Menschen mit euern Barden-Gesängen wieder rückwärts senkt, die heraufsteigende Flut fächelt ihr mit keinem Kartenblatt zurück. Lest die Alten, ruft man, es ist alles sehr gut. Ich habe gegen den Rat nichts, wenn man sich nur deutlich erklärte. Er sagt nicht mehr als lernt *denken* Leute. Wie wenig der Rat fruchtet, sieht man sehr häufig an den Leuten selbst die ihn geben und befolgen. Wenn sie deutsch schreiben, so findet man nichts von den massiv-goldenen Bemerkungen in drei Worten, die wie sich ein englischer Dichter ausdruckt zu französischem Draht gezogen durch ganze Seiten glänzen würden. Nichts von den tief eingreifenden Beobachtungen des Menschen, die einem Schamröte in das Gesicht jagen, nicht den Ausdruck der immer dem Gedanken so angemessen ist, wie der Gedanke dem Ganzen und das Ganze der menschlichen Natur. Nicht den erstaunenden Reichtum an Gedanken, womit sie Goldstücke wegwerfen mit einer Miene, wie wir kaum Pfennige. Sondern unsere meisten Leser der Alten wenn sie etwas mitbringen, so ist [es] historische Kenntnis ihrer Sitten, ein mit sich selbst bestehendes

Latein, und hölzernes Deutsch. Allein was ist die Ursache? Die Alten z. E. den Horaz zu lesen muß [man] mehr verstehen als Latein. Die Welt ist geneigt zu glauben, jedes Buch, worin nichts von Kegelschnitten und Integralen vorkommt, könne man lesen, so bald man die Sprache versteht. Es ist aber falsch. Jedes gute Buch ist ein Spiegel des Menschen, wenn ein Affe hineinsieht, so kann unmöglich ein Apostel heraussehen. (Hier kann hereinkommen, der eine trägt seinen Stock wie er, schnupft [wie] er und räuspert sich wie er, aber keiner war der ehrliche Mann wie er) Was ist aber dafür Rat? Ich weiß nur einen einzigen, ob es gleich mehrere geben mag, und das ist die gute Gesellschaft. Ich muß mich hier erklären, denn es könnte leicht sein daß ich und meine Leser etwas Verschiedenes unter guter Gesellschaft verstünden. Ich fordere mehr von einer guten Gesellschaft als bloß gute Sitten, obgleich die schlechterdings notwendig sind, und auch nicht vornehme Gesellschaft, denn es gibt glaube ich in allen Teilen von Europa glaube ich Städte, worin die Gesellschaft immer schlechter wird je vornehmer sie ist. In großen Städten und wo Verdienst allein den Weg zur Ehre bahnt, und wo der Regent tugendhaft ist, ist es anders. [F 860]

Wenn das Gesicht mit kleinen Vulkanen übersät ist, so schließe ich auf einen Brand. [F 863]

1778.

Daß die Menschen so oft falsche Urteile fällen rührt gewiß nicht allein aus einem Mangel an Einsicht und Ideen her, sondern hauptsächlich davon, daß sie nicht jeden Punkt im Satz unter das Mikroskop bringen, und bedenken. [F 864]

Tausend sehn den Nonsense eines Satzes ein ohne im Stand zu sein noch Fähigkeit zu besitzen ihn förmlich zu widerlegen. [F 868]

Jena und Gomorrha. [F 870]

Die lächerlichsten Moden können ein Übergang zu etwas sein, was wir auf keinem andern [Wege] gefunden hätten. Es können die Vorurteile, sagt Feder, zuweilen vernünftige Vermutungs-Regeln sein. [F 871]

Zu untersuchen und zu lehren, in wie weit Gott aus der Welt erkannt werden kann. Sehr wenig, es könnte ein Stümper sein. [F 872]

Solcher Zeilen wie einige in Psalm 4 werden wenige geschrieben. Wie unendlich viel steckt nicht in den Worten: *Redet mit eueren Herzen auf eurem Lager; opfert Gerechtigkeit und hoffet auf den Herrn*. Eine ganze Religion! [F 873]

Ich habe oft auf dem Punkt gestanden, mit so viel Überzeugung zu glauben, daß man, um der Nachwelt zu gefallen, von der jetzigen gehaßt werden müßte, daß ich alles anzufallen Neigung fühlte. [F 876]

Ich bin sehr viel mitleidiger in meinen Träumen, als im Wachen. [F 878]

Neue Blicke durch die alten Löcher. [F 879]

Vom ersten Dichter der Welt bis zum Verse-Fabrikant. [F 884]

Ein reines Herz und ein reines Hemd. (Ein reines Herz ist eine vortreffliche Sache, und ein reines Hemd auch.) [F 885]

Es soll mir zur Warnung dienen, ich will künftig nichts mehr drucken lassen, ohne es wie jener große französische Dichter meiner Köchin vorzulesen. [F 889]

Sie scheinen mich mit Rosinen und Mandeln zu füttern, und mich hernach als einen fetteren Bissen zu verschlingen.

[F 891]

Man widerspricht sich niemals, wenn man sich mit einer festen Meinung zum Schreiben niedersetzt, allein bei der festesten Meinung kann man den Gegenstand flüchtig behandeln und wenn man mit demselben allzu bekannt ist, so daß man zu glauben anfängt jedermann müßte es verstehen, Worte gebrauchen, die der, den man erst belehren will, zweideutig findet. Ich vergebe es Herrn Lavater, daß er so viel Widersprüche in meiner Abhandlung findet, er war nicht der erste, der sie darin zu finden glaubte, und einer der größten Denker, die mir je vorgekommen sind, hat mir gestanden er habe meine Meinung erst bei der zweiten Durchlesung verstanden, und sei nun völlig mit mir eins. Das ist ein großer Fehler von einer Schrift, ich leugne es nicht, und es soll mir eine Warnung sein künftig alles, was ich drucken lasse, wie Molière, erst meiner Köchin vorzulesen.

[F 897]

Die Gebrechlichen haben oft Fertigkeiten, deren ein ordentlich gebauter Mensch wo nicht unfähig, doch zu erlernen nicht entschlossen genug ist. [F 901]

Das Unglück, das mich betroffen hat, einige meiner besten Freunde nennen es Glück. Und Glück ist es, denn ich Unbekannter kann vielleicht einen Namen gewinnen, und meine Gegner haben einen zu verlieren. [F 907]

Selbst dieselben Züge, die wir häßlich nannten, können schön in unsern Augen werden. [F 908]

Die Schlappherzigkeit. [F 911]

Der Gedanke war heute von Herrn von Morrison nicht übel, daß ich in den nächsten Kalender von Dietrich eine Abhandlung für die Physiognomik schreiben sollte. [F 912]

Einer deutet alle unbestimmte Spöttereien auf sich selbst, und denkt sie hätten ihn heimlich im Sinn gehabt. [F 913]

Nihil agendo neminem timeas. [F 919]

Die glücklichsten Verführer und daher die gefährlichsten sind die deluded deluders. [F 920]

Wenn man die Kometen betrachtet, so sehen sie völlig einem Körper ähnlich, der sich in einem Menstruo auflöset, dessen Boden die Sonne ist, und das wo nicht gegen die Sonne zu dichter wird, doch durch die Wärme eine stärkere Auflösungskraft erhält. Brennen ist auch eine Auflösung, die Kometen werden also vermutlich immer kleiner. [F 922]

Starke Empfindung, deren sich so viele rühmen, ist nur allzu oft die Folge eines Verfalls der Verstandes-Kräfte. Ich bin nicht sehr hartherzig, allein das Mitleid, das ich in meinen Träumen oft empfinde, ist mit dem bei wachendem Kopf nicht zu vergleichen, das erstere ist in mir ein nah an Schmerz grenzendes Vergnügen. [F 923]

O ich kenne die Leute allzu wohl, die aus gedemütigtem Stolz oder blinder Hitze immer eine Meile über oder unter der Wahrheit nisten. [F 932]

Wenn die *feinen* Welt-Leute fragen: Gott weiß warum? so ist es immer ein sicheres Zeichen, daß sie außer dem lieben Gott noch einen großen Mann kennen, der es auch weiß. [F 940]

Es ist eine traurige Liebe, wo man zum erstenmal im Grab mit einander zu Bette geht. [F 945]

Nichts läßt lustiger, als seinen Feind bepissen wollen, wenn man eine Strangurie hat. [F 962]

Janet Macleod ist der Name des Mädchens, die viele Jahre nach einander nichts gegessen. Vorschlag den Soldaten diese Krankheit zu geben. Leute die in 10 Jahren keine Geistes-Speise zu sich genommen, außer ein Paar Journal-Grümchen, gibt es selbst unter Professoren, und ist gar keine Seltenheit. [F 968]

Dieses ist eine sehr fruchtbare Wahrheit, wenn man sie in einem gesunden Kopf bewahrt, so hat sie, wie die Glücks-Pfennige, alle Morgen eine neue bei sich liegen. [F 970]

Ich kann nicht leugnen, mein Mißtrauen gegen den Geschmack unserer Zeit ist bei mir vielleicht zu einer tadelnswürdigen Höhe gestiegen. Täglich zu sehen wie Leute zum Namen Genie kommen, wie die Keller-Esel zum Namen Tausendfuß, nicht weil sie so viele Füße haben, sondern weil die meisten nicht bis auf 14 zählen wollen, hat gemacht, daß ich keinem mehr ohne Prüfung glaube. [F 971]

Die Klugheit eines Menschen läßt sich aus der Sorgfalt ermessen, womit er das Künftige oder das Ende bedenkt. Respice finem. [F 973]

Vorschlag ein Storchs-Nest in Göttingen anzulegen. [F 974]

Von dem der skribbelt bis zu dem der schreibt. [F 976]

Was das sonderbar wäre, wenn einmal eines Mund anfing seine geheimsten Geschichten zu erzählen ohne daß man ihn aufhalten könnte, und dabei müßte man seine völlige Vernunft behalten. Eine sehr lächerliche Situation. [F 980]

Sogar aus den Hunden läßt sich etwas machen, wenn man sie recht erzieht, man muß sie nur nicht mit vernünftigen Leuten, sondern mit Kindern umgehen lassen, so werden sie menschlich. Dieses ist eine Bestätigung von meinem Satz, daß man Kinder immer zu Leuten halten müsse die nur *um ein weniges* weiser sind, als sie selbst. [F 981]

Ein Lied desgleichen nie ein Kritiker gemessen,
In Einem Tag gemacht, gelesen und vergessen. [F 982]

Gar nicht ist menschlich immer nur sehr wenig. Gar nicht schickt sich überhaupt bloß für die Engel, *Sehr wenig* mehr für Menschen. [F 983]

Der Mann gehört bekanntlich mit unter die Klasse der sogenannten pompeusen Schriftsteller die nur alles schön finden, was mit Pracht falsch ist. In Deutschland kann man sich noch mit dieser Art hier und da einen Namen machen. In England ist die Art von Prose unehrlich. Es kann auch nicht geleugnet werden, daß kurz vor Anbruch des Tages im Kopf bei dämmernder Vernunft, welches bei manchen Leuten im 16. Jahr, bei andern im 25ten, bei andern im 40 oder gar im 50ten ist, diese Art zu schreiben die angenehmste ist. So sagt der oben erwähnte Verfasser des Briefs, Versailles mit Sanssouci verglichen wäre ihm vorgekommen wie die Wohnung eines Zwergen gegen die von einem Riesen. Davon ist nun kein Wort wahr, es ist ihm auch würklich nicht so vorgekommen, sondern es kam ihm zu Hause vor es wäre ihm so vorgekommen, oder es kam ihm vor, als wäre es schön, wenn es einem so vorkäme, oder es kam ihm endlich vor, es wäre schon schön bloß zu sagen es wäre ihm so vorgekommen. Es muß auch nichts wahr davon sein, denn wenn der Gedanke wahr wäre, so wäre er falsch. In einem Zimmer von Gemälden wurde der Verfasser vor Verwunderung ohnmächtig, gleich darauf wird er versteinert, das ist nun alles soviel wie nichts. [F 985]

Es waren eigentlich nur 2 Personen in der Welt, die er mit Wärme liebte, die eine war jedesmal sein größter Schmeichler, und die andere war er selbst. [F 991]

Was den Polygraphen oft macht ist nicht das Viel-Wissen, sondern jene glückliche Verhältnis seiner Kräfte zu seinem Geschmack, vermöge welcher der letztere immer gut heißt, was durch die erstern hervorgebracht wird. [F 996]

Wie wir noch ein halbes Jahr jünger waren, da wars ganz anders. [F 997]

Bei manchem Werk eines berühmten Mannes mögte ich lieber lesen was er weggestrichen hat, als was er hat stehen lassen. [F 998]

Belehrung findet man öfter in der Welt als Trost. [F 999]

Sein Dintenfaß war ein wahrhafter Janus-Tempel, wenns zugepfropft war, so wars in der ganzen Welt Friede. [F 1000]

Ausdrücke: Blutdürstig geschlagen statt blutrünstig. Ein Glas Wein verzehren. [F 1001]

Ein Bedienter steckt immer die Finger erst in das Wasser, und die Suppen, die er seinem Herrn bringt. [F 1002]

Das Gespräch könnte genennt werden ein Duodrama in Mutterleib (Zwillinge). [F 1003]

Die Vorrede könnte Blitzableiter betitult werden. [F 1013]

Vom 6ten Junii bis den 22ten Hamburg.

Eine Szene aus dem Duodrama *in Mutterleibe.*
A. Hast du gestern gehört, was die Hebamme gesagt hat?
B. Nein ich habe geschlafen. Was sagt sie denn?

A. Es würde nun nicht über acht Tage währen, so sollte der kleine Junge heraus.

B. Horch ich höre wieder Musik, wenn nur die Mutter nicht tanzt, ich habe mir bei dem letzten Ball hier die Hüfte verrenkt, das tut mir abscheulich weh.

A. Und ich stieß mir die Nase auf[s] Knie, daß ich sie gar nicht mehr finden kann, und der Himmel weiß, was unsere Mutter getrunken hat, höre Bruder ich war pudeldicke. Du kannst gar nicht glauben Bruder, was mir da seltsam ward, die Kugeln zu beiden Seiten der Nase sind auch Ohren, Bruder, ich hörte Worte damit die ich nicht sprechen kann, denn wenn ich sie sprechen will, so höre ich sie nur mit [den] Seiten-Ohren.

B. O das habe ich oft, ich stieß mir neulich an eines der Vorder-Ohren, da hörte ich ein Wort, das klang wie spitz. [F 1017]

Ich habe sehr oft folgendes bemerkt: je mannigfaltiger die Begebenheiten sind, die sich ereignen, desto geschwinder verstreichen einem zwar die Tage, allein desto länger dünkt einen die vergangene Zeit, die Summe dieser Tage, hingegen je einförmiger die Beschäftigungen, desto länger werden einem die Tage, und desto kürzer die vergangene Zeit oder ihre Summe. Die Erklärung ist nicht sehr schwer. [F 1021]

Gott, der unsere Sonnen-Uhren aufzieht. [F 1022]

Es ist eine Frage ob der Mensch nicht eher niest als er weint. [F 1023]

Alles Tun in *-eln* ist nicht viel wert, weder *witzeln* noch *schwärmeln.* [F 1026]

Anstatt zu predigen stellt sich der Prediger mit der Baßgeige oder der Flöte auf die Kanzel und bekehrt. Kritiken in Musik gesetzt oder bloß Musik. [F 1030]

Einige mutwillige Leute haben behauptet, so wie es keine Mäuse gäbe, wo man keine Katzen halte, so gäbe es auch keine Besessene wo es keine Teufelaustreiber gäbe. [F 1031]

Wie perfektibel der Mensch ist, und wie nötig Unterricht, sieht man schon daraus, daß er jetzt in 60 Jahren eine Kultur annimmt, worüber das ganze Geschlecht 5000 Jahre zugebracht hat. Ein Jüngling von 18 Jahren kann die Weisheit ganzer Zeitalter in sich fassen. Wenn ich den Satz lerne: *die Kraft, die im geriebenen Bernstein zieht, ist dieselbe die in den Wolken donnert*, welches sehr bald geschehen kann, so habe ich etwas gelernt dessen Erfindung den Menschen einige tausend Jahre gekostet hat. [F 1039]

Erst ist eine Zeit da man alles glaubt ohne Gründe, dann glaubt man eine kurze Zeit mit Unterschied, dann glaubt man gar nichts, und dann glaubt man wieder alles und zwar gibt man Gründe an, warum man alles glaube. Bernoulli wollte die Phänomena der Wahrsager-Bouteille nicht einmal mehr leugnen, sagt Deluc. [F 1042]

Wenn man einmal weiß, daß einer blind ist, so meint man [man] könnte es ihm auch von hinten ansehen. [F 1043]

Wir können nicht beweisen, daß die Planeten mit vernünftigen Geschöpfen bewohnt sind, dem ohngeachtet glaube ich es, so kann jemand glauben, die Seele sterbe mit dem Leib, ob er es gleich strikte nicht beweisen kann. [F 1045]

Sie fühlen mit dem Kopf und denken mit dem Herzen. (πμ) [F 1047]

Es gibt hier Gelehrte vom ersten Rang in Deutschland, die, ohne sich deutlicher wenigstens gegen mich zu erklären, behaupten, [daß], was Sie gegen mich geschrieben hätten, das beste sei, was

Sie je geschrieben haben. Eine Bemerkung, die mich wahrhaftig Lehrbegierigen nicht allein nicht niederschlägt, sondern vielmehr stolz macht, daß ich dieses durch eine weggeworfene Taschen-Kalender-Abhandlung bewürkt habe. [F 1050]

Wenn die bittere Satyre fein ist, so hält es die Welt im schlimmsten Fall mit ihr wie mit dem Verrat, sie liebt die Satyre und haßt den der sie schrieb. Allein was wird sie hier machen, wo der Verfasser so boshaft und die Satyre so platt ist? Sie wird den einen hassen und die andere verachten. [F 1054]

Wie wenig Sie wissen müssen, was die Welt von Ihnen denkt! [F 1055]

Eine sehr sonderbare Kinderzucht predigt der Gouverneur von Padua im *Deutschen Herkules*. Ihr sagt, wir halten unsere Töchter hart und lassen ihnen in nichts den Willen, so wissen sie was Respekt ist, wenn sie Männer kriegen, und lieben destomehr den Mann, der sie gelinde traktiert. [F 1058]

Herr Lavater sollte einen Kopf von Gips verfertigen lassen, der nach seiner Vorstellung das größte Muster von Geist und Herz ausdruckt, so könnte man hernach die übrigen nach den Abweichungen von demselben schätzen. [F 1059]

Am 10ten August da ich den Kopf des Sokrates und Demosthenes lange gegen einander ansah fand ich endlich den Kopf des Sokrates schöner, welches ich wohl vor einem halben Jahr nicht gedacht hätte. Man ist erstaunend wandelbar in seinen Ausdrükken, bald sieht man eindringenden Verstand in einem Gesicht, das wie ein Bogen gespannt ist, und dann wieder die ruhige tiefe Untersuchung, unsere Sprachen sind nicht reich genug, sonst würde es zwischen jenen beiden ein Heer von Bezeichnung[en] des Verstandes geben. [F 1061]

Ein Gelehrter weint, daß er seine eigne Schriften nicht versteht, ist ein drolliger Gedanke. Man sagt es vom Cardan. Nic'ron aber leugnet es. [F 1065]

An den Köpfen der großen Griechen und Römer muß man nicht Regeln für die sichtbare Form des Genies abstrahieren wollen, so lange man nicht griechische Dummköpfe ihnen entgegen stellen kann. [F 1067]

Bücher, die man junge Leute will lesen machen, muß man ihnen nicht sowohl selbst empfehlen, als in ihrer Gegenwart loben. Sie finden sie hernach von selbst, so ist es mir gegangen. [F 1073]

Da trifft recht ein, was Butler von einem schlechten Kritiker sagt, wenn er keine Fehler findet, so macht er einen. [F 1078]

Der Trieb unser Geschlecht fortzupflanzen hat noch eine Menge anderes Zeug fortgepflanzt. [F 1079]

Wenn es uns im Dunkeln beißt, so können wir gemeiniglich mit einer Nadelspitze die Stelle finden, was für einen gnauen Plan muß die Seele von ihrem Körper haben? [F 1084]

Das viele Lesen hat uns eine gelehrte Barbarei zugezogen. [F 1085]

Unstreitig ist die männliche Schönheit noch nicht genug von den Händen gezeichnet worden, die sie allein zeichnen könnten, von weiblichen. Mir ist es allemal angenehm wenn ich von einer neuen Dichterin höre. Wenn [sie] sich nur nicht nach den Gedichten der Männer bildeten, was könnte nicht da entdeckt werden. [F 1086]

Ich habe es lange gewußt, mein Herr, daß Beobachtung hier wie überall das Hauptgeschäfte sein muß, und daß die tiefsinnigste

Theorie noch immer zwei gleich großen Köpfen Raum genug läßt sich fast bis zu pro und contra zu entfernen. Allein ich nahm an man wäre beständig, und was Sie für bloße Theorie hielten, war wahrscheinliche Erklärung meiner häufigen Irrtümer. [F 1088]

Ich habe mich zuweilen recht in mir selbst gefreut, wenn Leute, die Menschenkenner und Weltweise sein wollen, über mich geurteilt haben. Wie entsetzlich sie sich irren, der eine hielt mich für weit besser, und der andere für weit schlimmer als ich war, und das immer aus sehr feinen Gründen, wie er glaubte. [F 1089]

Von der Welt und der Natur ab in anderer Leute Gedanken und Gesinnungen hineingewöhnt werden. Hierzu tragen Rezensionen nicht wenig bei. [F 1091]

Manchen Personen muß man sehr nahe kommen, um den Reiz zu sehen, den ihnen das gute gefällige Gemüt gibt. Kann es nicht eben deswegen bei manchen ganz unkenntlich sein? [F 1103]

Es gibt Leute die das Wort Teufel immer mit einem T und einigen Punkten schreiben. Eben diesen Respekt erzeigen sie einigen Gliedern ihres eignen Leibes. Die Ursache davon ist schwer auszufinden. Auch Fielding schreibt kiss my A – – – anstatt kiss my Arse. Vermutlich geschieht es auch hier noch um ein Paar Beinkleider darüber zu ziehen. [F 1104]

Ziererei, ein sehr gutes Wort, wenn einer etwas nicht gestehn will, was er doch gern von sich geglaubt. [F 1112]

(Allgemeine deutsche Bibliothek.) Das Hauptgeschäfte eines Rezensenten ist meines Erachtens, nachdem er des Verfassers Ideal wohl bestimmt, und von der Ausführung desselben seine Gedanken eröffnet, den Gebrauch anzuzeigen der von seiner

Schrift (nach Plinius, Leibniz und Haller ist von jeder Schrift einer zu machen) gemacht werden kann. [F 1119]

Auf dem Ball, als es zum Essen ging, hatte sich die Gesellschaft wie der Feilstaub beim Magneten um ein paar Mädchen herumgelagert. [F 1120]

Es sind wenig Menschen, die nicht manche Dinge glauben sollten, die sie bei gnauer Überlegung nicht verstehen würden. Sie tun es bloß auf das Wort mancher Leute, oder denken, daß ihnen die Hülfs-Kenntnisse fehlen, mit deren Erwerbung alle Zweifel würden gehoben werden. So ist es möglich, daß ein Satz allgemein geglaubt werden kann, dessen Wahrheit noch kein Mensch geprüft hat. [F 1127]

Wenn eine Betschwester einen Bet-Bruder heiratet, so gibt das nicht allemal ein betendes Ehepaar. [F 1133]

Die Wein-Bouteille im Kühlfaß.
So lang ich fest steh steht mein Herr
Und wenn ich tanze tanzt auch er. [F 1140]

Es tut allemal eine große Würkung auf den Leser oder Zuschauer eine traurige Situation vorherzusehen die nur einer von den beiden handelnden Personen bekannt ist, während die andere grad das Gegenteil glaubt. Isaak während ihn Abraham nach dem Opferberg führt. Die unwissende Person muß Bewegungen und Empfindungen äußern die ganz und gar [mit denen] kontrastieren, die die Szene hervorbringen würde, zu welcher sie aufgehoben ist. Auch auf den wissenden Teil muß so etwas Eindruck machen und folglich den auf den Leser und Zuschauer verdoppeln. [F 1141]

Wir verbrennen zwar keine Hexen mehr, aber dafür jeden Brief worin eine derbe Wahrheit gesagt ist. [F 1143]

Ein physikalischer Versuch der knallt ist allemal mehr wert als ein stiller, man kann also den Himmel nicht genug bitten, [daß] wenn er einen etwas will erfinden lassen es etwas sein möge das knallt; es schallt in die Ewigkeit. [F 1147]

Es gibt zweierlei Arten von Bramarbas, den positiven dick- und den negativen dünnetuenden, beide zu gleich windigem Endzweck, daß der letztere noch zuweilen rechtschaffene Leute hintergeht, kommt unter andern auch daher, daß man in moralischen Dingen noch nicht rechnen gelernt hat. [F 1158]

In die Welt zu gehen ist deswegen für einen Schriftsteller nötig, nicht sowohl damit er viele Situationen sehe, sondern selbst in viele komme. [F 1161]

Wenn einem zum Tod Verurteilten eine Stunde geschenkt wird, so ist sie ein Leben wert. [F 1163]

Daß Leute, die so erstaunlich lesen, oft so schlechte Denker sind kann seinen Grund ebenfalls in der Beschaffenheit unseres Gehirns haben. Es ist ja wahrhaftig nicht einerlei ob ich einen Satz ohne Mühe lerne, oder ob ich selbst nach meinem System endlich darauf komme. Beim letztern hat alles Wurzeln, beim erstern ist es bloß angeklebt. [F 1171]

Ich gehe oft, wenn ein Bekannter vorbeigeht, vom Fenster weg, nicht sowohl um ihm die Mühe einer Verbeugung, als vielmehr mir die Verlegenheit zu ersparen zu sehen, daß er mir keine macht. [F 1179]

Daß wir uns im Traume selbst sehen, kommt vom Spiegel-Sehen her, bei welchem wir nicht denken, daß es im Spiegel ist. Es ist aber im Traum die Vorstellung lebhafter und das Bewußtsein und Denken geringer. [F 1180]

Es sind gewiß wenig Pflichten in der Welt so wichtig als die die Fortdauer des Menschen-Geschlechts zu befördern, und sich selbst zu erhalten, denn zu keiner werden wir durch so reizende Mittel gezogen, als zu diesen beiden. [F 1181]

Wenn einmal [einer] den Zustand unsres Gehirns bei unsern Vorstellungen und Gedanken wird in Ordnung gebracht haben, so wird es der Mühe wert sein auszumachen was die Sprachen für einen Einfluß auf dasselbe haben, denn es kann unstreitig für ein *endliches* System von Fibern nicht einerlei sein ob ein Begriff zwei Zeichen in demselben und eben soviel Stellungen oder Biegungen wegnimmt oder *Einen*. Physiognomische Dithyramben. [F 1183]

Wir wollen Sir Isaac Newton wählen. Alle Erfindungen gehören dem Zufall zu, die eine näher die andre weiter vom Ende, sonst könnten sich vernünftige Leute hinsetzen und Erfindungen machen so wie man Briefe schreibt. Der Witz hascht näher oder ferner vom Ende eine Ähnlichkeit, und der Verstand prüft sie und findet sie richtig, *das ist Erfindung*. So war Sir Isaac Newton. Ich habe nicht die mindeste Ursache zu zweifeln, daß es vor ihm und nach ihm in und außer England Köpfe gegeben habe und noch gibt, die ihm an Fähigkeiten überlegen waren, so wenig ich zu zweifeln Ursache habe, daß der Bauer, der den Prediger anstaunt, wenn er studiert und die Griffe gelernt hätte, besser predigen würde. Gelegenheit und Anlaß ist die Erfinderin, und Ehrgeiz der Verbesserer, Zutrauen auf seine Kräfte ist Kraft, im Ehestand und in der gelehrten Welt. [F 1195]

Bei Pflanzen hält nicht der Mensch ein Individuum für schöner als das andere, sondern auch eine Species ja ein Genus als das andere, dieses ist gewiß Schwachheit. [F 1196]

Er war zwar etwas unpoliert, aber würklich ein rechter Zebra unter den Eseln, oder unter seiner Gesellschaft. [F 1197]

1779.

Und hält jeden der keine Hosen an hat für einen Schottländer. (gereimt gut) [F 1198]

Was für ein Unterschied mit den Leuten zu *leben* und sie aus dem Staats-Kalender kennen zu lernen. Ich meine nur ihre Bedienungen, und sich ihrer zu erinnern, so ist Lesen und Denken unterschieden. [F 1199]

Es unterscheidet sich wie Taktschlagen und Trommeln. [F 1200]

In Philosophie gilt oft dieses: Wenns nicht alle sind, so ists gar keiner indem es von den andern nur durch plus und minus wahr ist. [F 1201]

Wie man eine Tafel für Sekunden berechnen kann im Leben von 60 Jahren, so könnte man auch eine für Pfennige. Alle Tage einen Pfennig macht das Jahr 1 Taler 9 Groschen 4 Pfennige. [F 1202]

Wenn du die Geschichte eines großen Verbrechers liesest, so danke immer, ehe du ihn verdammst, dem gütigen Himmel, der dich mit deinem ehrlichen Gesicht nicht an den Anfang einer solchen Reihe von Umständen gestellt hat. [F 1205]

Ich habe mich da, wo es auf Hauptsachen ankommt, alles dessen sorgfältig enthalten, was die Gegner Eingebungen des Witzes nennen könnten. Denn dem, der solche Eingebungen hat, wird es bei etwas gestärktem Vorsatz leicht, der Folge vorzubeugen, da gemeiniglich die, die es ihm vorwerfen, sich derselben nicht würden enthalten haben, wenn sie nicht unheilbare Impotenz dazu gezwungen hätte. [F 1206]

Mir ist es eine sehr unangenehme Empfindung wenn jemand Mitleiden mit mir hat, so wie man das Wort gemeiniglich nimmt. Deswegen brauchen auch die Menschen, wenn sie recht böse auf jemanden sind, die Redens-Art, mit einem solchen muß man Mitleiden haben. Diese Art Mitleidens ist ein Almosen, und Almosen setzt Dürftigkeit von der einen und Überfluß von der andern Seite voraus, er sei auch noch so gering. Dem englischen *Pity* ist es eben so gegangen und noch ärger, das Adjectivum *pitiful* ist unser *erbärmlich*. Es gibt aber ein weit uneigennützigeres Mitleiden, das wahrhaften Anteil nimmt, das schnell zur Tat und Rettung schreitet, und selten von empfindsamer Schwermütelei (man verzeihe mir dieses Wort) begleitet wird. Man könnte jenes das Almosenartige und dieses das Mitleid bei Of- und Defensiv-Allianz nennen. Mitscham ist sehr lauter, man fühlt sie, wenn sich ein Mann, den man hochschätzt, aus nicht genugsamer Kenntnis derjenigen, vor denen er sich zeigen will, sich vor ihnen lächerlich macht. Es gibt eine ganz uninteressierte Mitfreude, ich habe sie bei Gatterers Wiedergenesung im Jahr 1778 ganz lauter empfunden. Nämlich ich konnte in diesem Fall nach der gnauesten Untersuchung kein anderes Interesse finden, als dieses, daß ein Mann von der größten Rechtschaffenheit, und einer Gelehrsamkeit, die täglich seltner wird, der Welt, der Universität und seiner Familie wiedergegeben worden war, nachdem man ihn schon, nicht etwa tod gesagt, sondern die Unmöglichkeit seiner Wiedergenesung medizinisch demonstriert hatte.
[F 1214]

So wie man jeden ganzen Feiertag für einen Sonntag, und [den] folgenden Tag für einen Montag hält. [F 1215]

So wie die Knaben so lange kratzen und schaben bis sie einen Bart heraus schaben. [F 1218]

Schmierbuch-Methode bestens zu empfehlen. Keine Wendung, keinen Ausdruck unaufgeschrieben zu lassen. Reichtum erwirbt man sich auch durch Ersparung der Pfennigs-Wahrheiten. [F 1219]

Die Gesichter der Idioten sind oft wahrhafte Monstra, wer keine menschliche Figur hat, kann auch kein Mensch sein, daß man in manchen Köpfen nicht denken könne will ich gerne zugeben, wem die Finger zusammengewachsen sind kann nicht auf der Flöte spielen lernen. [F 1224]

Über die Stadt-Meinungen von dem Charakter der Leute, sie entstehen gemeiniglich in dem Mund von Leuten, die nicht urteilen können, und werden nun so weg geglaubt, eine Warnung für jedermann alles zu prüfen und zu untersuchen. [F 1226]

Bei Träumen ist doch dieses merkwürdig, daß Traum von Belehrung weiter nichts ist und sein kann als Erinnerung oder Zusammensetzung in unserem Kopf liegender Begriffe, es entsteht dabei eine Person dazu. [F 1229]

Dalrymple bemerkte auf den Spaziergängen zu Lissabon, daß die Damen die Fächer gegen den Mondschein brauchten, weil sie in der irrigen Meinung stehen er verderbe die Gesichtsfarbe. Eben dieses Vorurteil herrscht, fährt er fort, in Madrid nicht nur bei dem weiblichen Geschlecht, sondern erstreckt sich auch auf die Männer. Eines Abends spazierte ich mit dem großen O'Reilly in seinem Garten mit dem Hut unter dem Arm, er bat ich mögte mich bedecken, denn der Mond sei in diesem Klima gefährlicher als die Sonne. [F 1231]

1779–1783

Der Verstand scheint das Band zu sein, wodurch wir mit der Welt überhaupt und mit ihren Absichten zusammenhängen, nicht unser Gefühl allein. Wenigstens muß der Verstand vorher erkannt haben, und dann können sich seine Schlüsse endlich, zur Klarheit herabgestimmt, mit andern Gefühlen durch Assoziation verbinden. Schlüsse von Schönheit auf Vollkommenheit zu machen, ist nicht besser, als von den Konvulsionen und Gesichtsverzerrungen eines Sterbenden auf seine schrecklichen Empfindungen zu schließen. Er kann gerade in einer Art von wollüstigem Gefühl liegen, wie der Mann, von dem in den Pariser Memoiren (für das Jahr 1773) erzählt wird, der einem in mephitischer Luft erstickten Menschen zu Hülfe eilen wollte, und selbst ohne Empfindung hinfiel, und nur durch die sorgfältige und anhaltende Bemühung einiger Ärzte ins Leben zurückgebracht wurde. Hier heißt es in dem Berichte:

»Entre le moment de son entrée dans cette cave et celui, où il perdit connoissance, il ne s' écoula qu'environ deux minutes. Pendant cet espace de tems il ne ressentit in douleur, ni oppression, et l'instant, qu'il perdit connoissance, il éprouva une sensation des plus voluptueuses, un délire inexprimable; il goûtoit avec plaisir, à la porte du tombeau, une satisfaction délicieuse, absolument exemte des horreurs, que l'on a ordinairement de la mort. II perdit enfin tout mouvement, tout sentiment, et resta dans cette situation environ une heure et demie au pied de l'escalier de la cave, où il étoit tombé etc.« [G 1]

Die Schwachheiten großer Leute bekannt zu machen, ist eine Art von Pflicht; man richtet damit Tausende auf, ohne jenen zu schaden. Der Brief von d'Alembert über Rousseau im Mercure de France, Sept. 1779. verdient bekannter zu sein. [G 4]

Die Menschen versprechen sich jetzt so viel von Amerika und dessen politischem Zustande, daß man sagen könnte, die Wünsche, wenigstens die heimlichen, aller aufgeklärten Europäer hätten eine *westliche Abweichung*, wie unsere Magnetnadeln. [G 6]

Von dem Erziehungsbuche bis zum Erziehungsbesen. [G 9]

Eine Jungfer Hausfrau, oder eine Frau Hausjungfer. [G 10]

Herr Camper erzählte, daß eine Gemeinde Grönländer, als ein Missionair ihnen die Flammen der Hölle recht fürchterlich malt und viel von ihrer Hitze sprach, sich alle nach der Hölle zu sehnen angefangen hätten. [G 11]

Es ist fast unmöglich, die Fackel der Wahrheit durch ein Gedränge zu tragen, ohne jemandem den Bart zu sengen. [G 13]

Die Suppe schmeckte so abscheulich, daß, um zu glauben, es sei auf eine Vergiftung abgesehen, man nur nötig gehabt hätte, ein großer General oder ein König zu sein. [G 14]

Die Augen eines Frauenzimmers sind bei mir ein so wesentliches Stück, ich sehe oft darnach, denke mir so vielerlei dabei, daß, wenn ich nur ein bloßer Kopf wäre, die Mädchen meinetwegen nichts als Auge sein könnten. [G 16]

Wer sich selbst recht kennt, kann sehr bald alle anderen Menschen kennen lernen. Es ist alles Zurückstrahlung. [G 18]

Es ist doch sonderbar, daß das, was die Menschen im Genie vortrefflich nennen, so selten ist. *Ein* Shakespeare, *Ein* Newton, *Ein* Franklin usw. Warum sind dieser Menschen so wenige, da es doch Gott gleich leicht war, den Dummkopf und das Genie zu schaffen? Ich weiß keine andere Antwort, als daß das Genie allezeit eingeschränkt ist und es nötiger war, Menschen zu haben, die zu allem, als die zu Einem Dinge taugen. [G 19]

Wer sich nicht auf Mienen versteht, ist immer grausamer oder gröber, als andere Leute; deswegen kann man auch gegen kleine Tiere eher grausam sein. [G 20]

Menschen, die sich auf die Beobachtung ihrer selbst gut verstehen und sich damit heimlich groß wissen, freuen sich oft über die Entdeckung eigner Schwachheit, wo die Entdeckung sie betrüben sollte. So sehr viel mehr gilt bei manchen der Professor als der Mensch. [G 22]

Es ist der gemeine Fehler aller Leute von wenig Talenten und mehr Belesenheit als Verstand, daß sie eher auf künstliche Erklärungen verfallen als auf natürliche. [G 24]

Der schmeichlerische Elende, ich möchte fast sagen der Feigherzige, der unter jedem Streich des Schicksals winselt, der sich mit demütigen Gebärden naht, Brod fordert, und sich auf Gnade und Ungnade seinem Wohltäter ergibt, ist leicht erkannt; der Jagdjunker im Vorbeisprengen versteht Mienensprache genug, ihn zu kennen. Der andere, stille, nur für ein paar Stationen geschaffene Mann, dessen Elend nicht geschwätzig ist, der mehr denkt, und wo er auch immer an der gemeinen Last angespannt wird, besser zieht, ist schwerer zu kennen. Es gehört ein geübtes Auge dazu, seine ungekünstelte Bescheidenheit vom heimlichen Stolz und seine Kürze in allem vom Trotz zu unterscheiden. [G 26]

Man muß nie den Menschen nach dem beurteilen, was er geschrieben hat, sondern nach dem, was er in Gesellschaft von Männern, die ihm gewachsen sind, *spricht*. [G 27]

Die Menschen haben immer Witz genug, wenn sie nur keinen haben *wollen*. [G 28]

Es ist ja doch nun einmal nicht anders: die meisten Menschen leben mehr nach der Mode als nach der Vernunft. [G 29]

Es gibt Gesichter in der Welt, wider die man schlechterdings nicht *Du* sagen kann. [G 30]

Die Muttermilch für den Leib macht die Natur; für den Geist wollen unsere Pädagogen sie machen. [G 31]

Ist es nicht sonderbar, daß man das Publikum, das uns lobt, immer für einen kompetenten Richter hält; aber sobald es uns tadelt, es für unfähig erklärt, über Werke des Geistes zu urteilen? [G 33]

Es ist schade, daß man bei Schriftstellern die gelehrten Eingeweide nicht sehen kann, um zu erforschen, was sie gegessen haben. [G 34]

Der eine hat eine falsche Rechtschreibung und der andere eine rechte Falschschreibung. [G 37]

In allen Dingen in der Welt gibt es ein Coup d'Oeil, das heißt jeder vernünftige Mensch, der etwas hört oder sieht, urteilt instinktmäßig darüber. Er schließt z.B. aus dem Titel des Buchs und dessen Dicke auf den innern Wert. Wohlverstanden, ich sage nicht daß diese Dinge sein eigentliches Urteil lenken, sondern nur, daß er mit dem ersten Anblicke einer Sache auch ein, dieser geringen Information proportioniertes, Urteil von ihr verbindet, oft ohne daß er sich dessen deutlich bewußt wird. Auch hebt die Erfahrung der nächsten Sekunde das Urteil oft wieder auf. Alles dieses sind Samenkörner von Wissenschaften, aus denen ein Lambert etwas hätte ziehen können; allein so wie nicht aus jedem Samen ein Baum oder Küchenkraut wird, so eben auch hier. Indessen sind diese Winke nie aus der Acht zu lassen; sie sind die Resultate vieler empfangenen Eindrücke in der verständlichsten Summe konstruiert. [G 39]

Man irrt sich, wenn man glaubt, daß alles unser Neues bloß der Mode zugehörte, es ist etwas Festes darunter. *Fortgang der Menschheit* muß nicht verkannt werden. [G 41]

Es gibt einen Zustand, der wenigstens bei mir nicht sehr selten ist, da man die Gegenwart und Abwesenheit einer geliebten Person gleich wenig ertragen kann; wenigstens bei der Gegenwart nicht das Vergnügen findet, welches man, aus der Unerträglichkeit der Abwesenheit zu schließen, von ihr erwarten sollte.
[G 46]

Wovon das Herz *nicht* voll ist, davon geht der Mund über, habe ich öfters wahr gefunden, als den entgegengesetzten Satz.
[G 51]

Es ist gewiß ein sicheres Zeichen, daß man besser geworden ist, wenn man Schulden so gerne bezahlt, als man Geld einnimmt.
[G 54]

Es gibt eine gewisse Jungfernschaft der Seele bei den Mädchen, und eine moralische Entjungferung; diese findet bei vielen schon sehr frühzeitig statt. [G 55]

Es ist wirklich nichts abscheulicher, als wenn sich selbst zugezogene Strafgerichte noch einlaufen, nachdem man schon lange angefangen hat, sich zu bessern. [G 57]

Der Geldgeiz der beim Ehrgeiz steht, verdiente allemal ein besseres Wort. [G 58]

In jedes Menschen Charakter sitzt etwas, das sich nicht brechen läßt – *das Knochengebäude des Charakters;* und dieses ändern wollen, heißt immer, ein Schaf das Apportieren lehren. [G 60]

Man kennt manchmal einen Menschen genauer, als man sagen kann, oder wenigstens als man sagt. Worte, Grad der Munterkeit, Laune, Bequemlichkeit, Witz, Interesse – alles drückt und leitet zur Falschheit. [G 61]

Wo Mäßigung ein Fehler ist, da ist Gleichgültigkeit ein Verbrechen. [G 62]

Ich kenne die Miene der affektierten Aufmerksamkeit, es ist der niedrigste Grad von Zerstreuung. [G 63]

Den Menschen so zu machen, wie ihn die Religion haben will, gleicht dem Unternehmen der Stoiker; es ist nur eine andere Stufe des Unmöglichen. [G 65]

Über nichts wird flüchtiger geurteilt, als über die Charaktere der Menschen, und doch sollte man in nichts behutsamer sein. Bei keiner Sache wartete man weniger das Ganze ab, das doch eigentlich den Charakter ausmacht, als hier. Ich habe immer gefunden, die so genannten schlechten Leute gewinnen, wenn man sie genauer kennen lernt, und die guten verlieren. [G 67]

Man irrt sich gar sehr, wenn man aus dem, was ein Mann in Gesellschaft sagt oder auch tut, auf seinen Charakter oder Meinungen schließen will. Man spricht und handelt ja nicht immer vor Weltweisen; das Vergnügen eines Abends kann an einer Sophisterei hängen. Beurteilt ja auch kein Vernünftiger Cicero's Philosophie aus seinen Reden. [G 69]

Man sollte nicht glauben, daß der unnatürliche Verstand so sehr weit gehen könnte, daß sich Leute beim Einsteigen in die Trauerkutsche komplimentieren könnten. [G 70]

Er wunderte sich, daß den Katzen gerade an der Stelle zwei Löcher in den Pelz geschnitten wären, wo sie die Augen hätten. [G 71]

Wenn die Menschen sagen, sie wollen nichts geschenkt haben, so ist es gemeiniglich ein Zeichen, daß sie etwas geschenkt haben wollen. [G 73]

Man muß keinem Menschen trauen, der bei seinen Versicherungen die Hand auf das Herz legt. [G 74]

Wie glücklich würde mancher leben, wenn er sich um anderer Leute Sachen so wenig bekümmerte, als um seine eigenen. [G 75]

In jedem Menschen ist etwas von allen Menschen. Ich glaube diesen Satz schon sehr lange; den vollständigen Beweis davon kann man freilich erst von der aufrichtigen Beschreibung seiner selbst erwarten, nämlich, wenn sie von vielen unternommen wird. Dieses, was man von allen hat, mit gehöriger Genauigkeit zu scheiden, ist eine Kunst, die gemeiniglich die größten Schriftsteller verstanden haben. Man braucht nicht viel von jedem Menschen zu besitzen. Es gibt geschickte Leute, die ihre chymischen Versuche im kleinen anstellen, und richtigere Sachen herausbringen, als andere, die sehr viel Geld darauf zu verwenden haben. [G 76]

Jedes Gebrechen im menschlichen Körper erweckt bei dem, der darunter leidet, ein Bemühen, zu zeigen, daß es ihn nicht drückt: der Taube will gut hören, der Klumpfuß über rauhe Wege zu Fuß gehen, der Schwache seine Stärke zeigen, usw. So verhält es sich in mehreren Dingen. Dieses ist für den Schriftsteller ein unerschöpflicher Quell von Wahrheiten, die andere erschüttern, und von Mitteln, einer Menge in die Seele zu reden. [G 77]

Es ist wahr, alle Menschen schieben auf, und bereuen den Aufschub. Ich glaube aber, auch der Tätigste findet so viel zu bereuen, als der Faulste; denn wer mehr tut, sieht auch mehr und deutlicher, was hätte getan werden können. [G 78]

Es gibt Leute, die können alles glauben, was sie wollen; das sind glückliche Geschöpfe! [G 79]

Ein Mädchen, die sich ihrem Freund nach Leib und Seele entdeckt, entdeckt die Heimlichkeiten des ganzes weiblichen Geschlechts; ein jedes Mädchen ist die Verwalterin der weiblichen Mysterien. Es gibt Stellen, wo Bauernmädchen aussehen wie die Königinnen, das gilt von Leib und Seele. [G 80]

Er hat bloß Feinheit genug, sich verhaßt zu machen, aber nicht genug, sich zu empfehlen. [G 81]

Es gibt wirklich sehr viele Menschen, die bloß lesen, damit sie nicht denken dürfen. [G 82]

Gewiß ist die Anbetung der Sonne zu verzeihen. Jedermann sieht schon unwillkürlich nach einem *hellen* Fleck. Das tun auch die Tiere, Lind was bei Katzen, Hunden unwillkürliches Starren, ist bei den Menschen Anbetung. [G 84]

Irren ist auch in so fern *menschlich*, als die Tiere wenig oder gar nicht irren, wenigstens nur die klügsten unter ihnen. [G 85]

Die gesundesten und schönsten, regelmäßigst gebauten Leute sind die, die sich alles gefallen lassen. Sobald einer ein Gebrechen hat, so hat er seine eigne Meinung. [G 86]

Die Geistlichen machen einen Lärm, wenn sie einen Mann sehen, der frei denkt, wie Hennen, die unter ihren Jungen ein Entchen haben, welches in das Wasser geht. Sie bedenken nicht, daß Leute in diesem Elemente eben so sicher leben, als sie im Trocknen. [G 87]

Ein großes Genie wird selten seine *Entdeckungen* auf der Bahn anderer machen. Wenn es Sachen entdeckt, so entdeckt es auch gewöhnlich die Mittel dazu. [G 88]

Von dem seltsamen Geschmacke der Menschen zeugt auch dieses, daß bei belagerten Städten Leute sowohl heraus als hinein desertieren. [G 89]

Nichts zeigt so kräftig, wie sehr man sich durch die Gewohnheit über alles wegsetzen lernt, als die Perücken, die selbst Geistliche in einer von dem natürlichen Haarwuchs so sehr abweichenden Form tragen, ohne dadurch lächerlich zu werden. [G 90]

Es ist eine alte Regel: Ein Unverschämter kann bescheiden aussehen, wenn er will, aber kein Bescheidener unverschämt. [G 91]

Ich gebe zu, daß die ganz großen, und die ganz schlechten Menschen gezeichnet sein mögen – ist das aber zu einer Physiognomik genug? Die meisten und minder monströsen Menschen liegen gewiß in der Mitte, und erst die Gelegenheit und der Zufall wirft sie in eine von beiden Klassen. [G 93]

Von allem, was ich über Physiognomik geschrieben habe, wünschte ich bloß, daß zwei Bemerkungen auf die Nachwelt kämen. Es sind ganz einfältige Gedanken, und niemand wird mich darum beneiden. Der eine, daß ich die Ähnlichkeit zwischen Physiognomik und Prophetie erkannt habe; der andere, daß ich überzeugt gewesen bin, die Physiognomik werde in ihrem eigenen Fette ersticken. [G 95]

Der Zweck aller Erziehung ist, tugendhafte, verständige und gesunde Kinder zu ziehen. In wie weit stimmt dieses mit unserer Methode überein? Unser Einbläuen der Geographie scheint keines von allen Dingen sonderlich zu befördern. Es kann einer in seinem zwanzigsten Jahre noch glauben, daß das Königreich Preußen eine Insel sei, und deswegen doch ein in allem Betracht trefflicher Mensch sein. *Ich* habe einen solchen gekannt. Man soll zwar immer bei der Erziehung auf die konventionellen

Schönheiten des Geistes Rücksicht nehmen, aber es sind doch die letzten. [G 97]

Kinder zu kuppeln, wie die Hunde oder die Schweine in England. Es wird in der Welt nicht eher gut gehen, bis man die Kinder kuppelt. [G 98]

Es ist in der Tat verkehrt, wenn man unsern Kindern alles mit Liebe beibringen will, da in dem höheren Leben, wenn wir älter werden, uns das wenigste zu Gefallen geht, und wir uns immer unter einen Plan demütigen müssen, den wir nicht übersehen. Also je eher je lieber zu jenem künftigen Leben gewöhnt! [G 99]

Ich wünschte ein Kind zu haben, das ich mir ganz eigen machen könnte; ich wollte es zu allem anhalten, wovon ich jetzt zu spät einsehe, daß ich es versäumt habe. Die Eltern halten ihre Kinder nicht genug zu dem an, was sie nun erkennen müssen versäumt zu haben. Überhaupt glaube ich, daß es sehr wenige Lehrer gibt, die so unterrichten, daß sie das vermeiden zu lehren, was sie selbst, wenn sie bei jetzigem Verstande jung wären, vermeiden würden zu lernen. [G 100]

Früher Unterricht gewährt eine Zeitlang den Anschein des Genies, erhält sich aber nicht. Die Stillstände erfolgen bald früher bald später. [G 102]

Es ist ein schlechter Lohn, wenn ein Junge, auf den man etwas verwandt hat, am Ende ein Poet wird. Ein Viertelstündchen Nachtmusik für einen jahrelangen Dienst. Eltern, die bemerken, daß ihr Junge ein Poet von Profession werden will, sollten ihn so lange peitschen, bis er das Versemachen aufgibt, oder bis er ein großer Dichter wird. [G 103]

Dr Forster sagt, die Vielweiberei bringe mehr Mädchen als Knaben hervor. Diese Behauptung (in wie weit sie gegründet ist, weiß ich nicht) bestätigt eine alte Meinung von mir, daß es sich mit dem menschlichen Geschlecht verhalte, wie mit dem einzelnen Menschen. Es bequemt sich zu allem. Dies ist wiederum eine Folge einer Perfektibilität. Vielleicht würde Vielmännerei mehrere Knaben erzeugen, weil da die Reihe an einen desto seltener käme. Es versteht sich von selbst, wenn der Mann eine Untreue beginge, so wäre dieses nicht mehr Vielmännerei. Wozu ließe sich nicht das menschliche Geschlecht bringen! [G 104]

Das Land, wo die Kirchen schön und die Häuser verfallen sind, ist so gut verloren, als das, wo die Kirchen verfallen und die Häuser Schlösser werden. [G 105]

Über nichts könnte sich die Satire mit glücklicherem Erfolge ausbreiten, als über das abscheuliche Übersetzen zu unserer Zeit. Die meisten deutschen Gelehrten sind die Dolmetscher der Müßiggänger und die Mäkler der Buchhändler. Man übersetzt, um, wie man sagt, nützliche Kenntnisse gemeiner zu machen, und die Kenntnisse werden gemeiner, ohne nützlich zu sein. Ewig Mittel gesammelt und kein Endzweck erreicht! Es ist zum Erstaunen, wie manche Gelehrte in Deutschland Kenntnisse anhäufen, bloß um sie vorzuzeigen. [G 107]

Durch unser vieles Lesen gewöhnen wir uns nicht allein Dinge für wahr zu halten, die es nicht sind, sondern unsere Beweise bekommen auch eine Form, die oft nicht sowohl die Natur der Sache mit sich bringt, als unser unvermerkter Anhang an die Mode. Wir beweisen aus den Alten, was wir mit Beispielen aus unserm Ort eben so kräftig unterstützen könnten; auch werden Sentenzen zitiert, die nichts beweisen, und Sätze, aus denen man nichts Neues lernt. Es ist sehr schwer, eine Sache neu anzusehen, nicht durch das Medium der Mode, oder mit Rücksicht auf unser Modesystem. Es wird immer Ansehen gebraucht, wo man

Gründe brauchen sollte, immer geschreckt, wo man belehren sollte, und Götter werden zu Hülfe genommen, wo Menschen hinreichend wären. [G 110]

Es gibt keine Art von Gelehrsamkeit, und keine Art literärischer Beschäftigung, die man nicht mit irgend einem Handwerk oder sonst einer Handarbeit vergleichen könnte. Wir haben im Reiche der Gelehrsamkeit Wegeverbesserer, ein sehr nützliches Geschäfte, das wenig einbringt; Sklaven, die mit blutigem Schweiß Zucker pressen und sieden, den andere Leute verschmausen; Leute, die griechische Münzen einschmelzen, um modernes Zeug daraus zu gießen; Gassenreiniger; Bettelvögte; Ausrufer; Bader, die sich für Wundärzte ausgeben, u.a.m. Allein ich habe nie eine Gattung finden können, die so viel mit dem Kesselflikker gemein hätte, als die Leute, die unter dem Schein, ein nützliches Handwerk zu treiben, herumziehen, um die Leute zu betriegen und zu bestehlen. [G 118]

Ich habe immer gefunden, je weniger ein Schriftsteller in der Naturlehre im Stande ist, in seinem Werke seine eigene Größe zu beweisen, desto geneigter ist er, beständig die Größe Gottes zu zeigen. Und die fromme Welt findet sich von ihrer Seite wiederum geneigter beim Letztern, als beim Erstern den guten Willen für die Tat anzunehmen. [G 119]

Es wäre gewiß sehr nützlich, der Welt die Schriftsteller anzuzeigen, die mit Kenntnis anderer, die vor ihnen gewesen sind, aus sich selbst allein geschöpft haben. Durch diese allein lernt man, und es sind ihrer gewiß sehr wenige, die also jedermann leicht lesen könnte. Die andern prägen nach und sind im eigentlichen Verstande Falschmünzer. [G 120]

Der Gemeinspruch, daß das Leben eines Gelehrten in seinen Schriften bestehe, verdient sehr eingeschränkt zu werden. [G 122]

Populairer Vortrag heißt heutzutage nur zu oft der, wodurch die Menge in den Stand gesetzt wird, von etwas zu sprechen, ohne es zu verstehen. [G 124]

Es ist wie die tägliche Erfahrung lehrt, sehr wenig Anstrengung nötig, etwas zu sagen, das eine ganz beträchtliche erfordert, es zu verstehen. Hingegen erfordert es außerordentlich viel Talent, einem vernünftigen Manne etwas Neues und Wichtiges so leicht vorzutragen, daß er sich freut, es jetzt zu wissen, und sich schämt, es nicht selbst bemerkt zu haben. Letzteres ist ein so charakteristisches Zeichen von einem großen Schriftsteller, daß wenige solcher Bemerkungen einen ganzen Band alltäglicher Dinge veredeln können. [G 125]

Die simple Schreibart ist schon deshalb zu empfehlen, weil kein rechtschaffener Mann an seinen Ausdrücken künstelt und klügelt. [G 126]

Ein Volk kann in seinen Schriften vernünftiger scheinen, als es ist, denn es kann noch lange die Sprache seiner Väter schreiben, wenn ihm schon ihr Geist zu mangeln anfängt. Die Metaphern in unserer Sprache entstanden alle durch Witz, und jetzt gebraucht sie der Unwitzigste. Die Morgenländer denken bei ihren vielen Bildern nicht mehr als wir. So fassen auch oft Leute das Äußere der Sitten rechtschaffener Leute, ohne daß sie es wissen. Die bilderreichste Sprache muß mit der Zeit das Bildliche verlieren, und bloß zu Zeichen erkalten, die den willkürlichen nahe kommen. So kann Sprachkenntnis sehr nützlich werden. [G 127]

Es ist fast durchaus der Fehler unserer Schriftsteller, daß sie sich aus anderen Schriften bilden, und bloß zusammensetzen. Die Gradus ad Parnassum-Methode habe ich es genannt. Sie lesen nach, ehe sie über eine Sache nachgedacht haben, und so wird endlich ihre ganze Wissenschaft die Kenntnis dessen, was andere gewußt haben. [G 128]

Ihre Kritik ist bloß experimental, sie bewundern, was sie haben bewundern hören. [G 129]

Wenn man sich einmal einen Gedanken eines andern ein wenig zu Nutze macht, so schreien alle Rezensenten: *halt den Dieb*. Dieses kommt mir vor, als wie, wenn sich ein Knabe hinten auf eine Kutsche setzt, so rufen alle anderen, die die Freude nicht haben können, dem Kutscher zu: es sitzt einer hinten auf. [G 133]

Ich mag immer den Mann mehr lieben, der so schreibt, wie es Mode werden kann, als den, der so schreibt, wie es Mode ist. [G 134]

Ist es nicht sonderbar, daß eine wörtliche Übersetzung fast immer eine schlechte ist? und doch läßt sich alles gut übersetzen. Man sieht hieraus, wie viel es sagen will, eine Sprache ganz verstehen; es heißt, das Volk ganz kennen, das sie spricht. [G 135]

Es ist etwas, was, dünkt mich, unsere besten Romanendichter von den großen Männern der Ausländer in diesem Fach unterscheidet (auch der größte Teil unserer dramatischen Schriftsteller gehört mit dahin), daß man, um ihren Wert und die Schwierigkeit, so zu schreiben, ganz zu fühlen, Lektüre haben muß. Sie sollten aber ihre Charaktere so entwerfen, daß man glaubte, man fände sich unter Lebendigen, und ginge mit ihnen um, und lebte mit ihnen. Es scheint, als wenn der Fleiß auch sogar den Dichter bei den Deutschen machte und machen müßte. Es ist, glaube ich, eine gute Erinnerung für unsere Landsleute, wenn sie auf Eminenz Anspruch machen wollen, sich Fächer zu wählen, wo bloß Fleiß und Urteilskraft den Wert des Werks ausmachen, und lieber da wegzubleiben, wo ein Senfkorn von Genie die vierzigjährige Arbeit des studierten Nachahmers verdunkeln kann. Das Fliegen muß man den Vögeln überlassen. [G 139]

Die Nachtigallen singen und wissen wohl dabei nicht, was für Lärm die Verliebten und Dichter aus ihren Gesängen machen und daß es eine Gesellschaft höherer Wesen gibt, die sich ganz mit Philomelen und ihren Klagen unterhalten. Vielleicht hält ein höheres Geschlecht von Geistern unsere Dichter wie wir die Nachtigallen und Kanarienvögel; ihr Gesang gefällt ihnen eben deswegen, weil sie keinen Verstand darin finden. [G 141]

Fünf Komödien von Einem Akt zu schreiben, ist nicht halb so schwer, als eine einzige von fünf Akten. [G 143]

Neulich gab der Churfürst dem Capitel ein splendides Diner – Drei Personen wurden gerettet, die übrigen ersoffen.

Die drei Damen, deren gestern Erwähnung geschehen – Können immer eine Stunde vor der Auktion besichtigt werden. [aus G 144]

Der Schuh und der Pantoffel

Ein Schuh mit einer Schnalle redete einen Pantoffel, der neben ihm stand, also an: Lieber Freund, warum schaffst du dir nicht auch eine Schnalle an? es ist eine vortreffliche Sache. Ich weiß in Wahrheit nicht einmal, wozu die Schnallen eigentlich nützen, versetzte der Pantoffel. Die Schnallen! rief der Schuh hitzig aus, wozu die Schnallen nützen? Das weißt du nicht? Ei, mein Himmel, wir würden ja gleich im ersten Morast stecken bleiben. Ja, liebster Freund, antwortete der Pantoffel, ich gehe nicht in den Morast.

A. Sie müssen sich notwendig Cramers *Er und über ihn* anschaffen, es ist ein unentbehrliches Buch.
B. Warum unentbehrlich?
A. Ei, mein Gott! Sie verstehen ohne dasselbe nicht eine Zeile in Klopstocks Oden.
B. Ja, mein Freund, ich lese Klopstocks Oden nicht. [G 145]

Das Sprachrohr und der Mund

Man würde dich gewiß nicht auf fünfhundert Schritte hören, sagte das Sprachrohr zum Munde, wenn ich nicht den Schall zusammenhielte.

Und dich würde man nirgends hören, versetzte der Mund, wenn ich nicht spräche.

Ihr Geschichtschreiber, rückt den Helden nicht auf, daß ohne euch ihre glänzendsten Taten nach hundert Jahren vergessen sein würden, denn ohne diese glänzenden Taten hätte man nie etwas von euch erfahren. [G 146]

Das Buch, das in der Welt am ersten verboten zu werden verdiente, wäre ein Katalogus von verbotenen Büchern. [G 150]

Jetzt, da wir Buchdruckereien haben, brauchen wir kein stehendes Heer von Abschreibern, Mönche, zu halten. [G 151]

Von einem, der nur immer auf das Gegenwärtige denkt, könnte man sagen, *er hat die Unsterblichkeit der Seele nicht erfunden.* [G 153]

In einem Lande, wo den Leuten, wenn sie verliebt sind, die Augen im Dunkeln leuchteten, brauchte man des Abends keine Laternen. [G 155]

Weil er seine eigenen Pflichten immer vernachlässigte, so behielt er Zeit genug übrig, zu sehen, wer von seinen Mitbürgern seine Pflichten vernachlässigte, und es der Obrigkeit anzuzeigen. [G 156]

Harlequin will sich selbst ermorden, und nachdem er gegen jede Todesart etwas einzuwenden findet, entschließt er sich endlich, sich tod zu kitzeln. [G 157]

Andere lachen zu machen, ist keine schwere Kunst, so lang es man gleich gilt, ob es über unsern Witz ist, oder über uns selbst. [G 159]

Dieser Mann arbeitete an einem System der Naturgeschichte, worin er die Tiere nach der Form der Exkremente geordnet hatte. Er hatte drei Klassen gemacht: die zylindrischen, sphärischen und kuchenförmigen. [G 161]

Manche Leute behaupten eine philosophische Unparteilichkeit über gewisse Dinge, weil sie nichts davon verstehen. [G 165]

Die menschliche Haut ist ein Boden, worauf Haare wachsen; mich wunderts daß man noch kein Mittel ausfindig gemacht hat, ihn mit Wolle zu besäen, um die Leute zu scheren. [G 167]

Wenn sich Prügel schreiben ließen, schrieb einmal ein Vater an seinen Sohn, so solltest du mir gewiß dieses mit dem Rücken lesen, Spitzbube! [G 171]

Der Vater. Mein Töchterchen, du weißt, Salomon sagt: wenn dich die bösen Buben locken, so folge ihnen nicht.

Die Tochter. Aber, Papa, was muß ich dann tun, wenn mich die guten Buben locken? [G 172]

Wer ein Gewitter, und nur ein paar hunderttausend Hornisse kommandieren könnte, der könnte mehr tun als Alexander, oder auch nur eine halbe Million Menschen. [G 175]

Das Faustrecht ist heutzutage verschwunden bis auf die Freiheit, jedem eine Faust in der Tasche zu machen. [G 178]

Gestern Nachmittag 3 3/4 Uhr ist meine Taschenuhr ganz sanft verstorben. Sie hatte schon seit drei Monaten gekränkelt.
[G 180]

Er exzerpierte beständig, und alles, was er las, ging aus einem Buche *neben dem Kopfe vorbei* in ein anderes. [G 181]

Der Amerikaner, der den Kolumbus zuerst entdeckte, machte eine böse Entdeckung. [G 183]

Unter allen den Kuriositäten, die er in seinem Hause aufgehäuft hatte, war er selbst am Ende immer die größte. [G 184]

Das Außerordentlichste bei diesem Gedanken ist unstreitig dieses, daß, wenn er ihn eine halbe Minute später gehabt hätte, so hätte er ihn nach seinem Tode gehabt. [G 186]

Er las immer Agamemnon statt »angenommen«, so sehr hatte er den Homer gelesen. [G 187]

Er hatte gar keinen Charakter, sondern wenn er einen haben wollte, so mußte er immer erst einen annehmen. [G 188]

Was den Weg zum Himmel betrifft, so mögen wohl, auf und ab, Religionen gleich gut sein, allein der Weg auf der Erde, das ist der Henker. [G 189]

Er hatte immer so viel mit den Geistlichen zu schaffen, daß sich endlich die Leiblichen der Sache annahmen, und ihn aus der Stadt schafften. [G 190]

Da liegen nun die Kartoffeln, und schlafen ihrer Auferstehung entgegen. [G 191]

Er hatte einige Jahre mit ihr im Stande der unheiligen Ehe gelebt. [G 194]

Sie ist zwar noch nicht verheiratet, hat aber promoviert. [G 200]

Jedes Zeitalter hat eine Menge Eigenheiten, die die Nachwelt mit Vergnügen aufgezeichnet sehen würde, und die viel zu klein für den Geschichtschreiber sind, die immer wechselnden Torheiten der Zeit etc. Für diese ist Hogarths Grabstichel das beste Medium sie aufzubewahren. Wer in aller Welt kann einen Parlamentswahlschmaus, oder eine Midnight conversation so schildern, wie er getan hat, und wie lehrreich kann nicht eine solche Schilderung gemacht werden! [G 201]

Die Deutschen lesen zu viel. Darüber, daß sie nichts zum zweitenmal erfinden wollen, lernen sie alles so ansehen, wie es ihre Vorfahren angesehen haben. Der zweite Fehler ist aber gewiß schlimmer, als der erste. [G 202]

Keine Nation fühlt so sehr, als die deutsche, den Wert von andern Nationen, und wird leider! von den meisten wenig geachtet, eben wegen dieser Biegsamkeit. Mich dünkt, die andern Nationen haben recht: eine Nation, die allen gefallen will, verdient von allen verachtet zu werden. Die Deutschen sind es auch wirklich so ziemlich. Die Ausnahmen sind bekannt, und kommen nicht in Betracht, wie alle Ausnahmen. [G 203]

Warum gibt sich nicht leicht irgend jemand, der es nicht ist, für einen Deutschen aus, sondern gemeiniglich, wenn er sich für etwas ausgeben will, für einen Franzosen oder Engländer? Das ist in dieser Welt ausgemacht. Aber das sind Hasenfüße. Gut, aber warum gibt es keine Hasenfüße unter andern Nationen, die sich für Deutsche ausgeben? Es ist seltsam. Es ist ein Irrtum. Aber Irrtum von Nationen, wer will ihn richten? Es werden Kriege geführt über Ursachen, die im gemeinen Leben den Galgen verdienen. Aber wer will richten? [G 204]

Der deutsche Gelehrte hält die Bücher zu lange offen, und der Engländer macht sie zu früh zu. Beides hat indessen in der Welt einen Nutzen. [G 205]

Ein gutes Mittel, gesunden Menschenverstand zu erlangen, ist ein beständiges Bestreben nach deutlichen Begriffen, und zwar nicht bloß aus Beschreibungen anderer, sondern so viel möglich durch eigenes Anschauen. Man muß die Sachen oft in der Absicht ansehen, etwas daran zu finden, was andere noch nicht gesehen haben; von jedem Wort muß man sich wenigstens einmal eine Erklärung gemacht haben, und keines brauchen, das man nicht versteht. [G 206]

Durch eine strikte Aufmerksamkeit auf seine eigenen Gedanken und Empfindungen, und durch die stärkstindividualisierende Ausdrückung derselben, durch sorgfältig gewählte Worte, die man gleich niederschreibt, kann man in kurzer Zeit einen Vorrat von Bemerkungen erhalten, dessen Nutzen sehr mannichfaltig ist. Wir lernen uns selbst kennen, geben unserm Gedankensystem Festigkeit und Zusammenhang; unsere Reden in Gesellschaften erhalten eine gewisse Eigenheit wie die Gesichter, welches bei dem Kenner sehr empfiehlt, und dessen Mangel eine böse Wirkung tut. Man bekommt einen Schatz, der bei künftigen Ausarbeitungen genützt werden kann, formt zugleich seinen Stil, und stärkt den innern Sinn und die Aufmerksamkeit auf alles. Nicht alle Reichen sind es durch Glück geworden, sondern viele durch Sparsamkeit. So kann Aufmerksamkeit, Ökonomie der Gedanken und Übung den Mangel an Genie ersetzen. [G 207]

Man kann nicht leicht über zu vielerlei denken, aber man kann über zu vielerlei lesen. Über je mehrere Gegenstände ich denke, das heißt, sie mit meinen Erfahrungen und meinem Gedankensystem in Verbindung zu bringen suche, desto mehr Kraft gewinne ich. Mit dem Lesen ist es umgekehrt: ich breite mich aus, ohne mich zu stärken. Merke ich bei meinem Denken Lücken, die ich nicht ausfüllen, und Schwierigkeiten, die ich nicht überwinden kann, so muß ich nachschlagen und lesen. Entweder dieses ist das Mittel, ein brauchbarer Mann zu werden, oder es gibt gar keines. [G 208]

Laß dich deine Lektüre nicht beherrschen, sondern herrsche über sie. [G 210]

Von den jedermann bekannten Büchern muß man nur die allerbesten lesen, und dann lauter solche, die fast niemand kennt, deren Verfasser aber sonst Männer von Geist sind. [G 211]

Jeden Augenblick des Lebens, er falle, aus welcher Hand des Schicksals er wolle, uns zu, den günstigen, so wie den ungünstigen, zum bestmöglichen zu machen, darin besteht die Kunst des Lebens, und das eigentliche Vorrecht eines vernünftigen Wesens. [G 212]

Es wäre ein guter Plan, wenn einmal ein Kind ein Buch für einen Alten schriebe, da jetzt alles für Kinder schreibt. Die Sache ist schwer, wenn man nicht aus dem Charakter gehen will. [G 213]

Mit wenigen Worten viel sagen heißt nicht, erst einen Aufsatz machen, und dann die Perioden abkürzen; sondern vielmehr, die Sache erst überdenken, und aus dem Überdachten das Beste so sagen, daß der vernünftige Leser wohl merkt, was man weggelassen hat. Eigentlich heißt es, mit den wenigsten Worten zu erkennen geben, daß man viel gedacht habe. [G 215]

Wenn eine Geschichte eines Königs nicht verbrannt worden ist, so mag ich sie nicht lesen. [G 223]

Als es den Goten und Vandalen einfiel, die große Tour durch Europa in Gesellschaft zu machen, so wurden die Wirtshäuser in Italien so besetzt, daß fast gar nicht unterzukommen gewesen sein soll. Zuweilen klingelten drei, vier auf einmal. [G 223]

Daß wir unsere Augen so leicht, und unsere Ohren so schwer verschließen können, wenigstens nicht anders, als wenn wir unsere Hände davor bringen, zeigt unwidersprechlich, daß der Himmel mehr für die Erhaltung der Werkzeuge, als für das Vergnügen der Seele gesorgt hat. Doch sind die Ohren noch unsere besten Wächter im Schlafe. Was für eine Wohltat wäre es nicht, die Ohren so leicht verschließen und öffnen zu können, als die Augen! [G 226]

Im Deutschen reimt sich *Geld* auf *Welt*; es ist kaum möglich, daß es einen vernünftigern Reim gebe; ich biete allen Sprachen Trotz! [G 227]

Wenn jemand alle glücklichen Einfälle seines Lebens dicht zusammen sammelte, so würde ein gutes Werk daraus werden. Jedermann ist wenigstens des Jahrs einmal ein Genie. Die eigentlich so genannten Genies haben nur die guten Einfälle dichter. Man sieht also, wie viel darauf ankommt, alles aufzuschreiben. [G 228]

Es erleichtert die Korrespondenz, wenn man weiß, daß der Korrespondent eine schöne Frau hat. [G 229]

Wer eine Wissenschaft noch nicht so inne hat, daß er jeden Verstoß dagegen fühlt, wie einen grammatikalischen Fehler in seiner Muttersprache, der hat noch viel zu lernen. [G 230]

Der schwarze Mann der Kinder gehört mit in die Klasse von Erfindungen, worin die Höllenstrafen stehen. Es ist, glaube ich, nicht möglich, den Aberglauben auszurotten. [G 233]

Die Neigung der Menschen, kleine Dinge für wichtig zu halten, hat sehr viel Großes hervorgebracht. [G 234]

So viel ist ausgemacht, die christliche Religion wird mehr von solchen Leuten *verfochten*, die ihr Brod von ihr haben, als solchen, die von ihrer Wahrheit überzeugt sind. Man muß hier nicht auf gedruckte Bücher sehen, das ist das Wenigste, die bekommen Tausende nicht zu lesen, sondern auf die Personen, die täglich an ihrer Aufrechterhaltung schnitzeln und stümpern, und auf Universitäten vom Freitische an dazu erzogen und *ver*zogen werden. [G 238]

Es ist doch sonderbar, daß wir so viele Mittel kennen, eine Krankheit zu befördern, und so wenige, sie zu heilen. [G 239]

Den Esel macht seine Ähnlichkeit mit dem Pferde nur desto lächerlicher, aber das Pferd wird nicht lächerlich durch den Esel. [G 240]

Ein untrügliches Mittel wider das Zahnweh zu erfinden, wodurch es in einem Augenblick gehoben würde, möchte wohl so viel wert sein und mehr, als noch einen Planeten zu entdecken. [G 241]

1784–1788

Gegenstände der Satyre in meinem *Gedicht*: Moden und Trachten, schlechtes Theater, ausländisches Recht, Mangel an Ehrerbietung gegen die Alten, Phlegma der Justizpflege, Affektation der Studenten, Kriechen der Professoren vor reichen Studenten, Fresserei, Zwangsehen, Unehrlichkeit der Kinder außer der Ehe, Mesalliance, Empfindelei, Romane, Mondmanie, geringfügige Ursachen der Kriege, Soldaten, schlechte Heerstraßen, Hazardspiele, Vergessung der ursprünglichen Gleichheit, Titelprunk in den Zeitungen, Kanonisationen, Unwissenheit der Klöster, Möncherei, ausschließende Rechte des Adels zu höheren Ämtern, Anglomanie in den Gärten, Inquisition, Aberglaube des Pöbels. [H 1]

In jedem Menschen liegen eine Menge von richtigen Bemerkungen; allein die Kunst ist, sie gehörig sagen zu lernen – das ist sehr schwer, wenigstens viel schwerer, als mancher glaubt; und gewiß kommen alle schlechte Schriftsteller darin mit einander überein, daß sie von allem dem, was in ihnen liegt, nur das sagen, was jedermann sagte, und was daher, um gesagt zu werden, nicht einmal in einem zu liegen braucht. [H 3]

Die edle Einfalt in den Werken der Natur hat nur gar zu oft ihren Grund in der edeln Kurzsichtigkeit dessen, der sie beobachtet. [H 5]

Ich habe oft des Nachts über einen Einfall lachen müssen, der mir am Tage schlecht oder gar frevelhaft vorkam. [H 8]

Wenn ich einen Nagel einschlage, nur um etwas anzuheften, so denke ich immer, was wird geschehen, ehe ich ihn wieder herausziehe. Es ist gewiß hierin etwas. Ich heftete den Pappdeckel im November an mein Bett an, und ehe ich den Nagel noch herauszog, war mein vortrefflicher Freund Schernhagen in Hannover, und eines meiner Kinder gestorben, und die italienische Reise zu Wasser geworden. [H 11]

Es ist ein großer Unterschied zwischen etwas glauben, und das Gegenteil nicht glauben können. Ich kann sehr oft etwas glauben, ohne es beweisen zu können, so wie ich etwas nicht glaube, ohne es widerlegen zu können. Die Seite, die ich nehme, wird nicht durch strikten Beweis, sondern durch das Übergewicht bestimmt. [H 12]

Ich glaube, der sicherste Weg, den Menschen weiter zu bringen, wäre, durch die polierte Vernunft des verfeinerten Menschen die blinden Naturgriffe des Barbaren (der zwischen dem Wilden und Feinen in der Mitte steht) mit Philosophie zu verfeinern. Wenn es einmal in der Welt keine Wilden und keine Barbaren mehr gibt, so ist es um uns geschehen. [H 16]

Ich wollte, daß ich mich alles entwöhnen könnte, daß ich von neuem sehen, von neuem hören, von neuem fühlen könnte. Die *Gewohnheit* verdirbt unsere Philosophie. [H 21]

Man kann auf so vielerlei Weise Gutes tun, als man sündigen kann, nämlich mit Gedanken, Worten und Werken. [H 22]

Wo damals die Grenzen der Wissenschaft waren, da ist jetzt die Mitte. [H 23]

Die gefährlichsten Unwahrheiten sind Wahrheiten mäßig entstellt. [H 24]

Wir müssen glauben, daß alles eine Ursache habe, so wie die Spinne ihr Netz spinnt, um Fliegen zu fangen. Sie tut dieses, ehe sie weiß, daß es Fliegen in der Welt gibt. [H 25]

Es gibt Wahrheiten, die so ziemlich herausgeputzt einhergehen, daß man sie für Lügen halten sollte, und die nichts desto weniger reine Wahrheiten sind. [H 27]

Vieles Lesen macht stolz und pedantisch; viel sehen macht weise, verträglich und nützlich. Der Leser baut eine einzige Idee zu sehr aus; der andere (der Weltseher) nimmt von allen Ständen etwas an, modelliert sich nach allen, sieht, wie wenig man sich in der Welt um den abstrakten Gelehrten bekümmert, und wird ein Weltbürger. [H 30]

Wer in sich selbst verliebt ist, hat wenigstens bei seiner Liebe den Vorteil, daß er nicht viele Nebenbuhler erhalten wird. [H 31]

Man soll niemanden in seiner Profession lächerlich machen, er kann dadurch unglücklich werden. [H 36]

Manche Menschen äußern schon eine Gabe, sich dumm zu stellen, ehe sie klug sind; die Mädchen haben diese Gabe sehr oft. [H 38]

Die Dienstmädchen küssen die Kinder und schütteln sie mit Heftigkeit, wenn sie von einer Mannsperson beobachtet werden; hingegen präsentieren sie sie in der Stille, wenn Frauenzimmer auf sie sehen. [H 39]

Ich habe das schon mehr bemerkt, die Leute von Profession wissen oft das Beste nicht. [H 40]

Der Mensch ist der größten Werke alsdann fähig, wenn seine Geisteskräfte schon wieder abnehmen, so wie es im Julius und um 2 Uhr des Nachmittags, da die Sonne schon wieder zurückweicht und sinkt, heißer ist, als im Junius und um 12 Uhr. [H 41]

Wenn man nur die Kinder dahin erziehen könnte, daß ihnen alles Undeutliche völlig unverständlich wäre. [H 50]

Wenn man auf einer entfernten Insel einmal ein Volk anträfe, bei dem alle Häuser mit scharf geladenem Gewehr behängt wären und man beständig des Nachts Wache hielte, was würde ein Reisender anders denken können, als daß die ganze Insel von Räubern bewohnt wäre? Ist es aber mit den europäischen Reichen anders? Man sieht hieraus, von wie wenigem Einfluß die Religion überhaupt auf Menschen ist, die sonst kein Gesetz über sich erkennen, oder wenigstens, wie weit wir noch von einer wahren Religion entfernt sind. Daß die Religion selbst Kriege veranlaßt hat, ist abscheulich, und die Erfinder der Systeme werden gewiß dafür büßen müssen. Wenn die Großen und ihre Minister wahre Religion, und die Untertanen vernünftige Gesetze und ein System hätten, so wäre allen geholfen. [H 53]

Es ist sehr gut, die von andern hundertmal gelesenen Bücher immer noch einmal zu lesen, denn obgleich das Objekt einerlei bleibt, so ist doch das Subjekt verschieden. [H 54]

Es gibt wenige Gelehrte, die nicht Einmal gedacht haben, sich reich zu schreiben. Das Glück ist nur wenigen beschieden. Unter den Büchern, die geschrieben werden, machen wenige ihr Glück, wenn sie leben bleiben; und die meisten werden tod geboren. [H 58]

Kurzsichtig sein und *weit sehen* werden im metaphorischen Verstande von Geistesgaben falsch gebraucht. Ein Kurzsichtiger heißt da ein Blinder; es ist aber klar, daß Kurzsichtige auch Dinge sehen, die andere Leute nicht sehen. [H 59]

Der Teufel ist wohl heutzutage, in unseren aufgeklärten Zeiten, ein recht *armer* Teufel. Woher mag überhaupt die Redensart: *armer Teufel* kommen? Sie findet sich auch in anderen Sprachen: poor devil, pauvre diable. [H 60]

Ich glaube, es könnte einer Sprache gar nicht schaden, wenn man viele Latinismen und Gräzismen übertrüge. So würden gewiß die Alten wenigstens verständlich werden. In meinen Schuljahren, wo das Wort *populär* noch nicht so Mode war wie jetzt, glaubten wir, es hieße pöbelhaft oder so etwas. [H 62]

Aufschieben heißt, seinem Gehirne eine größere Extension geben. [H 63]

So wie es vielsilbige Wörter gibt, die sehr wenig sagen, so gibt es auch einsilbige von unendlicher Bedeutung. [H 64]

Es ist ein großer Rednerkunstgriff, die Leute zuweilen bloß zu überreden, wo man sie überzeugen könnte; sie halten sich alsdann oft da für überzeugt, wo man sie bloß überreden kann. [H 65]

Mir ist nichts abgeschmackter in unsern Schauspielen, als die wohlgesetzten Reden, die auf den Knien gehalten werden. Man wird nach und nach auch so sehr daran gewöhnt, daß es nicht viel größern Eindruck macht, jemanden auf den Knien zu sehen, als wenn er die Arme kreuzt. Wenn mich mein eigenes Gefühl nicht betrügt, so kniet man nicht leicht vor einem Menschen, und nicht eher als bis die Sprache zu fallen anfängt. Wer mit seinem Knien so fertig ist, und seine Beteuerungen so regelmäßig hersagt, der ist ohne Zweifel ein Betrüger. Ich fordere die Herzen aller derjenigen auf, die irgend einmal in der Welt einen Menschen vor einem Menschen aus Affekt haben knien sehen, oder selbst einmal gekniet haben; und frage, ob es billig ist, mit diesem größten und ehrwürdigsten Zeichen des innersten Affekts, das die menschliche Natur hat, jede kleine vorübergehende Wallung des Bluts zu bezeichnen? Ich habe ein einzigesmal einen Mann im Ernst knien sehen, und als er hinfiel, so war es mir, als entginge mir der Atem. [H 66]

Sich erst eine Absicht zu wählen und einen Endzweck festzusetzen, und dann alles, auch sogar das Geringste in der Welt dieser Absicht unterwürfig zu machen, ist der Charakter des vernünftigen und großen Mannes und großen Schriftstellers. In einem Werk muß jede tiefsinnige Bemerkung, so gut wie jeder Scherz dazu dienen, die Hauptabsicht sicher zu erhalten. Auch wenn der Leser vergnügt werden soll, vergnüge man ihn so, daß die Hauptabsicht dadurch erreicht wird. [H 68]

Die feinste Satyre ist unstreitig die, deren Spott mit so weniger Bosheit und so vieler Überzeugung verbunden ist, daß er selbst diejenigen zum Lächeln nötigt, die er trifft. So sprach Lord Chesterfield im Oberhause. Dr Maty sagt von diesem großen Redner: »He reasoned best, when he appeared not witty; and while he gained the affections of bis hearers, he turned the laugh on his opposers, and often forced them to join in it.« [H 69]

Es ist eine sehr schöne Bemerkung von Priestley, daß der bilderreichste Stil eben so natürlich ist, als der einfachste, der nur die gemeinsten Worte gebraucht; denn wenn die Seele in der gehörigen Lage ist, so kommen jene Bilder ihr eben so natürlich vor, als diese simpeln Ausdrücke. [H 70]

Ein guter Charakter für eine Komödie oder einen Roman ist der, der alles zu fein versteht, weil er kein gutes Gewissen hat, und alles deutet und zu seinem Schaden nutzt. [H 71]

Bei einem Roman sollte hauptsächlich darauf gesehen werden, die *Irrtümer* sowohl, als die *Betrügereien* aller Stände und aller menschlichen Alter zu zeigen. Hierbei könnte sehr viel Menschenkenntnis angebracht werden. [H 73]

Es wäre eine rührende Situation, jemanden vorzustellen, der des Nachts plötzlich blind würde, und glaubte, die Nacht dauerte fort. Er nimmt sein Feuerzeug und schlägt, und kann keine Funken herausbringen, und dergleichen mehr. [H 76]

Der wahre Witz weiß ganz von der Sache entfernte Dinge so zu seinem Vorteil zu nutzen, daß der Leser denken muß, der Schriftsteller habe sich nicht nach der Sache, sondern die Sache nach ihm gerichtet. [H 77]

Es ist mit den Sinngedichten, wie mit den Erfindungen überhaupt: die besten sind ebenfalls diejenigen, wobei man sich ärgert, den Gedanken nicht selbst gehabt zu haben. Das ist es wohl, was die Leute meinen, wenn sie sagen, der Gedanke müsse natürlich sein. [H 78]

Die Briefe eines klugen Mannes enthalten immer den Charakter der Leute, an die er schreibt. Dieses kann in einem Roman in Briefen sehr schön gezeigt werden. [H 79]

Die schönen Weiber werden heutzutage mit unter die Talente ihrer Männer gerechnet. [H 82]

Wenn auch einmal einer lebendig begraben wird, so bleiben dafür hundert andere über der Erde hängen, die tod sind. [H 83]

All hail, Macbeth! übersetzte einmal jemand durch: »Alle Hagel, Macbeth!« [H 85]

Die Hühner verschlucken Steine, wenn sie verdauen wollen. Die Seele scheint bei Verdauung der Gedanken etwas Ähnliches nötig zu finden, indem sie bekanntlich immer Steine in der Zirbeldrüse hat. [H 86]

Die Braut war pockengrübig, und der Bräutigam finnig. Spötter sagten, wenn das Pärchen nur erst zusammengeschmiedet wäre, so gäben ihre Gesichter ein treffliches Waffeleisen. [H 87]

Bei Prophezeiungen ist der Ausleger oft ein wichtigerer Mann als der Prophet. [H 89]

Er liebte hauptsächlich die Wörter, die nicht in Wörterbüchern vorzukommen pflegen. [H 90]

Es wird noch aufkommen, Visitenkarten in den Collegiis zurückzulassen; noch besser bei den Kirchen. Man geht hin, wenn keine Kirche ist, und läßt eine Karte da, etwa beim Küster. [H 91]

Bei den geistlichen Schafen in der Gemeinde so gut, wie bei den weltlichen auf dem Felde ist die Wolle immer die Hauptsache. [H 94]

Es gibt Predigten, die man ohne Tränen zu weinen nicht anhören, und ohne welche zu lachen nicht lesen kann. [H 95]

Was das Glockenläuten zur Ruhe der Verstorbenen beitragen mag, will ich nicht entscheiden; den Lebendigen ist es abscheulich. [H 103]

Er hatte sich wenigstens seit 6 Wochen nur in Gedanken gewaschen. [H 105]

Einer will sich ersäufen, allein sein großer Hund, der ihm nachgelaufen, apportiert ihn allemal wieder. [H 106]

Einer zeugt den Gedanken, der andere hebt ihn aus der Taufe, der Dritte zeugt Kinder mit ihm, der Vierte besucht ihn am Sterbebette, und der Fünfte begräbt ihn. [H 107]

Er glaubte nicht allein keine Gespenster, sondern er fürchtete sich nicht einmal davor. [H 108]

Die Natur hatte bei dem Bau dieses Menschen ihren Plan auf 90 Jahre angelegt, er selbst aber fand für besser, ihn nach einem zu bearbeiten, bei welchem nicht völlig das Drittel von jenem herauskam. [H 110]

Er schlief in seiner gewöhnlichen Untätigkeit einmal so lange auf der Fensterbank, daß ihm die Schwalben hinter die Ohren bauten. [H 111]

Man stattete ihm sehr heißen, etwas verbrannten, Dank ab. [H 112]

Er hing noch auf der dortigen Universität, wie ein schöner Kronleuchter, auf dem aber seit zwanzig Jahren kein Licht mehr gebrannt hatte. [H 113]

Ein Kerl, der einmal seine 100000 Taler gestohlen hat, kann hernach ehrlich durch die Welt kommen. [H 114]

Er hielt sehr viel vom Lernen auf der Stube, und war also gänzlich für die gelehrte Stallfütterung. [H 118]

An die Universitätsgaleere angeschmiedet. [H 119]

Selbst aus den Tausend und einer Nacht kann man die Indolenz der Indianer erkennen. Aladdins Lampe, womit er sich alles verschaffen kann, das Pferd, das vermittelst eines Zapfens hinführt, wohin man will, sind unwidersprechliche Kennzeichen des Charakters. Haben nicht tätigere Nationen auch in ihren Fabeln mehr Tätigkeit? [H 121]

Jede Universität sollte einen Ambassadeur auf den übrigen Universitäten haben, zu zweckmäßiger Unterhaltung sowohl der Freundschaften, als der Feindschaften. [H 122]

Eine Statistik der Religion wäre wohl ein Werk, das, von einem Kenner geschrieben, großes Aufsehen machen könnte. [H 123]

Es ist sehr reizend, ein ausländisches Frauenzimmer unsere Sprache sprechen und mit schönen Lippen Fehler machen zu hören. Bei Männern ist es nicht so. [H 127]

Ich kann mir eine Zeit denken, welcher unsere religiösen Begriffe so sonderbar vorkommen werden, als der unsrigen der Rittergeist. [H 128]

Es klingt lächerlich, aber es ist wahr: wenn man etwas Gutes schreiben will, so muß man eine gute Feder haben, hauptsächlich eine, die, ohne daß man viel drückt, leichtweg schreibt. [H 129]

Ein großer Nutzen des Schreibens ist auch der, daß die Meinung *eines* Menschen und das, was er sagt, unverfälscht auf die Nachwelt kommen kann. Die Tradition nimmt etwas von jedem Munde an, durch den sie läuft, und kann endlich eine Sache so vorstellen, daß sie unkenntlich wird. Es ist allemal eine Übersetzung. [H 130]

Es war eine Zeit in Rom, da man die Fische besser erzog, als die Kinder. Wir erziehen die Pferde besser. Es ist doch seltsam genug, daß der Mann, der am Hofe die Pferde zureitet, Tausende von Talern zur Besoldung hat, und die, die demselben die Untertanen zureiten, die Schulmeister, hungern müssen. [H 133]

In Genua darf sich kein Mann bei seiner Frau auf der Straße oder sonst öffentlich blicken lassen; der Cicisbeat hat da die größte Höhe erreicht, und ein Mann, der nicht darauf achten wollte, würde verspottet werden und sich den größten Insulten des Pöbels aussetzen. Man tadelt diesen Gebrauch vielleicht mit Recht, aber es ist doch etwas in dem Gefühl, was ihn entschuldigt. Es gibt doch zu sonderbaren Gedanken Anlaß, einen Mann bei seiner Frau zu sehen. Sie werden ausgemessen, und allerlei dabei gedacht, was man nicht denkt, wenn man jedes allein sieht. Einen Erzbischof von Canterbury mit seiner Frau einher gehen zu sehen, würde wenigstens das bischöfliche Ansehen nicht fester gründen, das ist gewiß. In jedem menschlichen, von einem ganzen Staat gebilligten Gebrauch, liegt immer etwas zum Grunde, was sich, wo nicht rechtfertigen, doch entschuldigen läßt. [H 134]

Im Roman könnte auch der Gedanke genützt werden, von der Vollkommenheit aller Anstalten auf einer Universität, Haus-Garten-Feldbau, Polizei, damit alles da lehrt durch Tat. [H 139]

So wie es schon schmerzt, manche Entdeckung nicht gemacht zu haben, sobald man sie gemacht sieht, obgleich noch ein Sprung nötig war, so schmerzt es unendlich mehr, tausend kleine Gefühle und Gedanken, die wahren Stützen menschlicher Philosophie, nicht mit Worten ausgedrückt zu haben, die, wenn man sie von andern ausgedrückt sieht, Erstaunen erwecken. Ein gelernter Kopf schreibt nur zu oft, was alle schreiben können, und läßt das zurück, was er schreiben könnte, und wodurch er verewigt werden würde. Solche Bemerkungen, wie Hartknopf beim Ziehbrunnen macht, habe ich in meinem Leben sehr viele gemacht. [H 141]

Für den Geist des Menschen ist nicht minder gesorgt, als für den Leib der Tiere; was hier Trieb und Kunsttrieb heißt, ist dort gesunder Menschenverstand. Beide sind einer Erstickung fähig, nur mit dem Unterschiede, daß das Tier diese nur von außen, der Mensch auch von innen erhalten kann. Das Tier ist für sich immer Subjekt, der Mensch ist sich auch *Objekt*. [H 142

Im Religionshaß liegt sicherlich etwas Wahres, also vermutlich etwas Nützliches. Ich wünschte sehr, man möchte dieses ausfinden. Unsere Philosophen sprechen vom Religionshaß als von etwas, das sich vielleicht wegraisonnieren ließe; das ist aber sicherlich nicht. [H 144]

Eine der größten Raffinerien des menschlichen Geistes ist unstreitig die, daß man der Menschen Hoffnungen auf einen Zeitpunkt zusammengezogen hat, von welchem sich (wenigstens mit geometrischer Gewißheit) nie etwas Entscheidendes *für* oder *wider* ausmachen lassen wird; obgleich ein *undeutliches* Gefühl, das schwer zu entwickeln ist, nur allzu deutlich zeigt, daß alles nichts ist. [H 145]

Ich und *mich*. *Ich* fühle *mich* – sind zwei Gegenstände. Unsere falsche Philosophie ist der ganzen Sprache einverleibt; wir können so zu sagen nicht raisonnieren, ohne falsch zu raisonnieren. Man bedenkt nicht, daß Sprechen, ohne Rücksicht von was, eine Philosophie ist. Jeder, der Deutsch spricht, ist ein Volksphilosoph, und unsere Universitätsphilosophie besteht in Einschränkungen von jener. Unsere ganze Philosophie ist Berichtigung des Sprachgebrauchs, also, die Berichtigung einer Philosophie, und zwar der allgemeinsten. Allein die gemeine Philosophie hat den Vorteil, daß sie im Besitz der Deklinationen und Konjugationen ist. Es wird also immer von uns wahre Philosophie mit der Sprache der falschen gelehrt. Wörter erklären hilft nichts; denn mit Wörtererklärungen ändere ich ja die Pronomina und ihre Deklination noch nicht. [H 146]

Wir mögen uns eine Art uns die Dinge außer uns vorzustellen gedenken, welche wir wollen, so wird und muß sie immer etwas von dem Subjekt an sich tragen. Es ist, dünkt mich, eine sehr unphilosophische Idee, unsere Seele bloß als ein leidendes Ding anzusehen; nein, sie leihet auch den Gegenständen. Auf diese Weise möchte es kein Wesen in der Welt geben, das die Welt so erkennte, wie sie ist. Ich möchte dieses die Affinitäten der Geister- und der Körperwelt nennen, und ich kann mir gar wohl vorstellen, daß es Wesen geben könnte, für die die Ordnung des Weltgebäudes eine Musik ist, wornach sie tanzen können, während der Himmel aufspielt. [H 147]

Man kann nicht genug beherzigen, daß *die Existenz eines Gottes, die Unsterblichkeit der Seele* und dergleichen bloß *gedenkbare*, aber nicht *erkennbare* Dinge sind. Es sind Gedankenverbindungen, Gedankenspiele, denen nicht etwas Objektives zu korrespondieren braucht. Es war ein großer Fehler der Wolffischen Philosophie, daß sie den Satz des Widerspruchs auf das Erkennbare ausdehnte, da er doch eigentlich bloß das Denkbare angeht. [H 149]

Äußere Gegenstände zu erkennen, ist ein Widerspruch; es ist dem Menschen unmöglich, aus sich heraus zu gehen. Wenn wir glauben, wir sähen Gegenstände, so sehen wir bloß uns. Wir können von nichts in der Welt etwas eigentlich erkennen, als uns selbst, und die Veränderungen, die in uns vorgehen. Eben so können wir unmöglich für andere *fühlen*, wie man zu sagen pflegt; wir fühlen nur für uns. Der Satz klingt hart, er ist es aber nicht, wenn er nur recht verstanden wird. Man liebt weder Vater, noch Mutter, noch Frau, noch Kind, sondern die angenehmen Empfindungen, die sie uns machen; es schmeichelt immer etwas unserem Stolze und unserer Eigenliebe. Es ist gar nicht anders möglich, und wer den Satz leugnet, muß ihn nicht verstehen. Unsere Sprache darf aber in diesem Stücke nicht philosophisch sein, so wenig als sie in Rücksicht auf das Weltgebäude kopernikanisch sein darf. Aus nichts leuchtet, glaube ich, des Menschen höherer Geist so stark hervor, als daraus, daß er sogar den Betrug ausfindig zu machen weiß, den ihm gleichsam die Natur spielen wollte. Nur bleibt die Frage übrig: wer hat Recht, der, welcher glaubt, er werde betrogen, oder der es nicht glaubt? Unstreitig hat der Recht, der glaubt, er werde nicht betrogen. Aber das glauben auch beide Parteien nicht, daß sie betrogen werden. Sobald ich es weiß, so ist es kein Betrug mehr. Die Erfindung der Sprache ist vor der Philosophie hergegangen, und das ist es, was die Philosophie erschwert, zumal wenn man sie andern verständlich machen will, die nicht viel selbst denken. Die Philosophie ist, wenn sie spricht, immer genötigt, die Sprache der Unphilosophie zu reden. [H 151]

Sachen, die man mit dem Zirkel geteilt hat, unterwirft man doch auch noch dem Augenmaß, um zu sehen, ob man nicht grobe Fehler begangen. So muß man das Resultat seiner Schlüsse der Probe des gesunden Menschenverstandes aussetzen, um zu sehen, ob alles richtig zusammenhängt. [H 153]

So wie das höchste Recht das höchste Unrecht ist, so ist auch umgekehrt nicht selten das höchste Unrecht das höchste Recht. [H 154]

Es gibt viele Bemerkungen, die man sich öfters aus falscher Philosophie bekannt zu machen schämt, so wie man auch, wenn man Englisch oder Französisch lernt, aus falscher Scham manche Töne nicht nachspricht, ob man es gleich könnte. Ich lag einmal in meiner Jugend des Abends um 11 Uhr im Bette und wachte ganz helle, denn ich hatte mich eben erst niedergelegt. Auf einmal wandelte mich eine Angst wegen Feuer an, die ich kaum bändigen konnte, und mich dünkte, ich fühlte eine immer zunehmende Wärme an den Füßen, wie von einem nahen Feuer. In dem Augenblicke fing die Sturmglocke an zu schlagen, und es brannte, aber nicht in meiner Stube, sondern in einem ziemlich entfernten Hause. Diese Bemerkung habe ich, so viel ich mich jetzt erinnern kann, nie erzählt, weil ich mir nicht die Mühe geben wollte, sie durch Versicherungen gegen das Lächerliche, das sie an sich zu haben scheint, und mich gegen die philosophische Herabsehung mancher der Gegenwärtigen zu schützen. [H 155]

Das Wort *Gottesdienst* sollte verlegt, und nicht mehr vom Kirchengehen, sondern bloß von guten Handlungen gebraucht werden. [H 157]

Die Menschen denken über die Vorfälle des Lebens nicht so verschieden, als sie darüber sprechen. [H 158]

Wenn Religion der Menge schmecken soll, so muß sie notwendig etwas vom haut goût des Aberglaubens haben. [H 159]

Ich bin nicht der Meinung, die Erde zum Hospitalplaneten zu machen. [H 161]

Ein Mittagsmahl übersetzte ein Franzose: mal de midi. Sie sind in Göttingen öfters wahre maux de midi. [H 163]

Er hatte mehrere Krankheiten, allein seine Hauptstärke besaß er im asthmatischen Fache. [H 164]

Warum schielen die Tiere nicht? Dies ist auch ein Vorzug der menschlichen Natur. [H 165]

Der Esel kommt mir vor wie ein Pferd ins Holländische übersetzt. [H 166]

Wenn man jemanden bezahlt, der nur eine gewisse, scharf bestimmte, Summe erwarten und fordern kann, nichts mehr und nichts weniger, so bezahlt man ihn, ohne das Geld in Papier zu wickeln; ist die Summe unbestimmt, so bezahlt man im Papier, sich und dem Einnehmenden alle Mienensprache zu ersparen. Es ist noch mehr hierin. [H 167]

Das Sammeln und beständige Lesen ohne Übung der Kräfte hat das Unangenehme, welches ich seit einigen Jahren (1788 geschrieben) bei mir bemerke, daß sich alles an das Gedächtnis und nicht an ein System hängt. Daher fallen mir beim Disputieren oft die besten Argumente nicht so leicht bei, wie wenn ich allein bin, oder eigentlich, ich muß mir wirklich erfinden was ich schon wußte, aber gemeiniglich erst in dem Augenblicke erfahre ich, daß ich es wußte, wenn es mir nichts nützt, es gewußt zu *haben*. [H 168]

Wir glauben, daß wir frei wären in unseren Handlungen, so wie wir im Traume einen Ort für ganz bekannt halten, den wir gewiß jetzt zum ersten Male sehen. So träumte mir in der Nacht vom 23$^{\underline{\text{sten}}}$ auf den 24$^{\underline{\text{sten}}}$ Oktober 1788, ich hätte mich in eine Stadt verirrt, von der mir nicht einmal der Name im Traume bekannt war und endlich, als ich in der Ferne eine zerfallene Bogenstellung bemerkte, war ich froh, weil ich die von meinem Garten aus sehen und also mein Haus nicht weit sein konnte. Beim Erwachen fand ich aber schon, daß ich nie in meinem Leben an einer solchen Bogenstellung gewohnt hatte usw. In meinen Träumen findet sich mehr dergleichen. [H 169]

In meinem sechsundvierzigsten Jahre fing ich an, die längsten und kürzesten Tage des Jahrs mit einer Art von Interesse zu beobachten, das gewiß die Frucht dieses Alters war. Alle Merkmale der Vergänglichkeit bei Dingen außer mir, waren mir *Meilenzeiger* meines eigenen Lebens. Und selbst die höhere Weisheit (wie ich sie in diesen Jahren zu nennen behebe), alles dieses zu bemerken, wurde verdächtig. [H 170]

Als ich 27 Jahr alt war, wurde ich Professor in Göttingen. Damals sagte ich zu den Purschen, die mich grüßten, *ganz gehorsamer Diener.* Als ich Hofrat war, sagte ich bei dieser Gelegenheit: *ganz untertänigster Diener.* Wie ich zu diesem doppelten Superlativ kam, begreife ich bis auf diese Stunde nicht. *Influenza* der Zeit. [H 171]

Was bin ich? Was soll ich tun? Was kann ich glauben und hoffen? Hierauf reduziert sich alles in der Philosophie. Es wäre zu wünschen, man könnte mehr Dinge so simplizifizieren; wenigstens sollte man versuchen, ob man nicht alles, was man in einer Schrift zu traktieren gedenkt, gleich anfangs so entwerfen könnte. [H 172]

Nur ja keine Materie für erschöpft anzusehen; es gibt überall noch etwas. [H 179]

Aus dem Goldpapierheft.

Winter 1789

Die Schildkröten leben oft noch 2 Monate nachdem ihnen der Kopf abgeschnitten ist. Broussonet. Rozier. Julius 1789. p. 68. Daß die Kröten so lange eingesperrt leben können ohne ihre Luft zu verderben ist ein Zeichen daß hier kein Crawfordischer Prozeß vorgehen kann, daher sind sie auch kaltblütig.

[GH 28]

Den Gedanken bekannt zu machen, was auf die Wände der Tollhäuser geschrieben worden ist von den Bewohnern derselben verdient Beherzigung. [GH 40]

Aus Frankreich wird Schnupftabak nach Spanien, und aus Spanien nach Frankreich gesmuggelt. [GH 42]

Über die bürgerliche Verbesserung der Sperlinge. [GH 43]

Der Weinwachs könnte mit Strömen verglichen werden: Der Portwein entspringt in Portugal und ergießt sich in England, wo sich denn einige kleine Branntwein-Bächlein pp. auch das Ausbreiten anderer Dinge könnte durch dieses Bild dargestellt werden. [GH 48]

Die Gewitter stiften viel moralisches Gute, sie legen Familien-Zänkerein bei, wenn sich die Leute nämlich fürchten. Die Freude daß sie vorüber sind mit der unschädlichen Majestät des Abzugs derselben, öffnet die Herzen pp. Vielleicht dachte Lavater so etwas, als er sich so sonderbar gegen mich äußerte.

[GH 55]

Die Göttingischen Scharwächter machen es wie die Katzen: wenn diese eine Maus gefangen haben, so lassen sie sie laufen und versuchen ob sie sie noch einmal erhaschen können. Den Katzen gelingt dieses gemeiniglich, allein den Scharwächtern selten oder niemals. [GH 57]

Ich dachte ich müßte ihm einen kleinen Stich zuspielen um ihn zu trösten. [GH 70]

Die Rezensionen sind bei weitem noch keine Gottesurteile. [GH 79]

Wenn noch ein Messias geboren würde, so könnte er kaum so viel Gutes stiften als die Buchdruckerei. [GH 80]

Da kam der lächerliche Mensch hinzu, und anstatt uns einander zu genießen brachten wir die Zeit mit größtenteils vergeblichen Bemühungen zu klüger zu scheinen als wir würklich waren. [GH 81]

Relationen und Ähnlichkeiten zwischen Dingen zu finden, die sonst niemand sieht. Auf diese Weise kann Witz zu Erfindungen leiten. [GH 86]

1789–1793

Vermischte Einfälle,
verdaut und unverdaute, Begebenheiten,
die mich besonders angehn.
auch hier und da Exzerpte, und Bemerkungen,
die an einem andern Ort gnauer eingetragen
oder sonst von mir genützt sind.

Am 18. Dezember vorigen Jahres (88) starb mein vortrefflicher Meister, allein erst den 23. ward er begraben. Aus dieser vermutlich sehr frühen Verordnung leuchtet des guten Mannes Furcht hervor, die ihn sonst gegen das Ende seiner Tage verlassen zu haben schien. – Ich habe ihn sehr genau gekannt, nicht bloß, weil ich viel mit ihm umging, denn man kann sehr viel mit einem Manne umgehen und ihn doch nicht kennen lernen, sondern [es] gehört dazu ein gewisser Grad von Verbindung, wobei man sich nicht bloß an einander anschließt, sondern auch so unter einander öffnet, daß alles in beiden Gefäßen bis zum horizontalen Stand zusammenfließt. Er war ein Mann von den größten Fähigkeiten, und einem Scharfsinn, der zu seiner Zeit wohl in Göttingen seines gleichen nicht hatte. Mathematischer Kalkül war deswegen nicht das was Reize für ihn hatte, er dachte sehr gering davon und auch von den Leuten, die ihren Ruhm nur bloß deswegen darin suchen, weil sie zu jedem Urteilskraft anstrengenderen Geschäfte untüchtig sind. Schriftstellerischen Stolz hatte er gar nicht. Er hätte sonst gewiß leicht alle seine Herrn Kollegen übertroffen. Ganz gekannt hat ihn indessen die Welt gar nicht, auch seinem Charakter nach. Es ist gar sonderbar wie viel der vernünftigste und rechtschaffenste Mann nötig hat nicht mit dem Mikroskop betrachtet zu werden. Ich mögte wohl zuweilen wissen, wo alles das hinaus will, und wo man die Linie zu ziehn hat. Das Mädchen im Stand der Natur paart sich willig mit dem Manne, der Stärke und Gesundheit und Tätigkeit verrät. Nach der Hand findet sie daß sein Odem nicht der reinste ist, daß er ihr würklich nicht immer Gnüge leistet usw. So geht es überall. Meister war ein höchst feiner und scharfsinniger Kopf und würklich ein großer Mann, von unerschütterlicher Rechtschaffenheit im Handel und Wandel, und doch hat er solche unzähliche Schwachheiten, wo man ihn ganz sah. Hierüber künftig mehr. [J 2]

Ich habe öfters gesehen, daß sich wo die Schweine weiden, Krähen auf sie setzen, und achtgeben, wenn sie einen Wurm aufwühlen herabfliegen und ihn holen, alsdann sich wieder an ihre alte Stelle setzen. Ein herrliches Sinnbild von dem Kompilator, der aufwühlt, und dem schlauen Schriftsteller der es ohne viele Mühe zu seinem Vorteil verwendet. [J 3]

Den 2ten Jänner dauert mein Husten noch fort, und die Spitze der Nase schmerzt mich stark, wenn ich daran drücke, ohne daß ich sehe, daß irgend ein Finnenkeim Ursache davon ist. [J 4]

Aus Neujahrwünschen an sich selbst gerichtet durch alle Stände durch könnte etwas Gutes gemacht werden. Hiervon einmal einen Versuch zu machen, wenn ich nicht schlafen kann. [J 7]

Den 3ten Januar fühle ich wenig oder nichts mehr in meiner Nase, spüre aber von der Kälte etwas Cholik. – Den 4ten in der Nacht wiederum in dem rechten Deltoideo. [J 10]

Den 4. Therm[ometer]. R[éaumur]. –17 um 3/4 auf 8 so stund es die ganze Woche durch obgleich das Barometer beständig fiel, endlich den 10ten –2. [J 11]

Mutter unser die du bist im Himmel. [J 12]

Ja etwas zu Verbesserung der politischen Zeitungen zu schreiben, denn da doch nun diese Postschiffe einmal abgehen so ist es ja wohl erlaubt zuweilen ein kleines Zettelchen mitzugeben. [J 13]

Die Haare stehen einem zu Berge, wenn man bedenkt: was für Zeit und Mühe auf die Erklärung der Bibel gewendet worden ist. Wahrscheinlich ein Million Oktav-Bände jeder so stark als einer der allg[emeinen]. d[eutschen]. Biblioth. Und was wird am Ende der Preis dieser Bemühungen nach Jahrhunderten oder -tausenden sein? Gewiß kein anderer als der: die Bibel ist ein Buch von Menschen geschrieben, wie alle Bücher. Von Menschen die etwas anderes waren als wir, weil sie in etwas andern Zeiten lebten; etwas simpler in manchen Stücken waren als wie wir, dafür aber auch sehr viel unwissender; daß sie also ein Buch sei worin manches Wahre und manches Falsche, manches Gute und manches Schlechte enthalten ist. Je mehr eine Erklärung die Bibel zu einem ganz gewöhnlichen Buche macht, desto besser ist sie, alles das würde auch schon längst geschehen sein, wenn nicht unsere Erziehung, unsere unbändige Leichtgläubigkeit und die gegenwärtige Lage der Sache entgegen wären. [J 17]

In einer Beilage zum Freimüthigen (einer sehr guten katholischen periodischen Schrift) wird ein Gedanke, den ich selbst öfters gehabt habe sehr gut ausgedrückt: Nämlich der Mann sagt: ich bin biblisch-katholischer Christ und kein römisch-katholischer Glaubens-Sklave. Ihr tadelt mich, daß ich meiner Vernunft folge, folgt ihr denn etwas anderm? Nein, Ihr folgt Eurer Vernunft, weil sie euch lehrt, daß ihr euch der Meinung der Kirche blindlings unterwerfen sollt, und ich folge der meinigen, weil sie mich lehrt, daß ich alles, wie der Apostel, prüfen und das Beste behalten soll. Ihr haltet mich für unweise, weil ich meiner Vernunft folge, und ich euch nicht für klüger weil ihr der Eurigen *so* folgt. [J 18]

Zu Aufweckung des in jedem Menschen schlafenden Systems ist das Schreiben vortrefflich, und jeder der je geschrieben hat, wird gefunden haben, daß Schreiben immer etwas erweckt was man vorher nicht deutlich erkannte, ob es gleich in uns lag. [J 19]

Mit den Kometen; erst 1835, und 1848 wieder einer, wie viel verloren. Was wird nicht für Zeit hingehen bis man in Richtigkeit kömmt, durch Fleiß kann man allerdings den Mangel des Lebensalters ersetzen; allein das menschliche Geschlecht will seine Jahre haben, um weise und erfahren zu werden. Warum man die Elefanten in Sibirien und im Altaischen Gebirge findet sind keine Probleme für unsere Zeit, Geschichte und Erfahrung. Wir müssen Retouren abwarten und mir kömmt es immer vor, als wenn unser Hainberg einmal wieder mit See übergossen werden müsse damit wir lernen warum er ehmals übergossen war, warum sollten diese Dinge nicht retour-fähig sein. Wie die Jahrszeiten, es konnten Jahrszeiten von 1000 von Jahren sein, Ebben und Fluten von großen Intervallis, daher hat auch vermutlich Herr Deluc so sorgfältig daran gearbeitet, den schnellen Abfluß zu erweisen; allein das, woraus er einen schnellen Abfluß schließt, könnten kleine Neben-Umstände sein. [J 20]

Josua sah das Wasser wie Mauern. Das sehn wir täglich bei den Gletschern. [J 27]

Die Kantische Philosophie mag ein Reich aufrichten was für eines sie will, so wird sie doch, wenn sie nicht zu alten, bekannten Lappereien herabsinken will, zugeben müssen, daß unseren Vorstellungen etwas in der Welt korrespondiert. [J 28]

Den 25. Jänner (89) verspürte ich eine böse Empfindung auf der Brust, die sich doch den 27ten in etwas gelegt hat. [J 29]

Warum warnt die eiternde Lunge so wenig, und das Nagelgeschwür so heftig? [J 32]

Am 3ten Februar 89. bemerkte ich zum erstenmal ein dumpfes Drücken auf der rechten Seite unter den kurzen Rippen, also in der Leber. Den 4ten als an des Ältesten Geburtstage ward es stärker – Den 8ten ist es gottlob wieder ganz weg, ich schreibe diese Dinge auf um andere zu trösten, Hogreve den 7ten bei mir zum erstenmal. Den 8ten Madam Bodenstein gestorben. [J 35]

Man muß die Kinder in einen Korb sperren, aber ihnen den Korb so angenehm machen als möglich, das heißt, wer ein großer Violinenspieler werden soll muß täglich 8 Stunden geigen, von der Zeit an, da er eine Geige halten kann, usw. Das ist der

Korb, aus dem er nicht darf, allein darin muß ihm alles sehr erleichtert werden. [J 36]

So wie man gefunden haben will, daß Kinder mit 2 Köpfen bei weitem nicht so viel Geist besitzen, als die einköpfige. [J 37]

Den 11ten Febr. 89. über der inflammabeln Luft krank geworden. [J 39]

Den 15. Herrn v. Larrey begraben. [J 40]

Wenn bei kleinen Personen alles Innere stark und gut ist, so sind sie gewöhnlich lebhafter als andere Menschen, weil bei gleicher Bluterzeugung weniger Masse zu versorgen ist. Zwerge und Riesen sind gemeiniglich gleich dumm, weil bei erstern die Kräfte fehlen, und bei letzteren zu viel zu bestreiten ist. Vielleicht kömmt es noch dahin, daß man die Menschen verstümmelt, so wie die Bäume, um desto bessere Früchte des Geistes zu tragen. Das Kastrieren zum Singen gehört schon hieher. Die Frage ist ob sich nicht Maler und Poeten eben so schneiden ließen. [J 41]

Es müßte artig lassen, wenn man eine ganze Stadt auf eine Waage bauen könnte, das beständige Schwanken zu bemerken. [J 42]

Es ist freilich nötig, daß, wenn die nützliche, arbeitende Volks-Klasse erhoben werden soll in Kenntnissen, die höhere sehr viel weiter sein muß um sie nachzuschleppen. Allein dieses *sehr viel weiter* ist relativ. Wenn unsere Gelehrten so fortarbeiten, so werden sie sich immer mehr von der gemeinen Menschen-Klasse entfernen, und der Eifer, jene nach sich zu ziehn, wird immer größer, aber auch die Verachtung größer werden, womit man jene Menschen ansieht. Der Katholike ist in dieser Rücksicht billiger als wir, er gibt *das nach*, was wir verlangen, daß der Niedrigere zugeben soll. Er segelt langsamer um die schlechten

Segler bei sich zu behalten, wir mit vollen Segeln, und hoffen, was kaum zu erwarten ist, daß uns die Kleinen nachkommen sollen. [J 43]

Das Alter (Zahl der Jahre) macht klug, das ist wahr, dieses heißt aber nichts weiter als Erfahrung macht klug. Hingegen Klugheit macht *alt* (das heißt Reue, Ehrgeiz, Ärger macht die Backen einfallen, die Haare grau, und ausfallen) ist nicht minder wahr. Diese täglichen Lehren mit Züchtigung, zwar nicht auf den Arsch, aber an gefährlicheren Teilen eingeschärft, sind ein wahres Gift. (med) [J 48]

Ich habe einmal, wo ich nicht irre in Rousseau's Emil gelesen, daß ein Mann der täglich mit der Sonne aufstund und mit Untergang derselben zu Bette ging, über 100 Jahr alt geworden sein soll. Ich glaube aber, wo man *eine* solche Ordnung in einem Manne antrifft, da sind auch mehrere zu vermuten, und diese mögen dann die Ursache des Alters gewesen sein. [J 49]

Der schwächste aller Menschen ist der Wollüstling, der nach dem Leibe sowohl als der nach dem Geist, ich meine der Hurer und der Betbruder, der der mit Mädchen und der mit Religion hurt. Gott bewahre alle Menschen vor einem so hurenden Könige und Minister. Und Gott behüte einen solchen König und Minister vor vernünftigen Untertanen. [J 59]

Die Träume können dazu nützen, daß sie das unbefangene Resultat, ohne den Zwang der oft erkünstelten Überlegung, von unserm ganzen Wesen darstellen. Dieser Gedanke verdient sehr beherzigt zu werden. [J 72]

Ein Schullehrer und Professor kann keine Individuen erziehn, er erzieht bloß Gattungen. Ein Gedanke, der sehr viele Beherzigung und Auseinandersetzung verdient. [J 73]

Anrede eines Professors an die leeren Bänke. [J 81]

Verhunzdeutschen. Er hat es verhunzdeutscht. [J 91]

Je größer die Veränderung von der Ruhe zum Lachen oder von der Ruhe zum Weinen im Gesicht ist, desto empfindlicher ist [sie]. Ich habe in meinem Leben keine solche Veränderung gesehen, als in dem Gesicht meines ältesten Jungen, wenn er lächelt und wenn er weint. Im ersten Fall habe ich nicht leicht ein himmlischeres Gesicht gesehen, und wenn er weint, so bekömmt er eine Art von 50jährigem Gesicht das ganz 4eckigt wird, da das andere sonst rund ist. Ich habe ihn daher den Wagenmeister genannt, weil der selige Bruns, unser 4schrötiger Wagenmeister, ohngefähr ein solches Gesicht hatte. [J 96]

Ich habe mich nach dem Strom der Gesinnungen gerichtet, und zweierlei gesucht, entweder reich oder ein Betbruder zu werden, es ist mir aber keines geglückt. [J 98]

Glauben Sie, daß es je in der Welt anders war als jetzt? Glauben Sie daß die Schlehen-Hecken Orangen getragen haben? Nein. Gut, und Sie glauben, daß es Menschen gegeben habe, die Gottes Sohn waren? Ja! O du gerechter Gott, wohin kann dein Geschenk, die Vernunft sinken. Was für ein schwaches Werkzeug die Vernunft ist. [J 99]

Es ist eine schöne Ehre die die Frauenzimmer haben, die einen halben Zoll vom Arsch abliegt! [J 100]

Was jedes einzelne Buch geleistet hat anzuzeigen ist doch mehr für den Käufer und Verkäufer, und das ist auch recht gut. Nur müßte auch am Ende des Jahres nicht flüchtig weg, sondern pünktlich und gründlich gezeigt werden, was die Wissenschaft gewonnen hat. [J 101]

Der gemeine Mann hält bei seinem Kirchengehen und Bibellesen die Mittel für Zweck. NB. ein sehr gewöhnlicher Irrtum. [J 102]

Die Mathematik hat die großen Fortschritte, die man in ihr gemacht hat, ihrer Independenz von allem, was nicht bloß Größe ist, allein zu danken. Also alles was nicht Größe ist, ist ihr völlig fremd. Da sie sich also nur mit dem allein beschäftigt, und keiner fremden Hülfe bedarf, sondern nur allein Entwickelung der Gesetze des menschlichen Geistes ist, so ist sie nicht allein die gewisseste und zuverlässigste aller menschlichen Wissenschaften, sondern auch gewiß die *leichteste*. Alles was zu ihrer Erweiterung dienen kann, ist alles in dem Menschen selbst. Die Natur richtet jeden klugen Menschen mit dem vollständigen Apparat aus, wir bekommen ihn zur Aussteuer mit. Eben dadurch wird sie die leichteste aller Wissenschaften in so fern, als wir in keiner andern so weit gehen zu können nur hoffen dürfen. Denn der, der den 47ten Satz im ersten Buch des Euklid beweisen kann, ist doch schon sehr viel weiter in der Entwicklung dieser Gesetze des menschlichen Geistes oder der Größe als man irgend in Physik gekommen ist. NB. Aber wer will hier Größe oder Skale festsetzen? Indessen scheint es denn doch, daß uns das Nützliche überall ziemlich nahe liege. Auf diese Weise müßte nunmehr die Gewißheit der menschlichen Wissenschaften untersucht werden. [J 103]

Verkehrtes Sehen: Wenn ich in eines Fremden Auge hineinschaue, was kann ich mehr schließen, als daß er *alles* so sieht wie ich? Ich sehe zwar alles umgekehrt auf seiner Retina, allein ihn selbst sehe ich auch umgekehrt auf seiner Retina, soweit ich ihn sehen kann, und so sieht er mich auf der meinigen. Das ist ja alles eins. Wir betrachten Püppchen auf einer großen Weltkugel umher gestellt. Mir scheinen zwar einige auf den Köpfen zu stehn, aber sie selbst sind für sich in derselben Lage gegen oben und unten. Wie sehr sich das Oben und Unten nach unserm Bild auf der Tunica retina richtet kann man aus [J 107]

Das Höchste wozu sich ein schwacher Kopf von Erfahrung erheben kann, ist die Fertigkeit die Schwächen besserer Menschen auszufinden. [J 109]

Die Katholiken verbrannten ehmals die Juden, und bedachten nicht, daß des lieben Gottes Mutter von der Nation war, und bedenken noch jetzt nicht, daß sie eine Jüdin anbeten. [J 111]

Man tut manches auf dem Todbette und sogar ins Todbett, das man vorher als vernünftiger Mensch nicht getan haben würde. Man fängt den alten Kinderglauben wieder an, so wie man das Scheißen ins Bett wieder anfängt, man weiß alsdann nicht mehr was weggeht. [J 117]

Ich glaube, sehr viele Menschen vergessen über ihrer Erziehung für den Himmel die für die Erde. Ich sollte denken, der Mensch handelte am weisesten, wenn er erstere ganz an ihren Ort gestellt sein ließe. Denn *wenn* wir von einem weisen Wesen auf diese Stelle gestellt worden sind, woran kein Zweifel ist, so laßt uns das Beste in dieser Station tun, und uns nicht durch Offenbarungen blenden die alle betrügerisch sind. Was der Mensch zu seiner Glückseligkeit zu wissen nötig hat, das weiß er gewiß ohne alle Offenbarung, als die, die er seinem Wesen nach besitzt. Laßt ihn seinen Endzweck finden, wie sehr die Palliative von temporeller Ruhe Schaden gestiftet haben, hat man ja gesehen. Ja wenn man mit lauter Menschen zu tun hätte (Gott behüte und bewahre) die alle Sonntage in die Kirche und zum Abendmahle gingen!! Das Blutvergießen, das das Palliativ bewürkt hat, ist ja bekannt. Die Einführung natürlicher Religion würde das nicht bewürkt haben, wenn man ihr gleich *treu* geblieben wäre. Ich sehe alle diese Menschen-Satzungen (NB) nur als Palliative an, Zeit *zu gewinnen* für die Aufsuchung des *wahren* Ganges. Man sollte das

Wort Religion gar nicht haben. Wann und wie ist es entstanden? Eine eigentliche Glückseligkeits-Lehre daraus zu machen, alles muß dahin abzwecken. Nach dem was ich mir von Religion gedenke, so ist es eine Sammlung von Vorschriften zur Glückseligkeit, die der untersuchende Teil des Menschen-Geschlechts (seine Repräsentanten) so lange dem ununtersuchenden einzuschärfen sucht, bis sie selbst etwas Besseres ausspioniert haben. Was hat nicht, während der Pöbel ruhte, der fortschreitende Geist der Untersucher für Gutes getan! Freilich möchte jetzt manche Unordnung entstehn, wenn wir im eigentlichen Verstand bessern wollten. Aber dieses ist nicht ihre Schuld, sondern das ist unsere, die wir ihnen so viel weis gemacht haben. S. pag. 24. [J 125]

Dieterich läßt eine Makulaturei in seinem Garten anlegen. [J 130]

Ich vergesse das meiste was ich gelesen habe, so wie das, was ich gegessen habe, ich weiß aber so viel, beides trägt nichts desto weniger zu Erhaltung meines Geistes und meines Leibes bei. (besser) [J 133]

Auch die Wilden laufen mehr vor dem Knall der Flinte als vor der Kugel. [J 136]

Nach Begerts Erzählung (Nachricht von der Amerikanischen Halbinsel Kalifornien. Mannheim 1772 8vo) binden die Kalifornier Stücke Fleisch an Bindfaden und verschlucken sie, ziehn sie alsdann wieder heraus, und so sehr oftmal, um es oft zu schmekken. [J 138]

Ein kanadischer Wilder, dem man alle Herrlichkeit von Paris gezeigt hatte, wurde am Ende gefragt was ihm am besten gefallen hätte. Die *Metzger*-Läden, sagte er. [J 139]

Den 24. Junii 89, als am Johannis-Tage das kleine Mädchen geboren. Fast den ganzen Junii hindurch hatte ich den scharfen rheumatischen Schmerz, im linken Arm zumal, wogegen kein Schmieren mit flüchtiger Salbe noch auch grünes Wachstuch helfen wollte. [J 143]

Ein Brauthemd am Morgen nach der Hochzeit vulva pinxit, penis sculpsit. [J 149]

Ach, rief er bei dem Unfall aus, hätte ich doch diesen Morgen etwas angenehm Böses getan so wüßte ich doch weswegen ich jetzt leide! [J 150]

Es wird gewiß in England des Jahres noch einmal so viel Portwein getrunken, als in Portugal wächst. [J 151]

Warum hat Gott so viel Angenehmes in das Doppelte gelegt. Mann und Frau, das *Zwei* verdient Aufmerksamkeit. Ist es vielleicht mit Leib und Seele eben so? [J 153]

Es ist wohl ausgemacht, daß nächst dem Wasser, das Leben das Beste ist was der Mensch hat. [J 154]

Er hatte sich in den lieben Gott verliebt. [J 158]

Die weißen Federn der Damen sind weiße Fahnen die sie aufstecken zum Zeichen der Kapitulation. [J 162]

Bei unserer elenden Erziehung, wo wir in der zweiten Hälfte des Lebens wieder vergessen müssen, was wir in der ersten gelernt haben, erfordert also Simpel-Schreiben Anstrengung, und daher glaubt man endlich alles was Anstrengung erfordert sei simpel und gut. [J 163]

Was man so sehr prächtig Sonnenstäubchen nennt sind doch eigentlich Dreckstäubchen. [J 164]

D.... spricht zuweilen so einfältiges Zeug, daß man kaum glauben sollte, daß es mit dem Maule geschähe. [J 168]

Bei den Heimchen steigt das Weibchen auf das Männchen und läßt sich von letzterem den Legestachel benetzen, so machen es alle Heuschrecken-Arten. [J 169]

Seine Bücher waren alle sehr nett, sie hatten auch sonst wenig zu tun. [J 170]

Es wäre ein denkendes Wesen möglich dem das Zukünftige leichter zu sehen wäre als das Vergangene. Bei den Trieben der Insekten ist schon manches, das uns glauben machen muß, daß sie mehr durch das Künftige, als das Vergangene geleitet werden. Hätten die Tiere eben so viel Erinnerung des Vergangenen als Vorgefühl vom Künftigen, so wäre uns manches Insekt überlegen, so aber scheint die Stärke des Vorgefühls immer in umgekehrter Verhältnis mit der Erinnerung an das Vergangene zu stehen. [J 178]

Das Melancholische, Dichterische pp in der Liebe ist eigentlich [eine] eigne Form von Anschauung des Genusses, der Mensch hat mehrere Formen als eine für seine innere Empfindung. [J 179]

Der Deutsche holt bei Beschreibung psychologischer Dinge vieles vom *Fallen*, es *fällt* mir *ein*, es ist mir *entfallen*, es ist mir *aufgefallen*. Zufall, casus accidit. Beifall. [J 180]

Der Mann machte sehr viel Wind. B. O nein! wenn es noch Wind gewesen wäre, es war aber mehr ein wehendes Vakuum. [J 181]

Bei dem ist Hopfen und Malz verloren. B. Das setzt voraus, daß es mit ihm auf Bier angelegt gewesen wäre. Das ist es aber nicht. Es war alles Wassersuppe. [J 182]

Wir wohnen zu Göttingen in Scheiterhaufen, die mit Türen und Fenstern versehen sind. [J 183]

Pretiös: Ja man kann aus den kleinsten und geringfügigsten Handlungen der Menschen sehen wo es ihnen sitzt. B. Ja zumal aus dem Urin. [J 188]

Es gibt in Rücksicht auf den Körper gewiß wo nicht mehr doch eben so viele Kranke in der Einbildung als würklich Kranke, in Rücksicht auf den Verstand eben so viel, wo nicht sehr viel mehr Gesunde in der Einbildung als würklich Gesunde. [J 193]

Ein Pfaffe auf der Kanzel. Er war dick, breit, hatte einen kurzen Hals und sein Gesicht öfters unter einem Winkel von 45° aufwärts gerichtet, so daß er völlig einem geistlichen Kontrovers-Bomben-Mörser glich, zuweilen wurde sein Rücken fast horizontal, und da spie er, wie eine Drehbasse, Fluch, Freuden und Segen-Feuer durch einander. [J 197]

Dieterich ist ein unversiegelter Brief. [J 200]

Eine desultorische Lektüre ist jederzeit mein größtes Vergnügen gewesen. [J 202]

Gott hat die katholischen Pfaffen
Ohn Zweifel aus Erde erschaffen,
Sie aber dafür auch aus Weiß-Brod
Den katholischen lieben Gott. [J 217]

Er hieß dieses: mit stilltätiger Gedult abwarten. Dieses ist eine große Regel. Die Menschen ändern sich von selbst, wenn man sie nicht ausdrücklich ändern *will*, sondern ihnen nur unmerklich die Gelegenheit macht zu sehen und zu hören. Viele Unternehmungen mißlingen bloß, weil man die Früchte davon noch gerne erleben wollte. [J 218]

Wie könnten am geschwindesten Briefe so kopiert werden, daß sie die Blinden mit den Fingern lesen könnten? [J 219]

Wenn auch das Gehen auf 2 Beinen dem Menschen nicht natürlich ist, so ist es doch gewiß eine Erfindung, die ihm Ehre macht. [J 226]

Man erleichtert sich, habe ich irgendwo gelesen, die Betrachtungen über die Staaten, wenn man sie sich als einzelne Menschen gedenkt. Sie sind also auch Kinder und so lange sie dieses sind mögen sie monarchisch am besten sein. Wenn aber die Kinder groß werden, so lassen sie sich nicht mehr so behandeln, denn sie werden alsdann würklich nicht selten klüger, als der Vater. [J 227]

Ich habe irgendwo gelesen: Die christliche Moral wird überall Unterstützung und Supplement der Gesetze, da hingegen alles übrige bei der Religion Unterstützung des Aberglaubens. [J 228]

Marivaux zu einem gesunden Bettler: Könnt Ihr nicht arbeiten? Der Bettler: Ach lieber Herr, wenn Sie wüßten wie faul ich bin, Sie würden gewiß Mitleiden mit mir haben. Diese Aufrichtigkeit gefiel ihm und er gab ihm etwas. [J 232]

Noch eine neue Religion einzuführen die die Würksamkeit der christlichen haben sollte ist wohl unmöglich, deswegen bleibe man dabei und suche lieber darauf zu tragen, und gewiß sind auch die Ausdrücke Christi so beschaffen, daß man so lange die Welt steht das Beste wird hinein tragen können. [J 235]

Ich möchte wohl wissen, was es geben würde, wenn ganz Europa einmal recht erzkatholisch wäre, keine Protestanten, die lächelten, und kluge Köpfe erweckten, und sich kein Pfaffe mehr zu schämen hätte, wenn alles so fortgegangen wäre wie vor einigen Jahrhunderten, so würde der Pabst göttlich verehrt, und sein Dreck nach Karaten geschätzt und verkauft worden sein, ja man hätte wohl gar die Bibel angefangen: Am Anfang schuf der Pabst Himmel und Erden. [J 236]

Eine Art von Sakristei-Meubeln, alt, schwerer und auch immer einen Staub-Geruch. [J 237]

Gott hat gesagt: Du sollst nicht stehlen, das würkt besser als alle Demonstrationen von Schädlichkeit des Diebstahls, und Gott, er sei wer er wolle, hat es ja auch gesagt, die Natur der Dinge, die dem Philosophen freilich respektabel ist, aber [dem] Pöbel nicht. Er versteht was das sagt: *Gott*! aber keine Demonstration. Wenn ich also sage: Es gibt ein Wesen, das die Welt erschaffen hat, oder das die Welt ist, das die Tugend belohnt und das Laster bestraft, so ist ja das alles wahr, und wie kann ich dem Volke geschwinder Ehrfurcht gegen dieses Wesen beibringen als wenn ich es ihm personifiziere? Man muß immer bedenken was auch Necker gesagt [hat], unter dem Volk gibt es keine redliche Atheisten. Der Gelehrte wird durch andere Dinge im Zaum gehalten. [J 238]

Die Superklugheit ist eine der verächtlichsten Arten von Unklugheit. [J 248]

Es schicken wohl wenige Menschen Bücher in die Welt, ohne zu glauben, daß nun jeder seine Pfeife hinlegen oder sich eine anzünden würde um sie zu lesen. Daß mir diese Ehre nicht zugedacht ist, sage ich nicht bloß, denn das wäre leicht, sondern ich glaube es auch, welches schon etwas schwerer ist, und erlernt werden muß. Autor, Setzer, Korrektor, Zensor, der Rezensent kann es lesen, wenn er will, aber nötig ist es nicht, das sind also von 1000,000,000 grade 5. [J 253]

Die gemeinen Leute unter den Katholiken beten lieber einen Heiligen an, oder richten ihr Gebet an ihn, als an den lieben Gott, so wie sich die Bauern immer lieber an die Bedienten halten. Gleich und gleich gesellt sich gern. [J 260]

Wenn der Frost des Todes meine Wange bereift. [J 266]

Offenbarung macht nicht, daß ich eine Sache begreife, sondern daß ich sie, wenn sie Autorität hat, begreife. Aber welche Autorität kann mir etwas aufdringen zu glauben, das meiner Vernunft widerspricht? Gottes Wort allein. Aber haben wir denn ein Wort Gottes außer der Vernunft? Gewiß nicht. Denn daß die Bibel Gottes Wort ist, das haben Menschen gesagt, und Menschen können kein anderes Wort Gottes kennen, als die Vernunft. [J 269]

Lange vor der Erfindung des Pabsttums und des Fegfeuers war es schon gebräuchlich für die Verstorbenen zu beten. Ich glaube mich hat auch einmal die Liebe zu meiner Mutter verleitet für sie zu beten. Es ist dieses weiter nichts, als die Vermenschung, Vermenschlichung alles dessen, wovon wir nichts wissen und nichts wissen können, die man überall antrifft. [J 271]

Ein Bedienter schreibt: *Pabstdumm*. [J 272]

Einer kehrt sich Quecksilber in die Hosen und glaubt nach der Hand, es zeigen sich Spuren der Wasser-Sucht. Überhaupt einen herrlichen Charakter gibt der ab der überall Krankheiten in seinem Leibe sieht. Dieses muß aber sehr gut durchgesetzt werden, nämlich so bald er es sieht, daß man es merkt, muß er eine Ausrede haben. Er sieht nach Wind und Wetter. Der Charakter ist allgemein verständlich weil jedermann leicht in diese Schwachheit verfällt. Es müßte alles feiner und philosophischer behandelt werden, als der malade imaginaire. [J 273]

Wie sind wohl die Menschen zu dem Begriff von *Freiheit* gelangt? Es ist ein großer Gedanke gewesen. [J 276]

Unsere Theologen wollen mit Gewalt aus der Bibel ein Buch machen, worin kein *Menschen*-Verstand ist. [J 277]

Sich der unvermuteten Vorfälle im Leben so zu seinem Vorteil zu bedienen wissen, daß die Leute glauben man habe sie vorhergesehen und gewünscht, heißt oft Glück und macht den Mann in der Welt. Ja diese Regel bloß zu wissen und immer im Geist zu haben ist schon eine Stärkung. Nach La Rochefoucauld's Urteil soll der Kardinal de Retz diese Eigenschaft in einem hohen Grade besessen haben. [J 288]

Wenn nur der Scheidepunkt erst überschritten wäre. Mein Gott wie verlangt mich nach dem Augenblick wenn die Zeit für mich aufhören wird Zeit zu sein, in dem Schoß des mütterlichen Alles und Nichts, worin ich damals schlief als der Hainberg angespült wurde, als Epikur, Cäsar, Lukrez lebten und schrieben und Spinoza den größten Gedanken dachte der noch in eines Menschen Kopf gekommen ist. [J 292]

Man gibt über lyrischen Gedichten oft die Versart an

| – ◡ ◡ | – – – – | – ◡ ◡ ◡ | pp.

Wenn man die Gedanken darin mit Eins und den Nonsense mit Null anzeigte, so würde es zuweilen so aussehn:

0 0 0 | 0 0 0 | 0 0 0

oder so. [J 294]

Ich glaube von Grund meiner Seele und nach der reifsten Überlegung, daß die Lehre Christi, gesäubert von dem verfluchten Pfaffen[ge]schmier, und gehörig nach unserer Art sich auszudrücken verstanden, das vollkommenste System ist, Ruhe und Glückseligkeit in der Welt am schnellsten, kräftigsten, sichersten und allgemeinsten zu befördern, das ich mir wenigstens denken kann. Allein ich glaube auch daß es noch ein System gibt, das ganz aus der reinen Vernunft erwächst und eben dahin führt, allein es ist nur für geübte Denker und gar nicht für die Menschen überhaupt, und fände es auch Eingang, so müßte man doch die Lehre Christi für die Ausübung wählen. Christus hat sich zugleich nach dem Stoff bequemt, und dieses zwingt selbst dem Atheisten Bewunderung ab. (In welchem Verstand ich hier das Wort Atheist nehme wird jeder Denker fühlen.) Wie leicht müßte es einem solchen Geist gewesen sein ein System für die reine Vernunft zu erdenken, das alle Philosophen völlig befriedigt hätte. Aber wo sind die Menschen dazu? Es wären vielleicht Jahrhunderte verstrichen, wo man es gar nicht verstanden hätte, und so etwas soll dienen das menschliche Geschlecht zu leiten und zu lenken und in der Todesstunde aufzurichten? Ja was würden nicht die Jesuiten aller Zeiten und aller Völker daraus gemacht haben? Was die Menschen leiten soll muß wahr aber allen verständlich sein. Wenn es ihm auch in Bildern beigebracht wird, die er sich bei jeder Stufe der Erkenntnis anders erklärt. S. p. 47. [J 295]

Ein gewisser Teil seines Leibes wußte gar nicht Zeit und Stunde zu halten, ob er gleich zu beiden Seiten desselben eine Uhr gesteckt hatte. [J 310]

Statt zu übersetzen sollten sich Köpfe die nichts Besseres zu tun wissen auf das Register-Machen legen. [J 311]

Die Vorschriften wie man Verse machen soll mögen wohl an sich gut sein und Kenntnisse verraten, aber mir kommen sie immer vor wie des sonst vortrefflichen Sir Kenelm Digby Rezept Krebse zu machen: Man soll einige alte Krebse nehmen, klein stoßen und Wasser drüber gießen. [J 315]

Der verstorbene Moors, der eine katholische Aufwärterin hatte, welches ich nicht gut dulten konnte, sagte einmal ganz bona fide zu mir: das Mensch ist zwar katholisch, das ist wahr, aber ich kann dich versichern, es ist eine ehrliche gute Haut, kannst du dir vorstellen, sie hat neulich mir zu lieb einen falschen Eid geschworen. [J 319]

In einem theologischen Werk habe ich einmal gesehen, der allerauferstandenteste Heiland. Lavater sagt in seiner Monatsschrift 2tes Stück, gleich auf der ersten Seite: *wir existieren am existentesten*! [J 320]

Wenn wir würklich die freien Wesen wären, die man uns zu sein glauben machen will, so müßten unsere Gedanken mehr zurück würken können. Wir müßten Donnerwetter durch ernstliches Wollen aufhalten können, so aber wird unser sogenannter Geist durch die Umstände determiniert, er selbst aber kann nicht zurück würken, sondern er determiniert bloß leidend wieder den Körper pp. [J 322]

Hier wo die Krankheiten so wohlfeil und die Arzneien so teuer sind. [J 323]

Hinten hat er einen falschen Zopf eingebunden und vornen ein frommes Gesicht, das nicht viel echter war, auch zuweilen wie jener bei heftigen Bewegungen ausfiel. [J 326]

Verbrannte Bücher lasse ich wohl gelten, aber verbrannte Braten!! [J 328]

Das Konklave seines Kopfs. [J 335]

Übe, übe deine Kräfte, was dich jetzt Mühe kostet wird endlich maschinenmäßig werden. [J 339]

Eine Menagerie von Spitzbuben und Huren. [J 340]

Ich glaube nicht, daß es ganz unmöglich wäre daß ein Mensch ewig leben könne, denn immer Abnehmen schließt den Begriff von Aufhören nicht notwendig in sich. [J 341]

Das Wort Organisation, das jetzt von den Franzosen so häufig gebraucht wird, könnte recht gut von Gelehrsamkeit gesagt werden. Man muß Hypothesen und Theorien haben um seine Kenntnisse zu organisieren, sonst bleibt alles bloßer Schutt, und solche Gelehrten gibt es in Menge. [J 342]

Meine Phantasie scheute, so wie Pferde und lief fort mit mir. Dieses drückt meinen Zustand in der Empfindlichkeit am besten aus. [J 343]

Eine ganze Milchstraße von Einfällen. [J 344]

Von einem Kind das unschuldiger Weise ein billet doux überbringen soll: *Da lief die kleine Brief-Taube hin.* [J 347]

Im Adreß-Kalender stehen die Professoren offenbar nach der Land-Miliz. [J 348]

In England wurde bei einem politischen Frauenzimmer-Club festgesetzt, daß bei wichtigen Vorfällen außer der Präsidentin nur noch zwei Personen zu gleicher Zeit reden sollten. [J 351]

Die unnützesten Schriften in unsern Tagen scheinen die moralischen zu sein nachdem wir die Bibel haben, man mögte fast (die Bemerkung eines Unbekannten (T. H. W.) in Gentleman's Magazine 1789. Mai) den Ausspruch des Kalifen Omar bei dem Brand der Alexandrinischen Bibliothek gebrauchen: Entweder sie enthalten was in der Bibel steht, und dann sind sie unnütz, oder sie sind darwider und dann muß man sie verbrennen. Unsere meisten moralischen Schriften sind würklich nur schöne Rahmen um die 10 Gebote. [J 354]

Die Wörter-Welt. [J 357]

Es gibt zwar viele rechtschaffene Christlichen, das ist gar keine Frage, so wie es überall und in allen Ständen gute Menschen gibt, allein so viel ist gewiß, in corpore und was sie als solches unternommen haben ist nie viel wert gewesen. [J 358]

Wenn es noch ein Tier gäbe dem Menschen an Kräften überlegen, das sich zuweilen ein Vergnügen machte mit ihm zu spielen, wie die Kinder mit Maikäfern, oder sie in Kabinetten aufspießte wie Schmetterlinge. Ein solches Tier würde wohl am Ende ausgerottet werden, zumal wenn es nicht an Geisteskräften dem Menschen sehr weit überlegen wäre. Es würde ihm unmöglich sein sich gegen die Menschen zu halten. Es müßte ihn dann verhindern seine Kräfte im mindesten zu üben. Ein solches Tier ist aber würklich der Despotismus und doch hält er sich noch an so vielen Orten. Bei der Geschichte des Tieres muß aber auch angenommen werden, daß das Tier den Menschen nicht wohl entbehren kann. [J 359]

Wenn die Hunde, die Wespen und die Hornisse mit menschlicher Vernunft begabt wären, so könnten sie sich vielleicht der Welt bemächtigen. [J 360]

Als die ersten Kartoffeln nach England kamen und auf Sir Walter Raleighs Gütern gebaut wurden, verstund man den Nutzen so wenig, daß man glaubte die grünen Äpfelchen wären die eigentliche Frucht, und bloß durch einen Zufall kam [man] darauf die Wurzel zu nützen (ibid. p. 437). [J 362]

Rousseau, Voltaire, Mercier und Raynal haben die französische Revolution vorhergesagt. [J 366]

Man könnte die katholische Religion die Gottfresserin nennen. [J 369]

Der Papagei sprach noch bloß seine Muttersprache. [J 371]

Herr Levaillant in seinen Reisen in das Innere von Afrika. p. 299 bemerkt daß die Adler auch Aas fressen, er bittet die Dichter der alten und der neuern Zeit um Vergebung daß er den stolzen Vogel Jupiters so sehr erniedrigt. Er merkt an, daß er es doch nur im Notfall tue; und was tut man nicht in der Not. Der Adler tut also was seine Dichter in einem Notfall auch tun würden, er schickt sich in die Zeit. Ja Jupiter selbst buhlte um Europens Beifall unter einer Maske, in welcher er nichts von seiner vorigen Pracht beibehielt als die – Hörner. Unter derselben Maske buhlt jetzt ein stolzer Schriftsteller um den Beifall Germaniens und es scheint ihm zu gelingen. [J 374]

Diese ganze Lehre taugt zu nichts als darüber zu disputieren. [J 378]

Non cogitant, ergo non sunt. [J 379]

Die französische Revolution das Werk der Philosophie, aber was für ein Sprung von dem cogito, ergo sum bis zum ersten Erschallen des *à la Bastille* im Palais Royal. Der Schall der letzten Posaune für die Bastille. [J 380]

Die Leichenöffnungen können diejenigen Fehler nicht entdekken, die mit dem Tode aufhören. [J 382]

Herr Levaillant hat in Afrika einen Guguck entdeckt den er Didric heißt, weil er immer Di-di-drick ruft. [J 383]

Es hilft freilich, aber man muß immer bedenken, es ist ein Schritt, der mit dem viele Ähnlichkeit [hat], da man sich zu Heilung der Schwindsucht in den Kuhstall einmietet. [J 384]

Bei Bädern ein Avertissement: Auch sind einige Logis im Kuhstall parat. [J 385]

Er ist noch mit einem blauen Auge davongekommen, der eine Blauaugigte heiratet. [J 386]

Das ist die Wetterseite meiner moralischen Konstitution, da kann ich was aushalten. [J 388]

Die Fliege, die nicht geklappt sein will, setzt sich am sichersten auf die Klappe selbst. [J 415]

Sichern Nachrichten zufolge wurden im Julius 1790 Steine von der Bastille auf den Straßen von London pfundweis verkauft, das Pfund kostete mehr als das beste Rindfleisch. [J 423]

Rousseau sagt: ein Kind das nur seine Eltern kennen lernt, das kennt auch diese nicht. Sehr schön und wahr. [J 433]

Hinlänglicher Stoff zum Stillschweigen. [J 438]

Das Wahrheits-Gefühl. [J 439]

Wenn ich mit jemanden rede, so bemerke ich gleich ob er Elastizität hat, oder ob er jedem Druck nachgibt. Die Barbierer sind alle weich. Kästner ist hart. Meister war elastisch. [J 442]

Wenn man viel selbst denkt, so findet man viele Weisheit in die Sprache eingetragen. Es ist wohl nicht wahrscheinlich, daß man alles selbst hineinträgt, sondern es liegt würklich viel Weisheit darin, so wie in den Sprüchwörtern. [J 443]

Ein Glaubens-Sklave. [J 446]

Er hatte im Prügeln eine Art von Geschlechtstrieb, er prügelte nur seine Frau. [J 448]

Der Astronom, der mir eine Mondfinsternis Jahrhunderte auf eine Minute voraussagt, ist nicht im Stand mir den Tag vorher zu sagen ob wir sie werden zu sehen kriegen. Ja, was noch seltsamer ist, daß wir von der Stunde der großen Finsternis, unserem Tode nichts wissen. Es ist gar keine Basis da, trotz unserer Anatomie und Physiologie sind für uns gar keine Grundbeobachtungen hierüber zu machen. [J 449]

Sie setzte, wie glaube ich Crébillon sagt, die Tugend mehr im Bereuen der Fehler als im Vermeiden. [J 450]

Kalender. Im vorigen Jahre (1790) ist das Kopernikanische System von zwei starken Gegnern angefochten worden, einem Deutschen (im Journal von und für Deutschland), und einem Engländer namens John Cunningham in einer Inquiry into the Copernican System. Ob dieser John Cunningham derselbe sei, der im vorigen Amerikanischen [Krieg] das Paquetboot unter Kommando des Captain Story zwischen Harwich und Helvoet weggenommen, weiß ich nicht, aus seiner Art zu disputieren sollte man es fast schließen. Wenn er etwas vorzubringen hat, so bringt er es vor, sind ihm die Gegengründe zu stark, so sagt er schlechtweg: Es sei kein wahres Wort daran. Warum diese Leute hieher kommen? (Das Hospital für Meinungen.) Der Deutsche sagt unter andern, es sei erwiesen, daß die Luft die Ursache der Schwere sei, und der Engländer nachdem er das Kopernikanische System umgeworfen etabliert das seinige, welches hauptsächlich darin besteht, daß die Erde, Sonne und Mond eine emblematische Darstellung des großen Jehovah, nämlich Vater Sohn und Geist, und deren unüberschwänglicher Gnade sei. – In dieses Hospital sollen alle Meinungen über wissenschaftliche Dinge angenommen werden, deren Kränklichkeit (Elend) unleugbar ist. Sie seien von welchem Volk und welcher Religion sie wollen, selbst die von Juden sollen nicht ausgeschlossen bleiben. Keine Krankheit schändet. Schriften sind gelehrte Kinder, und ein sehr gesunder Vater kann kränkliche Kinder zeigen. Weit entfernt, daß dieses den Vater schände, so hat man vielmehr Mitleid mit ihm. Die Abteilungen sind sehr verschieden, wenn einige an Ketten liegen, oder mit der Peitsche behandelt werden müssen, so wird man finden, daß andere im Garten spazieren gehen. Wenn aber Eltern ängstlich darauf bestehn, daß ihre Kinder, die an Ketten liegen, klug seien, so wird man ihnen freundlich zeigen daß es sich nicht also verhalte, und sollte dieses nicht helfen, sie mit Vergnügen selbst in das Institut aufnehmen.

[J 454]

S. war ein viel zu niederträchtiger Mensch, als daß es ihn lange hätte schmerzen sollen, bei irgend einer einträglichen Gelegenheit einmal öffentlich dafür gehalten zu werden. [J 455]

Ich war zuweilen nicht im Stande zu sagen ob ich krank oder wohl war. [J 459]

Menschenfreundlichkeit: Wenn ich jemanden in der Ferne oder heimlich etwas knicken sehe, so muß ich immer so lange glauben es sei ein Floh gewesen bis ich mir apodiktisch demonstrieren kann, daß es eine Laus war. [J 460]

Man könnte die Geizhälse und Verschwender so ordnen. Leute die bei großem Vermögen so leben als hätten sie nur noch die letzten 6 Groschen in der Tasche, so könnte man auch leben als hätte man die letzten 10 Taler nur noch ohne Hoffnung andere 10 zu bekommen, und so weiter. Der Verschwender ist der der so lebt, als hätte er noch immer viel mehr als er würklich hat. Dieses könnte mathematisch behandelt werden. [J 461]

Ein Fisch der in der Luft ertrunken war. [J 469]

Frage: da die Frauenzimmer in Gesellschaft so vielerlei Arbeit tun können, ohne dabei für die Gesellschaft untüchtig zu werden, so wird gefragt: ob man nicht für die Mannspersonen etwas

Ähnliches erfinden könnte? Z.E. Glas-Schleifen, Makulatur-Ausschneiden. pp. [J 470]

Exzerpten-Buch Sparbüchse. [J 471]

Diejenigen Lehrer, die die größten Schüler gezogen haben, sind immer diejenige gewesen die anschauliche Theorien gehabt haben, die synkretistischen Freidenker können berühmte Leute werden, sie sind aber gewiß nie glückliche Lehrer. Es ist nichts Festes darin, für sie selbst wohl, aber das paßt für keine Zuhörer. Ein systematischer Freidenker ist freilich auch ein Systematiker. Große generelle Ideen überall anzugeben. [J 476]

Die beste Art Lebende und Verstorbene zu loben ist ihre Schwachheiten zu entschuldigen, und dabei alle mögliche Menschenkenntnis anzuwenden. Nur keine Tugenden angedichtet, die sie nicht besessen haben, das verdirbt alles, und macht selbst das Wahre verdächtig. Entschuldigung von Fehlern empfiehlt den Lobredner. [J 487]

Der berühmte Geizhals John Elwes pflegte zu sagen: Wer einen Bedienten hält, dessen Arbeit wird ganz getan, wer zwei hält, nur halb, und wer drei hält muß sie selbst tun. [J 488]

Ich habe den Weg zur Wissenschaft gemacht wie Hunde die mit ihren Herrn spazieren gehen, hundertmal dasselbe vorwärts und rückwärts, und als ich ankam war ich müde. [J 489]

Wer sollte wohl denken, daß ein recht bestimmter Unterschied zwischen Tieren und Pflanzen so äußerst schwer zu finden war, und doch ist es gewiß, daß es keinen völlig abgeschnittenen gibt, als den, daß die Pflanzen nach jeder Zeugung die Zeugungs-Glieder verlieren, und für jede neue Zeugung neue bekommen. Hierin setzt Herr Hedwig den Unterschied. [J 490]

So etwas zu sagen, war schlechterdings nicht nötig und nur kaum schicklich. [J 491]

Der Stolz seines ruhmvollen Lebens, die Ruhe seiner Nächte, und der Trost in seinem Tod. [J 492]

Er wurde nur so in dieser Gesellschaft geduldet, wie die Stinkböcke in Pferdeställen. [J 493]

Kein Fünkchen Wasser, kein Fünkchen Branntwein. [J 494]

Nach den Londonschen Mortalitäts-Tabellen ermorden sich mehr Leute selbst als sie andere ermorden. In London sind in 75 Jahren 539 ermordet worden. Selbst ermordet haben sich 2869. Vor Alter [starben] 139248 die also das Alter hingerissen. – Artig ist es daß ohngefähr so viel vor Alter sterben als an den Pocken; so daß also das Alter eine der gemeinsten und zugleich gefährlichsten Krankheiten des Menschen ist. Nur sterben an den Pocken nicht alle, die sie bekommen, aber am letzteren sterben alle die es bekommen. Es ermorden sich fast noch einmal so viel als am Seitenstechen sterben. Das Alter ist eine Krankheit die wenigstens nicht ansteckend ist, oder wenn das Alter eine Krankheit ist, so ist sie in manchen Familien ansteckend. [J 495]

Die Gesundheit ansteckend. [J 496]

Man kann von keinem Gelehrten verlangen [daß er] sich in Gesellschaften überall als Gelehrter zeige, allein der ganze Tenor muß den Denker verraten, man muß immer von ihm lernen, seine Art zu urteilen muß auch in den kleinsten Dingen von der Beschaffenheit sein, daß man sehen kann was daraus werden wird wenn nun der Mann mit Ruhe und in sich gesammelt wissenschaftlichen Gebrauch von dieser Kraft macht. [J 497]

»Wer den Schaden hat, darf für den Spott nicht sorgen.« [J 499]

Der berühmte Howard besuchte mich bei seiner Durchreise. Warum? kann ich eigentlich nicht sagen, es müßte denn sein, daß er meine Stube, weil ich damals in 1 1/2 Jahren nicht vor die Türe gekommen war, etwa als einen Kerker habe in Augenschein nehmen wollen. [J 501]

Anderer Leute Wein auf Bouteillen ziehn, und sich dabei ein bißchen benebeln daß man glaubt er gehöre ihm. So etwas tun die meisten deutschen Schriftsteller. [J 509]

Mississippi, ein Wort mit 11 Buchstaben und doch nur viererlei. 4 s, 4 i, 2 p und m. [J 510]

Er hatte von seiner Frau ein Kind, welches einige für apokryphisch halten wollten. [J 513]

Die meisten Glaubens-Lehrer verteidigen ihre Sätze, nicht weil sie von der Wahrheit derselben überzeugt sind, sondern weil sie die Wahrheit derselben einmal behauptet haben. [J 521]

Von dem Ruhme der berühmtesten Menschen gehört immer etwas der Blödsichtigkeit der Bewunderer zu, und ich bin überzeugt, daß solchen Menschen das Bewußtsein, daß sie von einigen, die weniger Ruhm aber mehr Geist haben, durchgesehen werden, ihren ganzen Ruhm vergällt. Eigentlicher ruhiger Genuß des Lebens kann nur bei Wahrheit bestehn. Newton, Franklin, das waren Menschen, die beneidenswert sind. [J 522]

Nichts beweist mir so deutlich wie es in der gelehrten Welt hergeht, als der Umstand, daß man den Spinoza so lange für einen bösen nichtswürdigen Menschen und seine Meinungen für gefährlich gehalten hat; so geht es ebenfalls mit dem Ruhm so vieler andern. [J 523]

Die Deutschen schreiben die Bücher, aber die Ausländer machen, daß sie sie schreiben können. [J 524]

Ob mich ein paar alte Weiber tod sagen, deswegen sterbe ich noch nicht. [J 530]

Nach einem dreißigjährigen Krieg mit sich selbst kam es endlich zu einem Vergleich, aber die Zeit war verloren. [J 535]

Da Herr Professor Witte in Rostock erwiesen, daß die ägyptischen Pyramiden und die Ruinen von Persepolis das Werk [von] Vulkanen sind, so wäre es einmal der Mühe wert zu erweisen, daß der Chimborasso und der Montblanc von Menschen-Händen aufgeführt worden sind. Es ist wenigstens einmal ein Versuch. Die Granitwacken auf den Darmstädter Feldern sind Glicker mit welchen die Riesen-Kinder spielten. Herr Niebuhr hat den Herrn Witte vortrefflich beleuchtet im Museum Dezember 1790. Es ist eine Abhandlung, die man auch gegen die gebrauchen kann, [die] die Welt für ein Werk des Zufalls halten – Ich glaube Herr Witte nimmt das Wort Vulkan in einem andern Sinn, da es so viel als überhaupt Künstler bedeutet, denn fürwahr wer den Schild des Achilles schmieden kann, dem sind doch ein paar persische Inschriften eine Kleinigkeit. Der Schild des Achilles ist ein vulkanisches Produkt. [J 536]

Mir tut es allemal weh wenn ein Mann von Talent stirbt, denn die Welt hat dergleichen nötiger als der Himmel. [J 539]

Bei einer undeutlichen Hand lernt man Buchstaben kennen durch Erkennung der Worte. Eben so führt der Sinn auf die wahre Bedeutung der Worte in einer Periode und endlich der Sinn des Kapitels auf den von einzelnen Perioden. [J 540]

Ich hätte nicht geglaubt, daß man mit Gänse-Federn so viel einfältiges Zeug machen könnte, wenigstens nicht ohne Dinte mit zu Hülfe zu nehmen. [J 541]

Die Stadt-Uhr hat wieder rheumatische Zufälle. [J 543]

Es ist kein tückischeres und boshafteres Geschöpf unter der Sonne als eine Hure, da [sie] sich Alters wegen genötigt sieht eine Betschwester zu werden. [J 544]

Was mögen wohl die Huren in den alten Zeiten geworden sein? Ob es da wohl auch Betschwestern gab? [J 545]

Eine Welt, wo die Menschen als Greise geboren werden, und immer frischer werden, endlich Kinder, die immer an Ketschigkeit zunehmen, bis man sie endlich in eine Bouteille sperrt, wo sie nach 9 Monaten alles Leben verlieren, nachdem sie so klein geworden sind, daß man 10 Alexander auf einem Butterbrod verschlingen könnte. Die Mädchen von 50 bis 60 Jahren finden ein besonderes Vergnügen daran, die klein gewordene Alte auf Bouteillen zu ziehn. [J 547]

Es gibt so genannte Mathematiker, die sich gerne eben so für Gesandte der Weisheit gehalten wissen möchten, als manche Theologen für Gesandte Gottes, und eben so das Volk mit algebraischem Geschwätz, das sie Mathematik nennen, als jene mit einem Kauderwelsch hintergehen, dem sie den Namen biblisch beilegen. [J 553]

Das was man wahr empfindet auch wahr auszudrücken, das heißt mit jenen kleinen Beglaubigungszügen der Selbstempfindung, macht eigentlich den großen Schriftsteller, die gemeinen bedienen sich immer der Redensarten, die immer Kleider vom Trödelmarkt sind. [J 555]

Die schlechten Dichter und Romanschreiber überlassen manches dem Lauf der Natur und der Anordnung des Lesers was sie eigentlich erklären sollten. Sie geben die bloßen Erfahrungen, die der eigentliche Kenner des menschlichen Herzens erklärt. [J 558]

Ach Gott wie manchen Gedanken habe ich gehabt, von dem ich überzeugt sein konnte, daß er den besten unter den Menschen gefallen würde, wenn sie ihn läsen, und den ich nicht anzubringen wußte, auch anzubringen nicht sonderlich begierig war, und dafür mußte ich mich von manchem seichten Literator und Kompilator oder irgend einem bloß empirischen Waghals oder einem Epigramme schreibenden Konfusionär über die Achsel ansehen lassen, und doch auch gestehen, daß, nach meinem Verhalten, die Leute so gar unrecht nicht hätten, denn wie konnten sie wissen, was meine Indolenz selbst vor meinem Schmierbuch verheimlichte. Wenn mir Deluc schrieb, ich schriebe ihm nie einen Brief, aus dem er nicht etwas lernte, so setzte mich dieses über alle Urteile der Welt weg, aber wieder nur bei mir selbst.

[J 559]

Uhren, die das Datum schlagen und repetieren. [J 580]

Ein Geschöpf höherer Art läßt die ganze Geschichte der Welt repetieren, so wie man die Uhren repetieren läßt. [J 581]

Der Gang der Jahrzeiten ist ein Uhrwerk wo ein Guguck ruft, wenn es Frühling ist. [J 582]

Der Rheinwein ist der beste, in welchen der Rhein und die Mosel gar nicht geflossen ist [J 587]

Ein Vater sagt: der verfluchte Junge macht es gerade so wie ich, ich will ihn prügeln, daß er des Teufels wird. [J 590]

Reich *gewesen*, schön *gewesen*, alles *gewesen*. [J 591]

Könnten nicht die Weiber der Gelehrten die alten Schreibfedern auf den Hüten tragen und die Stuben mit ihrem Makulatur tapezieren? [J 592]

Die Barbierer und Perüquenmacher tragen die kleinen Stadtneuigkeiten in die großen Häuser, so [wie] die Vögel die Samen von Bäumen auf die Kirchtürme, beide keimen da oft zum Schaden, nur ist die Pflanzungs-Art verschieden, jene sprechen sie und diese ... sie. Auch die Eheweiber. [J 593]

Er konnte einen Gedanken, den jedermann für einfach hielt, in sieben andere spalten wie das Prisma das Sonnenlicht, wovon einer immer schöner war, als der andere, und dann einmal eine Menge anderer sammeln und Sonnenweiße hervorbringen, wo andere nichts als bunte Verwirrung sahen. [J 597]

Wenn man von der wenigen Übereinstimmung, die das Innere des Menschen mit seinem Äußern hat, ich meine hier der esoterische Mensch mit dem exoterischen, auf etwas Ähnliches in den Werken der Natur schließen kann, so ist das ein schlechter Trost. Denn wie wenig Freunde würden Freunde bleiben, wenn sie ihre Gesinnungen im ganzen sehen könnten. [J 600]

Das Mädchen war so langsam, daß, wenn ich sie des Morgens zur Türe hinausgehen hörte, ich immer glaubte sie hätte 4 Beine, denn 2 hörte ich in der Stube und 2 auf dem Gange trappen. Vermutlich rührte das daher, daß sie immer noch etwas vergessen hatte, während sie schon in der Türe war. [J 603]

Der Dachdecker stärkt sich vielleicht durch ein Morgengebet zu den größten Gefahren, das sind glückliche Menschen, die das können; vielleicht aber auch durch eine Dosis von gebranntem Katzenhirn. O wenn man manchmal wüßte was den Leuten Mut gibt! [J 609]

Der vollkommenste Affe kann keinen Affen zeichnen, auch das kann nur der Mensch, aber auch nur der Mensch hält dieses zu können für einen Vorzug. [J 613]

Wer eine Scheibe an seine Garten-Tür malt, dem wird gewiß hineingeschossen. [J 614]

Sie bekam eine Guinea des Tags. Des Tags? also für die Nacht nichts? [J 617]

Die Entschuldigungen seiner Fehler nehmen sich zum Teil gut aus, sie tragen aber zur Besserung seines Fehlwurfs gemeiniglich so wenig bei, als beim Kegeln das Nachhelfen mit Kopf, Schultern, Armen und Beinen, wenn die Kugel schon aus der Hand ist, es ist mehr Wunsch, als Einwürkung. [J 627]

Ein Charakter. Ein Mann, der wie ich immer statt des Hundes spricht, wenn er mit einem Hund spielt. Es läßt sich auch bei Kindern anbringen, das ist eigentlich Vormund. [J 634]

Ich habe mir zur Regel gemacht, daß mich die aufgehende Sonne nie im Bette finden sollte so lange ich gesund bin. Es kostete mich nichts als das Machen, denn ich habe es bei Gesetzen, die ich mir selbst gab, immer so gehalten, daß ich sie nicht eher festsetzte, als bis mir die Übertrettung fast unmöglich war. [J 638]

Seit einigen Tagen (22. April 91) lebe ich unter der Hypothese (denn ich lebe beständig unter einer), *daß das Trinken bei Tisch schädlich ist*, und befinde mich vortrefflich dabei. Hieran ist gewiß etwa Wahres. Denn ich habe noch von keiner Änderung in meiner Lebens-Art und von keiner Arznei so schnell und handgreiflich die gute Wirkung empfunden als hiervon. [J 639]

Ich habe überhaupt sehr viel gedacht, das weiß ich, viel mehr als ich gelesen habe, es ist mir daher sehr viel von dem unbekannt, was die Welt weiß, und daher irre ich mich oft, wenn ich mich in die Welt mische, und dieses macht mich schüchtern. Könnte ich das alles was ich zusammengedacht habe so sagen, wie es in mir ist, nicht getrennt, da möchte sich manches nicht zum besten ausnehmen, so würde es gewiß den Beifall der Welt erhalten. [J 640]

⟨Der König von Frankreich ist jetzt bloßer Pensionär von Frankreich.⟩ [J 649]

Zur Empfehlung meiner Erziehungs-Regel dient auch dieses, daß der berühmte Marschall von Richelieu ein Sieben-Monats-Kind wegen seiner Schwäche ganz aufgegeben wurde, er wurde 3 Jahre nach seiner Geburt erst getauft, hatte unzählige Maitressen, wurde in seinem 84ten Jahr noch einmal seiner Frau untreu und starb im 86ten. [J 655]

Wenn es der Himme für nötig und nützlich finden sollte mich und mein Leben noch einmal neu aufzulegen, so wollte ich ihm einige nicht unnütze Bemerkungen zur neuen Auflage mitteilen, die hauptsächlich die Zeichnung des Porträts und den Plan des Ganzen angehen. [J 659]

Er verachtet mich, weil er mich nicht kennt, und ich seine Beschuldigungen, weil ich mich kenne. [J 664]

Wir sind doch am Ende nichts weiter als eine Sekte von Juden. [J 687]

Sehr viele und vielleicht die meisten Menschen müssen, um etwas zu finden, erst wissen, daß es da ist. [J 688]

Der gesunde Appetit unsrer Vorfahren, zu essen, scheint sich jetzt in einen nicht ganz so gesunden Appetit zu lesen verwandelt zu haben, und so wie ehmals die Spanier zusammen liefen die Deutschen essen zu sehen, so kommen jetzt die Fremden zu uns uns studieren zu sehen. [J 690]

Man hat vieles über die *ersten* Menschen gedichtet, es sollte es auch einmal jemand mit den beiden *letzten* versuchen. [J 697]

Einer der merkwürdigsten Züge in meinem Charakter ist gewiß der seltsame Aberglaube, womit ich aus jeder Sache eine Vorbedeutung ziehe und in einem Tage hundert Dinge zum Orakel mache. Ich brauche es hier nicht zu beschreiben indem ich mich hier nur allzu wohl verstehe. Jedes Kriechen eines Insekts dient mir zu Antworten über Fragen über mein Schicksal. Ist das nicht sonderbar von einem Professor der Physik? Ist es aber nicht in menschlicher Natur gegründet und nur bei mir monströs geworden, ausgedehnt über die Proportion natürlicher Mischung, wo es heilsam ist? [J 715]

Er war kein Sklave seines Worts, wie man zu reden pflegt, gegenteils war eine solche Despotie über seinen Versprechungen, daß er mit ihnen machte was er wollte. [J 719]

Menschen, Kotzebue und Rehe. Er schreibt: die Indianer in England. Er, der weder in Indien noch in England war. [J 730]

Wir haben eigentlich nur Ableger von Romanen und Komödien. Aus dem Samen werden wenige gezogen. [J 731]

Es sind sehr viele Formen möglich nach denen gewisse Massen von Ideen und Erfahrungen geordnet und zu einem betrachtungfähigen Ganzen vereinigt werden können. Der Rezensent von Heydenreichs Ästhetik in der neuen Bibliothek der schönen Wissenschaften 43. Band 2tes Stück S. 223 sagt vortrefflich: So wie die Malerei, so kann die Philosophie keinen Gegenstand ganz en face, noch weniger mit allen Zügen darstellen. Jede sucht eine gewisse Wendung, ein bestimmtes Profil und wählt gewisse Züge die zu demselben passen. Eine neue Theorie ist (oft) der alte Gegenstand von einer neuen Seite abgezeichnet. Bei dieser neuen Stellung mußten gewisse Teile wegbleiben pp. *27. Junii auf dem Garten.* [J 732]

Bei einem Menschen, der mit Gottesfurcht prahlt, muß man nie eigentliche christliche Gesinnungen suchen. [J 733]

Er liebte das Rezensieren sehr, weil er da vielen unnützen literarischen Plunder auskramen, und seinem unschuldigen Nebenmenschen eine kleine Freundschaft anhängen konnte, wozu er sonst keine Gelegenheit hatte. [J 734]

Es müßte eine ganz artige Geschichte werden, wenn man ein Mädchen und einen Jüngling, die durch Romanen-Lesen verdorben sind, vorstellte, wie sie gerne einer den andern durch mißlungne Liebe zum Selbst-Mord zu bringen suchen um dadurch berühmt zu werden. Die eine könnte durch Werthern, der andere durch das Regenspurger Fräulein verführt zu diesem Entschluß gebracht worden sein. Allein da sie sich einander nicht eigentlich lieben, so entstehn daraus die lächerlichsten Situationen. [J 735]

Mein großer Trost, oder eigentlich was mir die süßeste Rache bei K's Sticheleien auf mich und andere gewährt, ist die völlige Überzeugung, daß nie ein großer und ein guter Mann solcher Neckereien fähig war. [J 736]

Bei den Kirschen reift grün zu rot allmählig, dieses sieht einem Stimmen einer Saite ähnlich. So läßt der Künstler Dissonanzen zu Harmonie allmählig reifen. [J 737]

Auf die Blüte folgt die unreife Frucht, die Blüte ist in sich eine Vollkommenheit. Eben so ist es mit dem Menschen. Der Jüngling wird für vollkommener gehalten, als der Mann von 30, 40 Jahren, und dann kömmt erst wieder ein vollendeter Zustand, die Reife. [J 738]

Es gibt sehr viele Menschen, die unglücklicher sind, als du, gewährt zwar kein Dach darunter zu wohnen, allein sich bei einem Schauer darunter zu retirieren ist das Sätzchen gut genug.

[J 739]

9. Julii 91 auf dem Garten. Einige *kommen* auf einen Gedanken, andere *stoßen* darauf, andere *fallen* darauf, andere *verfallen* darauf (hier fehlt noch das zerfallen), auch *gerät* man darauf. Man sagt nicht, ich habe mich nach dem Gedanken *hin*begeben. Das wäre via regia. [J 756]

Der Satz des zureichenden Grundes, als ein bloß logischer Satz ist ein notwendiges Gesetz des Denkens, und in so fern kann gar nicht darüber gestritten werden, ob er aber ein objektiver, realer, *metaphysischer* Grundsatz sei, ist eine andere Frage. [J 757]

Die Geschichte mit dem alten Fuhrmanne, der bei Wunstorf, als wir im Morast staken, vorbei fuhr, und nicht helfen zu wollen schien, aber endlich trotz der Schimpfwörter unseres Postillions zurückkam, ist sehr gut und muß nicht vergessen werden.

[J 773]

Schmucklos ist ja noch nicht geschmacklos. [J 778]

Offensiver und defensiver Stolz. [J 786]

Vom Wahrsagen läßt sichs wohl leben in der Welt, aber nicht vom Wahrheit sagen. [J 787]

Wir wissen mit weit mehr Deutlichkeit, daß unser Wille frei ist, als daß alles was geschieht eine Ursache haben müsse. Könnte man also nicht einmal das Argument umkehren und sagen: Unsre Begriffe von Ursache und Wirkung müssen sehr unrichtig sein, weil unser Wille nicht frei sein könnte, wenn die Vorstellung richtig wäre? [J 790]

Sympathie ist ein schlechtes Almosen. [J 791]

Mancher Schriftsteller so bald er ein bißchen Beifall erhält glaubt alles von ihm interessiere die Welt. Der Schauspiel-Schmierer Kotzebue hält sich sogar berechtigt dem Publiko zu sagen, daß er seiner sterbenden Frau ein Klistier gesetzt habe. [J 794]

A. Kann es auch schönes Wetter werden, wenn das Barometer fällt? B. werden nicht, aber bleiben, wenn es war. (pattern) [J 796]

Ich. Warum weint sie denn? *Die Gartenfrau:* Je mein Mann geht heute zu Nachtmahl zu Bovenden. *Ich:* Nun ist denn das was zu weinen? das ist ja gut, daß er so fromm ist. *Die Frau:* Ach ja fromm, wenn er zum Nachtmahl gewesen ist, so besäuft er sich, und da krieg ich allemal Schläge. [J 797]

Mäßigkeit setzt Genuß voraus, Enthaltsamkeit nicht. Es gibt daher mehr enthaltsame Menschen als solche die mäßig sind. (besser) [J 802]

Wenn man alle Tage 3 Armen etwas gibt, so gibt man des Jahrs 1095 etwas und das ist eine Armee. [J 804]

Es ist die Redekunst, die vor der Überzeugung einhertritt und ihren Pfad mit Blumen bestreut. [J 805]

Es könnte ein Ohr geben für welches alle Völker nur *eine* Sprache redeten. [J 815]

Nach Mrs Piozzi Bericht soll es in den Kohlen-Bergwerken im nördlichen England ebenfalls Arbeiter geben, die darin geboren wurden und nie heraus kommen. [J 827]

Nach Smeathman's Bericht haben die Ameisen einen weidenden Elefanten angefallen und ganz skelettiert. [J 828]

Die Menschen nach den Häusern ordnen worin sie wohnen wie die Schnecken. [J 830]

Zwei Personen, die sich einander nicht lieben, wovon aber jede die andere in sich verliebt machen möchte, und zwar zu dem Grade, daß sie entweder vor Liebe stürben, oder sich entleibten, schreiben einander Briefe. So etwas könnte lustig werden. schon S. 86. [J 834]

Darin, daß man große Krieger bewundert, liegt etwas Natürliches, so wie in der Eroberungssucht, das erste korrespondiert mit Schönheit und Leibesstärke, das andere mit Wohlstand, es wird auch daher nie aus der Welt hinaus philosophiert werden können. [J 843]

Der Gedanke, den ich heute im Braunschweigischen Journal gelesen habe, ist nicht übel, nämlich: daß wenn die Bibel deutlich geschrieben wäre, so würden wir in aller Art von Aufklärung noch zurück sein. Es ist aber auch ein alter Gedanke, den ich glaube ich sogar selbst einmal gehabt habe. Nathan der Weise lauft auch auf so etwas hinaus. [J 844]

A. Von der Luft kann man nicht leben.
B. ja, aber ohne Luft auch nicht, es ist gut wenn es einem einmal ein bißchen knapp geht. [J 845]

Wir Deutschen haben gemeiniglich eine Art von Mestizenstil. [J 846]

So wie Linné im Tierreiche könnte man im Reiche der Ideen auch eine Klasse machen die man Chaos nennte. Dahin gehören nicht sowohl die großen Gedanken von allgemeiner Schwere,

Fixstern-Staub mit sonnenbepuderten Räumen des unermeßlichen Ganzen, sondern die kleinen Infusions-Ideechen, die sich mit ihren Schwänzchen an alles anhängen, und oft im Samen der Größten leben, und deren jeder Mensch wenn er still sitzt [eine] Million durch seinen Kopf fahren sieht. [J 850]

Ich sehe die Rezensionen als eine Art von Kinderkrankheiten an, die die neugebornen Bücher mehr oder weniger befällt. Man hat Exempel, daß die gesündesten daran sterben, und die schwächlichen oft durchkommen. Manche bekommen sie gar nicht. Man hat häufig versucht, ihnen durch Amulette von Vorrede und Dedikation vorzubeugen oder sie gar durch eigene Urteile zu inokulieren, es hilft aber nicht immer. [J 854]

Eine der schwersten Künste für den Menschen ist wohl die sich Mut zu geben. Diejenigen, denen er fehlt, finden ihn am ersten unter dem mächtigen Schutz eines der ihn besitzt, und der uns dann helfen kann, wenn alles fehlt. Da es nun so viele Leiden in der Welt gibt, denen mit Mut entgegen zu gehen kein menschliches Wesen einem schwachen Trost genug geben kann, so ist die Religion vortrefflich. Sie ist eigentlich die Kunst sich durch Gedanken an Gott ohne weiter andere Mittel Trost und Mut im Leiden zu verschaffen und Kraft demselben entgegen zu arbeiten. Ich habe Menschen gekannt, denen ihr Glück ihr Gott war. Sie glaubten an ein Glück und der Glaube gab ihnen Mut. Mut gab ihnen Glück und Glück Mut. Es ist ein großer Verlust für den Menschen, wenn er die Überzeugung von einem weisen die Welt lenkenden Wesen verloren hat. Ich glaube, es ist dieses eine notwendige Folge alles Studiums der Philosophie und der Natur. Man verliert zwar den Glauben an einen Gott nicht, aber es ist nicht mehr der hülfreiche Gott unsrer Kindheit; es ist ein Wesen, dessen Wege nicht unsere Wege und dessen Gedanken nicht unsere Gedanken sind, und damit ist dem Hülflosen nicht sonderlich viel gedient. [J 855]

In einem Roman müßte es sich gut ausnehmen, des Helden Begriffe z.B. von der Erde in einer kleinen Charte vorzustellen. Die Welt würde rund vorgestellt, in der Mitte liegt das Dorf wo er lebt, sehr groß mit allen Mühlen pp vorgestellt, und dann umher die andern Städte, Paris London sehr klein, überhaupt wird alles sehr viel kleiner, wie es weiter wegkömmt. [J 856]

Da gnade Gott denen von Gottes Gnaden. [J 857]

Unser Weltsystem ist ein monarchischer Staat. Die Sonne hat ihren Hofstaat, sie hält aber doch die Großen etwas entfernt. Sie erlaubt ihnen aber ihre Neben-Planeten. Hieraus ließe sich vielleicht eine Fabel machen, die auf die jetzigen politischen Revolutionen passen [würde]. Die Satelliten rebellieren und wollen gerade um die ☉ laufen. [J 858]

Rousseau hat glaube ich gesagt: ein Kind, das bloß seine Eltern kennt, kennt auch die nicht recht. Dieser Gedanke läßt sich [auf] viele andere Kenntnisse, ja auf alle anwenden, die nicht ganz *reiner* Natur sind: Wer nichts als Chemie versteht versteht auch die nicht recht. [J 860]

A. Der Mann hat viele Kinder. B. ja, aber ich glaube, von [den] meisten hat er bloß die Korrektur besorgt. [J 864]

Etwas über die ungebahnten Wege in den Wissenschaften zu schreiben, man muß sie notwendig einschlagen, wenn etwas gewonnen werden soll. Chladni bei den Tönen. [J 866]

Man klagt über die entsetzliche Menge schlechter Schriften die jede Ostermesse heraus kommen. Ich sehe das schlechterdings nicht ein. Warum sagen die Kritiker, man soll der Natur nachahmen? Diese Schriftsteller ahmen die Natur nach, sie folgen ihrem Triebe so gut wie die großen. Und ich möchte nur wissen was irgend ein organisches Wesen mehr tun könne als seinem

Triebe folgen? Ich sage: seht die Bäume an, zum Exempel die Kirschenbäume, sagt, wie viele Kirschen von den grünen werden da reif? nicht der 50te Teil; die andern fallen ab. Wenn nun die Kirschenbäume Makulatur drucken, wer will es den Menschen wehren, die doch besser sind als die Bäume? Ja was sage ich die Bäume. Wißt ihr nicht, daß von den Menschen, die das prokreierende Publikum jährlich herausgibt, mehr als ein Drittel stirbt, ehe es 2 Jahre alt wird? Wie die Menschen, so die Bücher, die von ihnen geschrieben werden. Anstatt mich also über die überhandnehmende Schriftstellerei zu beklagen, bete ich vielmehr die hohe Ordnung der Natur an, die es überall will, daß von allem was geboren wird ein großer Teil zu Dünger wird und zu Makulatur, welches eine Art von Dünger ist. Mit einem Wort Deutschland ist das wahre Bücher-Beet für die Welt, die Treibhäuser, die Gärtner, ich meine die Buchhändler mögen auch sagen was sie wollen. [J 868]

Einer von den Neger-Sklaven in den Plantagen der Literatur. [J 871]

A. Warum unterstützen Sie Ihren Schwiegervater nicht? B. Warum? A. Er ist ein armer Mann. B. aber fleißig und ich habe nicht Geld genug ihn zum Faulenzer zu machen. [J 877]

Eine der sonderbarsten Einbildungen, deren man fähig ist, wäre die daß man glaubte man sei rasend, und man säße im Tollhause, übrigens aber ganz vernünftig handelte. Wenn jemand einmal zu dieser Überzeugung käme, so sehe ich fürwahr nicht ein, wie man sie ihm ausreden wollte. [J 878]

Außer der *Zeit* gibt es noch ein anderes Mittel große Veränderungen hervorzubringen und das ist die – *Gewalt*. Wenn die eine zu langsam geht, so tut die andere öfters die Sache vorher. [J 880]

Man hat Nachtstühle, die wie aufeinander gelegte Folianten aussehen. Einige Schriftsteller scheinen Gefallen an der umgekehrten Methode zu finden und Bücher zu schreiben die sich wie Nachtstühle präsentieren. [J 886]

Es ist kein witziger Einfall sondern die lautere Wahrheit, daß vor der Revolution die Jagdhunde des Königs von Frankreich mehr Gehalt hatten, als die Akademie der Inschriften. S. neue Bibliothek der schönen Wissenschaften. Band 44. Stück 2 p. 234. Die Hunde 40000, die Akademisten 30000, Hunde waren 300, Mitglieder [der] Akademie 30. [J 892]

In der Hauptkirche zu Nördlingen ist das jüngste Gericht vorgestellt, am Eingang zur Hölle legt ein Teufel eine Weibsperson rücklings ins Feuer und notzüchtigt sie. Der Maler hat sich L. H. gezeichnet. ibid. p. 240. [J 894]

Die Kunst Menschen mit ihrem Schicksale mißvergnügt zu machen, die heutzutage so sehr getrieben wird. O wenn wir doch die Zeiten der Patriarchen wieder hätten, wo die Ziege neben dem hungrigen Löwen graste, und Kain in den zärtlichen Umarmungen seines Bruders Abel seine Saecula durchlebte (hier müssen noch mehr solche feine Geschichtchen aufgesucht werden von Sodomiterei, Betrug um Erstgeburt), oder in dem glücklichen Otaheite wo man für einen eisernen Nagel haben kann, was in Hannover und Berlin goldne Tabatieren und Uhren gilt, und wo man bei völliger Gleichheit der Menschen das Recht hat seine Feinde aufzufressen und von ihnen gefressen zu werden. [J 896]

Wenn man Mitleid fühlt, so fragt man nicht erst andere Leute ob man es fühlen soll. [J 909]

Nachdem ich vieles *menschenbeobachterisch* und mit vielem schmeichelhaften Gefühl eigner Superiorität aufgezeichnet, und in noch feinere Worte gesteckt hatte, fand ich oft am Ende, daß grade das das Beste war, was ich ohne alle diese Gefühle so ganz bürgerlich niedergeschrieben hatte. (sehr sehr wahr) [J 910]

In Göttingen liegen Schindanger, Judenkirchhof und Galgen nahe beisammen. Judenkirchhof, Schindanger und Galgen, sagte jemand (πμ), klingt fast wie Abraham, Isaak und Jakob. Sic pagina jungit amicos. [J 911]

Die deutschen Despoten werden ein *beförderndes* Vorbeugen zu Stand bringen was sonst nicht leicht entstanden wäre. [J 915]

Von allem, was ausgerechnet wird in der Welt, geschehen 2/3 gedankenlos. [J 916]

Ich habe lange nicht recht begreifen können woher es kömmt, daß es mir so entsetzlich schwer fällt in den Büchern mancher berühmter Polygraphen zu lesen, aber endlich merkte ich mir die Sache ab; es rührt daher, daß die Menschen sonst, in Vergleich mit wahrhaft großen Männern, so unbedeutend sind, daß einen gar nicht reizen kann zu wissen, was diese Menschen wissen. [J 917]

Ora & *non* labora. [J 919]

Eine intolerante Bestie von einem Hund kam herausgeschossen. [J 922]

Ein Mathematiker war er nicht, dazu besaß er zu wenig Kopf und gesunden Menschenverstand, aber ein sehr großer analytischer Sprachmeister, welches man gar wohl ohne jene Eigenschaften zu besitzen sein kann. [J 924]

Seitdem er die Ohrfeige bekommen hatte, dachte er immer, wenn er ein Wort mit einem O sah, als Obrigkeit pp, es hieße Ohrfeige. [J 925]

Der Pater: Ihr seid Menschenfresser Ihr Neuseeländer. *Neuseeländer:* Und ihr seid Gottfresser ihr Pfaffen. [J 926]

Wenn er eigne Meditationen schrieb, so hielt er sich ordentlich in seinem Schlafrock mit langen Ärmeln, wie die meisten Menschen, wenn er aber Exzerpte aus Reise-Beschreibungen machte über die Gebräuche bei verschiedenen Völkern, so schrieb er wie ein Bäcker- oder Metzger-Knecht in einer Weste ohne Ärmel mit dem Hemd über die Ellenbogen aufgestreift. So wie auch die Schuster arbeiten. Er sah vortrefflich aus. [J 929]

In der Nacht vom Ostersonntag 1792 auf den Ostermontag (vom 8ten auf den 9ten April) träumte mir, ich sollte lebendig verbrannt werden. Ich war sehr ruhig dabei, welches mich beim Erwachen nicht freute. So etwas kann Erschlaffung sein. Ich räsonierte ganz ruhig über die Zeit, die es dauern würde. Vorher bin ich noch nicht verbrannt, und nachher bin ich es. Das war fast alles, was ich *dachte* und *bloß dachte*. Diese Zeit liegt zwischen sehr engen Grenzen. Ich fürchte fast, es wird bei mir alles zu Gedanken und das Gefühl verliert sich. [J 931]

Es ist eine sehr gute Bemerkung des Herrn Schmid in seiner empirischen Psychologie, daß man sich des Trostes von Gott und Unsterblichkeit bei gewöhnlichen Vorfällen so häufig bedient, daß er zu den Zeiten, wo er eigentlich allein tröstlich sein kann, von keiner Wirkung mehr ist. [J 934]

In dem freien Frankreich, wo man jetzt aufknüpfen lassen kann, wen man will. [J 935]

Seit der Mitte des Jahrs 1791 regt sich in meiner ganzen Gedanken-Ökonomie etwas, das ich noch nicht recht beschreiben kann. Ich will nur einiges anführen und künftig aufmerksamer darauf werden. Nämlich ein außerordentlich[es] fast zu schriftlichen Tätlichkeiten übergehendes Mißtrauen gegen alles menschliche Wissen, Mathematik ausgenommen, und was mich noch an [das] Studium der Physik fesselt, ist die Hoffnung etwas dem menschlichen Geschlecht Nützliches auszufinden. Wir müssen nämlich auf Ursachen und Erklärungen denken, weil ich gar kein anderes Mittel sehe uns ohne dieses Bestreben in Tätigkeit zu erhalten. Jemand kann freilich wochenlang auf die Jagd gehn und nichts schießen, aber so viel ist gewiß, zu Hause würde er auch nichts geschossen haben und zwar *gewiß* nichts, da er doch nur auf dem Felde die Wahrscheinlichkeit für sich hat, so gering sie auch sein mag. Wir müssen freilich etwas ergreifen. Aber ob das nun alles so ist, wie wir glauben? Da frage ich mich wieder: was nennst du so Sein, wie du es dir vorstellst? Dein Glaube, daß es so ist, ist ja auch etwas, und von dem übrigen weißt du nichts. Dieses war auch die Zeit da ich (Gott verzeih mir wenn ich irre) zu glauben anfing, daß die Muscheln in den Bergen gewachsen sein könnten. Es war aber kein positives *Glauben*, sondern bloß dunkeles Gefühl von unsrer Unfähigkeit, oder wenigstens von der meinigen in die Geheimnisse der Natur einzudringen.

[J 938]

Zum Teil zum Vorhergehenden gehörig: Das Wesen, was wir am reinsten aus den Händen der Natur empfangen, und was uns zugleich am nächsten gelegt wird, sind wir selbst, und doch wie schwer ist da alles und wie verwickelt! Es scheint fast, wir sollen bloß würken ohne uns selbst zum Gegenstand der Beobachtung zu machen. So bald wir uns zum Gegenstand der Beobachtung machen: so ist es fast einerlei ob wir aus dem Hainberg den Ursprung der Welt, oder aus unsern Verrichtungen die Natur unserer Seele wollen kennen lernen. [J 939]

Die Dachziegel mag manches wissen was der Schornstein nicht weiß. [J 941]

Selbst unsere häufigen Irrtümer haben den Nutzen, daß sie uns am Ende gewöhnen zu glauben, alles könne anders sein, als wir es uns vorstellen. Auch diese Erfahrung kann generalisiert werden, so wie das Ursachen-Suchen, und so muß man endlich zu der Philosophie gelangen, die selbst die Notwendigkeit des principii contradictionis leugnet. [J 942]

Die beiden Begriffe von Sein und *Nichtsein* sind bloß undurchdringlich in unsern Geistes-Anlagen. Denn eigentlich wissen wir nicht einmal was Sein ist, und so bald wir uns ins Definieren einlassen, so müssen wir zugeben daß etwas existieren kann was nirgends ist. Kant sagt auch so was irgendwo. [J 943]

Es ist doch fürwahr zum Erstaunen, daß man auf die dunkeln Vorstellungen von Ursachen den Glauben an einen Gott gebaut hat, von dem wir nichts wissen, und nichts wissen können, denn alles Schließen auf einen Urheber der Welt ist immer Anthropomorphismus. [J 944]

Wenn der Verstand reift, oder seine Regierungskräfte fühlt ohne etwas zu haben was er regieren kann, so entstehen freilich seltsame Dinge. Man fällt in den Fehler der kleinen Fürsten, und macht sich vor den Großen lächerlich. Hat man viel gelesen und besitzt wenig Regierungskunst, so macht man sich vor den Weisen lächerlich. Wenn sich denn doch am Ende einmal lächerlich gemacht sein soll: so wollte ich doch lieber vor dem Großen lächerlich werden, als vor dem Weisen, lieber vor dem Belesenen, als vor dem Denker, der mich immer nach der Art beurteilt, womit ich von meinem Vermögen Gebrauch gemacht habe.
[J 945]

Gar nicht ist gar zu schwer; *vielleicht* ist viel zu leicht (πμ)
oder:
Gar nicht führt gar zu nichts, vielleicht ist viel zu leicht. [J 947]

Man ist nie glücklicher als wenn uns starkes Gefühl bestimmt, *nur* in *dieser Welt* zu leben. Mein Unglück ist nie in *dieser* sondern in einer Menge von möglichen Ketten von Verbindungen zu existieren, die sich meine Phantasie unterstützt von meinem *Gewissen* schafft, so geht ein Teil meiner Zeit hin, und keine Vernunft ist im Stand darüber zu siegen. Dieses verdiente sehr auseinander gesetzt zu werden. Lebe dein erstes Leben recht, damit du dein zweites genießen kannst. Es ist immer im Leben wie mit der Praxis des Arztes, die ersten Schritte entscheiden. Das ist doch Unrecht irgendwo, in der Anlage oder im Urteil? [J 948]

Zug: Jemand zerreißt ein Papier und wirft es voll Ungedult zum Fenster hinunter indem seine Frau hereintritt: da schreibt man mir schöne Sachen von dir, sagt er und geht aufgebracht weg. Die Frau, die kein gutes Gewissen hat, läßt durch ihr Kammer-Mädchen die Stückchen alle zusammenlesen, und des Abends, da sie allein sind, suchen sie alles zusammen [zu] legen, es fehlen aber Stückchen; mit jedem Wort das sie lesen erklären sie sichs und verraten ihre Schuld, am Ende findet sich daß es [ein] Dinten-Rezept war. [J 950]

Passabel auszudrücken, was andere Leute gedacht hatten, war seine ganze Stärke. [J 951]

Das deutsche Genie ist sehr geneigt in wissenschaftlichen Dingen statt der Sache selbst sich an die Literatur zu halten. Das deutsche Publikum, das selbst schon nach der Seite gestimmt ist, ist auch daher geneigt diese Literatoren mit dem Ruhm zu krönen, der eigentlich dem Denker und dem Erweiterer der Wissenschaft allein gehört. [J 953]

Es geht freilich sonderbar zu unter uns Erdreichern. [J 954]

Man liest jetzt so viele Abhandlungen über das Genie, daß jeder glaubt er sei eines. Der Mensch ist verloren, der sich früh für ein Genie hält. [J 956]

Ist es nicht besonders, daß die katholischen Prediger immer ihre Gemeinden vor den protestantischen Schriften warnen müssen? Die protestantischen hingegen warnen die ihrigen nie vor den katholischen. Ja wäre ich ein protestantischer Prediger, ich würde glaube ich meiner Gemeinde die Lesung der sogenannten erzkatholischen Bücher als eines der stärksten Befestigungsmittel in ihrem Glauben empfehlen. [J 957]

Bei aller meiner Bequemlichkeit bin ich immer in Kenntnis meiner selbst gewachsen, ohne die Kraft zu haben mich zu bessern, ja ich habe mich öfters für alle meine Indolenz dadurch entschädigt gehalten, daß ich dieses einsah, und das Vergnügen, das mir die genaue Bemerkung eines Fehlers an mir machte, war oft größer, als der Verdruß, den der Fehler selbst bei mir erweckte. *So sehr viel mehr galt bei mir der Professor, als der Mensch.* Der Himmel führt seine Heiligen wunderlich. [J 958]

Mehr Dinge zu erfinden wie etwa der Schnupftabak, der allerdings eine gar seltsame Erfindung ist. Es ist doch würklich, wenn man bedenkt wie viel Wohlgerüche es in der Natur gibt, eine Art von *Onanie*. [J 960]

Folgendes Sinngedicht las ich im gemeinen Berg-Kalender für 1792

Adam.

Im Stand der Unschuld hat, wie Moses schreibt,
Stammvater Adam sich beweibt.
So ward er ja, der arme Ehegatte,
Gestraft eh' er gesündigt hatte.

Wer mag das gemacht haben? [J 962]

Er ritt vorbei und der Morgensonne zu, von seinen Wangen glänzte den eichsfeldischen Schönen eine Gesundheit, und aus seinem Munde ihrem Kälberbraten ein Gebiß entgegen, das beiden unaufhaltsame Zerstörung drohte. [J 963]

Selbst Christus befällt öfters ein gerechter Unwillen bei dem Gedanken an Schurken; er nennt Herodes einen Fuchs und die Pharisäer Ottergezücht. [J 970]

Darf ein Volk seine Staats-Verfassung ändern wenn es will? Über diese Frage ist sehr viel Gutes und Schlechtes gesagt worden. Ich glaube die beste Antwort darauf ist: Wer will es ihm wehren, wenn es entschlossen ist? Allgemein gewordenen Grundsätzen gemäß handeln ist natürlich, der Versuch kann falsch ausfallen, allein es ist nun einmal zum Versuch gekommen. Diesem Versuche vorzubeugen müßten die Weisesten die Oberhand haben, und diese Weisesten müßten eine Menge der Weisesten oder der Unweisesten, gleich viel, kommandieren können, um die Vernunft der Besseren, und den Gehorsam der Schlechtern immer nach derselben Seite zu lenken. [J 972]

In den Kehrigthaufen vor der Stadt lesen und suchen was den Städten fehlt, wie der Arzt aus dem Stuhlgang und Urin. [J 990]

Ich habe das Register der Krankheiten angesehn, und habe die Sorgen und traurige Vorstellungen nicht darunter gefunden, das ist sehr unrecht. [J 992]

Schlecht Disputieren ist immer besser als gar nicht, selbst Kannegießern macht die Leute weiser, wenn gleich nicht in der Politik, doch in andern Dingen. Das bedenkt man nicht genug. [J 1001]

Als ich im Frühling 1792 an einem sehr schönen Abend am Gartenfenster lag, das etwa 2000 Fuß von der Stadt entfernt ist, war ich begierig zu hören, was nun von dem berühmten Göttingen noch zu meinen Ohren herüber kam, und das war

1) das Rauschen des Wassers bei der großen Mühle
2) das Fahren einiger Wagen oder Kutschen

3) Ein sehr helles und emsiges Schreien von Kindern vermutlich auf der Maikäfer-Jagd auf dem Walle

4) Hundegebell in allerlei Distanzen und mit allerlei Stimmen und Affekten

5) 3 bis 4 Nachtigallen in den Gärten nah bei oder in der Stadt

6) unzählige Frösche

7) das Klirren geworfener Kegel und

8) ein schlecht geblasener halber Mond der von allem das Unangenehmste war. [J 1004]

Jemand beschrieb eine Reihe Weidenbäume, die in gewissen Distanzen gepflanzt waren, so: erst stund ein Baum, alsdann keiner, dann wieder einer und dann wieder keiner. [J 1007]

Ich hatte Gelegenheit öfters einen Betteljungen zu sehen, der durch Gesichterschneiden und allerlei Gebärden Lachen zu erwecken suchte. Dieses war mir würklich unerträglich, daß ich das Gesicht des Jungens, auch selbst in der Ruhe, anfing abscheulig zu finden und den Knaben im eigentlichen Verstand zu hassen anfing, weil er sich gar nicht[s] wollte sagen lassen. Eines Tages aber da ein sehr schönes und gutes Kind, ein Mädchen von 4 Jahren sehr herzlich und doch mit einem gewissen Anstand über des Knaben Possen lachte, machte dieses einen so angenehmen Eindruck auf mich, daß ich nun selbst des Knabens Gesichter erträglich fand, und zwar nicht bloß aus der zweiten Hand, wie man denken sollte, sondern würklich in sich selbst. Ich lächelte nicht in meinem eigenen sondern in des Kindes Namen darüber. Auch habe ich bei andern Gelegenheiten bemerkt, daß man über gewisse unschädliche Ungezogenheiten sich erst ärgern muß, um sie hernach erträglich zu finden. Ich verstehe mich hier recht gut, und erkläre die Sache weiter nicht. [J 1008]

Man sollte nie ausspucken, außer wenn einem von ungefähr etwas Unreines in den Mund kömmt. Eine Sekte, die nicht ausspuckt, würde sich bald durch Wohlbefinden auszeichnen. [J 1009]

Eine Sekte, die nicht ausspuckte, wäre gewiß besser, als eine die keine Bohnen ißt. [J 1010]

Es kömmt so außerordentlich viel darauf an *wie* etwas gesagt wird daß ich glaube, die gemeinsten Dinge lassen sich *so* sagen, daß ein anderer glauben müßte, der Teufel hätte es einem eingegeben. [J 1011]

Ich habe einen Mann gekannt, der die seltsame Grille hatte nach Tische beim Obst, aus Äpfeln regelmäßige stereometrische Körper zu schneiden, wobei er immer den Abfall aufaß. Meistens endigte sich die Auflösung des Problems mit einer gänzlichen Aufzehrung des Apfels. [J 1016]

Man findet auf einer steilen Höhe weißen Schaum, er wird einmütig für den von einem Reitpferd erkannt und jedermann bewundert die Verwegenheit des Reiters, am Ende kömmt es heraus daß sich der Schulmeister des Orts, der um den Weg abzukürzen hieher gegangen war, sich hier rasiert habe. [J 1026]

Es ist für des Menschen Rechtfertigung hinreichend, wenn er so gelebt hat, daß er seiner Tugenden wegen Vergebung für seine Fehler verdient. [J 1037]

Ich nehme der Mamsell ihre Tugend in acht, als wenn es meine eigne wäre, sagt eine alte Gouvernante. [J 1045]

Dieser Gedanke machte daß sie an dem Morgen Mutter und Schwester und alles weibliche Gesinde im Hause küßte. (Natur) [J 1046]

Die Allmacht Gottes im Donnerwetter wird nur bewundert entweder zur Zeit da keines ist, oder hinten drein beim Abzuge. [J 1047]

Die Natur hat die Frauenzimmer so geschaffen, daß [sie] nicht nach Prinzipien sondern nach Empfindung handeln sollen. [J 1059]

Wenn der Schlaf ein Stiefbruder des Todes ist, so ist der Tod ein Stiefbruder des Teufels. [J 1093]

Die Gegner der Französischen Republik sprechen immer, daß es das Werk einiger wenigen aufrührischen Köpfe sei. Hier kann man frei fragen: Was ist je bei großen Begebenheiten das Werk von vielen *zugleich* gewesen? Oft war es nur das Werk eines *einzigen*. Und was sind denn unsere Potentaten-Kriege je anders gewesen, als das Werk von wenigen? König und Minister. Es ist ein elendes Räsonnement. Selbst das Mehrere in den Köpfen hindert den Fortgang; es müssen und können nur wenige sein, wenn etwas Großes ausgeführt werden soll, die übrigen, die Menge muß allemal herübergebracht werden, man mag nun das Überzeugung oder Verführung nennen, das ist gleich viel. Auch spricht man so verächtlich von Bierbrauern, Parfümeurs die jetzt große Rollen spielen. Es gehört ja dazu nichts als grader Menschen-Sinn, Mut und Ehrgeiz. Muß denn gerade [ein] Exzerpier-Comptoir allen Mutterwitz versessen haben um ein Volk anzuführen? (bloß Gerippe des Gedankens) [J 1094]

Im Namen des Herrn sengen, im Namen des Herrn brennen morden und dem Teufel übergeben, alles im Namen des Herrn. [J 1099]

Es ist viel anonymisches Blut vergossen worden. [J 1102]

Es gibt manche Leute die nicht eher hören bis man ihnen die Ohren abschneidet. [J 1107]

Auch das kann genützt werden: ein furchtsamer Mann schießt des Abends zur Sicherheit in seinem Obstgarten blind. Da er es einige Zeit unterläßt, kömmt ein Dieb auf einen Baum. Er schießt endlich wieder einmal oder die Flinte geht ihm los, der Dieb aus Schrecken fällt vom Baum. Der Mann glaubt er habe einen Menschen erschossen, wirft aus Schrecken die Flinte weg, und läuft zu seiner Frau, und ruft, ach ich habe einen Menschen erschossen. Wie sie hinaus kommen ist der Dieb nicht allein fort, sondern hat auch die Flinte noch mitgenommen. [J 1117]

Das ist auch einer von denen, die glauben der Mensch wäre schon fertig und der jüngste Tag könnte nun anfangen. [J 1121]

Viel Hasen sind der Hunde Tod, sagt der Oberförster, dem man seinen Hund aus Versehen tod geschossen hatte weil der Schützen zu viele waren. [J 1122]

Und sorgt uns sorgenfrei zu machen. [J 1123]

Man erzählt von Chateauneuf dem Siegelbewahrer während der unruhigen Minorennität Ludwig XIII., daß als ein Bischof, dem er in seinem 9ten Jahre vorgestellt wurde, zu ihm sagte: Siehe mein Sohn, wenn du mir sagst, wo der liebe Gott ist, so will ich dir eine Apfelsine schenken, so habe er geantwortet, und ich will Ihnen zwei schenken, wenn Sie mir sagen wo er *nicht* ist.
[J 1124]

Die gegenwärtigen sind vortreffliche Zeiten für einen *Cervantes*. Cervantes Zeiten sind da, aber der Cervantes noch nicht. Die Narren sind da, noch fehlt die Pritsche. [J 1132]

In dem alten verfallenen Gesicht sahe man noch die Spuren einer glücklichen Vorwelt. Auf der erfrornen Wange konnte manche Grazie ihr schalkhaftes Spiel getrieben [haben], als sie der Schnee des gewölbten Hauptes verscheucht hatte. [J 1133]

Es wäre vielleicht besser für das menschliche Geschlecht, wenn es ganz katholisch wäre als ganz protestantisch. Sobald aber einmal Protestantismus existiert, so muß man sich schämen ein Katholik zu sein. Denn was der allgemeine Katholizismus Gutes hätte fällt nun weg, und ihn wieder allgemein zu machen ist unmöglich. [J 1134]

Wenn jemand in Cochinchina sagt doii (doji mich hungert), so laufen die Leute als wenn es brennte ihm etwas zu essen zu geben. In manchen Provinzen Deutschlands könnte ein Dürftiger sagen: mich hungert, und es würde gerade so viel helfen, als wenn er sagte doii. [J 1147]

Das herannahende Alter und die Furcht davor recht auszumalen, das allmählige Vergehn der Zähne, die einzelnen grauen Haare. Alle die heimlichen Untersuchungen darüber. Bemerkt man *einen* solchen Zustand recht genau, so wird man dadurch auch in den Stand gesetzt einen erdichteten eben mit dem charakteristischen *Detail* zu schildern. So lernt man das menschliche Herz schildern. Der Alternde tröstet sich damit, daß jüngere Leute auch schon keine Zähne mehr, und graue Haare haben, und er vergleicht sich immer mit den Besten und Vorteilhaftesten. [J 1149]

Am 12ten Januar 1793 las ich in einem politischen Journal einige Unterhandlungen zwischen einer Republik und einem Französischen Residenten, hierauf ein paar Reports von dem Minister für das Innere in Frankreich usw. Ich ward des Geschwätzes müde. Hierauf brachte mir jemand folgendes Buch: Benjamin Franklins Jugendjahre von ihm selbst für seinen Sohn beschrieben und übersetzt von Gottfried August Bürger. Mein Gott, was für ein Unterschied zwischen der Lektüre eines wahrhaft großen Mannes und dem unnützen Ministerial-Gezänk zweier Staaten von denen mich keiner etwas angeht. Was für Zeit wird mit solchem politischen Geschwätz verdorben. Was nützt

9 Menschen unter 10, ja 99 unter 100 davon auch nur eine Zeile zu wissen? Man würde recht einsehen was für Narrenspossen dieses sind und wie sehr alles an ein elendes Geklatsche grenzt, wenn es einen zeitlichen Richter über die Großen gäbe, so wie es einen über uns gibt. Schickte der liebe Gott alle Jahr eine Kommission von Engeln auf die Erde, die herum reisten wie die Richter in England: so wird vielleicht in den ersten Jahren ein paar Erdengötter und ein paar Minister aufgeknüpft, und so wäre alles ruhig. Es wird gewiß von unsrer Jugend jetzt viel zu viel gelesen, und man sollte gegen das Lesen schreiben, wie gegen Selbstbefleckung, nämlich gegen eine gewisse Art von Lektüre. Es ist angenehm aber so schädlich als immer das Branntweintrinken. [J 1150]

Ich möchte wohl wissen was geschehn würde, wenn einmal die Nachricht vom Himmel käme, daß der liebe Gott ehestens eine Kommission von bevollmächtigten Engeln herab schicken würde, in Europa herum zu reisen, so wie die Richter in England, um die großen Prozesse abzutun worüber es in der Welt keinen andern Richter gibt, als das Recht des Stärkeren. Was würde dann aus manchen Königen und Ministern werden? Mancher würde [lieber] um gnädigsten Urlaub ansuchen einem Walfischfang beizuwohnen oder die reine Kap-Horn-Luft zu atmen pp als an seiner Stelle bleiben. [J 1151]

Zumal wenn die geistliche Überschattung dazu kömmt. [J 1152]

Man kann bei der Gelegenheit eine Nase holen, aber auch eine verlieren. [J 1153]

Es verdiente wohl, daß man am Ende des Jahres ein Gericht über die Zeitungen hielte, vielleicht machte dieses die Schreiber derselben behutsamer. Da die Zeitungsschreiber auch selbst belogen werden, so müßte man behutsam verfahren um nicht Unrecht zu tun. Man müßte zwei oder mehrere entgegengesetzte Blätter mit einander vergleichen, und beide mit dem Lauf der Begebenheiten. So ließ sich am Ende etwas über den Wert der politischen Zeitungen überhaupt festsetzen. Ihr Charakter, oder auch ein Vorspiel in Versen, wo die deutschen politischen Zeitungen als Personen aufträten, könnte eine gute Satyre werden. Das Politische Journal, Schlözers Staats-Anzeigen, das Ristretto, der Correspondent, der Moniteur. Sie könnten angeben, womit sie handeln. Sie könnten als Handelsleute, Contrebandiers arretiert werden. [J 1154]

Man gibt falsche Meinungen, die man von Menschen gefaßt hat, nicht gern auf, so bald man sich dabei auf subtile Anwendung von Menschenkenntnis etwas zu gute tun [zu] können für berechtigt hält, und glaubt solche Blicke in das Herz des andern könnten nur gewisse Eingeweihte tun. – Es gibt daher wenige Fächer der menschlichen Erkenntnis, worin das Halbwissen größern Schaden tun kann, als dieses Fach. [J 1160]

Ich sehe nicht was es schaden kann dem Patriotismus für den nicht alle Menschen Gefühl haben Liebe des Königs unterzuschieben, wenn der König so herrscht, daß alles aus Liebe zu ihm und Treue gegen ihn [geschieht]. Liebe und Treue gegen einen rechtschaffenen Mann ist dem Menschen viel verständlicher als die gegen das beste Gesetz. Was für eine Macht haben nicht die Lehren der Tugend wenn sie aus dem Munde rechtschaffener Eltern kommen. Gott hat gesagt, du sollst nicht töden, du sollst Vater und Mutter ehren, du sollst kein falsch Zeugnis reden pp. Gott, der Herr der Natur, dein Schöpfer hat es dir geboten, das versteht jedermann. Der Beweis aus dem Rechte der Natur ist nicht so verständlich. Jene Worte sind deswegen kein Betrug, denn es ist die Stimme der Natur und Gottes. [J 1161]

Es fehlt nicht viel, so ordnet man die Menschen in Rücksicht auf Geistes-Fähigkeiten, so wie die Mineralien nach ihrer Härte, oder eigentlich nach der Gabe die eines besitzt, das andere zu schneiden und zu kratzen. [J 1162]

Wir nehmen Dinge wahr vermöge unsrer Sinnlichkeit. Aber was wir wahrnehmen sind nicht die Dinge selbst, das Auge schafft das Licht und das Ohr die Töne. Sie sind außer uns nichts. Wir leihen ihnen dieses. Eben so ist es mit dem Raume, und der Zeit. Auch wenn wir die Existenz Gottes nicht fühlen, beweisen können wir sie nicht. Alle diese Dinge führen auf eines hinaus. Es ist aber nicht möglich sich hiervon ohne tiefes Denken zu überzeugen. Man kann Kantische Philosophie in gewissen Jahren glaube ich eben so wenig lernen als das Seiltanzen. [J 1168]

Wenn man auch nicht aus einem Granitfelsen ein Haus hiebe, so könnte man ohne sehr viele Kosten vielleicht die *Ruinen* eines Hauses daraus hauen: so daß die Nachwelt glauben müßte, es habe ein Palast da gestanden. [J 1170]

Glaubt etwa jemand, daß sich alte Mißbräuche auf der Welt so leicht wegwischen lassen? Die französische Revolution wird manches Gute zurücklassen das ohne sie nicht in die Welt gekommen wäre, es sei auch was es wolle. Die Bastille ist weg, und das infame Insekt, das Herr von Born in seiner Monachologie beschrieben hat, ist dadurch etwas zusammengeschwefelt worden. [J 1172]

Die Kultur der Seelen, wozu auch das Branntweintrinken mit gehört, hat viele Spuren ausgelöscht, dereinst zu finden was der Mensch ursprünglich war, und sein sollte. [J 1180]

Was der Soldat für ein Tier ist sieht man deutlich aus dem gegenwärtigen Krieg. Er läßt sich gebrauchen Freiheit festzusetzen, Freiheit zu unterdrücken, Könige zu stürzen, und auf dem Thron zu befestigen. Wider Frankreich, für Frankreich und wider Polen! [J 1182]

Man schreibt wider den Selbstmord mit Gründen die unsere Vernunft in dem kritischen Augenblick bewegen sollen. Dieses ist aber alles vergeblich, so lange man sich diese Gründe nicht *selbst* gefunden hat, das heißt, so bald sie nicht die Früchte, das Resultat unserer ganzen Erkenntnis und unsres erworbenen Wesens sind. Also alles ruft uns zu, bemühe dich täglich um Wahrheit, lerne die Welt kennen, befleißige dich des Umgangs mit rechtschaffnen Menschen, so wirst du jederzeit handeln wie dirs am zuträglichsten ist, und findest du dereinst den Selbstmord für zuträglich, das heißt sind alle deine Gründe nicht hinreichend dich abzuhalten, so ist er dir auch – erlaubt. [J 1186]

Die Franzosen versprachen in den adoptierten Ländern Bruderliebe, sie schränkten sich aber am Ende bloß auf Schwesterliebe ein. [J 1192]

Ich möchte wohl wissen, ob alle die wider die Gleichheit der Stände schreiben und dieselbe lächerlich finden recht wissen was sie sagen. Eine völlige Gleichheit aller Menschen, so wie etwa aller Maikäfer läßt sich gar nicht denken, so können es auch die Franzosen unmöglich verstanden haben, denn sie reden ja überall von den Reichen. Selbst Cambon sagt in dem Rapport vom 15. Dezember, worauf das berüchtigte Dekret gebaut wurde: Nur die Reichen sollen zu den Staatslasten beisteuern. Unter den Studenten auf Universitäten findet eine solche Gleichheit statt, der ärmste Student dünkt sich so viel wie der Graf und gibt diesem nichts vor und das ist recht, ob er gleich gerne zugibt, daß er im Collegio an einem besondern Tische sitzt und bessere Kleider trägt. Nur muß er als Graf keine Vorzüge *prätendieren*, die ihm bewilligten läßt ihm jedermann gerne. Wollte er welche prätendieren, so wäre dieses der Weg zu bewirken, daß man ihm alle versagte. Nur die stolzen Prätensionen sind, was der freie Mensch nicht vertragen kann, er ist übrigens gar sehr geneigt wenn man ihn gehen läßt jedem [die] Vorzüge zu bewilligen, die er verdient, und was er für welche verdient, dazu hat er gewöhnlich ein sehr richtiges Maß. Jede Achtung ist ein Geschenk, das nicht erzwungen werden darf und kann. Bewilligt das Volk durch Dekrete gewisse Vorzüge, so ist dieses eine Abgabe und kein Geschenk des einzelnen und diese können prätendiert werden, so sind die Vorrechte der Magistrats-Personen im Dienst. Jedermann denke doch an die Bürger seiner Vaterstadt. Wenn der reichste Kaufmann einer Stadt einen Vorzug vor dem ärmsten Schuster oder Schneider prätendierte, so möchte er übel ankommen, du hast mir nichts zu befehlen, ist die Antwort, prätendiert er ihn nicht und ist sonst ein ehrlicher Mann, so wird ihm der den Vorzug nie versagen. [J 1194]

Deutscher Fleiß, mit diesem Titul pflegen oft Köpfe, die nicht zum Denken aufgelegt sind, ihre trockene geistlähmende Bemühungen zu belegen. Tag und Nacht lesen und sammeln hat etwas sehr Schmeichelhaftes für den Sammler, dem es an wahrer Geistesstärke fehlen muß, denn sonst schickte er sich nicht zu solchen Arbeiten, die immer etwas von Neger-Dienst an sich haben. Es ist auch nicht ohne Verdienst in jedem Sinn, wo dieses Wort auch Einnahme bedeutet, aber man sollte doch bedenken, daß ein solcher Mann immer unendlich tief unter dem kleinsten Erfinder steht. In England werden die Literatoren wenig geachtet. In Deutschland sieht man den Mann schon als etwas an, der weiß was in jeder Sache geschrieben worden ist, ja wenn man ihn um *sein* Urteil in einer Sache fragt, so nimmt man wohl vorlieb, wenn er einem eine Literär-Geschichte der Sache statt der Antwort gibt. [J 1195]

In der Stadt ist immer eine gewisse glückliche Stumpfheit des Geistes endemisch gewesen. [J 1198]

Es könnte gut genützt werden, was ich heute erfahren habe. Es fiel mir ein Brief von Professor B. aus Stuttgart in die Hände, worin er Dietrichen seine liebe Neuvermählte beschreibt, jung, saftig, rosenwangig, sie liebe ihn mehr als er je sei geliebt worden -- Nun sind die beiden Leute geschieden. Es war das infamste Geschöpf auf Gottes Erdboden. So müßte man in einem Roman erst manche Briefe nach der Entwickelung beibringen, oder mit Fleiß eine Unordnung in der Folge der Briefe anbringen um den Kontrast zu nützen. Winckelmann schrieb kurz vor seiner Ermordung, er sei der glücklichste Mensch auf Gottes Erdboden. Es müßte einen starken Eindruck machen, wenn man den Brief etwa bald nach der Ermordung fände. Ich setze dieses bloß zur Nachahmung her. [J 1200]

Was doch eigentlich den Armen den Himmel so angenehm macht ist der Gedanke an die dortige größere Gleichheit der Stände. [J 1202]

Es gibt kaum eine unangenehmere Lage als die Geschenke von nichtswürdigen Dingen zu erhalten auf [die] aber der Geber einen außerordentlichen Wert setzt und würklich dafür zwar keine Gegengeschenke aber doch Ergebenheit erwartet, es ist dieses der Fall zwischen mir und D. Er überhäuft mich mit sogenannten Leckerbissen von seinem Tisch, die ich für gar keine Leckerbissen halte, und die ich oft, wenn er nicht gegenwärtig wäre, ungekostet weggäbe. Und doch muß ich hören, daß er an andern Orten sagt, er schicke mir zuweilen etwas zu essen. Der ehrliche Mann meint es herzlich gut. [J 1207]

Mein Körper ist derjenige Teil der Welt, den meine Gedanken verändern können. Sogar *eingebildete* Krankheiten können würkliche werden. In der übrigen Welt können meine Hypothesen die Ordnung der Dinge nicht stören. [J 1208]

Am vernünftigsten ist es, es bei Streitigkeiten so zu machen wie der berühmte Fourcroy, der alle Gegner der franz. Chemie in 2 Klassen bringt, 1) Solche die die Sache nicht verstehen und 2) die die von Parteigeist verleitet werden. [J 1214]

A. Sie sind sehr alt geworden. B. Ja, das ist gewöhnlich der Fall wenn man lange lebt. [J 1215]

Manna – Hannah – Osianna. [J 1216]

In Göttingen ist neben der Linnen- auch eine Bücher-Legge anzulegen. [J 1217]

Die Dogmatik, die fruchtbare und gütige Mutter der Polemik. [J 1226]

Ist es nicht sonderbar, daß jedermann sein eigner Arzt, auch sein eigner Advokat sein darf, sobald er aber sein eigner Priester sein will, so schreit man Jammer und Weh über ihn und die Götter der Erde mischen sich darein. Was wohl die Ursache sein mag daß sich die Götter der Erde so sehr um das ewige Wohl der Menschen bekümmern, da sie doch ihr zeitliches oft so unverantwortlich vernachlässigen? Die Antwort ist nicht sehr schwer. [J 1227]

Ordnung führet zu allen Tugenden! aber was führet zur Ordnung? [J 1230]

Es wäre wohl gut wenn ihm jemand einmal sein goldnes Wolfs-Vlies über die Ohren zöge. Einem das Vlies über die Ohren ziehen, ist besser als Fell. [J 1253]

Von wellenförmigen Wegen, wo die Kühe und Schafe vorbei ziehen. [J 1269]

Ist es wohl wahr, was ich oft gehört habe, daß die Hunde nicht schwitzen, und wenn es wahr ist was läßt sich für ein physiologischer Grund angeben? [J 1270]

Dinge zu bezweifeln, die ganz ohne weitere Untersuchung jetzt geglaubt werden, das ist die Hauptsache überall. [J 1276]

Es verdiente einmal recht ernstlich für eigene Haushaltung untersucht zu werden: warum die meisten Erfindungen durch Zufall müssen gemacht werden. Die Hauptursache ist wohl die, daß die Menschen alles so ansehen lernen wie ihre Lehrer und ihr Umgang es ansieht. Deswegen müßte es sehr nützlich sein einmal eine Anweisung zu geben wie man nach gewissen Gesetzen von der Regel abweichen könne. [J 1329]

Ob die Musik die Pflanzen wachsen mache, oder ob es unter den Pflanzen welche gebe, die musikalisch sind? [J 1358]

An jeder Sache etwas zu sehen suchen was noch niemand gesehen und woran noch niemand gedacht hat. [J 1363]

Es ist sonderbar, daß nur außerordentliche Menschen die Entdeckungen machen, die hernach so leicht und simpel scheinen, dieses setzt voraus daß die simpelsten aber wahren Verhältnisse der Dinge zu bemerken sehr tiefe Kenntnisse nötig sind. [J 1529]

Das Wort Schwierigkeit muß gar nicht für einen Menschen von Geist als existent gedacht werden. Weg damit! [J 1534]

Der Mensch ist ein Ursache[n] suchendes Wesen, der Ursachensucher würde er im System der Geister genannt werden können. Andere Geister denken sich vielleicht die Dinge unter andern uns unbegreiflichen Verhältnissen. [J 1551]

Je mehr sich bei Erforschung der Natur die Erfahrungen und Versuche häufen, desto schwankender werden die Theorien. Es ist aber immer gut sie nicht gleich deswegen aufzugeben. Denn jede Hypothese die gut war, dient wenigstens die Erscheinungen bis auf ihre Zeit gehörig zusammen zu denken und zu behalten. Man sollte die widersprechenden Erfahrungen besonders niederlegen, bis sie sich hinlänglich angehäuft haben um es der Mühe wert zu machen ein neues Gebäude aufzuführen. [J 1602]

Sich allen Abend ernstlich zu befragen was man an dem Tage Neues gelernt hat. [J 1619]

Einen Finder zu erfinden für alle Dinge [J 1621]

Ja Wort zu halten und bei allem zu fragen: wie könnte dieses besser eingerichtet werden? [J 1634]

Was mich von meinen alten Lehren abgehen heißt, sind nicht meine individuellen subjektiven Fortschritte. Nein es sind Fortschritte der Wissenschaft selbst. [J 1635]

Ist das wirklich die einzige Art dieses zu erklären? [J 1639]

Über die Winde wundere ich mich nicht, aber über die Windstillen. [J 1642]

Gleich an die Grenzen der Wissenschaft zu gehen. Es läßt sich bald lernen wo es noch fehlt. [J 1643]

Wenn ich irgend in etwas eine Stärke besitze so ist es gewiß im Ausfinden von Ähnlichkeiten und dadurch im Deutlich-Machen dessen was ich vollkommen verstehe, hierauf muß ich also vorzüglich denken. [J 1646]

Aphorismen über die Physik zu schreiben jeden Tag etwas, das beste kurz zusammen, und allenfalls mit dem treffendsten Beispiel, das sich nur finden läßt. [J 1647]

Alles im Großen zu suchen was man im Kleinen beobachtet, und umgekehrt. Z. B. alles was das Kind spricht und tut, tut gewiß auch der Mann in andern Dingen, worin er ein Kind ist und bleibt, denn wir sind doch nur Kinder von mehreren Jahren. Die Worte dieser Lehre sind sehr gemein, ein Mann von Erfahrung wird ihnen aber gewiß den Sinn zu geben wissen, den ihnen πμ beigelegt wissen will. Wir schlagen zwar den Tisch nicht mehr, an dem wir uns stoßen, wir haben uns aber für andere aber ähnliche Stöße das Wort Schicksal erfunden, das wir anzuklagen wissen.
[J 1666]

Sollte es wohl Geschöpfe geben die genau wissen, was mit uns nach dem Tode vorgeht, etwa so wie ich weiß, daß der Leib des Hundes verfaulen wird, den ich todschlage? [J 1668]

Da mir jeder eigene neue Gedanke soviel Mut macht, so habe ich ja darauf zu sehen, alles soviel als möglich zu beleuchten, um dabei auf etwas Eignes zu stoßen, welches mir selten mißlingt wenn ich mich nur anstrenge. [J 1708]

Wenn die Grillen und Heuschrecken ihren so genannten Gesang würklich mit den Flügeln hervorbringen, so wundert es mich doch würklich, daß die Kunst noch gar nichts zur Nachahmung hierin getan hat. Neue musikalische Instrumente. [J 1709]

Man muß etwas Neues machen um etwas Neues zu sehen.
[J 1770]

Was würde das für ein Gerede in der Welt geben, wenn man durchaus die Namen der Dinge in Definitionen verwandeln wollte! [J 1806]

Woher mag es überhaupt kommen daß eine Kohle mehr Hitze umher wirft, als eine Lichtflamme. [J 1814]

Wenn ich mit meiner Hand auf meine Augen drücke, so sehe ich Sonnen und elektrische Figuren und den schönsten Drell. Wenn ich die Hand weg nehme und die Augenlider öffne, so sehe ich Bäume und Dachziegel, was ist nun das was jetzt tut was meine Hand vorher tat? [J 1817]

Ein Mikroskop mit einem Finder wäre keine üble Einrichtung. [J 1825]

Richter sagte einmal zu mir: Die Ärzte sollten nicht sagen, den habe ich geheilt, sondern der ist mir nicht gestorben, so könnte man auch in der Physik sagen, ich habe davon Ursachen angegeben, wovon man am Ende die Absurdität nicht zeigen kann, anstatt zu sagen ich habe *erklärt* [J 1827]

Ich glaube doch auch, daß es im strengsten Verstand, für den Menschen nur eine einzige Wissenschaft gibt, und dieses ist reine Mathematik. Hierzu bedürfen wir nichts weiter als unsern Geist, uns selbst, und unsres Selbsts bedürfen wir ja so gar zu unserer Existenz. Allein zu glauben, daß deswegen Mathematik zur Physik absolut notwendig sei, ist Torheit, denn wo dieses würklich statt findet, hat der Mensch schon das Beste gefunden. Es dahin zu bringen, daß er es dem Mathematiker übergeben kann, das ist die Sache, und doch glaube ich wird von dem ursprünglich mathematischen Menschen *mehr* das Mathematische in den Dingen gesehen, als es würklich darin ist. Dieses ist dünkt mich auch eine Idee von Kant, doch weiß ich es nicht gewiß. [J 1841]

(Ich muß notwendig schreiben um meinen gewiß reichhaltigen Wirrwarr selbst schätzen zu lernen) [J 1842]

Wir suchen in der Natur überall eine gewisse Bestimmtheit, aber das alles ist weiter nichts als Anordnung des dunkeln Gefühls unserer *eignen*. Alle mathematischen Gesetze, die wir in der Natur finden, sind mir trotz ihrer Schönheit immer verdächtig. Sie freuen mich nicht. Sie sind bloß Hülfs-Mittel. In der Nähe ist alles nicht wahr. [J 1843]

Was würde wohl eine Glocke so groß wie Göttingen und 2mal so hoch als der Jacobi-Turm für einen Ton geben, wenn sie gehörig angeschlagen würde? [J 1846]

Es ist eine große Stärkung beim Studieren, wenigstens für mich, alles was man liest so deutlich zu fassen, daß man eigne *Anwendungen davon, oder gar Zusätze dazu machen kann. Man wird am Ende dann geneigt zu glauben man habe alles selbst erfinden können, und so was macht Mut. So wie nichts mehr abschreckt als Gefühl von Superiorität im Buch* [J 1855]

Ein witziger und dabei flüchtiger Kopf lernt wenig gründlich, macht aber von dem wenigen gewiß den bestmöglichen Gebrauch, den ein minder witziger aber gründlicherer Gelehrter von dem seinigen nicht zu machen im Stande ist. [J 1872]

So bald man die Frage genau bestimmt hat die man untersuchen will, so teilt man sie in so viele Abteilungen ab, als hinlänglich ist alle Schritte dabei genau zu unterscheiden. Alsdann kann man jede Abteilung wieder als eine ganz eigene Materie behandeln und Unter-Abteilungen machen, so wird der Ver[n]unft die Untersuchung der Frage am leichtesten gemacht, dieses künstliche Verfahren hebt ja die Sprünge des Genies nicht auf. Ist von Instrumenten die Rede so müssen die Materialien daran eben so betrachtet werden. So verfuhr Deluc bei seinem ersten Hygrometer. [J 1889]

Die Schiffe auf der See, wenn sie auch in beträchtlichen Wellen gehn, haben immer einen blanken Streifen hinter sich her, wo keine Wellen sind, wenigstens keine kleine, krause. Woher rührt das? (nicht πμ) [J 1910]

Mich wundert, daß ich noch nicht versucht habe wie heiß Wasser werden kann, wenn man Öl darauf gießt. [J 1928]

Vor allen Dingen Erweiterung der Grenzen der Wissenschaft, ohne dieses ist alles nichts. [J 2041]

Wenn du ein Buch oder eine Abhandlung gelesen hast, so sorge dafür daß du es nicht umsonst gelesen haben magst; abstrahiere dir immer etwas daraus zu deiner Besserung, zu deinem Unterricht oder für deine Schriftsteller-Ökonomie. [J 2070]

Was haben wir getan?
Was tun wir jetzt?
Was sollten wir noch tun? [J 2076]

Man muß alles auf seines eignen Selbsts Weise und Erfahrung in der Welt verstehen lernen oder wenigstens zu verstehen suchen. Kömmt man auf Sätze die allem von den weisesten Menschen Behaupteten widersprechen, so muß man aufsuchen woran dieses liegt und sich zu bessern oder die andern zu widerlegen suchen. [J 2107]

Jeder Mensch der stocktaub ist, müßte seine Ohren der Anatomie vermachen. [J 2133]

Man tadelt gewöhnlich die Phlogistiker, daß sie unter sich nicht eins sind, der eine dies, der andere das unter Phlogiston versteht, und daß sie folglich selbst nicht einmal wissen was sie wollen. Man zieht daraus sogar ein Argument wider die Existenz des Phlogistons. Ich glaube aber man könnte das Argument grade umkehren und sagen eben deswegen, weil es so vielerlei Meinungen gibt, die doch wenigstens alle darin überein kommen, daß außer Feuer und Luft noch etwas da sein müsse, so ist es sehr wahrscheinlich, daß so etwas da ist. Wenigstens hat man ähnliche Schlüsse aus dem allgemeinen Glauben an einen Gott oder an eine Seele gezogen. (Selbst daß die Menschen Götzen anbeten beweist einen Gott. [J 2134]

Philosophie ist immer Scheidekunst man mag die Sache wenden wie man will. Der Bauer gebraucht alle die Sätze der abstraktesten Philosophie nur eingewickelt, versteckt, gebunden, latent, wie der Physiker und Chemiker sagt; der Philosoph gibt uns die reinen Sätze. [J 2148]

1793–1796

Durch die Ermordung Ludwigs XVI. wurden Leute gegen die Grundsätze jener fränkischen Vandalen empfindlich, die es vorher nicht waren. Jene Tat war die Sprache, wodurch sie ihnen verständlich wurden; und sie zu rächen, tut jetzt mancher, was er sonst nicht würde getan haben. So werden die größten Dinge verrichtet, und eben so ist es bei tausend Menschen mit der Liebe gegen den König. Der Untertan tut oft für einen guten König, was er für die eherne Bildsäule des Gesetzes nicht würde getan haben. Ein guter Regent ist die Kraft des Gesetzes, die freilich meistens nur zum Strafen gebraucht wird, aber wenig zum Belohnen. Der Mensch unterläßt viel leichter aus Furcht vor dem Haß des Regenten, als er aus Liebe für ihn tut. Was für eine große Kunst wäre es den Menschen Dinge tun zu machen, ohne daß er es weiß, so wie der die Jagd liebt seinem Körper eine gesunde Bewegung macht, oder der den Hunger stillt für die Nahrung seines Leibes sorgt, oder sein Geschlecht fortpflanzt indem er eigentlich bloß für sein Vergnügen sorgt. Der Himmel hat so wenig auf unsern Verstand ankommen lassen, und wir wollen alles damit treiben. Das Gesetz ist ein gar kalter Körper. Was könnten nicht Regenten ausrichten zumal in kleinen Staaten, wenn sie sich ihren Untertanen öfters zeigten, predigten usw. Sie würden so die Seele des Gesetzes, dessen Körper für sich wenig Reiz hat. [K 1]

Ich habe jemanden gekannt der schrieb sich in 8 nehmen und Hoch8tung, einen ver8en, und er br8e anstatt er brachte. Ver9nen (falsch). [K 2]

Ich merkte zuerst mein eintretendes Alter an der Abnahme des Gedächtnisses, die ich bald mit dem Mangel an Übung desselben entschuldigte, bald als Folgen des eintretenden Alters beklagte. Solche Wellen von Furcht und Hoffnung habe ich all mein Lebenlang verspürt. [K 24]

Ein großer Fehler bei meinem Studieren in der Jugend war, daß ich den Plan zum Gebäude zu groß anlegte. Die Folge war, daß ich die obere Etage nicht ausbauen konnte, ja ich konnte nicht einmal das Dach zubringen. Am Ende sah ich mich genötigt, mich mit ein paar Dachstübchen zu begnügen, die ich so ziemlich ausbaute, aber verhindern konnte ich doch nicht, daß es mir bei schlimmem Wetter nicht hinein regnete. So geht es gar manchen! [K 25]

Der Procrastinateur: der Aufschieber, ein Thema zu einem Lustspiel, das wäre etwas für mich zu bearbeiten. Aufschieben war mein größter Fehler von jeher! [K 26]

Ich lese die Psalmen Davids sehr gern: ich sehe daraus, daß es einem *solchen* Manne zuweilen eben so ums Herz war wie mir, und wenn ich sehe, daß er nach seinem großen Leiden wieder für Errettung dankt; so denke ich, vielleicht kommt die Zeit, daß auch du für Errettung danken kannst. Es ist gewiß ein Trost, zu sehen, daß es einem großen Manne in einer höhern Lage nicht besser zu Mute war, als einem selbst, und daß man doch nach Tausenden von Jahren von ihm spricht und sich an ihm tröstet. [K 27]

Ich hatte in meinen Universitätsjahren viel zu viel Freiheit, und leider etwas überspannte Begriffe von meinen Fähigkeiten, und schob daher immer auf, und das war mein Verderben. In den Jahren 1763 bis 1765 hätte ich müssen angehalten werden, täglich wenigstens sechs Stunden, die schwersten und ernsthaftesten Dinge zu treiben (höhere Geometrie, Mechanik und Integralrechnung), so hätte ich es weit bringen können. Auf einen Schriftsteller habe ich nie studiert, sondern bloß gelesen, was mir gefiel, und behalten, was sich meinem Gedächtnis, gleichsam ohne mein Zutun, wenigstens ohne eine bestimmte Absicht, eingedrückt hat. Weil ich aber dennoch eine gewisse Selbstbeobachtung über mich ausgeübt habe, so kann ich vielleicht in der kurzen Zeit, die ich noch zu leben habe, dadurch nützlich werden, daß ich lebhaft und mit Kraft andern sage, was sie *nicht* tun müssen. [K 28]

Wenn ich doch Kanäle in meinem Kopfe ziehen könnte, um den inländischen Handel zwischen meinem Gedankenvorrate zu befördern! Aber da liegen sie zu Hunderten, ohne einander zu nützen. [K 30]

Meine beständige Vergleichung der Jahre eines Schriftstellers, dessen Leben ich lese, mit den meinigen, die ich schon in meiner Jugend machte, ist ganz menschliche Natur. [K 31]

Ich bin außerordentlich empfindlich gegen alles Getöse, allein es verliert ganz seinen widrigen Eindruck, sobald es mit einem vernünftigen Zwecke verbunden ist. [K 32]

Wenn ich ehedem in meinem Kopfe nach Gedanken oder Einfällen fischte, so fing ich immer etwas; jetzt kommen die Fische nicht mehr so. Sie fangen an sich auf dem Grunde zu versteinern, und ich muß sie heraushauen. Zuweilen bekomme ich sie auch nur stückweise heraus, wie die Versteinerungen vom Monte Bolca, und flicke daraus etwas zusammen. [K 33]

Man klagt so sehr bei jedem Schmerz und freut sich so selten, wenn man keine fühlt. Unter die letzte Klasse von Menschen gehöre ich nicht. Wenn ich so ganz keinen Schmerz fühle, was zuweilen der Fall ist, wenn ich mich zu Bette lege, da habe ich diese Glückseligkeit so ganz empfunden, daß ich Freudentränen geweint habe, und dieser stille Dank gegen meinen gütigen Schöpfer machte mich noch ruhiger. O! wer so sterben könnte! [K 34]

Ich bin mehrmal wegen begangener Fehler getadelt worden, die mein Tadler nicht Kraft oder Witz genug hatte, zu begehen. [K 37]

Ehemals zeichnete mein Kopf (mein Gehirn) alles auf, was ich hörte und sah, jetzt schreibt er nicht mehr auf, sondern überläßt es *Mir*. Wer ist dieser *Ich*? bin ich und der Schreiber nicht einerlei? [K 38]

L. war im Herzen gut, nur hat er sich nicht immer die Mühe genommen, es zu scheinen. Mein größter Fehler, der Grund von allem meinen Verdruß. [K 40]

Ich habe, seit meiner Krankheit 1789, die erbarmenswürdige Fertigkeit erlangt, aus allem, was ich sehe und höre, Gift *für mich selbst*, nicht für andere zu saugen. Es ist als ob das Drüsensystem meines moralischen Wesens, wodurch bei glücklich organisierten Menschen Ruhe, Nutzen und Vergnügen aus allem gezogen wird, ganz die entgegengesetzte Form angenommen hätte, so wie wenn bei Windmühlen der Wind plötzlich von hinten kommt, und alles zerstört. Wie ist da zu helfen? Wie kann man sich gewöhnen, in allem nur das Beste zu sehen, aus allem etwas Gutes zu vermuten, immer zu hoffen und selten zu fürchten, freilich versteht sichs, auch immer so zu handeln, daß man Ursache hat, mehr zu hoffen, als zu fürchten? [K 43]

Wenn ich zuweilen in einem meiner alten Gedankenbücher einen guten Gedanken von mir lese, so wundere ich mich, wie er mir und meinem System so fremd hat werden können, und freue mich nun so darüber, wie über einen Gedanken eines meiner *Vorfahren*. [K 44]

Wenn auch meine Philosophie nicht hinreicht, etwas Neues auszufinden, so hat sie doch Herz genug, das längst Geglaubte für unausgemacht zu halten. [K 49]

Ach! das waren noch gute Zeiten, da ich noch alles glaubte, was ich hörte. [K 50]

Nichts macht schneller alt, als der immer vorschwebende Gedanke, daß man älter wird. Ich verspüre dieses recht an mir; es gehört mit zum Giftsaugen. [K 55]

Wenn es ein Werk von etwa zehn Folianten gäbe, worin in nicht allzu großen Kapiteln jedes etwas Neues, zumal von der spekulativen Art, enthielte; wovon jedes etwas zu denken gäbe, und immer neue Aufschlüsse und Erweiterungen darböte: so glaube ich, könnte ich nach einem solchen Werke auf den Knien nach Hamburg rutschen, wenn ich überzeugt wäre, daß mir nachher Gesundheit und Leben genug übrig bliebe, es mit Muße durchzulesen. [K 56]

Ich muß zuweilen, wie ein Talglicht geputzt werden, sonst fange ich an dunkel zu brennen. [K 58]

Was bei anderen Ehen im Ernst geschieht, das ahmen wir (ich und meine Frau) aus Scherz nach. Wir zanken uns förmlich im Scherz, wo dann jeder so viel Witz zeigt, als er auftreiben kann. Dieses tun wir, um der Ehe ihr Recht zu lassen. Wir feuern blind, um, wenn einer von uns sich je wieder verheiraten sollte, nicht aus der Übung zu kommen. [K 59]

Es ist mir in meinem Leben so viel unverdiente Ehre angetan worden, daß ich mir wohl einmal etwas unverdiente Blame kann gefallen lassen. [K 60]

Was sehr seltsam ist, bleibt selten lange unerklärt. Das Unerklärliche ist gewöhnlich nicht mehr seltsam, und ist es vielleicht nie gewesen. [K 67]

Schon vor vielen Jahren habe ich gedacht, daß unsere Welt das Werk eines untergeordneten Wesens sein könne, und noch kann ich von dem Gedanken nicht zurückkommen. Es ist eine Torheit zu glauben, es wäre keine Welt möglich, worin keine Krankheit, kein Schmerz und kein Tod wäre. Denkt man sich ja doch den Himmel so. Von Prüfungszeit, von allmähliger Ausbildung zu reden, heißt sehr menschlich von Gott denken und ist bloßes Geschwätz. Warum sollte es nicht Stufen von Geistern bis zu Gott hinauf geben, und unsere Welt das Werk von einem sein können, der die Sache noch nicht recht verstand, ein Versuch? ich meine unser Sonnensystem, oder unser ganzer Nebelstern, der mit der Milchstraße aufhört. Vielleicht sind die Nebelsterne, die Herschel gesehen hat, nichts als eingelieferte Probestücke, oder solche, an denen noch gearbeitet wird. Wenn ich Krieg, Hunger, Armut und Pestilenz betrachte, so kann ich unmöglich glauben, daß alles das Werk eines höchst weisen Wesens sei; oder es muß einen von ihm unabhängigen Stoff gefunden haben, von welchem es einigermaßen beschränkt wurde; so daß dieses nur respektive die beste Welt wäre, wie auch schon häufig gelehrt worden ist. [K 69]

Mit den Prärogativen der *Schönheit* und der *Glückseligkeit* hat es eine ganz verschiedene Bewandtnis. Um die Vorteile der Schönheit in der Welt zu genießen, müssen *andere* Leute glauben, daß man schön sei; bei der Glückseligkeit aber ist das gar nicht nötig; es ist vollkommen hinreichend, daß man es *selbst* glaubt. [K 72]

In der Vernunft ist der Mensch, in den Leidenschaften Gott. Ich glaube, Pope hat schon so etwas gesagt. [K 79]

Ist es nicht sonderbar, daß der Glaube stärker werden kann als die Vernunft? Und ist es nicht die Frage, welches von beiden mehr Recht auf die Leitung unserer Handlungen hat, da sie dieselben gleich stark leiten, wo sie zu herrschen anfangen? [K 80]

In ältern Jahren nichts mehr lernen *können*, hängt mit dem in ältern Jahren sich nicht mehr befehlen lassen wollen zusammen, und zwar sehr genau. [K 82]

Worin mag der Grund der sonderbaren Erscheinung liegen, die ich so oft bemerkt habe, daß man mit jemanden im Traume von einem Dritten spricht, und wenn man erwacht, findet, daß der vermeinte Dritte gerade der Mann war, mit dem man auch gesprochen hat? Ist es vielleicht bloße Form des Erwachens, oder worin liegt der Grund? [K 84]

Da man im Traume so oft seine eigenen Einwürfe für die *eines andern* hält, z.B. wenn man mit jemanden disputiert, so wunderts mich nur, daß dieses nicht öfters im Wachen geschieht. Der Zustand des Wachens scheint also hauptsächlich darin zu liegen, daß man das *in uns* und *außer uns* scharf und konventionsmäßig unterscheidet. [K 85]

Warum kann man sich den Schlaf nicht abgewöhnen? Man sollte denken, da die wichtigsten Verrichtungen des Lebens ununterbrochen fortgehen, und die Werkzeuge, wodurch sie geschehen, nie ruhen und schlafen, wie das Herz, die Eingeweide, die lymphatischen Gefäße; so wäre es auch nicht nötig, daß man überhaupt schlafe. Also *die* Werkzeuge, welche die Seele als solche am meisten zu ihren Verrichtungen nötig hat, werden in ihrer Tätigkeit unterbrochen. Ich möchte wohl wissen, ob der Schlaf je in dieser Rücksicht betrachtet worden ist. Warum schläft der Mensch? Der Schlaf scheint mir mehr ein Ausruhen der Gedankenwerkzeuge zu sein. Wenn ein Mensch sich körperlich gar nicht angriffe, sondern nur nach seiner größten Gemächlichkeit seinen Geschäften folgte, so würde er doch am Ende schläfrig werden. Dieses ist wenigstens ein offenbares Zeichen, daß beim Wachen mehr ausgegeben, als eingenommen wird; und dieser Überschuß läßt sich, wie alle Erfahrung lehrt, im Wachen nicht ersetzen. Was ist das? Was ist der Mensch im Schlaf? Er ist eine bloße Pflanze; und also muß das Meisterstück der Schöpfung zuweilen eine Pflanze werden, um einige Stunden am Tage das Meisterstück der Schöpfung repräsentieren zu können. Hat wohl jemand den Schlaf als einen Zustand betrachtet, der uns mit den

Pflanzen verbindet? Die Geschichte enthält nur Erzählungen von wachenden Menschen; sollten die von schlafenden minder wichtig sein? Der Mensch tut freilich alsdann wenig, aber gerade da hätte der wachende Psychologe am meisten zu tun.

Die Nerven spitzen sich gegen das Ende zu, und machen das aus, was wir sinnliche Werkzeuge nennen. Es sind die Enden, die nach außen stehen, und die Eindrücke der Welt empfangen. Diese sind vermutlich ohne unser Wissen beschäftigt, und beständig wach. Es gibt also bei dem Menschen, von der Spitze der Nervenfasern an nach innen zu gerechnet, eine Schicht, die beständig in Arbeit ist, und vermutlich, während sie in Arbeit ist, der Seele Begriffe zuzuführen, nicht auch in Arbeit sein kann, sich selbst zu erhalten und das Verlorne zu ersetzen. Diese Teile ruhen also in dem Zeitraume des Ersatzes. Wir scheinen nur zu fühlen, wenn wir *wirken*, nicht wenn wir für die Wirkung sammeln. Was wir dann empfinden, ist vielleicht bloß Empfinden des Wohlbefindens. Es wird nicht zu Gedanken, es ist bloß Gefühl von Stärke, oder doch Gemächlichkeit.

Unsere ganze Geschichte ist bloß Geschichte des wachenden Menschen; an die Geschichte des schlafenden hat noch niemand gedacht. Die Gedankenwerkzeuge scheinen am leichtesten zu ermüden zu sein; es sind die feinsten Spitzen. Daher denkt der Mensch im gesunden Schlaf gar nicht. Ich wiederhole es noch einmal: Gebrauch und Ersatz scheinen einander in den feinsten Spitzen entgegen zu wirken; wo Ersatz der Nerven bereitet wird, findet keine Empfindung Statt. Diejenigen Teile, die mehr nach innen liegen, sind bloß zur Erhaltung, nicht zum Empfangen und zur Gegenwirkung. So ließe sich die Notwendigkeit eines Schlafes a priori demonstrieren. Feine Teile, die durch gröbere ersetzt werden müssen, können ihren Dienst nicht leisten, während sie in Ausbesserung begriffen sind. [K 86]

Die sichere Überzeugung, daß man könnte, wenn man wollte, ist Ursache an manches guten Kopfes Untätigkeit, und das nicht ohne Grund. [K 87]

Mangel an Kraft sich zu verteidigen geht bei dem Schwachen in Klage über. Man kann dieses an den Kindern sehen, wenn sie von größeren Kindern unrecht behandelt werden, aber der stille Trotzkopf ist allemal der Beste. [K 88]

Um vergnügt oder vielmehr lustig in der Welt zu sein, wird nur erfordert, daß man alles nur flüchtig ansieht; so wie man nachdenkender wird, wird man auch ernsthafter. [K 90]

Daß man manchen außerordentlichen Mann, von dem man gehört hat, geringer zu finden glaubt, wenn man ihn sieht, rührt gemeiniglich, oder gewiß allemal daher, daß man jetzt sieht, daß er das gewöhnliche Gesicht eines Menschen hat. [K 91]

Ich kann bis diese Stunde nicht recht begreifen, warum die kleinen Kinder nicht eben so beständig lachen, als sie beständig weinen. [K 97]

Es ist gewiß besser, eine Sache gar nicht studiert zu haben, als oberflächlich. Denn der bloße gesunde Menschenverstand, wenn er eine Sache beurteilen will, schießt nicht so sehr fehl als die halbe Gelehrsamkeit. [K 98]

Je größer der Mann ist, desto strafbarer ist er, wenn er Fehler anderer ausplaudert, die er erkennt. Wenn Gott die Heimlichkeiten der Menschen bekannt machte, so könnte die Welt nicht bestehen. Es wäre, als wenn man die Gedanken anderer sehen könnte. Wohl dem Menschen, der keinen Ausplauderer hat, der ihm an Kenntnissen überlegen ist! [K 100]

Der *Stolz*, eine edle Leidenschaft, ist nicht blind gegen eigene Fehler, aber der *Hochmut* ist es. [K 102]

Wenn doch nur der zehnte Teil der Religion und Moral, die in Büchern steht, in den Herzen stände! Aber so geht es fast durchaus: der größte Teil von menschlicher Weisheit wird bald nach seiner Erzeugung auf den *Repositorien* zur Ruhe gebracht. Daher einmal jemand dieses Wort nicht vom lateinischen *reponere*, sondern unmittelbar vom französischen *repos* herleiten wollte. [K 104]

Ehe man tadelt, sollte man immer erst versuchen, ob man nicht entschuldigen kann. [K 106]

Der Mensch liebt die Gesellschaft, und sollte es auch nur die von einem brennenden Rauchkerzchen sein. [K 107]

Wer sagt, er hasse alle Arten von Schmeicheleien, und es im Ernst sagt, der hat gewiß noch nicht alle Arten kennen gelernt, teils der Materie, teils der Form nach.

Leute von Verstand hassen allerdings die *gewöhnliche* Schmeichelei, weil sie sich notwendig durch die Leichtgläubigkeit erniedrigt finden müssen, die ihnen der schmeichelnde Tropf zutraut. Sie hassen also die gewöhnliche Schmeichelei bloß deswegen, weil sie *für sie* keine ist. Ich glaube nach meiner Erfahrung schlechterdings an keinen großen Unterschied unter den Menschen. Es ist alles bloß Übersetzung. Ein jeder hat seine eigene Münze, mit der er bezahlt sein will. Man erinnere sich an die eisernen Nägel in Otaheite; unsere Schönen müßten rasend sein, wenn sie die eisernen Nägel in solchem Werte halten wollten. Wir haben andere Nägel. Es ist ebenfalls bloß menschliche Erfindung, zu glauben, daß die Menschen so sehr unterschieden sind; es ist der Stolz, der diese Unterscheidung unterstützt. Seelenadel ist gerade so ein Ding wie der Geburtsadel. – (Etwas gemildert muß dieses alles werden.) [K 108]

Ich habe sehr häufig gefunden, daß gemeine Leute, die nicht rauchten, an Orten, wo das Rauchen gewöhnlich ist, immer sehr gute und tätige Menschen waren. Bei dem gemeinen Mann ist es leicht zu erklären; es verrät bei dieser Klasse vorzüglich schon etwas Gutes, sich von einer solchen Mode nicht hinreißen zu lassen, oder überhaupt etwas zu unterlassen, was wenigstens von Anfang nicht behagt. Auch muß ich gestehen, daß von allen den Gelehrten, die ich in meinem Leben habe kennen gelernt, und die ich eigentlich Genies nennen möchte, kein einziger geraucht hat. Hat wohl Lessing geraucht? [K 110]

Einer der größten und zugleich gemeinsten Fehler der Menschen ist, daß sie glauben, andere Menschen kennten ihre Schwächen nicht, weil sie nicht davon plaudern hören, oder nichts davon gedruckt lesen. Ich glaube aber, daß die meisten Menschen besser von andern gekannt werden, als sie sich selbst kennen. Ich weiß, daß berühmte Schriftsteller, die aber im Grunde seichte Köpfe waren (was sich in Deutschland leicht beisammen findet), bei allem ihrem Eigendünkel von den besten Köpfen, die ich befragen konnte, für seichte Köpfe gehalten worden sind. [K 112]

Es gibt Leute, die zu keinem Entschluß kommen können, sie müssen sich denn erst über die Sache beschlafen haben. Das ist ganz gut, nur kann es Fälle geben, wo man riskiert, mitsamt der Bettlade gefangen zu werden. [K 114]

Wird man wohl vor Scham rot im Dunkeln? Daß man vor Schrecken im Dunkeln bleich wird, glaube ich, aber das erstere nicht. Denn bleich wird man seiner selbst, rot seiner selbst und anderer wegen. – Die Frage, ob Frauenzimmer im Dunkeln rot werden, ist eine sehr schwere Frage; wenigstens eine, die sich nicht bei Licht ausmachen läßt. [K 115]

Ich glaube nicht, daß die so genannten wahrhaft frommen Leute gut sind, weil sie fromm sind, sondern fromm, weil sie gut sind. Es gibt gewisse Charaktere, denen es Natur ist, sich in alle häuslichen und bürgerlichen Verhältnisse zu finden, und sich das gefallen zu lassen, wovon sie teils den Nutzen, teils die Unmöglichkeit einsehen, es besser zu haben. Also das der Religion zuzuschreiben, könnte gar wohl eine fallacia causae sein.

[K 117]

Ich habe durch mein ganzes Leben gefunden, daß sich der Charakter eines Menschen aus nichts so sicher erkennen läßt, wenn alle Mittel fehlen, als aus einem Scherz, den er übel nimmt.

[K 118]

Wer ist unter uns allen, der nicht Einmal im Jahre närrisch ist, das ist, wenn er sich allein befindet, sich eine andere Welt, andere Glücksumstände denkt, als die wirklichen? Die Vernunft besteht nur darin, sich sogleich wieder zu finden, sobald die Szene vorüber ist, und aus der Komödie nach Hause zu gehen.

[K 119]

Er war einer von denen, die alles besser machen wollen, als man es verlangt. Dieses ist eine abscheuliche Eigenschaft in einem Bedienten. [K 120]

Zu überzeugen ist der Pöbel nicht, oder sehr selten. Durch listige Lenkung seines Aberglaubens kann er doch noch zuweilen zu guten Handlungen gebracht werden. Wir schrecken ja die Kinder, die wir nicht überzeugen können, auch mit dem schwarzen Manne und mit Schornsteinfegern. Der heilige Januarius zu Neapel ist nichts weiter. Hier ist wieder die Reihe, deren äußerste Glieder gar nicht mehr zusammen zu gehören scheinen.

[K 121]

In der Gabe, alle Vorfälle des Lebens zu seinem und seiner Wissenschaft Vorteil zu nützen, darin besteht ein großer Teil des Genies. [K 122]

Kultur verschlingt die Gastfreundschaft. [K 123]

Wer recht sehen will, was der Mensch tun könnte, wenn er wollte, darf nur an die Personen gedenken, die sich aus Gefängnissen gerettet haben oder haben retten wollen. Sie haben mit einem einzelnen Nagel so viel getan, wie mit einem Mauerbrecher. [K 124]

Die Leute, die niemals Zeit haben, tun am wenigsten. [K 125]

Man wird grämlich, wenn man alt wird, oder wenn Liebe, oder auch oft, wenn Freundschaft alt wird. Es können Dinge bei einem alt werden, obgleich man selbst jung bleibt. Manche Leute glauben, Sommer und Winter schieden sich immer mit einem Donnerwetter. [K 126]

Die Vorgriffe des Genies sind kühn und groß, gehen auch oft tief, aber die Kraft dazu erstirbt früh. Die geschlossene Vernunft greift nicht so verwegen vor, aber hält länger aus. Man ist selten nach 60 Jahren noch ein triebmäßiger Vorgreifer, aber man kann immer noch ein sehr guter regelmäßiger und erfindender Denker sein. Man zeugt selten in jenen Jahren Kinder, aber man wird desto geschickter, die erzeugten zu erziehen, und Erziehung ist Zeugung einer andern Art. [K 128]

Der berühmte witzige Kopf Chamfort pflegte zu sagen: Ich habe drei Klassen von Freunden: Freunde, die mich lieben, Freunde, die sich nicht um mich bekümmern, und Freunde, die mich verabscheuen. Sehr wahr! [K 130]

Der Mensch kann sich alles geben, sogar *Mut*, wenn er es recht anfängt, aber es ist freilich besser, wenn man ihn schon mit auf die Welt bringt. [K 132]

Erst *müssen* wir glauben, und dann glauben wir. [K 136]

Die gemeinen Leute sind herrlich zu gebrauchen, manche Bemerkungen zu machen, wenn man ihre Mienen beobachtet. Man kann sie benutzen wie die Hunde, die abgerichtet sind, Hühner und Trüffeln zu finden, welche man selbst nicht riechen kann. [K 137]

Es gibt wenig Menschen, die ein gescheutes Gesicht machen können, wenn sie nach der Sonne sehen. [K 138]

Wenn das Ungefähr nicht mit seiner geschickten Hand in unser Erziehungswesen hineinarbeitete, was würde aus unserer Welt geworden sein? [K 139]

Weissagungen finden sich in sehr alten Büchern auch schon deswegen, weil einem die Begebenheiten, die die Veranlassung dazu waren, nicht immer einfallen. Denn wer hat, wenn er auch Geschichte weiß, alles so synchronistisch gegenwärtig, daß er wissen kann, was damals die Tischdiskurse der Gesellschaft waren? Begebenheiten der Zeit verleiten zu einem Traum; ähnliche Begebenheiten ereignen sich wieder, und der Traum trifft ein. So habe ich selbst den Tod Ludwigs XVI. lange vorher geweissagt, und gewiß mehrere Menschen haben dasselbe gedacht. Was die französische Revolution für Folgen haben wird, läßt sich auch dunkel voraussehen. Johann Hus wurde verbrannt, Luther nicht; es entstand ein dreißigjähriger Krieg, und nun steht die Reformation da. [K 142]

Bei der jetzigen Anarchie in Frankreich und der Uneinigkeit im Nationalkonvent sollte man immer fragen: wie viel gehört wohl davon den Emigranten zu? und wie viel dem Einfluß fremder Höfe? Gewiß wird nicht bloß mit Armeen von letzteren gefochten. [K 143]

Es sind immer gefährliche Zeiten, wo der Mensch sehr lebhaft erkennt, wie wichtig er ist, und was er vermag. Es ist immer gut, wenn er in Rücksicht auf seine politischen Rechte, Kräfte und Anlagen ein bißchen schläft, so wie die Pferde nicht bei jeder Gelegenheit Gebrauch von ihren Kräften machen dürfen.

[K 147]

Wenn Freiheit, wie man sagt, dem Menschen natürlich ist, ist es ihm denn minder natürlich, sich dem Schutze eines andern zu unterwerfen, wenn er nicht Stärke oder nicht Tätigkeit genug hat? Da man sich über Könige weggesetzt hat, wird es nicht immer Menschen geben, die sich über Gesetze wegsetzen? *Tugend in allen Ständen ist die Hauptsache;* wo die nicht ist, da ist alles nichts, und Wechsel wird stets Statt finden. Alles, wofür ein Staat zu sorgen hat, ist, richtige Begriffe von Gott und der Natur in Umlauf zu bringen. Man hat sich über Könige weggesetzt, nicht weil sie Tyrannen waren; sondern man nannte sie so, weil man sich über sie wegsetzen wollte. Und wie, wenn es nun nie an Ehrgeizigen fehlen wird, die die Gesetze für Tyrannen halten?

[K 148]

Es scheint fast, als wenn es mit der Erkenntnis gewisser Wahrheiten und ihrer Anwendung im Leben ginge, wie mit Pflanzen: wenn sie einen gewissen Grad von Höhe erreicht haben, so werden sie abgeschnitten, um wieder von vorne anzufangen. Der höchste Grad von politischer Freiheit liegt unmittelbar am Despotismus an. Wie schön ist es nicht bei der englischen Constitution, daß sie republikanische Freiheit mit der Monarchie schon vorläufig gemischt hat, um den völligen Umschlag aus einer Demokratie in reine Monarchie oder Despotismus zu verhindern!

[K 149]

Das Traurigste, was die französische Revolution für uns bewirkt hat, ist unstreitig das, daß man jede vernünftige und von Gott und Rechts wegen zu verlangende Forderung, als einen Keim von Empörung ansehen wird. [K 150]

Es kommt nicht darauf an, ob die Sonne in eines Monarchen Staaten nicht untergeht, wie sich Spanien ehedem rühmte; sondern was sie während ihres Laufes in diesen Staaten zu sehen bekommt. [K 151]

Man spricht viel von guten Königen, die doch im Grunde nichts weniger waren, als gute Könige, aber gute Leute. Es ist dieses eine höchst ungereimte Verwirrung der Begriffe. Man kann ein sehr guter Mann und doch kein guter König sein, so gut als man ein ehrlicher Mann und dabei kein guter Bereiter sein kann. Dies ist wahrhaftig der Fall mit Ludwig XVI. Was halfen seine guten Gesinnungen? Dadurch konnte sein Volk unmöglich glücklich werden. Man sagt nicht, daß er nicht vergleichungsweise gut gewesen sei. Er war gewiß sehr viel besser, als manche seiner Vorgänger. [152]

Eine Gleichheit und Freiheit festsetzen, so wie sie sich jetzt viele Menschen gedenken, das hieße ein eilftes Gebot geben, wodurch die übrigen zehn aufgehoben würden. [K 153]

Sonst sucht man bei Bekehrungen die Meinung wegzuschaffen, ohne den Kopf anzutasten; in Frankreich verfährt man jetzt kürzer: man nimmt die Meinung mitsamt dem Kopf weg. [K 155]

Es ist eine große Frage, wodurch in der Welt mehr ist ausgerichtet worden: durch das gründlich Gesagte, oder durch das bloß schön Gesagte. Etwas zugleich sehr gründlich und sehr schön zu sagen, ist schwer; wenigstens wird in dem Augenblick, da die Schönheit empfunden wird, die Gründlichkeit nicht ganz erkannt. Man tadelt das seichte Geschwätz, das jetzt in Frankreich in politischen Dingen gedruckt wird. Ich glaube, dieser Tadel ist selbst etwas seicht, und zeigt, daß bloß das System, aber nicht die Kenntnis menschlicher Natur die Feder geführt hat. Denn diese Bücher werden ja nicht für das Menschengeschlecht und die abstrakte Vernunft geschrieben, sondern für konkrete Menschen von einer gewissen Partei; und erreichen gewiß *ihren Zweck* sicherer, als alle Werke, die für den abstrakten Menschen berechnet sind, den es noch nicht gegeben hat, und nie geben wird. [K 158]

Ich sehe darin nichts so sehr Arges, daß man in Frankreich der christlichen Religion entsagt hat. Das sind ja alles nur kleine Winkelzüge. Wie wenn das Volk nun *ohne allen äußern Zwang* in ihren Schoß zurückkehrt, weil ohne sie kein Glück wäre? Welches Beispiel für die Nachwelt, und welches kostbare Experiment, das man wahrlich nicht alle Tage anstellt! Ja, vielleicht war es nötig, sie einmal ganz aufzuheben, um sie *gereinigt* wieder einzuführen. [K 159]

Es ist, glaube ich, keine Frage, daß, bei aller Ungleichheit der Stände, die Menschen alle *gleich glücklich* sein können; man suche nur jeden so glücklich als möglich zu machen. [K 160]

Wenn Heiraten Frieden stiften können, so sollte man den Großen die Vielweiberei erlauben. [K 161]

So lange das Gedächtnis dauert, arbeiten eine Menge Menschen in Einem vereint zusammen, der zwanzigjährige, der dreißigjährige usw. Sobald aber dieses fehlt, so fängt man immer mehr und mehr an, allein zu stehen, und die ganze Generation von *Ichs* zieht sich zurück und lächelt über den alten Hülflosen. Dieses spürte ich sehr stark im August 1795. [K 162]

Ich fing erst gegen das Ende meines Lebens an zu arbeiten, und mein bißchen Witz aufs Profitchen zu stecken. [K 163]

Die an den Untertanen meistern wollen, wollen die Fixsterne um die Erde drehen, bloß damit die Erde ruhe. [K 166]

Eine Republik zu bauen aus den Materialien einer niedergerissenen Monarchie, ist freilich ein schweres Problem. Es geht nicht, ohne bis erst jeder Stein anders gehauen ist, und dazu gehört Zeit. [K 167]

Ich glaube, daß einige der größten Geister, die je gelebt haben, nicht halb soviel gelesen hatten, und bei weitem nicht so viel wußten, als manche unserer mittelmäßigen Gelehrten. Und mancher unserer sehr mittelmäßigen Gelehrten hätte ein größerer Mann werden können, wenn er nicht so viel gelesen hätte. [K 168]

Was dem Ruhm und der Unsterblichkeit manches Schriftstellers ein größeres Hindernis in den Weg legt, als der Neid und die Bosheit aller kritischen Journale und Zeitungen zusammengenommen, ist der fatale Umstand, daß sie ihre Werke auf einen Stoff müssen drucken lassen, der zugleich auch zu Gewürzduten gebraucht werden kann. [K 169]

Was mir an der Art, Geschichte zu behandeln, nicht gefällt, ist, daß man in allen Handlungen Absichten sieht, und alle Vorfälle aus Absichten herleitet. Das ist aber wahrlich ganz falsch. Die größten Begebenheiten ereignen sich ohne alle Absicht; der Zufall macht Fehler gut, und erweitert das klügst angelegte Unternehmen. Die großen Begebenheiten in der Welt werden nicht gemacht, sondern finden sich. [K 170]

Leben von Johnson durch Boswell. – Johnson ist mir ein höchst unangenehmer, ungeschliffener Patron. Aber das sind gerade die Menschen, aus denen man die Menschen kennen lernen muß – Krystallisation, die sich durch kein Abschleifen verkennen läßt. Was helfen mir die geschliffenen Steine? [K 171]

Eine seltsamere Ware, als *Bücher*, gibt es wohl schwerlich in der Welt. Von Leuten gedruckt, die sie nicht verstehen; von Leuten verkauft, die sie nicht verstehen; gebunden, rezensiert und gelesen von Leuten, die sie nicht verstehen; und nun gar geschrieben von Leuten, die sie nicht verstehen. [K 172]

Ich glaube, daß man selbst bei abnehmendem Gedächtnis und sinkender Geisteskraft überhaupt noch immer gut schreiben kann, wenn man nur nicht zu viel auf den Augenblick ankommen läßt, sondern bei seiner Lektüre oder seinen Meditationen immer niederschreibt, zu künftigem Gebrauch. Auch der abgelebteste Mann hat Augenblicke, wo er, durch Umstände so gut wie durch Wein angespornt, sieht, was kein anderer gesehen. Dieses muß gehörig aufgesammelt werden. Denn das, was der Augenblick der Ausarbeitung zu geben vermag, gibt er doch. So sind gewiß alle großen Schriftsteller verfahren. [K 175]

Es gibt kein größeres Hindernis des Fortgangs in den Wissenschaften, als das Verlangen, den Erfolg davon zu früh verspüren zu wollen. Dieses ist munteren Charakteren sehr eigen; darum leisten sie auch selten viel; denn sie lassen nach und werden niedergeschlagen, sobald sie merken, daß sie nicht fortrücken. Sie würden aber fortgerückt sein, wenn sie geringe Kraft mit vieler Zeit gebraucht hätten. [K 178]

Es schadet bei manchen Untersuchungen nicht, sie erst bei einem Räuschchen durchzudenken und dabei aufzuschreiben; hernach aber alles bei kaltem Blute und ruhiger Überlegung zu vollenden. Eine kleine Erhebung durch Wein ist den Sprüngen der Erfindung und dem Ausdruck günstig; der Ordnung und Planmäßigkeit aber bloß die ruhige Vernunft. [K 181]

Ich glaube, daß es mit dem Studieren gerade so geht, wie in der Gärtnerei: es hilft weder der da pflanzt, noch der da begeußt etwas, sondern Gott, der das Gedeihen gibt. Ich will mich erklären. Wir tun sicherlich eine Menge von Dingen, von denen wir glauben, daß wir sie *mit Wissen* täten, und die wir doch tun, *ohne es zu wissen*. Es ist so was in unserm Gemüte wie Sonnenschein und Witterung, das nicht von uns abhängt. Wenn ich über etwas schreibe, so kommt mir das Beste immer so zu, daß ich nicht sagen kann, *woher*. Merkwürdige Beobachtungen, wie viel man tut, ohne es zu wissen, enthält Montaigne im 3. T. S. 105 ff.

[K 183]

Der einzige Fehler, den die recht guten Schriften haben, ist der, daß sie gewöhnlich die Ursache von sehr vielen schlechten oder mittelmäßigen sind. [K 184]

Die Mathematik ist eine gar herrliche Wissenschaft, aber die Mathematiker taugen oft den Henker nicht. Es ist fast mit der Mathematik, wie mit der Theologie. So wie die der letztern Beflissenen, zumal wenn sie in Ämtern stehen, Anspruch auf einen besondern Kredit von Heiligkeit und eine nähere Verwandtschaft mit Gott machen, obgleich sehr viele darunter wahre Taugenichtse sind, so verlangt sehr oft der so genannte Mathematiker für einen tiefen Denker gehalten zu werden, ob es gleich darunter die größten Plunderköpfe gibt, die man nur finden kann, untauglich zu irgend einem Geschäft, das Nachdenken erfordert, wenn es nicht unmittelbar durch jene leichte Verbindung von Zeichen geschehen kann, die mehr das Werk der Routine, als des Denkens sind. [K 185]

Es ist traurig, daß die meisten Bücher von Leuten geschrieben werden, die sich zu dem Geschäft *erheben*, anstatt daß sie sich dazu herablassen sollten. Hätte z. B. Lessing ein Vademecum für lustige Leute herausgeben wollen, ich glaube, man hätte es in alle Sprachen der Welt übersetzt. Aber so schreibt jedermann gern über Dinge, worin er sich noch selbst gefällt, und man gefällt sich selten in Dingen, die man so inne hat und übersieht, wie etwa das Einmaleins. Wer, wenn er schreibt, um sich Genüge zu tun, alles sagt, was er weiß, schreibt gewiß schlecht. Hingegen wer anhalten muß, um nicht zu viel zu sagen, kann sich eher Beifall versprechen. [K 186]

Es müßte eine ganz entsetzlich elende Übersetzung sein, die ein gutes Buch für einen Mann von Geist, der ins Große liest und nicht über Ausdrücken und Sentenzen hängt, verderben könnte. Ein Buch, das nicht einen solchen Charakter hat, den selbst der schlechteste Übersetzer kaum für den Mann von Geist verderben kann, ist gewiß nicht für die Nachwelt geschrieben.

[K 189]

Es ist gewiß sehr schwer, ein Werk zu schreiben, das den Beifall derer erhält, die bei Genie die Materie, worein die Sache einschlägt, zum Studio ihres ganzen Lebens gemacht haben. Ich habe gefunden, daß, wenn ich eine gewisse Materie in der Physik, von nicht sehr großem Umfange, 8 bis 14 Tage lang zum Hauptgegenstand meiner Untersuchungen machte, mir alle Schriftsteller, die darüber geschrieben hatten, seicht vorgekommen sind. [K 190]

Die Leichenpredigten auf Bücher unterscheiden sich gar sehr von denen auf Menschen. Die letzteren werden gewöhnlich über Verdienst gelobt und die ersteren ausgeschimpft. [K 191]

Viele sogenannte berühmte Schriftsteller, in Deutschland wenigstens, sind sehr wenig bedeutende Menschen in Gesellschaft. Es sind bloß ihre Bücher, die Achtung verdienen, nicht sie selbst. Denn sie *sind* meistens sehr wenig *wirklich*. Sie müssen sich immer erst durch Nachschlagen zu etwas machen, und dann ist es immer wieder das Papier, das sie geschrieben haben. Sie sind elende Ratgeber und seichte Lehrer dem, der sie befragt.

[K 192]

Ich möchte wohl wissen, wie es um unsere deutsche Literatur in manchen Fächern stehen würde, wenn wir keine Engländer und

Franzosen gehabt hätten. Denn selbst zum bessern Verständnis der Alten sind wir durch sie angeführt worden. Selbst die Frivolität mancher unter ihnen hat manchen die Augen für den Wert der Alten geöffnet. [K 193]

Es hält nicht schwer, eine Sache zu Papier zu bringen, wenn man sie einmal in der Feder hat. [K 194]

Es war vor einiger Zeit Mode, und ist es vielleicht noch, auf die Titel der Romane zu setzen: *eine wahre Geschichte*. Das ist nun eine kleine unschuldige Betrügerei, aber daß man auf manchen neueren Geschichtsbüchern die Worte: *ein Roman*, wegläßt, das ist keine so unschuldige. [K 195]

Vielleicht leistet manches schlechte Buch, das jetzt verachtet wird, dereinst einem guten eben den Dienst, den die elenden Schauspiele den Shakespearischen geleistet haben, mit dessen Werken sie gleichzeitig waren. So kommt auch dem schlechten Schriftsteller der Trost zu statten, daß die Nachwelt dereinst sein Verdienst erkennen wird. [K 196]

B. besitzt großes Dichtertalent; aber es ist bei ihm in eine fremde Materie gefaßt, so wie bei den Bleistiften das Reißblei in Holz; wenn er sich zu spitzen vergißt, so glaubt er zuweilen, er schriebe, wenn er bloß mit dem Holze kritzelt. [K 198]

Um gut versifizieren zu können, scheint es unumgänglich nötig, daß man das Metrum und den Numerus in demselben leise hört, ohne noch die Worte zu vernehmen, die es füllen sollen. Die Form des Gedankens muß dem Dichter schon vorschweben, ehe der Gedanke selbst erscheint. [K 199]

Eine gute Bemerkung über das sehr Bekannte ist es eigentlich, was den wahren Witz ausmacht. Eine Bemerkung über das weniger Bekannte, wenn sie auch sehr gut ist, frappiert bei weitem nicht so, teils weil die Sache selbst nicht jedermann geläufig ist, und teils weil es leichter ist, über eine Sache etwas Gutes zu sagen, worüber noch nicht viel gesagt ist. Man bezeichnet auch daher diese Art von Einfällen im gemeinen Leben durch die Ausdrücke: *gesucht* und *weit hergeholt.* [K 200]

Mich wundert, daß noch niemand eine *Bibliogenie* geschrieben hat, ein Lehrgedicht, worin die Entstehung nicht sowohl der Bücher, als des Buchs beschrieben würde – vom Leinsamen an, bis es endlich auf dem Repositorio ruht. Es könnte gewiß dabei viel Unterhaltendes und zugleich Lehrreiches gesagt werden. Von Entstehung der Lumpen; Verfertigung des Papiers; Entstehung des Makulaturs; mitunter die Druckerei; wie ein Buchstabe heute hier, morgen dort dient. Alsdann wie die Bücher geschrieben werden. Hier könnte viel Satyre angebracht werden. Der Buchbinder; hauptsächlich die Büchertitel und zuletzt die Pfefferduten. Jede Verrichtung könnte einen Gesang ausmachen, und bei jedem könnte der Geist eines Mannes angerufen werden. [K 201]

Wenn man Rape of the Lock durch »Lockenraub« übersetzt, so ist schon die Hälfte des Witzes verloren. Was mag nicht erst im Gedichte selbst verloren gegangen sein! [K 203]

Gespräch zwischen mir und dem französischen Sprachmeister L…, der ein versteinertes Gehirn gefunden haben wollte

Der Sprachm. Hier, Herr Professor, habe ich ein versteinertes Menschengehirn auf dem Hainberge gefunden; das ist wirklich eine große Seltenheit.

Ich. Ja, so wie überhaupt Versteinerungen von Dingen, die leicht faulen; allein die Menschen, die dergleichen gefunden haben wollen, sind gar keine Seltenheit. Ich habe sogar jemanden gekannt, der einen versteinerten Butterweck gefunden haben wollte.

Der Sprachm. Wollen Sie mir dieses rare Stück nicht abkaufen? Vous l'aurez pour un ducat.

Ich. Mein lieber Herr L…, folgen Sie meinem Rate, und werfen Sie den Stein weg, es ist ein gemeiner, im Wasser abgerundeter Stein.

Der Sprachm. O Sie sind schon so oft so gütig gegen mich gewesen – Vous l'aurez pour un écu. Je n' ai pas un sou.

Ich. Hier haben Sie einen halben Gulden, den schenke ich Ihnen, aber nehmen Sie den Stein mit.

Der Sprachm. O Sie kennen ja den Herrn Hofrat H… gut, empfehlen Sie mich doch, vielleicht wird dieses pretiöse Stück für das Cabinet gekauft.

(Hier ging mir die Geduld aus).

Ich (heftig). Hören Sie, lassen Sie mich mit Frieden; wenn Sie aber sagen wollen, das, was Sie hier in der Hand halten, sei *Ihr eigenes* Gehirn, so will ich sehen, was ich für Sie tun kann, denn so klingt doch die Sache noch plausibel. (Hier machte ich die Tür auf). [K 205]

Hochzeiten gehören unter die Fleischspeisen, da sie in den Fasten verboten sind. [K 206]

Wenn die Menschen nicht nach den Uhren gehen, so fangen endlich die Uhren an nach den Menschen zu gehen. [K 209]

Man macht jetzt so junge Doktoren, daß Doktor und Magister fast zur Würde der Taufnamen gediehen sind. Auch bekommen die, denen diese Würden erteilt werden, sie oft wie die Taufnamen, ohne zu wissen *wie*. [K 210]

Warum sollte das herrliche Sprüchwort nicht so gut vom geistlichen als vom leiblichen Vermögen gelten: *Mit Vielem hält man Haus, mit Wenigem kommt man auch aus?* [K 212]

Während man über geheime Sünden öffentlich schreibt, habe ich mir vorgenommen, über öffentliche Sünden heimlich zu schreiben. [K 214]

Ich schätze Leute glücklich, die einen Vornamen mit einem M haben, weil sie gleichsam natürliche Magistri sind. [K 216]

Guter Rat.

A. Sagen Sie mir, soll ich heiraten oder nicht?
B. Ich dächte, Sie machten es wie Ihre Frau Mutter, und heirateten in Ihrem Leben nicht. [K 218]

Vergleichung zwischen einem Prediger und einem Schlosser.
Der erste sagt: du sollst nicht stehlen *wollen*; und der andere: du sollst nicht stehlen *können*. [K 219]

So wie man anderen Leuten Pistolen und Degen wegtun muß, wenn sie betrunken sind, so mußte man ihm den Geldbeutel wegnehmen, damit er nicht zu viel Gutes tat. [K 222]

Das Buch bedarf noch des Kalfaterns, die Risse auszustopfen. [K 223]

Wir fressen einander nicht, wir schlachten uns bloß. [K 224]

Es gibt eigentlich zwei Arten, eine Sache zu untersuchen, eine kaltblütige und eine warmblütige. [K 225]

Der Korrektor verbessert Druckfehler noch zu rechter Zeit; der Kritiker gedruckte Fehler, wenn es leider zu spät ist. [K 226]

Es wäre freilich gut, wenn es keine Selbstmorde gäbe. Aber man richte nicht zu voreilig. Wie in aller Welt wollte man z. B. in Trauerspielen die unnützen Personen wegschaffen? Sie durch andere ermorden zu lassen ist gefährlich. Alles ist weislich geordnet. [K 227]

Es gibt heutzutage so viele Genies, daß man recht froh sein soll, wenn einem einmal der Himmel ein Kind beschert, das keines ist. [K 231]

Man hatte ihm sein Buch zu Schanden rezensiert, und er sagte selbst, wenn er es auf dem Schranke stehen sähe, so verarge es in ihm das Gefühl, wie der Anblick des verschlossenen Ladens eines Kaufmannes, der bankerott geworden ist. [K 232]

Man wäscht am Gründonnerstag 12 Männern oder Weibern die Füße, und dafür das ganze Jahr hindurch allen übrigen Untertanen die Köpfe. [K 235]

Jetzt sucht man überall Weisheit auszubreiten, wer weiß, ob es nicht in ein paar hundert Jahren Universitäten gibt, die alte Unwissenheit wieder herzustellen. [K 236]

Um an etwas zu zweifeln, ist freilich oft bloß nötig, daß man es nicht versteht. Diesen Satz wollten einige Herren gar zu gern umkehren, indem sie behaupten, man verstehe ihren Satz nicht, wenn man ihn bezweifelt. [K 238]

Ein einschläfriger Kirchstuhl. [K 239]

Er stand so erbärmlich da, wie ein ausgebranntes Räucherkerzchen. [K 245]

Er handelte mit anderer Leute Meinungen. Er war Professor der Philosophie. [K 246]

Das Musenbrot ist an manchen Orten noch schwärzer als das Kommißbrot. [K 249]

Er glich gewissen Blumenblättern, die man nie gerade biegen kann, sie bleiben immer nach der einen oder der andern Seite hohl. [K 250]

Ein Mädchen, kaum zwölf *Moden* alt. [K 251]

Wo die gemeinen Leute Vergnügen an Wortspielen finden, und häufig selbst welche machen, da kann man immer darauf rechnen, daß die Nation auf einer sehr hohen Staffel von Kultur steht. Die Calenberger Bauern machen keine. [K 252]

Ängstlich zu sinnen und zu denken, was man hätte tun können, ist das Übelste, was man tun *kann*. [K 253]

Ach, ich habe so oft selbst erfahren, wie viel die Regel gilt: Vermeidet den Schein des Bösen sogar! Denn wenn man auch noch so gut handelt, so gibt man doch irgend einmal jemanden Gelegenheit, uns eine Schuld aufzubürden, wobei sein Mund nicht einmal zu lügen Ursache hätte, so sehr auch sein Herz ihn der Falschheit ziehe. [K 254]

Särge von Korbwerk könnten wohlfeil und doch schön gemacht werden; man könnte sie schwarz und weiß anstreichen. Sie hätten den Vorteil, daß sie leicht verfaulten. [K 255]

Daraus, daß die Kinder ihren Eltern zuweilen so sehr gleichen, sieht man offenbar, daß es ein gewisses Naturgesetz ist, daß Kinder ihren Eltern gleichen sollen. Allein wie viele Fälle gibt es dessenungeachtet nicht, wo sie ihnen nicht gleichen? Vermutlich sind daran gewisse Kollisionen Schuld, ebenfalls wie bei den Physiognomien. [K 261]

Wenn man einmal Nachrichten von Patienten gäbe, denen gewisse Bäder und Gesundheitbrunnen *nicht* geholfen haben, und zwar, mit eben der Sorgfalt, womit man das Gegenteil tut, es würde niemand mehr hingehen, wenigstens kein Kranker. [K 262]

Wenn jemand etwas schlecht macht, das man gut erwartet, so sagt man: *nun ja, so kann ichs auch*. Es gibt wenige Redensarten, die soviel Bescheidenheit verraten. [K 263]

Gewissen Menschen ist ein Mann von Kopf ein fataleres Geschöpf, als der deklarierteste Schurke. [K 265]

Ich habe mir die Zeitungen vom vorigen Jahre binden lassen, es ist unbeschreiblich, was für eine Lektüre dieses ist: 50 Teile falsche Hoffnung, 47 Teile falsche Prophezeiung und 3 Teile Wahrheit. Diese Lektüre hat bei mir die Zeitungen von diesem Jahre sehr herabgesetzt, denn ich denke: was diese sind, das waren jene auch. [K 266]

Wenn die Fische stumm sind, so sind dafür ihre Verkäuferinnen desto beredter. [K 267]

Wir leben in einer Welt, worin *ein* Narr viele Narren, aber *ein* weiser Mann nur wenige Weise macht. [K 268]

Wenn der Mensch die Nägel nicht abschnitte, so würden sie unstreitig sehr lang wachsen, und er dadurch zu allerlei Verrichtungen ungeschickt werden, die ihm jetzt Ehre machen. Diese Verstümmelung ist also unstreitig von großem Nutzen gewesen. Ich habe daher immer das Nägelabkauen als einen Instinkt betrachtet, sich auszubilden. Daher kaut man an den Nägeln bei einer epinösen Frage oder überhaupt bei einem schweren Problem. Wenn schon dadurch nicht viel ausgerichtet wird, so wird doch Perfektibilitätstrieb geübt; nun wirft sich die gesammelte Kraft, wenn sie sich an einem Ende zu schwach fühlt, auf einen andern Teil. [K 270]

Der Gehalt, das spezifische Gewicht des Geistes und der Talente eines Menschen ist dessen absoluter Wert, multipliziert mit der mittlern Wahrscheinlichkeit seiner Lebensdauer oder seiner

Entfernung vom gewöhnlichen Stillstand der Fortschritte. – Sehr verständlich, für mich wenigstens. [K 271]

In England ward vorgeschlagen, die Diebe zu kastrieren. Der Vorschlag ist nicht übel: die Strafe ist sehr hart, sie macht die Leute verächtlich, und doch noch zu Geschäften fähig; und wenn Stehlen erblich ist, so erbt es nicht fort. Auch legt der Mut sich, und da der Geschlechtstrieb so häufig zu Diebereien verleitet, so fällt auch diese Veranlassung weg. Mutwillig bloß ist die Bemerkung, daß die Weiber ihre Männer desto eifriger vom Stehlen abhalten würden; denn so wie die Sachen jetzt stehen, riskieren sie ja, sie ganz zu verlieren. [K 272]

Seit der Erfindung der Schreibekunst haben die *Bitten* viel von ihrer Kraft verloren, die *Befehle* hingegen gewonnen. Das ist eine böse Bilanz. Geschriebene Bitten sind leichter abgeschlagen, und geschriebene Befehle leichter gegeben, als mündliche. Zu beiden ist ein Herz erforderlich, das oft fehlt, wenn der Mund der Sprecher sein soll. [K 275]

Es ist doch so ganz modern, einen Aschenkrug oben über ein Grab zu setzen, während der Körper unten in einem Kasten fault. Und dieser Aschenkrug ist wieder ein bloßes Zeichen eines Aschenkruges; es ist bloß der Leichenstein eines Aschenkruges. [K 276]

Wenn der Mensch, nachdem er 100 Jahre alt geworden, wieder umgewendet werden könnte, wie eine Sanduhr, und so wieder jünger würde, immer mit der gewöhnlichen Gefahr, zu sterben; wie würde es da in der Welt aussehen? [K 277]

Wie viele Menschen mag wohl die Bibel ernährt haben, Kommentatoren, Buchdrucker und Buchbinder? [K 278]

In dem Roman könnte ein großer Verehrer des Königs von Preußen vorgestellt werden, der noch immer den 24ten Januar feiert, als des Königs Geburtstag, und da wird der 7jährige Krieg auf der Tafel vorgestellt mit Fressen und Saufen, das Lager der Sachsen bei Pirna eine Pastete, die Artillerie durch Wein etc. [K 281]

Gestern regnete es den ganzen Tag und heute schien die Sonne den ganzen Tag. Wie viele Begebenheiten meines Lebens würden eine andere Richtung genommen haben, wenn es heute geregnet und gestern die Sonne geschienen hätte? Der Winter von 1794 auf 1795 war fürchterlich streng, der von 1795 auf 96 sehr gelinde. Was für Weltbegebenheiten würden eine andere Richtung genommen haben, wenn die Ordnung umgekehrt gewesen wäre? Sicherlich hätten die Franzosen Holland nicht erobert. Dergleichen Betrachtungen können sehr weit führen. [K 289]

Es wäre vortrefflich, wenn sich ein Katechismus, oder eigentlich ein Studienplan erfinden ließe, wodurch die Menschen vom dritten Stande in eine Art von *Biber* verwandelt werden könnten. Ich kenne kein besseres Tier auf Gottes Erdboden: es beißt nur, wenn es gefangen wird, ist arbeitsam, äußert matrimonial, kunstreich und hat ein vortreffliches Fell. [K 291]

Ich möchte was darum geben, genau zu wissen, für wen eigentlich die Taten getan worden sind, von denen man öffentlich sagt, sie wären *für das Vaterland* getan worden. [K 292]

Ich kann freilich nicht sagen, ob es besser werden wird wenn es anders wird; aber so viel kann ich sagen, es muß anders werden, wenn es gut werden soll. [K 293]

Wenn die Gleichheit der Stände, über die man jetzt so viel schreibt und spricht, etwas Wünschenwertes ist, so muß sie notwendig etwas jener Gleichheit Analoges haben, die man nach

Aufhebung des Rechts des Stärkern durch weise Gesetze eingeführt hat. Es ist daher ein gar sonderbares Argument, das man zur Verteidigung der Ungleichheit beibringt, wenn man sagt, die Menschen würden mit ungleichen Kräften geboren. Denn hierauf kann man antworten: eben deswegen, weil die Menschen mit ungleichen Kräften geboren werden, und der Stärkere den Schwächern verschlingen würde, hat man sich in Gesellschaften vereinigt, und durch Gesetze eine größere Gleichheit eingeführt. Ist das so genannte Gleichgewicht von Europa etwas anderes? Überhaupt wäre es wohl besser, zu sagen: *Gleichgewicht* der Stände, als: Gleichheit. [K 296]

Man sollte sich nicht schlafen legen, ohne sagen zu können, daß man an dem Tage etwas gelernt hätte. Ich verstehe darunter nicht etwa ein Wort, das man vorher noch nicht gewußt hat; so etwas ist nichts; will es jemand tun, ich habe nichts dagegen; allenfalls kurz vor dem Lichtauslöschen. Nein, was ich unter dem Lernen verstehe, ist Fortrücken der Grenzen unserer wissenschaftlichen oder sonst nützlichen Erkenntnis; Verbesserung eines Irrtums, in dem wir uns lange befunden haben; Gewißheit in manchen Dingen, worüber wir lange ungewiß waren; deutliche Begriffe von dem, was uns undeutlich war; Erkenntnis von Wahrheiten, die sich sehr weit erstrecken usw. Was dieses Bestreben nützlich macht, ist, daß man die Sache nicht flüchtig vor dem Lichtausblasen abtun kann, sondern daß die Beschäftigungen des ganzen Tages dahin abzwecken müssen. Selbst das Wollen ist bei dergleichen Entschließungen wichtig, ich meine hier das beständige Bestreben der Vorschrift Gnüge zu leisten. [K 297]

Unternimm nie etwas, wozu du nicht das Herz hast, dir den Segen des Himmels zu erbitten! [K 298]

Rat am Ende des Lebens: Man hüte sich, wo möglich, vor allen Schriften der Kompilatoren und der allzu literärischen Schriftsteller! Sie sind nicht ein Mensch, sondern viele Menschen, die man nie unter einen Kopf bringen kann, ohne sich zu verwirren; und es geht oft viele Zeit verloren, eine solche musivische Arbeit unter einen guten Gesichtspunkt zu bringen. Ein Mann, der alles zusammen gedacht hat, für sich, verdient allein gelesen zu werden, weil *ein* Geist nur *einen* Geist fassen kann. [K 299]

Immer sich zu fragen: sollte hier nicht ein Betrug statt finden? und welches ist der natürlichste, in den der Mensch unvermerkt verfallen, oder den er am leichtesten erfinden kann? [K 300]

Bei großen Dingen frage man: was ist das im Kleinen? und bei kleinen: was ist das im Großen? wo zeigt sich so etwas im Großen, oder im Kleinen? – Es ist auch gut, alles so allgemein, als möglich, zu machen, und immer die ganze Reihe nach oben und nach unten aufzusuchen, von der etwas ein Glied ausmacht. Jedes Ding gehört in eine solche Reihe, deren äußerste Glieder gar nicht mehr zusammen zu gehören scheinen. [K 301]

Nicht eher an die Ausarbeitung zu gehen, als bis man mit der ganzen Anlage zufrieden ist, das gibt Mut und erleichtert die Arbeit. [K 302]

Zweifle an allem wenigstens Einmal, und wäre es auch der Satz: zweimal 2 ist 4. [K 303]

Man muß sich hüten, manche Dinge nicht bekannt zu nennen, weil man gerade zuweilen daraus sieht, daß sie einem unbekannt waren. [K 304]

Keine Untersuchung muß für zu schwer gehalten werden, und keine Sache für zu sehr ausgemacht. [K 305]

Wir sind auf dem Wege zur Untersuchung der Natur in ein so tiefes Geleise hinein geraten, daß wir immer andern nachfahren. Wir müssen suchen herauszukommen. [K 306]

Wie viel Ideen schweben nicht zerstreut in meinem Kopf, wovon manches Paar, wenn sie zusammen kämen, die größte Entdeckung bewirken könnte. Aber sie liegen so getrennt, wie der Goslarische Schwefel vom Ostindischen Salpeter und dem Staube in den Kohlenmeilern auf dem Eichsfelde, welche zusammen Schießpulver machen würden. Wie lange haben nicht die Ingredienzen des Schießpulvers existiert vor dem Schießpulver! Ein natürliches aqua regis gibt es nicht. Wenn wir beim Nachdenken uns den natürlichen Fügungen der Verstandesformen und der Vernunft überlassen, so *kleben* die Begriffe oft zu sehr an andern, daß sie sich nicht mit denen vereinigen können, denen sie eigentlich zugehören. Wenn es doch da etwas gäbe, wie in der Chemie Auflösung, wo die einzelnen Teile leicht suspendiert schwimmen und daher jedem Zuge folgen können. Da aber dieses nicht angeht, so muß man die Dinge vorsätzlich zusammen bringen. Man muß mit Ideen *experimentieren*.

Ein bequemes Mittel mit Gedanken zu experimentieren ist, über einzelne Dinge Fragen aufzusetzen: z.B. Fragen über Trinkgläser, ihre Verbesserung, Nutzung zu andern Dingen etc., und so über die größten Kleinigkeiten. [K 308]

So oft etwas Neues bemerkt wird, zu untersuchen, ob dieses nicht ein Glied einer versteckten Kette sei, einer ganzen Familie von Wahrheiten, so wie der Versuch mit dem Flintenlauf und Wasserdampf. [K 315]

In wie fern lassen sich die Pflanzen als chemische Laboratorien ansehen? Sind sie dieses, so fragt es sich, was wird aus der Komposition des Wassers? Ich fürchte aber fast, es sieht mit der Chemie des tierischen und Pflanzen-Körpers so aus: woraus bestehen Newtons Werke? Antwort: aus Lumpenpapier und Druckerschwärze. [K 323]

Es wäre doch möglich, daß einmal unsere Chemiker auf ein Mittel gerieten unsere Luft plötzlich zu zersetzen, durch eine Art von Ferment. So könnte die Welt untergehen. [K 334]

Was mich eigentlich bewogen hat, so lange mit meinem Beifall für die antiphlogistische Chemie zurückzuhalten, ist (verzeihe mir meine schwere Sünde,) bloß der enthusiastische Beifall gewesen, womit sie von einigen Leuten beehrt worden ist, deren Flüchtigkeit im Schließen, Seichtigkeit und Ignoranz in der Naturlehre mir bekannt war. [K 336]

Mir kommt es vor, als wenn auf der Klarinette und der Baßgeige zwischen den höhern und tiefern Tönen einige lägen, die gar nicht in die Klasse gehörten, und die wie Erdfarben unter den Saftfarben stehen. Es sind unangenehme; die beim erstern Instrument blöken und bläken, und bei dem letztern kratzen und schaben. [K 340]

Es kann bei einem so verwickelten Streite, wie der über die Theorie des Lichts, wo Newton und Euler an der Spitze der Parteien stehen, nicht mehr schlechtweg die Frage sein, was ist hierin wahr? sondern, welche Erklärungsart ist die einfachste? Durch das Einfache geht der Eingang zur Wahrheit. [K 361]

Wenn Goethe und der französische Verfasser über die Schatten Recht hätten, so könnte der blaue Himmel bloß der durch das Tageslicht erleuchtete Schatten sein, den das Licht der andern Gegenstände im Auge wirft. [K 369]

Vielleicht ist gar die *Empfindung des Sehens* bloß eine Zersetzung des Lichts oder eine Verbindung verschiedener Stoffe unsers Körpers mit diesem einfachen Körper. [K 378]

Wenn es wahr ist, daß die elektrische Materie durch die ganze Erde verbreitet ist, so wäre eine der größten Entdeckungen diese: auszumachen, ob es auch verschiedene Kapazitäten dafür gibt. Wie findet man das? Wilcke mutmaßete so etwas von dem Musiv-Gold. Volta redet auch von Kapazitäten für die Elektrizität bei seinen Verdampfungen. Es ist aber alles das nicht viel, eigentlich gar nichts wert. Die Lehre von der Elektrizität ist jetzt da, wo man gewöhnlich passiert, so abgetreten und abgesucht, daß an der Heerstraße nichts mehr zu gewinnen ist; man muß querfeldein marschieren, und über die Gräben setzen. Diese Methode, die man wohl die unmethodische nennen könnte, ist überhaupt nebenher sehr zu empfehlen. [K 384]

Ist etwa die Luft so elektrisch, wie die See salzig ist? [K 392]

Hat man Beispiele von taubgebornen Tieren? Taubgeborne Hunde möchten wohl schwerlich stumm sein. [K 415]

Wozu ist das Stroh gut? [417]

1796–1799

Der Weisheit erster Schritt ist: Alles anzuklagen,
Der letzte: sich mit Allem zu vertragen. [L 2]

Als im Oktober, es war der 8$^{\underline{te}}$, 1796 die Stadt Andreasberg auf dem Harze durch den Blitz größtenteils abbrannte, wollten die Leute dem Manne, in dessen Hause der Blitz eingeschlagen hatte, kein Obdach geben, weil er ein Bösewicht sein müsse, indem Gott seinen Zorn zuerst über ihn ausgelassen habe. [L 3]

Man wirft oft den Großen vor, daß sie sehr viel Gutes hätten tun können, das sie nicht getan haben. Sie könnten antworten: bedenkt einmal das Böse das wir hätten tun können und *nicht* getan haben. [L 9]

Nach dem Menschen kommt in dem System der Zoologie der Affe, nach einer unermeßlichen Kluft. Wenn aber einmal ein Linné die Tiere nach ihrer Glückseligkeit, Behaglichkeit ihres Zustandes pp ordnen wollte, so kämen doch offenbar manche Menschen unter die Müller-Esel und die Jagdhunde zu stehen. Herrliche Beispiele dazu ließen sich aus Merkels Geschichte der Letten, Leipzig 1797 bei Graeff, sammeln. [L 17]

Merkel in seiner so eben angeführten Geschichte der Letten S. 362 erzählt, daß die dortigen Sklaven, denn das sind die Leute, oft in den Kirchen gegen eine Erkenntlichkeit für sich bitten, und sich dem lieben Gott empfehlen lassen, und das sogar zuweilen, wenn sie echappieren wollen: auch lassen sie Diebe von der Kanzel verfluchen. – Das Gedicht, das Merkel seinem Buche angehängt hat, enthält gute Stellen:

Wenn Banditen nur mit Dolchen morden,
Bleicht man ihre Schädel auf dem Rad;
Wenn der Nationen wilde Horden,
Länder würgen, ist es Heldentat. [L 23]

Die Französische Revolution hat durch die allgemeine Sprache, zu der es mit ihr gekommen ist, nun ein gewisses Wissen unter die Leute gebracht, das nicht leicht wieder zerstört werden wird. Wer weiß ob nicht die Großen genötigt sein werden, eine Barbarei einzuführen. Jetzt im Herbst 1796. rüstet sich Rußland, das wäre vortrefflich dazu. Von diesem unwirtbaren Schlamm läßt sich vieles für unsere Saaten erwarten. [L 25]

A. Sie sind ja so fett geworden. B. Fett? A. Sie sind noch einmal so dick als sonst. B. Das ist die Arbeit der ermüdeten Natur, die nicht mehr Kraft hat etwas anders zu machen als *Fett*, das man allenfalls, ohne der Menschheit damit zu nahe zu treten, wegschneiden kann.* Fett, Fett ist weder Geist noch Körper, sondern bloß, was die müde Natur liegen läßt, für mich so gut wie für das Gras auf dem Kirchhofe. (in der Dämmerung geschrieben) [L 26]

Das neue Testament ist ein autor classicus, das beste Not- und Hülfsbüchlein das je geschrieben worden ist, daher man jetzt auf jedem Dorfe der Christenheit mit Recht einen Professor angesetzt hat diesen Autor zu erklären. Daß es viele unter diesen Professoren gibt, die ihren Autor nicht verstehn, hat dieser Autor mit andern Autoribus gemein. Aber dadurch unterscheidet sich das Buch gar sehr von andern daß man Schnitzer in der Erklärung desselben sogar geheiligt hat. [L 27]

Wie geht es, fragte ein Blinder einen Lahmen; Wie Sie sehen, war die Antwort. [L 29]

Marriage. Bei dem Stammbaum nicht zu vergessen, daß er bloß, durch die *Weiber* durchgeführt, Sicherheit gibt. Jedermann weiß, wer seine Mutter war, aber niemand weiß mit eben der Zuverlässigkeit, wer sein Vater gewesen ist. [L 30]

* auf Sperma Ceti anzuspielen. Schmeisser.

Ob der Mond bewohnt ist weiß der Astronom ungefähr mit der Zuverlässigkeit mit der er weiß wer sein Vater war, aber nicht mit der womit er weiß wer seine Mutter gewesen ist. [L 31]

Heute (den 28ten Okt. 96) lese ich das Buch: Der politische Tierkreis, oder die Zeichen der Zeit von *Huergelmer*. Straßburg bei *Georg König*. Es ist gut geschrieben und enthält, teils eigen, teils aus andern exzerpiert das Beste, was sich gegen die jetzigen Großen und die Monarchien sagen läßt; einiges mag auch wohl unwiderleglich sein – Allein man lasse einmal die Volks-Regierungen überall eintreten: so werden vermutlich andere Umstände folgen, die die Vernunft eben so wenig billigen kann, als die jetzigen. Denn daß das republikanische System ganz frei von allem Unheil sein sollte, ist ein Traum, eine bloße Idee. Was wird es werden, wenn es überhaupt ausgeführt würde? – Ich glaube, ohne deswegen richten zu wollen, man wird ewig und ewig durch Revolutionen von einem System in das andere *stürzen*, und die Dauer eines jeden darin wird von der temporellen Güte der Subjekte abhängen. Nach Amerika läßt sich noch nichts beurteilen weil sie zu weit von den Ländern entfernt sind, die anders denken, und die auf jener Seite der Welt anders denken nicht mehr Unterstützung genug haben. Die eingeschränkte Monarchie scheint am Ende die Asymptote zu sein. Aber auch da wird es immer und ewig auf die Güte der Subjekte ankommen & sic in infinitum. [L 34]

Auch ein Traumbuch, ich glaube so etwas könnte ein guter Kalender-Artikel werden. Überhaupt ließe sich über die Träume noch etwas sehr Lehrreiches und dabei sehr Populäres sagen. Zumal, wenn dabei das den Psychologen bereits Bekannte leicht und wie weggeworfen mitgenommen würde. [L 44]

Man hat heutzutage mehr Magister der Rechtschaffenheit als rechtschaffene Menschen. [L 46]

Die schändliche Geschichte von der Vertreibung, des redlichen Kapuziners Xaverius Kraß aus Hildesheim steht in Henkens Archiv für die neueste Kirchen-Geschichte, *dritten* Bandes 4tem *Stück*, mit Noten begleitet, die eigentlich jedermann lesen sollte, der sich von der viehmäßigen Stupidität des gemeinen katholischen Pfaffen-Pöbels überzeugen will. Es wird auch unter andern ein Ausdruck angeführt wo Jesus der Bräutigam der allerheiligsten Gottesgebärerin genannt wird. Ja in einem Gebet wird von einem *Herrn* geredet der durch die Verdienste des Bräutigams gebeten wird auf seine Fürsprache Rücksicht zu nehmen, »und der da lebet und regieret mit Gott dem Vater, in Einigkeit Gott des heiligen Geistes von nun an bis in Ewigkeit.« Also da haben wir eine wahre *Viereinigkeit* in der Gottheit. Ein Gebet an die Maria heißt so

Meerstern ich dich grüße,
Maria, Gottes Mutter süße,
Maria allzeit Jungfrau reine,
Himmelsport alleine, Maria!

Auch von einem Ablaß auf 5175 Millionen Jahre, und solchen Unsinns mehr, daß man glauben sollte die Dinge stammen nicht von einem Menschen, sondern irgend ein Elefant, oder ein Spitz oder Pudel habe den Gedanken gehabt. Und alles das geschieht in Hildesheim so nahe bei Hannover. Sollte man nicht vielmehr glauben, das ganze Stille Meer läge zwischen Hannover und Hildesheim? Solche Begriffe von Gott mitten unter Protestanten von katholischem Mönchs-Gesindel öffentlich vorgetragen oder geduldet zu sehen, war mir so unerwartet, als wenn ich gelesen hätte, mitten in Leipzig werde von einem öffentlichen Lehrstuhle herab gelehrt, die Fixsterne seien eigentlich goldne Nägel und der Mond ein holländischer Käse. Ist es ein Wunder, daß hier und da protestantische Regierungen die Katholiken im Druck halten? Denn wer steht dafür, daß, wenn man ihnen Freiheit läßt, daß sich nicht am Ende dieses für alle *wahre* Religion giftige Gesindel einschleicht, und alles Gute zerstört? – Zu eben der Zeit da der vortreffliche *Kraß* verjagt wurde wurde [ein]

geistlicher Lumpenhund Bernhard von Offida vom Pabst unter die Heiligen gesetzt. Die Geschichte steht in eben dem Heft.
[L 47]

In einem Lande N.N. müssen bei einem Kriege der Regent so wohl als seine Räte solange der Krieg währt über einer Pulvertonne schlafen und zwar in besondern Zimmern des Schlosses, wo jedermann frei hinsehn kann um zu beurteilen, ob das Nachtlicht auch jedesmal brennt. Die Tonne ist nicht allein mit dem Siegel der Volks-Deputierten versiegelt sondern auch mit Riemen an den Fußboden befestigt die wieder gehörig versiegelt sind. Alle Abend und alle Morgen werden die Siegel untersucht. Man sagt daß seit der Zeit die Kriege in jenen Gegenden ganz aufgehört hätten. [L 58]

Eine sklavische Handlung ist nicht immer die Handlung eines Sklaven. (nicht πμ. imit.) [L 60]

Es wäre vielleicht gut gewesen für Wien, wenn die Franzosen im Herbst 1796 dahin gekommen wären. Ich rede nicht von den Barbaren, sondern von den einnehmenden geistvollen Offizieren. Vielleicht hätten sie die Raçe etwas verbessert. Denn wenn die österreichischen Schafe bessere Wolle geben sollen, so müssen sie französische Widder kommen lassen, sonst bleiben sie halt Dummköpfe. [L 65]

Daß in den Kirchen gepredigt wird macht deswegen die Blitzableiter auf ihnen nicht unnötig. [L 67]

Der liebe Gott mit seinen Vasallen. Statt einer Monarchie Gottes haben wir nun Feudal-System. [L 72]

Er stieg langsam und stolz wie ein Hexameter voran und seine Frau trippelte wie ein Pentameterchen hinten drein. [L 73]

Wenn die Nachwelt einmal einen ganz aufgetrennten Damen-Anzug fände (vielmehr, statt der Nachwelt, eine andere Klasse vernünftiger Wesen) und wollte daraus die Figur der Dame bestimmen, die damit überzogen gewesen wäre, was würde da für eine Figur herauskommen. [L 74]

So wie es unter Schriftstellern von Profession Statistiker, Politiker, Ökonomen pp gibt, so gibt es auch Philosophen. Allein ein philosophischer Schriftsteller von Profession ist deswegen noch kein Philosoph von Profession, so wenig, als der ökonomische Schriftsteller, der alles gelesen und verglichen hat, deswegen gleich im Stand sein wird einem Haushalt vorzustehen. Hume wurde einmal zur Rede gestellt darüber, daß er in seiner Geschichte von England gesagt habe, England würde ruiniert werden sobald die National-Schuld einhundert Million Pfund Sterling betragen würde, da er ja nun sähe daß England noch stünde vor wie nach, obgleich die Schuld sich jetzt schon sehr viel höher beliefe. It is owing to a mistake, sagte der große Mann, common to *writers by profession* who are often obliged to adopt statements on the authority of other people. Das heißt doch fürwahr mit andern Worten, dergleichen Schriftsteller sehen sich oft genötigt über Dinge zu urteilen, die sie nicht verstehen. [L 75]

Hume hat seine Geschichte von England dreimal abgeschrieben ehe er sie in die Druckerei schickte. Er gestund dieses einem berühmten Marquis, der noch lebt (wahrscheinlich auf Lansdowne), als ihn dieser wegen der großen Korrektheit des Stils, der in diesem Werke herrscht, bekomplimentierte. So muß man es auch machen. Ohne diese Vorsicht ist je etwas wenigstens von der Seite des Vortrags zu erwarten, das zur Unsterblichkeit führt? Buffon tat es auch. Diese Anekdote zugleich mit der oben angeführten findet sich in European Magazine August 1796. S. 82. [L 77]

Im Frankfurter Ristretto. Stück 186. 1796 wird umständlich erzählt, daß der vor 140 Jahren in Frankreich gestiftete Orden La Trappe sich nunmehr auch in Westfalen ansiedele, und zwar unter dem Schutz des Herrn Großdrost zu Münster, Freiherrn von Droste, der ihm einen Strich Landes zu Anbauung eines Klosters angewiesen habe. Sie nehmen auch Mitglieder an, dafern sie die Eigenschaften eines Trappisten besitzen, die neuerlich in einer zu Paderborn erschienenen Schrift auseinander gesetzt sind: *Beschreibung der Lebensart der Ordensgeistlichen des Klosters Val Saint U. L. F. (unsrer lieben Frau) von La Trappe.* Einige Proben: Im Winter darf sich kein Trappist, auch bei der härtesten Kälte, länger als einige Augenblicke wärmen; im Sommer, auch bei der größten Hitze, den Schweiß mit keinem Tuche, allenfalls mit den Fingern, abtrocknen. Ungefähr 7 Monate im Jahr wird täglich nur einmal und nicht eher als nachmittags um halb 4 Uhr, und in den 40tägigen Fasten noch später, etwas gegessen, und zwar nur, wie gewöhnlich, grobes schwarzes Brod, Erdäpfel, Kräuter, Hülsensfrüchte pp mit Salz und ▽ gekocht, ohne Öl, ohne Butter, selten mit etwas Milch. Täglich muß 6 und mehrere Stunden nüchtern gearbeitet, täglich 6–12 Stunden(!) im Chore gesungen und gebetet werden; seinem eignen Willen, seinem Urteile muß jeder entsagen pp. [L 78]

Die glücklichen Zeiten des Lebens, da man noch nicht denkt, wie alt man ist, noch kein Buch hält über die Haushaltung des Lebens. [L 79]

Man bat jemanden (erzählt Müller in seiner ersten Anmerkung zu Kopernikus Revolution) eine Definition von Gott zu geben: Gott ist, sagte er, eine Kugel, deren Mittelpunkt überall und Oberfläche nirgends ist. [L 95]

Man hat in den finstern Zeiten oft sehr große Männer gesehen. Dort konnte nur groß werden, wen die Natur besonders zum großen Manne gestempelt hatte. Jetzt, da der Unterricht so leicht ist, richtet man die Menschen ab zum Groß-Werden so wie man den Hunden das Apportieren beibringt, dadurch hat man eine neue Art von Genies entdeckt, nämlich die große Abrichtungsfähigkeit, und dieses sind die Menschen, die uns den Handel hauptsächlich verderben. Es wird ein gewisses Wissen allgemeiner gemacht, aber, und solche Leute können oft das eigentliche Genie verdunkeln, oder wenigstens hindern gehörig hervorzukommen. [L 100]

Benvenuto Cellini macht die vortreffliche Bemerkung: Schaden mache nicht klug, weil der neue sich immer unter einer verschiedenen Form ankündige. Dieses kenne ich recht aus eigner Erfahrung. NB. [L 103]

Ich bin längst von dem Satz überzeugt gewesen, daß es in den Familien, die zum Exempel aus Mann und Frau, 4 bis 8 Kindern, einer Kammerjungfer, ein Paar Mägden, ein Paar Bedienten, Kutscher pp bestehen, und auch kleineren, zumal wenn noch ein paar Frau Basen wenigstens toleriert werden, gerade so zugeht, wie mutatis mutandis in den größten Staaten. Es gibt da Verträge, Friedensschlüsse, Kriege, Ministerwechsel, Lettres de Cachet, Reformation, Revolution usw. Dieses nun à la spectateur mit Familien-Geschichten zu erläutern. [L 106]

In: a Treatise on the Police of the Metropolis (London) von Patrick *Colquhoun* (richtig) (er ist nicht auf dem Titul genannt) wird die Zahl der Menschen die in London von strafbaren Handlungen leben auf 115000 gesetzt, darunter 50000 Huren. Das Buch kam sehr bald zu einer 2ten Auflage. Der vortreffliche Verfasser ist selbst Präsident einer von den 7 Polizei-Kommissionen, die öffentlich in London sitzen. Den Profit von beiden Ausgaben hat er für die Errichtung zweier Stiftungen ausgesetzt, nämlich zu zwei Werkhäusern, in deren einem losgelassene Missetäter männlichen und in dem andern weiblichen Geschlechts aufgenommen werden, die gerne arbeiten würden und Dienste nehmen, aber aus Mangel von Attestaten keine erhalten können. Der Gedanke ist vortrefflich. Ist die Sache einmal im Gange, so wird es wenig kosten sie darin zu erhalten, weil man die Arbeiten so wählen kann, daß sie den Instituten etwas einbringen. Die Güter, die [sie] jährlich auf 13 500 Schiffen und 40000 Wagen (nämlich ihre wiederholten Reisen mitgerechnet) nach London bringen und wegführen, kann man 120 Million Pfund rechnen. Rechnet man dazu die Waren, Provision, Banknoten, bares Geld, die in der Haupt-Stadt kursieren und hin und her wandern, so [kann] man diese zusammen auf 50 Million rechnen. Hieraus ergibt sich also eine Summe von 170 Millionen, die jährlich der Deprädation dieser Leute auf 1000 verschiednen Wegen ausgesetzt sind. [L 112]

Glaubt ihr denn, daß der liebe Gott katholisch ist? [L 113]

Im Jahr 1796 zählte Deutschland gegen 9000 Schriftsteller (Neue allgemeine deutsche Bibliothek 29ter Band S. 162). [L 115]

Der Deutsche liebt die scharfen Distinktionen. Warum nicht Hoch-, Höher-, Höchst-Edelgeborner, Wohl-, Besser-, Bestgeborner Herr? [L 145]

Ob das Elend in Deutschland zugenommen hat, weiß ich nicht, die Interjektions-Zeichen haben gewiß zugenommen. Wo man sonst bloß ! setzte, da steht jetzt !!! [L 147]

In England hat man eine Art von Kartoffeln, die Ox Noble heißt. [L 148]

Der Vernunft und der Wahrheit Huldiger. [L 149]

Pomona, Potatona. [L 150]

Ich werde tagtäglich mehr überzeugt daß mein Nerven-Übel von meiner Einsamkeit sehr unterhalten wird, wo nicht gar hervorgebracht worden ist. Ich finde fast gar keine Unterhaltung mehr, als durch meinen eignen Kopf, der immer beschäftigt ist, da nun meine Nerven nie die stärksten gewesen sind, so muß notwendig dadurch eine Ermüdung entstehn. Ich merke dieses sehr wohl, daß mich Gesellschaft aufheitert. Ich vergesse mich, oder vielmehr mein Kopf empfängt anstatt zu schaffen und ruht daher. Daher ist auch das Lesen schon eine Erholung für mich, allein es ist doch nicht das, was die Gesellschaft ist, weil ich das Buch immer weglege und wieder für mich handle. [L 152]

Für Avantgarde, Arrieregarde sagte man im alten Deutschen *Vorhut*, *Nachhut*, für Bevollmächtigter *Machtbote*, (*Hämling*) *Geltling* war Kastrat, *Witzbold* einer der gern witzig sein will. (Braga und Hermode I. 2. p. 167.) [L 153]

Ein etwas vorschnippischer Philosoph, ich glaube Hamlet Prinz von Dänemark hat gesagt: es gebe eine Menge Dinge im Himmel und auf der Erde, wovon nichts in unsern Compendiis steht. Hat der einfältige Mensch, der bekanntlich nicht recht bei Trost war, damit auf unsere Compendia der Physik gestichelt, so kann man ihm getrost antworten: gut, aber dafür stehn aber auch wieder eine Menge von Dingen in unsern Compendiis wovon weder im Himmel noch auf der Erde etwas vorkömmt. [L 155]

Das Niesen ist eine Operation wodurch große Übel entstehen können, Taubheit, Blindheit, Aderkröpfe, ja selbst der Tod. Dieses ist die Ursache warum man Prosit sagt, Gott gebe, daß dir dieses nicht schaden möge. Man könnte das Prosit bei manchen andern Dingen sagen, beim *ersten Versemachen*, Heiraten pp. [L 156]

Diesesmal habe ich Ihnen durch meinen Bedienten sagen lassen, daß ich nicht zu Hause wäre, nach dem Billet aber, das Sie mir deswegen geschrieben haben, werde ich bei dem nächsten Besuch, womit Sie mich beehren werden, die Ehre haben es Ihnen auf der Treppe selbst zu sagen. Ich bin pp. [L 164]

Subjektivität. Wie viel anders sieht nicht schon der Alte die Welt an, als der Jüngling? Wahrlich eine Harmonika ist kaum mehr von einer Maultrommel unterschieden, als ein schönes Mädchen in den Augen eines gefühlvollen Jünglings, und denen eines dünnhaarigen zahnlosen Greises. [L 167]

Als er am Kirchhofe vorbei ging, sagte er: Die da können nun sicher sein, daß sie nicht mehr gehenkt werden, das können wir nicht. [L 193]

Vor einigen Tagen las ich wieder, daß ein Prediger im Lüttichischen, wo ich nicht irre, der 125 Jahre alt gestorben ist, von dem Bischofe sei gefragt worden, wie er es angefangen habe so alt zu werden. Ich habe mich, sagte er, des Weins, der Weiber und des Zorns enthalten. Hier ist, wie mich dünkt, nur die große Frage: wurde der Mann so alt, weil er sich jener Gifte enthielt, oder weil [er] ein Temperament besaß, das es ihm möglich machte sich jener Gifte zu enthalten? Ich glaube es ist unmöglich nicht für das letzte zu stimmen. Daß sich mit jenen Giften jemand das Leben verkürzen kann, und zwar sehr stark, ist kein Beweis, daß man sich das Leben dadurch verlängert, daß man sich ihrem Gebrauch entzieht. Wer das Temperament nicht hat, würde, wenn er sich des andern Geschlechts enthielte, gewiß sein Leben damit *nicht* verlängern. Eben so ist es mit der Sage, daß die wahren Christen immer rechtschaffene Leute sind. Es hat lange rechtschaffene Menschen gegeben, ehe Christen waren, und gibt gottlob! auch da noch welche, wo keine Christen sind. Es wäre also gar wohl möglich, daß die Leute gute Christen sind, weil das wahre Christentum das heischt, was sie auch ohne dasselbe würden geworden sein. Sokrates wäre gewiß ein sehr guter Christ geworden. [L 194]

Wir haben nunmehr 4 Prinzipien der Moral:

1) *ein philosophisches:* Tue das Gute um sein selbst willen, aus Achtung fürs Gesetz;

2) *ein religiöses:* Tue es darum, weil es Gottes Wille ist, aus Liebe zu Gott;

3) *ein menschliches:* Tue es weil es deine *Glückseligkeit* befördert, aus Selbstliebe;

4) *ein politisches:* Tue es, weil es die Wohlfahrt der großen Gesellschaft befördert, von der du ein Teil bist, aus Liebe zur Gesellschaft, mit Rücksicht auf dich. (Dies alles nicht πμ Reichs-Anzeiger. N° 133. 1797. (Düvel)). Sollte dieses nicht alles dasselbe Prinzip sein, nur von andern Seiten angesehn? Ein Ausdruck desselben kann dasselbe besser für gewisse Klassen von Menschen repräsentieren. Ich sehe nicht ein, warum man nicht gewissen Menschen-Klassen dieselbe Sache unter einem andern Bilde verständlich machen sollte, wenn er nur bei wachsender Erkenntnis ein besseres findet, oder eines, das seinem Steigen angemessen ist. Ja es ist mir sogar ein Fall gedenkbar, da der menschliche Geist sich noch ruhig findet, und ruhig ansehen kann, daß alles *nichts* ist, wenn er nur durch diese Stufen der höchsten Anstrengung zu dieser Kenntnis gelangt ist. Schwache zum Nachdenken nicht aufgelegte Menschen, die solche Kenntnisse auf Treu und Glauben antizipierten, wären verloren, und daher rührt vieles Unheil in der Welt. [L 195]

Die Dintenflecke flogen in seiner ganzen Stube herum, ohne sich je wegzubegeben, wenn sie sich *einmal* niedergelassen hatten. [L 208]

Am 24. Julii 1797. gegen halb drei Uhr des Nachmittags wurde mir mein siebentes Kind, ein Knabe, sehr glücklich geboren. Ich war sehr bewegt. An demselben Tage erhielt ich einen Brief von meinem Bruder datiert: Gotha den 20. Julii, worin er mir von dem kleinen Knaben den er von dem Tischler Paul adoptiert hat, obgleich der Vater noch lebt, sagt daß es eines der schönsten Kin-

der sei, die er je gesehen habe, und er fände es, wie manche Römer, angenehmer anderer Leute Kinder zu erziehen, als sich die Mühe zu nehmen selbst welche zu machen. – Hier will ich ihn beim Wort halten. Ich will ihm Kinder genug zu erziehn geben, die er nicht gemacht hat, und gegen die er mehr Verbindlichkeiten hat, als gegen die von dem Tischler Paul, Meine eigenen, die Ich, sein Bruder, selbst gemacht habe. Meines Bruders Brief enthielt einige vortreffliche Erinnerungen an unsres unvergeßlichen Vaters Sterbe-Tag, wegen des Datums. Mein Brief an ihn, worauf der seinige die Antwort war, war den 17ten Julii, den Sterbe-Tag meines Vaters, datiert, (er starb den 17. Julii 1751.) Mein lieber Bruder wird sich meiner armen Kinder gewiß annehmen, wenn es ihm gehörig vorgestellt, und er zugleich an unsere Mutter erinnert wird. [L 212]

An eben diesem Tage ersoff der *Branntweinschenke* Conradi, in Brunnenwasser. Das Wasser, das seine vermaledeite Industrie gänzlich vom Schenktisch der Musen-Söhne zu verdrängen rastlos bemüht war, hat sich an ihm gerochen. [L 213]

Es wäre wohl der Mühe wert ein Leben doppelt oder dreifach zu beschreiben, einmal wie ein allzu warmer Freund, dann wie es [ein] Feind, und dann wie es die Wahrheit selbst schreiben würde. [L 219]

Man fängt seine Testamente gewöhnlich damit an, daß man seine Seele Gott empfiehlt. Ich unterlasse dieses mit Fleiß, weil ich glaube, daß solche Rekommendationen wenig fruchten, wenn sie nicht durch das ganze Leben vorausgegangen sind, solche Rekommendationen sind Galgenbekehrungen; eben so leicht als unwirksam. [L 227]

Ich habe oft stundenlang allerlei Phantasien nachgehängt, in Zeiten, wo man mich für sehr beschäftigt hielt. Ich fühlte das Nachteilige davon in Rücksicht auf Zeitverlust, aber ohne diese

Phantasien-Kur, die ich gewöhnlich stark um die gewöhnliche Brunnen-Zeit gebrauchte, wäre ich nicht so alt geworden, als ich heute bin, 53 Jahr 1 ½ Monat. [L 228]

Wenn zwei Personen, die sich jung gekannt haben, alt zusammen kommen, so müssen tausend Gefühle entstehn. Eines der unangenehmsten mag sein, daß sie nun sich in so manchem betrogen finden, was sie bei ihren Hoffnungsspielen ehmals als gewiß berechnet hatten. (Ich verstehe mich.) [L 247]

Alles, was wir als Menschen für reell erkennen *müssen*, ist es auch würklich für Menschen. Denn sobald es nicht mehr verstattet ist, aus jenem Naturzwang auf Würklichkeit zu schließen, so ist an ein festes Principium gar nicht mehr zu gedenken. Eines ist so ungewiß als das andere. Wem der Beweis für das Dasein eines höchsten Wesens aus der Natur (kosmologischer) zwingend ist, der bleibe dabei; eben so der, den der theoretische, oder der moralische überzeugt. Selbst die, die an neuen Beweisen gegrübelt haben, sind vielleicht durch einen Zwang dazu verleitet worden, den sie sich nicht ganz entwickeln konnten. Statt uns ihre neuen Beweise zu geben, hätten sie uns die Triebfedern entwickeln sollen, die sie nötigten sie zu suchen, wenn es anders nicht bloß Furcht vor den Konsistorien oder den Regierungen war. [L 253]

Ach was wollten *wir* anfangen, sagte das Mädchen, wenn der liebe Gott nicht wäre. [L 254]

Voltaire sagt an einem Orte sehr schön:
Si Dieu n'existait pas, il falloit l'inventer. [L 269]

Kant sagt irgendwo einmal: Die Vernunft ist mehr polemisch als dogmatisch. [L 270]

Jetzt fängt sich das Studium der Alten wieder zu heben an. Man glaubt nun da Erlösung zu finden und Beobachtungs-Geist und wahre Sprache der Natur wieder in Umlauf zu bringen. Einigen wenigen mag das freilich helfen, aber gewiß [ist] in diesem Getreibe sehr viel Mode, und des eigentlichen Wahren und mit menschlicher Natur und Vernunft Zusammenhängendes nur wenig. Im Rittergeist ist sehr vieles was sich an menschliche Natur anschließt, aber das eigentliche Treiben war Mode, Esprit du Corps; während als man sich mitten darin befand hielt man *alles* für notwendig. Mit der christlichen Religion ist es eben so. Was für ein Kriegen und Streiten und Rennen für Gottes-Verehrung, man sollte zu manchen Zeiten fast geglaubt haben, der Mensch lebe bloß um zu beten und Gott zu verehren. Ich bin überzeugt, daß hierin das meiste bloßer *Auswuchs* ist Es gibt schlechterdings keine andere Art Gott zu verehren, als die Erfüllung seiner Pflichten, und Handeln nach Gesetzen die die Vernunft gegeben hat. *Es ist ein Gott* kann meiner Meinung nach nichts anderes sagen, als ich fühle mich bei aller meiner Freiheit des Willens genötigt *Recht* zu tun. Was haben wir weiter einen Gott nötig? das ist er. Wenn man dieses mehr entwickelt, so kömmt man meiner Meinung nach auf Herrn Kants Satz. Einen Gott der objective dreinschlüge, wenn ich Unrecht tue, gibt es nicht, das muß der Richter tun der der Verwalter der Gesetze ist oder wir selbst. Ich glaube daher auch nicht, daß es Religions-Spötter gibt, aber Spötter der Theologie wohl. – Das sind Auswüchse, die freilich gar mancherlei Art sind, und darunter sehr gefällige die durch Aberglaube und frühe Einschätzung ganz das Ansehen und das Gewicht von Wahrheit erhalten. Dieses muß mehr entwickelt werden. Überhaupt erkennt unser Herz einen Gott, und dieses nun der Vernunft faßlich zu machen ist freilich schwer, wo nicht gar unmöglich. Hiervon steht etwas in meinen andern Büchern, das ich aufsuchen muß. S. Pascal. K p. 174. [L 275]

Es wäre eine Frage ob die bloße Vernunft ohne das Herz je auf einen Gott verfallen wäre. Nachdem ihn das Herz (die Furcht) erkannt hatte suchte ihn die Vernunft auch, so wie Bürger die Gespenster. [L 276]

Wie man sagt so sollen die Götter gewünscht haben, daß sie so schön wären, wie sie von den Griechen abgebildet worden sind. Höher läßt sich wohl das Lob der griechischen Künstler schwerlich treiben, und ein illüstreres Beispiel, daß die Porträte schöner sind als ihre Originale, auch nicht geben. [L 280]

Keine Erfindung ist wohl dem Menschen leichter geworden, als die eines Himmels. [L 298]

Ich denke, über alte Zeitungen zum Exempel jetzt von 1792 an müßte sich ein herrliches Collegium lesen lassen, nicht in historischer, sondern in psychologischer Rücksicht. Das wäre was. Was in der Welt kann unterhaltender sein, als die vermeintliche Geschichte der Zeit mit der wahren zu vergleichen. Hieher die Aussage der Dame oben S. 43. Col. 2. [L 301]

Experimental-Politik, die französische Revolution. [L 322]

Es ist wohl gewiß, daß man über eine Sache sehr richtig urteilen kann und weise, und dennoch, so bald man genötigt wird seine Gründe anzugeben, nur welche angeben kann, die jeder Anfänger in der Art Fechtkunst widerlegen kann. Letzteres können oft die weisesten und besten Menschen so wenig, als sie die Muskeln kennen, womit sie greifen, oder Klavier spielen. Dieses ist sehr wahr, und verdient weiter ausgeführt zu werden. [L 328]

Das Populär-Machen sollte immer so getrieben werden, daß man die Menschen damit heraufzöge. Wenn man sich herabläßt, so sollte man immer daran denken auch die Menschen zu denen man sich herabgelassen hat ein wenig zu heben. [L 329]

Wenn ein Prediger merkt daß ihm seine Zuhörer *nicht* zuhören, so müßte er es machen, wie ein gewisser Dr Alymer Bischof von London. Als er fand, daß der größte Teil seiner Versammlung schlief, fing er auf einmal an laut in einer hebräischen Taschen-Bibel zu lesen, die er bei sich hatte. Nun ward auf einmal alles aufmerksam. Nun fing er an: »Was für feine, weise Leute ihr doch seid! Ihr seid aufmerksam, wenn ich euch etwas vorlese, wovon ihr kein Wort versteht, und schlaft, wenn ich mit euch in eurer Muttersprache von Dingen rede, auf denen das Heil eurer Seelen beruht.« (Universal Magazine. Oktober 1797. p. 284) [L 347]

Wenn der Mensch sagt, Gott hört und sieht alles, warum sollte man ihn nicht mit Augen und Ohren malen, mit Pinsel oder Phantasie das ist gleich viel. Aber ob es recht ist ihn bloß mit 2 Augen zu malen glaube ich kaum, denn so könnte er unmöglich sehn was hinter ihm vorgeht. Es ist also eine Frage, wer hier am vernünftigsten malt, der der ihn wie einen Menschen darstellt oder der, [der] ihn ganz mit Augen besetzt. [L 348]

Ich fürchte, unsere allzu sorgfältige Erziehung liefert uns Zwerg-Obst. (cum grano salis ad besser zu werden) [L 349]

Die kleinen Versuche die wir anstellen, und unsere Privat-Bemühungen, so unbedeutend sie öfters sind, helfen doch den großen Strom formieren, der in das Meer der Unendlichkeit (?) fließt, ob der gleich mit seinem Namen alle die kleinen Bäche verschlingt. Was würde dem Rhein bleiben, wenn ihm die kleinen Bäche das ihrige entziehn wollten? [L 365]

Wie herrlich würde es nicht um die Welt stehen, wenn die großen Herrn den Frieden wie eine Maitresse liebten, sie haben für ihre Person zu wenig vom Kriege zu fürchten. [L 374]

Wenn die Neger-Bedienten in Westindien Punsch mischen, so fragen sie vorher: for drunk or for dry? So etwas könnte man auch bei politischen Disputen fragen: sollen wir mit Gefühlen oder mit Vernunft disputieren, for drunk or for dry? [L 389]

Dieses ist einer von den sogenannten *geflügelten* Sprüchen die sich aber leider, anstatt umher zu fliegen, über die Wolken erhoben haben. So geht es mit fliegenden Dingen. Man sollte sie anzubinden wissen oder lernen. [L 400]

Ob die Brillen mehr Nutzen gestiftet haben als die Ferngläser transzendent gemacht, auf unsere Philosophie, verglichen mit Menschensinn. [L 401]

Was die wahre Freiheit und den wahren Gebrauch derselben am deutlichsten charakterisiert, ist der Mißbrauch derselben. [L 402]

Ist es nicht sonderbar, daß man, um dem Gouvernement und namentlich dem Direktorium Respekt zu verschaffen, ein Costume, Kleidertracht, erschaffen hat? Das schönste Costume wäre unstreitig die Erblichkeit der Regierung. Keine Tracht, kein Anzug wird je erfunden werden, der dem gleicht. Es liegt im Menschen ein Prinzip, das *diesen* Anzug schneidert, den man jetzt geradeweg der Schneider-Gilde überläßt. Sollte sich nicht ein Mittel finden lassen hier einen Mittelweg zu finden? Es ist Demokratie in dem aus *Kopf* und *Herz* bestehenden Menschen, was die Monarchie der reinen Vernunft verwirft, und die politischen Demokraten stützen sich auf *Monarchie* der Vernunft. Sie erkennen eine Monarchie zur Verteidigung einer Demokratie. – Suchet einmal fertig zu werden in der Welt mit einem Gott, den die Vernunft allein auf den Thron gesetzt hat. Ihr werdets finden. Es ist unmöglich. Ich sage dieses, so sehr ich auch einsehe (*einsehe*) daß es *billig* wäre, aber diese größere Billigkeit ist gerade die Stimme der Vernunft, die jenes *will*, also parteiisch. Befraget das Herz und ihr werdet finden, daß, so wie die Kleider Leute, so die Geburt Regenten macht. Das Gleichnis führt, ich gestehe es, auf etwas Lächerliches aber bloß für den *Lacher*, den erbärmlichsten Menschen, den ich kenne. Ich werde gewiß von denen verstanden, von denen ich verstanden sein will, und dieses überhebt mich der Mühe hier präziser in den Ausdrücken zu sein. Ich bin davon so sicher überzeugt, daß, wenn mir die Wahl gelassen würde, welches Oktav-Blatt von mir auf die Nachwelt kommen sollte? ich getrost sagen würde: *dieses*. Weiter sind denn die Kleidertrachten auch Vernunft? Warum ist ein Rewbell durch den Schneider mehr wert, als ein Rewbell durch die Natur, nackend oder mit rund abgeschnittnen Haaren, und einem Hosenlatz aus Bärenfell, ohne Hosen? Ihr imponiert der Einbildungs-Kraft und dem Herzen von einer Seite, wo die Bekehrung von seinem Irrtum viel leichter ist, als der die durch Vorrechte und Geburt unterstützt wird. Geht mir weg mit euern neuen Schneidereien, die weit hinter den unsrigen liegen. Selbst in eurer Livree liegt etwas von dem ignoto Deo. Das *Herz* und das *Auge* wollen was haben. [L 403]

Er vernünftelte mich ganz aus meiner Vernunft heraus. (pity pity) [L 404]

Man hat auch bei Schließung der Ehen, wo allein die Leiber diktieren sollen, das Interesse zugelassen. [L 405]

Die Vernunft sieht jetzt über das Reich der dunkeln aber warmen Gefühle so hervor wie die Alpen-Spitzen über die Wolken. Sie sehen die Sonne reiner und deutlicher, aber sie sind kalt und unfruchtbar. Brüstet sich mit ihrer Höhe. [L 406]

Ein Gedanken-Vakuum, was für ein Glück, daß die Köpfe nicht zerdrückt werden. Wenn eine Gedanken-Leere auch um sie herum ist, so ist es nicht möglich. [L 407]

Es ist eine ganz bekannte Sache, daß die Viertel-*Stündchen* größer sind, als die Viertel*stunden*. [L 417]

Es wäre vielleicht gut wenn Landes-Regierungen nicht bloß beföhlen, welches freilich als Handhaber des Gesetzes ihre Beschäftigung sein muß, sondern auch mitunter *wünschten, gerne sähen*, oder wie die Worte lauten mögen, daß usw. Ich kenne eine Landes-Regierung, die auf diesem Wege, wenn sie es anders nicht *unter* ihrer Würde hielte, eine Menge von Dingen abstellen könnte, die es auf keinem andern Wege so leicht könnten. Ich will mich erklären, z.B. sie würde es gerne sehen und mit Vergnügen erfahren, wenn man sich in Briefen der lächerlichen und beschwerlichen Titulaturen enthielte; sie würde mit Wohlgefallen vernehmen wenn man, bei jedem neuen Anbau wenigstens, die Reimarussche Blitzableitung anbrächte. Da Landes-Regierungen Väter sind, warum sollte es ihnen übel anstehen auch zuweilen in diesem Tone mit ihren Kindern zu reden? – Nur glaube ich, müßte es dabei sehr auf großen praktischen Blick, Erfahrung des Alters und nicht auf jugendliche Sekretärs-Gefühle ankommen. [424]

Was für ein Kabinett zu Paris! Das Marienbild von Loreto, die Bären von Bern und der Pantoffel des Pabstes. Hier fehlt nichts, als der Nachtstuhl des *Dalai Lama*. [L 426]

Der physische Drang für Nachkommenschaft wurde immer schwächer, so wie der für Nahrungssorgen zunahm. [L 467]

Die Vorreden zu manchen Büchern sind deswegen öfters so seltsam geschrieben, weil sie gewöhnlich noch im gelehrten Kindbett-Fieber geschrieben sind. [L 468]

Bekanntlich ist Voltaire 2mal getauft worden, es hat aber nicht viel gefruchtet, vielleicht wäre es besser für ihn und die Welt gewesen, wenn man, statt das Pflänzchen 2mal zu begießen, es 2mal beschnitten hätte. [L 469]

M. hält sich für einen der ersten Menschen. Es ist wenigstens gut, daß er und seine Frau nicht die ersten Menschen im Paradies waren, sonst hätte der Mensch wohl nicht die Oberherrschaft in der Welt. (Er lebt nämlich in einer unfruchtbaren Ehe.)

[L 470]

Er trug den Kopf auf einer Seite wie Alexander, wie dem Cervantes stund immer der Hosenlatz offen, und wie Montaigne konnte er nicht rechnen, weder mit Ziffern noch mit Zahlpfennigen. [L 471]

Man spricht viel von Aufklärung, und wünscht mehr Licht. Mein Gott was hilft aber alles Licht, wenn die Leute entweder keine Augen haben, oder die, die sie haben, vorsätzlich verschließen? [L 472]

Eine Ehe ohne Würze *kleiner* Mißhelligkeiten wäre fast so was, wie ein Gedicht ohne R. (besser) [L 473]

Ich habe alles Verbotene wieder gegessen, und befinde mich, gottlob, eben so schlecht wie vorher; (ich meine nicht schlechter.) [L 474]

Im ganzen Zirkel von Liebe zur Veränderung, die das weibliche Geschlecht besitzt, ist wohl die zur Veränderung des Namens die vorzüglichste. [L 492]

Der berühmte Maler Gainsborough sah die Violinen eben so gerne als er sie hörte. [L 493]

Das heißt einen doch fürwahr an einen Freiheitsbaum aufhängen. [L 494]

Der Galgen Freiheitsbaum. [L 495]

Wie viel in der Welt auf Vortrag ankömmt, kann man schon daraus sehen, daß Kaffee, aus Weingläsern getrunken, ein sehr elendes Getränke ist, oder Fleisch bei Tische mit der Schere geschnitten, oder gar, wie ich einmal gesehen habe, Butterbrod mit einem alten wiewohl sehr reinen Schermesser geschmiert. [L 504]

Die Polizei-Anstalten in einer gewissen Stadt lassen sich füglich mit den Klappermühlen auf den Kirschen-Bäumen vergleichen. Sie stehen stille wenn das Klappern am nötigsten wäre, und machen einen fürchterlichen Lärm, wenn wegen des heftigen Windes gar kein Sperling kömmt. [L 505]

Was ein bedächtliches gesetztes Verfahren in allen Vorfällen des Lebens nützlich ist, kann ich mir auch dadurch erläutern. Ich kann mir keinen schrecklichern Zufall denken, als wenn mir jemand eines meiner Kinder aus Unvorsichtigkeit erschösse, und doch kenne ich mehrere Menschen, denen ich ohne Mühe vergeben würde, andere die ich nie wieder würde vor Augen sehen können und noch andere, die ich auf der Stelle erschießen könnte, und würde, wenn ich ein Gewehr zur Hand hätte. [L 506]

Zu Parma werden keine Parmesan-Käse gemacht. [L 507]

Das dolce far niente. [L 508]

Er war incontinens, aber nicht immer in continenti, oder bejahend: incontinens und zwar in continenti. [L 509]

Sporadisch hingeworfener Witz. [L 510]

Bei dieser Gelegenheit wurden einige Quartbände in den Foliantenstand erhoben und es wurde ihnen erlaubt Titul-Blätter in Folio zu führen, die aber eingeschlagen getragen werden mußten. [L 530]

Man hat schon einigemal mein Duodez-Bändchen in den Oktav-Stand erheben wollen. [L 534]

Wenn die Erinnrung an die Jugend nicht wäre, so würde man das Alter nicht verspüren, nur, daß man das nicht mehr zu tun vermag, was man ehmals vermochte, macht die Krankheit aus. Denn der Alte ist gewiß ein eben so vollkommnes Geschöpf in seiner Art als der Jüngling. [L 535]

Eine Herde vorbeiziehender blökender Schafe mit der Kurrende zu vergleichen, wenigstens mit der Göttingischen. [L 538]

Daß so mancher die Wahrheit sucht und nicht findet rührt wohl daher, daß die Wege zur Wahrheit, wie die in den Nogaischen Steppen von einem Ort zum andern, eben so breit als lang sind. Auch auf der See. [L 539]

Galgen mit einem Blitzableiter. [L 550]

Luther sagt bekanntlich:

Wer nicht liebt Wein, und Weiber und Gesang.
Der bleibt ein Narr sein Leben lang.

Doch muß man hierbei nicht vergessen hinzu[zu]setzen:

Doch ist, daß er ein Freund von Weibern, Sang und Krug ist,
Noch kein Beweis, daß er deswegen klug ist. [L 556]

Es ist in vielen Dingen eine schlimme Sache um die Gewohnheit. Sie macht, daß man Unrecht für Recht, und Irrtum für Wahrheit hält. [L 572]

Es gibt Leute, die so wenig Herz haben etwas zu behaupten, daß sie sich nicht getrauen zu sagen, es wehe ein kalter Wind, so sehr sie ihn auch fühlen möchten, wenn sie nicht vorher gehört haben, daß es andre Leute gesagt haben. [L 582]

Es war zu Ende September 1798, als ich jemanden im Traum die Geschichte der jungen und schönen Gräfin Hardenberg erzählte, die mich und überhaupt jedermann sehr gerührt hat. Sie starb im September 1797 in den Wochen, eigentlich während der Geburt die nicht zu Stande kam. Sie wurde geöffnet, und das Kind neben sie in den Sarg gelegt, und so wurden sie zusammen des Nachts mit Fackeln unter einem entsetzlichen Zulauf von Volk nach einem benachbarten Orte, wo das Familien-Begräbnis ist, gebracht. Dieses geschah auf dem Göttingischen Leichenwagen, einer sehr unbeholfenen Maschine. Dadurch wurden also die Leichname sehr durcheinander geworfen. Am Ende wollten sie, ehe sie in die Gruft gebracht wurden, noch einige Leute sehen. Man öffnete den Sarg und fand sie auf dem Gesichte liegend und mit ihrem Kinde in einen Haufen geschüttelt. Das schöne Weib, schwerlich noch 20 Jahre alt, die Krone unsrer Damen, die auf manchem Ball den Neid der schönsten auf sich gezogen, in diesem Zustande! Dieses Bild hatte mich zu der Zeit oft beschäftigt, zumal, da ich ihren Gemahl, einen meiner fleißigsten Zuhörer, sehr wohl gekannt hatte. Diese traurige Geschichte erzählte ich nun jemanden im Traume im Beisein eines Dritten, dem die Geschichte auch bekannt war; vergaß aber (sehr sonderbar) den Umstand mit dem Kinde, der doch gerade ein Hauptumstand war. Nachdem ich die Erzählung, wie ich glaubte, mit vieler Energie und Rührung dessen, dem ich sie erzählte, vollendet hatte, sagte der Dritte: Ja und das Kind lag bei ihr, alles in einem Klumpen. Ja, fuhr ich gleichsam auffahrend fort, und ihr Kind lag mit in dem Sarge. Diese ist der Traum. – Was mir ihn merkwürdig macht, ist dieses: Wer erinnerte mich im Traum an das Kind? Ich war es ja selbst, dem der Umstand einfiel? Warum brachte ich ihn nicht selbst im Traume als eine Erinnerung bei? Warum schuf sich meine Phantasie einen Dritten, der mich damit überraschen und gleichsam beschämen mußte? Hätte ich die Geschichte wachend erzählt, so wäre mir der rührende Umstand gewiß nicht entgangen. Hier mußte ich ihn übergehn um mich überraschen zu lassen. Hieraus läßt sich allerlei schließen. Ich erwähne nur Eines, und mit Fleiß grade das, was am stärksten wider mich selbst zeugt, zugleich aber auch für die Aufrichtigkeit, womit ich diesen sonderbaren Traum erzähle. – Es ist mir öfters begegnet, daß [ich], wenn ich etwas habe drucken lassen, erst ganz am Ende, wenn sich nichts mehr ändern ließ, bemerkt habe, daß ich alles hätte besser sagen können, ja, daß ich Haupt-Umstände vergessen hatte. Dieses ärgerte mich oft sehr. – Ich glaube, daß hierin die Erklärung liegt. Es wurde hier ein mir nicht ungewöhnlicher Vorfall dramatisiert. – Überhaupt aber ist es mir nichts Ungewöhnliches, daß ich im Traum von einem Dritten belehrt werde, das ist aber weiter nichts als dramatisiertes Besinnen. Sapienti sat. [L 587]

Jean Paul ist doch zuweilen unerträglich, und wird noch unerträglicher werden, wenn er nicht bald dahin gelangt, wo er ruhen muß. Er würzt alles mit Cayennischem Pfeffer und es wird ihm begegnen, was ich einst Sprengeln weissagte, er wird, um sich kalten Braten schmackhaft zu machen, geschmolzenes Blei oder glühende Kohlen dazu essen müssen. Wenn er wieder von vornen anfängt wird er groß werden. [L 592]

Juden. Daß man einige Familien aus Göttingen verbannt hat, ist ja kein Eingriff in den großen Plan zu ihrer Verbesserung, es ist ja bloß ein untergeordnetes Verfahren gegen sie, während die große Absicht immer fortdauern kann. Ja dieses kann dazu dienen jenen Plan zu befördern. Überhaupt begreift man nicht, was eine so große Empfindlichkeit gegen den Zustand der Juden bei uns bedeuten soll. Ist denn dieses Volk so wichtig und so genievoll, so fruchtbar für uns, daß wir es mit solcher Gewissenhaftigkeit hegen sollen? Dieses sehe ich nicht ein. Warum wollen wir unsern Boden anders bearbeiten um eine sehr unnütze Frucht zu nähren, die unter unserm Klima nicht gedeiht, und sich auch nicht nach ihm bequemen will? – Jetzt erklärt der erbärmlichste Betteljude seinen traurigen Zustand durch Christendruck. Koalisiert man sie mehr, öffnet ihnen alle rechtliche

Wege zu Handel und Wandel, wobei jene Entschuldigung wegfällt, so werden sie finden, was für ein erbärmliches Volk sie sind. *Mendelssohn* ist viel zu viel erhoben worden. Hätte er in einem ganz jüdischen Staat gelebt, so würde er ein sehr gemeiner Verbreiter ihrer abgeschmackten Zeremonien usw. geworden sein. – Berlin ist es und nicht Judäa oder Jerusalem was ihm einigen Vorzug gab. Es müßte ja mit dem Teufel zugehen, wenn ein Geschöpf, das wenigstens Menschen-Gestalt hat, nicht hier und da für Wahrheit empfänglich sein sollte. Er war empfänglich dafür, und das gereicht ihm zur Ehre. – Ich sehe nicht warum wir mit vielem Aufwand eine Pflanze bauen sollen, die sich nicht für unser Klima schickt und die uns wahrlich nichts einträgt, bloß aus dem empfindsamen Prinzip, daß das Pflänzchen nicht verloren gehe. [L 593]

Unter allen Übersetzungen meiner Werke, die man übernehmen wollte, verbitte ich mir ausdrücklich die ins Hebräische. [L 594]

Die Lusiaden des Camõens wurden von einem gelehrten Juden Lozetto ins Hebräische übersetzt. [L 595]

Er leistete seiner Frau die eheliche Pflicht des Prahlens an jedem Abende. Er suchte ihr begreiflich zu machen, daß er der erste Mann in der Stadt oder wohl gar im Staate sei. Vertraulichkeit ist nirgends größer als zwischen rechtschaffenen Ehe-Leuten, sie gründet sich zwischen rechtschaffenen Menschen auf Aufopferung der Schamhaftigkeit in dem einzigen Falle der ehelichen Verhältnisse. Dieses vermehrt das Verbrechen des Ehebruchs gar sehr (besser). Es gibt der ehelichen Pflichten gewiß mehrere, dahin gehört auch die für die Frau, daß sie schlechterdings den Beweis von dem Wert ihres Mannes dem Manne selbst überläßt; ihm implicite glaubt, allenfalls nur mit gesundem Menschenverstand hier und da moderiert. Des Mannes Pflicht ist zu glauben, daß das Weib das treuste in der Welt sei so bald sie es sagt. Ja er muß sogar an Reservationes nicht einmal glauben. Doch wird auch hier gesunde Vernunft, wo sie statt findet, zu verbessern und nachzuholen wissen. Seine Frau mußte ihm alle Abende die eheliche Pflicht leisten seine Prahlereien anzuhören. [L 627]

(ad pag. 73 Col. I. Über die *Juden*) Selbst, wenn man den Entschluß gefaßt hatte sie künftig zu bessern, so mußten sie pro nunc weggeschafft werden, so lange bis sie gebessert sind, wozu wenig Hoffnung war. Die Besserung dieses in unserm als ihrem eignen Sinn unverbesserlichen Geschlechts konnte hier nicht unternommen werden. Der Universitäts-Acker ist nicht das Feld Versuche anzustellen ob sich aus Nesseln etwas machen läßt, dazu wähle man andere Felder. Warum sollen wir ihnen entgegen kommen? laßt sie uns entgegen kommen, das werden sie am besten verstehn, da sie so sehr viel Kopf haben sollen. Ein Berlinischer Jude (Bendavid) hatte einmal die Artigkeit mir bei einem Besuche ins Gesicht zu sagen, daß in *dubio* der Jude mehr Kopf habe als der Christ. Ich glaube sie haben eigentlich gar das nicht was man Kopf nennt. Das Platten-Polieren bei Klindworth. Große Groschen-Stücke aussuchen um sie dem Unwissenden und Unerfahrnen einmal für doppelte Groschen hinzuzahlen. Hat wohl je ein Jude eine Erfindung gemacht? Der einzige Jude von Kopf war Spinoza, und den erkannten sie für keinen Glaubensgenossen und wollten ihn ermorden. [L 661]

In England wird ein Mann der *Bigamie* wegen angeklagt, und von seinem Advokaten dadurch gerettet, daß er bewies, sein Klient habe drei Weiber. [L 681]

Ein großes Licht war der Mann eben nicht, aber ein großer (bequemer) Leuchter. Er handelt mit anderer Leute Meinungen. [L 686]

Es müßte eine lustige Vorstellung werden, wenn man einen Neger, der nie aus seinem Vaterlande gekommen wäre aber Schlittenfahrten aus Beschreibungen kennte, eine Ode auf eine Schlittenfahrt, oder den Eislauf machen ließe. [L 687]

Kantische Philosophie ohne Kants Ausdrücke in praktischen Abhandlungen angebracht, würde gewiß seiner Philosophie Beifall erwerben. S. Seite 93. [L 689]

Stellen aus berühmten Werken, die durch Übersetzungen besser geworden sind. Dahin gehört die Stelle aus Voltaire's Henriade. S. oben S. 77 und 79. [L 690]

Gerade wie auf meinem neuen Bibliotheks-Zimmer, sieht es in meinem Kopfe aus. Ordnungsliebe muß dem Menschen früh eingeprägt werden, sonst in *Alles* Nichts. [L 691]

Die Netze der Kritiker, womit sie nach Fehlern in Werken fischen, sollten von so weiten Maschen sein, daß sie Fehler von einer gewissen Größe durchließen, und nicht alles auffingen. Das Häßliche filtrieren. [L 701]

Ist es nicht sonderbar, daß die Menschen so gerne für die Religion *fechten*, und so ungerne nach ihren Vorschriften *leben*? [L 705]

In der Nacht vom 9ten auf den 10ten Februar 99. träumte mir, ich speiste auf eine Reise in einem Wirtshause, eigentlich auf einer Straße in einer Bude, worin zugleich gewürfelt wurde. Gegen mir über saß ein junger gut angekleideter, etwas windig aussehender Mann, der ohne auf die umher Sitzenden und Stehenden zu achten seine Suppe aß, aber immer den 2ten oder dritten Löffel voll in die Höhe warf, wieder mit dem Löffel fing und dann ruhig verschluckte. Was mir diesen Traum besonders merkwürdig macht, ist, daß ich dabei meine *gewöhnliche* Bemerkung machte, daß solche Dinge nicht könnten erfunden werden, man müsse sie sehen. (Nämlich kein Romanenschreiber würde darauf verfallen) und dennoch hatte ich dieses doch in dem Augenblick erfunden. Bei dem Würfel-Spiel saß eine lange, hagere Frau und strickte. Ich fragte, was man da gewinnen könnte: sie sagte: *Nichts*, und als ich fragte, ob man was verlieren könne, sagte sie: *Nein*! Dieses hielt ich für ein wichtiges Spiel. [L 707]

Wenn ich meine Hand in den Ofen bringe, um Holz hinein zu werfen, und wegen großer Hitze schnell wieder herausziehen muß: so empfinde ich, wenn ich heraus bin, einen zweiten Schmerz, der eben so stark, wo nicht gar stärker ist, als der erste, gleichsam wie ein Echo, oder Rückschlag – was ist das? [L 715]

Ich habe in meinem Leben eine ganz beträchtliche Menge sehr alter Personen gesehen kann mich aber nicht erinnern je eine gesehen zu haben, die stark pockengrübig gewesen wäre. Was ist die Ursache? Unstreitig wird es eine von folgenden dreien sein müssen. Entweder solche Leute erreichen kein hohes Alter, oder durch das Zusammen-Schrumpfen der Haut verlieren sich die Pockengruben größtenteils oder, da überhaupt nicht sehr viele Menschen sehr alt werden und ebenfalls nur wenige stark von den Pocken gezeichnet werden so könnte es leicht sein, daß die pockengrübigen Alten nur deswegen so sehr selten wären, daß ein Mensch von 50 bis 60 Jahren leicht keine zu sehen bekommen könnte. Diese dritte Ursache scheint mir die wahrscheinlichste. Indessen sollten mehrere Menschen eine ähnliche Bemerkung gemacht haben, so verdiente doch die Sache vielleicht Aufmerksamkeit. [L 718]

Gerüche mit Hohlspiegeln zu konzentrieren. [L 757]

Sind W i r nicht auch ein Weltgebäude, so gut als der Sternenhimmel und eines das wir besser kennen sollten, und besser kennen könnten, sollte man denken, als das dort oben. [L 804]

Die Chinesen zeichnen ihre Seekarten auf Kürbisse, der Einfall ist nicht übel. Bei dem Kompaß sehen sie auf den Südpol, der Nadel [L 820]

Einen Kürbis nächsten Sommer in eine Bouteille einzuschließen. [L 821]

Die Berge (Vulkane) sind *oben* spitz, die Eiszapfen *unten.* [L 857]

Sollte wohl die Vernunft, oder vielleicht besser der Verstand, wenn er auf Endursachen gerät, besser daran sein als wenn er auf ein Diktat des Herzens gerät. Es ist ja noch eine große Frage wodurch wir am stärksten mit der uns umgebenden Welt verbunden sind, von Seiten des Herzens oder der Vernunft. [L 878]

Wenn kein Eisen in der Welt wäre würde wohl eine magnetische Kraft da sein? [L 883]

Neue Irrtümer zu erfinden. [L 886]

Der Mensch hat sich heutzutage so sehr verstiegen, daß er sogar eine Wissenschaft hat in welcher alle neue Erfindungen Erfindungen neuer Irrtümer und alle neue Entdeckungen Entdeckungen alter Irrtümer sind. [L 887]

Ist in der schwarzen Farbe der Federn und Pelze mancher Tiere auch Kohlenstoff? Warum werden die abgeschabten Stellen der schwarzen Pferde gewöhnlich weiß. Die weißen Krähen Mäuse, die weißen Köpfe der Alten. [L 895]

Herrn *Kant* gebührt gewiß das nicht geringe Verdienst in der Physiologie unsres Gemütes aufgeräumt zu haben, aber diese nähere Kenntnis der Muskeln und Nerven wird uns weder bessere Klavierspieler noch bessere Tänzer geben. Mir kömmt es auch zuweilen vor, als wenn der Beifall, den sein Werk Crit. der r[einen]. Vern[unft]. erhalten hat ihn nachher zu weit geführt hätte. [L 911]

Wir können ein Hirsenkorn ungeheuer vergrößern; aber eine Sekunde Zeit können wir zu keiner Minute und zu keiner Viertelstunde machen. Das wäre vortrefflich, wenn man das könnte Allein man sucht mehr die Zeit zu *verkleinern*, so sollte man sagen, statt *verkürzen*. [L 925]

Ich bin manchmal fast geneigt zu fragen: gibt es in der Welt noch etwas anders als Wasser? [L 929]

Was würde eine Nachtigall machen, der man um die Schlage-Zeit die Ohren zuklebte? [L 930]

Sollte es denn so ganz ausgemacht sein, daß unsere Vernunft von dem Übersinnlichen gar nichts wissen könne? Sollte nicht der Mensch seine Ideen von Gott eben so *zweckmäßig* weben können, wie die Spinne ihr Netz zum Fliegenfang? oder mit andern Worten: sollte es nicht Wesen geben, die uns wegen unsrer Ideen von Gott und Unsterblichkeit eben so bewunderten wie wir die Spinne und den Seidenwurm? [L 952]

Ist denn wohl unser Begriff von Gott etwas weiter, als personifizierte Unbegreiflichkeit? [L 953]

Chemische Operationen mit Schwungkräften zu verbinden. Öfen, Auflösungs-Gläser die sich schnell um eine Axe drehen. usw. [L 957]

Ich glaube der Mensch ist am Ende ein so freies Wesen, daß ihm das Recht *zu sein* was er glaubt zu sein nicht streitig gemacht werden kann. [L 972]

Wenn man drei in hohem Grade rechtschaffene Menschen A, B, C zusammen brächte wovon der eine ein Protestant, der andere ein Katholik und [der] dritte etwa ein Fichtianer wäre und man sie genau prüfte so würde man finden, daß sie alle drei ungefähr denselben Glauben an Gott [haben] aber keiner den ganz, zu welchem er sich bekennen würde, wenn er bekennen müßte, in Worten versteht sich. Denn es ist ein großer Vorteil für die menschliche Natur, daß die tugendhaftesten Menschen kaum recht sagen können, warum sie tugendhaft sind, und indem sie ihren Glauben zu predigen glauben, so predigen sie ihn eigentlich nicht. [L 980]

Alles beim Menschen auf einfache Prinzipien zurückbringen wollen, heißt doch am Ende, dünkt mich, voraussetzen, daß es ein solches Principium geben *müsse* und wie beweist man dies? [L 981]

Aus dem Miszellen-Heft (1798)
Undatierbare und verstreute Bemerkungen
Aus den Materialheften
Aus »Noctes« (1795–1798)

Charakter: durch die Zähne spucken. [MH 7]

Wie mancher Mensch schleift immer an sich und wird stumpf ehe er scharf wird. [MH 13]

Alpen-Spitzen näher der Sonne, aber kalt und unfruchtbar L. 58. [MH 16]

Grün die Farbe der Hoffnung nur nicht im Ringe um die Augen. [MH 17]

Eine Art Muscheln bei denen der Darm-Kanal durch das Herz geht. L. p. 90. [MH 18]

Fragen aufzusetzen über alles auch die gemeinsten Dinge. [MH 21]

*

Allgemeine Bemerkungen

Leute, die viel auf der Straße lesen, lesen gemeiniglich nicht viel zu Hause. [UD 3]

Auch selbst den weisesten unter den Menschen sind die Leute, die Geld bringen, mehr willkommen, als die, die welches holen. [UD 4]

Man hat so viele Anweisungen, den Wein recht zu bauen, und noch keine, ihn recht zu trinken. Er wächst nur gut unter dem Schutz eines sanften Himmels, und ähnliche Seelen müssen diejenigen haben, die ihn am besten trinken. Derjenige, der mehr als eine Bouteille trinkt, ohne entweder französisch, oder von seinem Mädchen zu sprechen, ohne mich seiner Freundschaft zu versichern, ohne zu singen, ohne irgend ein kleines Geheimnis zu verraten usw., und der, der beim vierten Glas mich hitzig fragt, ob ich ihn nicht für einen braven Kerl halte, alle kleinen Scherze krittlich abwägt, kurz der Unglückliche, der beim Wein immer Schläge haben will, und sehr oft auch bekommt, täten beide weiser, wenn sie Wasser tränken. [UD 5]

Es wäre vielleicht gut, wenn Redner sich Einen hohen Absatz am Schuh machen ließen, um im Fall der Not sich auf einmal viel größer zu machen. Diese Figur müßte, zur rechten Zeit gebraucht, von unglaublicher Wirkung sein. [UD 6]

Kirchtürme, umgekehrte Trichter, das Gebet in den Himmel zu leiten. [UD 8]

Wenn man seinen Stammbaum und die hoffnungsvolle Jugend ansah, so mußte man gestehen, daß die Familie ein wahrhaftes perpetuum *nobile* wäre. [UD 12]

Er saß zwischen seinen jungen Hündchen, und nannte sich *Daniel in der Löwengrube*. [UD 16]

Die Gesundheit sieht es lieber, wenn der Körper tanzt, als wenn er schreibt. [UD 19]

Das Gestirn des Unheils war über ihm aufgegangen. [UD 21]

Eine Eselin, die selbst nötig gehabt hätte, erst die Eselsmilch zu trinken. [UD 23]

Neujahrswünsche, für deren Güte der Verkäufer einsteht. Sie können, wenn sie nicht einschlagen, wieder zurückgegeben werden. [UD 26]

Ich habe gehört, er soll zuweilen nüchtern sein. [UD 30]

Er war der wahre Sekundenzeiger des Anstandes, der Vernunft und des guten Geschmacks. [UD 31]

Der gute Ton steht dort um eine Oktave niedriger. [UD 32]

Er hatte eben einige lateinische Wörter apportieren gelernt. [UD 34]

Man sagt: das Adlerauge der Kritik. In vielen Fällen wäre es besser, zu sagen: die Hundsnase der Kritik. [UD 35]

Was die Enthusiasten Beobachtung nennen ist gemeiniglich über die Hälfte Urteil. [UD 41]

Was hilft aller Sonnenaufgang wenn wir nicht aufstehen. [UD 44]

Die Fehler, die die Damen beim Sprechen machen sind oft unwiderstehlich. [UD 45]

Obergeneral Branntwein. [UD 46]

Physiognomische Bemerkungen

Ja ob es nicht erweislich, daß die Schwierigkeit der Physiognomik so groß ist, daß sie nie Menschenliebe befördern kann, weil sie so vielen Unrecht tut, und zwar noch dazu den Unglücklichen Unrecht tut. Weissagt aus was ihr wollt, nur stört mir den menschlichen Frieden nicht auf diese Art, worin Stümper so viel schaden können, und wo es vielleicht unmöglich ist je etwas mehreres zu werden als ein Stümper. Hätten alle Physiognomen Herrn Lavaters Herz, so wäre es freilich unschädlich zu physiognomisieren, allein wenn ich einem gewissen Bekannten meinen Chatoullen-Schlüssel anvertrauen darf, kann ich es deswegen allen? [UD 52]

Man sieht gerne Porträte von Leuten, die man nicht kennt und mit denen man künftig viel umgehen soll, aber bloß um sich wenigstens nach *seinem System* zu beruhigen, man irrt sich, und erweitert sein System. [UD 53]

Physikalische Bemerkungen vermischten Inhalts

Wenn man den vollgestirnten Himmel lange ansieht, ohne die Augenlider auch nur einen Augenblick zu schließen, so sieht man endlich gar keine Sterne mehr. Der Versuch ist schwer, weil es etwas schmerzend ist. Sobald man aber nur ein einziges Mal wieder blinzt und das Auge anfeuchtet, so sind sie alle wieder da. Woher rührt das? Von der Trockenheit der äußern Haut? oder gehen sonst wegen des entstehenden Reizes Veränderungen vor. [UD 56]

Es ist sehr weise, daß die Fische stumm sind; denn da das Wasser den Schall so außerordentlich fortpflanzt, so würden sie ihr eigenes Wort nicht hören. Ich glaube, eines der größten Unglücke, das die Welt befallen könnte, wäre dieses, daß die Luft den Schall ungeschwächt zwanzig Meilen weit fortpflanzte. [UD 61]

ein physikalischer Schwärmer und folglich ein schlechter Physiker. [UD 69]

und einem solchen Mann glaubt man, der nicht einmal die Wörter versteht in denen er spricht. [UD 70]

Wir können uns vor dem Blitz so gut und besser durch einen Ableiter schützen als durch den Paraplüe vorm Regen. [UD 71]

Daß die Würfel 6 Seiten haben lernt man sehr früh, ich habe es eher gewußt, als daß die Welt rund ist. [UD 73]

Spielen ist ein sehr unbestimmtes Wort. Oft wird etwas eine Spielerei durch den schlechten Gebrauch den man von der Sache macht. Es gibt ja Leute, die mit den allerheiligsten Dingen spielen. [UD 76]

Dieses ist nicht so leicht, als die Füße an einem Insekt zu zählen. [UD 78]

Natürlich der plausible Irrtum findet weniger Widerstand in der Welt als die Wahrheit. [UD 79]

*

Aus dem Materialheft I zu den »Briefen aus England« und »Orbis pictus«

Der Mensch der alten Zeit verhält sich zum neuen, wie ein Bratenwender zu einer Repetier-Uhr. [MH I 3]

Der Mann der den Handschuh auszog, als er jemanden den Weg weisen wollte. [MH I 6]

Es ist immer besser einem schlechten Schriftsteller gleich den Gnadenstoß zu geben, als ihn so lebendig von unten herauf zu rezensieren. [MH I 76]

Diese Leute ziehen auch die Worte wie Seiden-Fäden mit dem Daumen und Zeigefinger aus dem Mund. [MH I 95]

Die Barbierer, sind ein merkwürdige[s] Geschlecht, weil sie den Übergang von der Weisen Frau zum Wund-Arzt und Arzt machen. Es sind Fledermäuse, die sich unter die Vögel rechnen. [MH I 96]

Beobachten können wenig[e], lesen alle. [MH I 98]

⟨In jeder Sache nur immer sehen was man schon weiß.⟩ [MH I 105]

Eine Preis-Frage an den Himmel. [MH I 114]

Wohlgeboren und Wohlgestorben. [MH I 115]

Was man Gottes Wort vom Lande nennt. [MH I 118]

Das ist wohl so gut als nach Griechenland zu reisen und das heilige Grab der schönen Künste zu besuchen. [MH I 119]

Durch die Schlüssel-Löcher des Herzens sehen. [MH I 120]

⟨Wir kennen noch zur Zeit die Spitzbuben der Engländer besser als sie unsere Gelehrte⟩ [MH I 128]

Es gibt Zeichen-Meister, die für jedes, Bleistift, Rötel, schwarze und weiße Kreide ein eignes Federmesser in einer eignen Abteilung der Schublade halten. Porträtmal[er] die mit Richtung und Stimmung des Lichts und der Fensterladen vor Sonnen-Untergang nicht fertig werden, die Ärmel ewig einstreichen und den Stuhl rücken, diese zeichnen und malen gewöhnlich am schlechtesten. Die ärmste Unfähigkeit ist immer reich an Neben-Bereitungen, durch alle Verrichtung, und alle Stände, selbst [bis] auf die seichten Schriftsteller die immer in Einleitungen glänzen. [MH I 143]

Er sah so zerknickt aus, wie ein Mädchen in Mannskleider[n]. [MH I 151]

Immer das Genie lobende und vom Genie gescholtene Leute. [MH I 152]

⟨Es ist fast unmöglich die Fackel der Wahrheit durch ein Gedränge zu tragen ohne jemanden den Bart zu sengen.⟩ [MH I 153]

mit einer Wollust die meine sterbliche Hülle mit einer wollüstigen Gänsehaut überzog. [MH I 154]

Weende, Bovenden, Trabanten von Göttingen [MH I 157]

Die Sprache wird zu sehr vernachlässigt. Da der gemeine Mann wenig liest und nicht Gelegenheit [hat] die Wörter ganz kennen zu lernen, so gebraucht er sie meistens falsch. Der vernünftige Mann in allen Ständen gebraucht nur Ausdrücke die er ganz versteht, und eine höhere Wahrheit zuweilen in gemeine Begriffe gehüllt und mit simplen Worten gesagt, ist zwar nicht das Naive selbst aber, es wird sehr dadurch gehoben. [MH I 175]

Aus dem Materialheft II zu »Orbis pictus«

Der Vokalen-Mord muß herein. [MH II 1]

Es gibt Leute die Tcha sagen anstatt Ja. [MH II 3]

Mancher wäre gewiß kein mittelmäßiger Kopf geblieben, wenn er nicht ein außerordentlicher hätte werden wollen [MH II 11]

Da nun, wo Gott für sei, der Fall geschehen ist (immer Rücksicht auf die ähnlichen Irrtümer der Vornehmeren in den Begriffen.) [MH II 22]

Shakespear und Fielding fingen an, der eine Schauspiele der andere Romane zu schreiben zu einer Zeit ihres Lebens, wo unsere jetzigen Dichter, aus Verdruß über den schlechten Fortgang ermüden und aufhören. Der Deutsche ist gewiß alles zu tun fähig.

Frühzeitigkeit in Werken der Beobachtung ist nicht sein Fehler die großen Städte bei uns etwa Berlin ausgenommen, sind nicht die Asyle der Philosophen. Die gelehrten Zeitungen, die mit den politischen zugleich ausgegeben und gelesen werden, so daß jetzt selbst Leute, die nichts von Gelehrsamkeit wissen wenigstens über einen so genannten gebürsteten Autor zu lachen gelernt haben, haben unserem Teil des Jahrhunderts besonders gestimmt (besser). Schreiben ist der Maßstab von Verdienst und Würdigkeit geworden, keine Wunder, daß alles schreibt. Ich widersetze mich nicht, ich bemerke es nur. Dieses sind Experimente der Nation die Jahrtausende leben kann und Jahrhunderte auf Versuche verwenden. Es wird alles gut werden.

[MH II 25]

Man halte keine Bemerkung für zu fein für ein Schauspiel oder für zu tief. Was der Kenner in der Natur zu finden im Stand ist, entdeckt er auch hier wieder. Vielleicht wäre es nicht gut einen gar zu subtilen Satz zum Hauptgegenstand des Stücks zu machen, allein den Haupt-Satz zu stützen ist alles Wahre gut, ist es sehr tief so dient es dem Stück noch zur Stütze, und wenn ich so reden darf zu einem Notpfennig, wenn die witzigen Einfälle und die Situationen längst nicht mehr haften wollen. Die so genannten coquetten Mädchen werden oft die treusten und besten Eheweiber, und [die] bescheidenen Mädchen nur allzu oft grade das Gegenteil. [MH II 36]

Er ritte daher wie die galoppierende Schwindsucht [MH II 43]

Wie fein selbst Knaben beobachten, davon weiß ich sehr viele Beispiele; auf der Schule, wo ich war hatte ich einige junge Freunde, die einen gewissen Anstand mit den Worten *mäßig sein* bezeichneten, für den ich jetzt noch kein Wort zu finden weiß. Wir bezeichneten damit ein[en] gewissen Grad affektierter Liederlichkeit und einen dragonermäßigen Ritter-Anstand. Sporn klirrt, der Stiefel poltert die eine Locke hängt auf die Schulter, der enge aber lange Ärmel. Diese Knaben hätten dieses gewiß nicht geschrieben, sondern lieber Festtags-Prose. [MH II 49]

Wir müssen heiraten. Chapeau [MH II 54]

Der Herr heißt *meiner.* [MH II 56]

*

Aus »Noctes« (1795–1798)

Moloch Brantwein.

Aus nichts fast läßt sich der Charackter (Gesinnungen) eines Menschen leichter erkennen, als aus einem Schertz den er übel nimmt.

Editorische Notiz

Diese Auswahl folgt der Ausgabe:

Georg Christoph Lichtenberg: Schriften und Briefe. Herausgegeben von Wolfgang Promies.

Erster Band: Sudelbücher. München 1968.

Zweiter Band: Sudelbücher II, Materialhefte, Tagebücher. München 1971.

Das Redaktionsprinzip des Herausgebers Wolfgang Promies bestand darin, »die Flüchtigkeit und Spontaneität der Bemerkungen in den Sudelbüchern so weit wie möglich zu erhalten, weshalb darauf verzichtet wurde, in die Interpunktion einzugreifen, während die Texte unter Wahrung des Lautstandes und Beachtung sprachlicher Eigentümlichkeiten der heutigen Orthographie vorsichtig angepasst wurden«.

Eckige Klammern markieren vom Herausgeber vorgenommene Ergänzungen.

Spitze Klammern bezeichnen von Lichtenberg gestrichene Sätze oder Wörter.

Kursiv gesetzt sind Passagen, die Lichtenberg in lateinischer Schreibschrift von den anderen Notaten abgesetzt hat.

Die Texte wurden entsprechend den Corrigenda im ›Kommentar zu Band I und II‹ (München 1992) korrigiert.

Die Aphorismen aus »Noctes« sind folgender Ausgabe entnommen:

Georg Christoph Lichtenberg: Noctes. Ein Notizbuch. Faksimile. Hrsg. mit einem Nachwort u. Erläuterungen v. Ulrich Joost. Göttingen 1992.

Daten zu Leben und Werk

1742
1. Juli: Georg Christoph Lichtenberg wird in Ober-Ramstadt als siebzehntes Kind des Pfarrers Johann Conrad Lichtenberg und seiner Frau Henriette Katharina, geb. Eckhardt, geboren.

1745
Umzug nach Darmstadt, wo der Vater Stadtprediger wird.

1751
Tod des Vaters.

1752
Lichtenberg besucht das Darmstädter Pädagogium.

1763
Umzug nach Göttingen, wo sich Lichtenberg als Mathematik- und Physikstudent einschreibt.

1763–1767
Studium der Mathematik, Physik, Baukunst, Ästhetik, englischer Sprache und Literatur, Staatengeschichte, Diplomatik und Philosophie in Göttingen.

1764
Tod der Mutter. Beginn der *Sudelbuch*-Aufzeichnungen.

1766
Beginn der astronomischen Arbeit am Göttinger Observatorium (bis 1772).

1767

Lichtenberg arbeitet als »Hofmeister« junger Engländer, am 17. August wird er in Gießen zum »2. Professor in der Mathematik« und »öffentlichen Lehrer der Englischen Sprache« ernannt, tritt die Stelle aber nicht an.
Er beginnt das *Sudelbuch [B]* (bis 1771), anonym erscheint *Das Hausbuch*.

1770

Erste Englandreise (März–Juni), im April Begegnung mit König Georg III. in Richmond. Am 26. Juni wird Lichtenberg auf Anweisung des Königs zum Professor ernannt. Er kündigt Vorlesungen zu mathematischen und astronomischen Problemen an.

1772–1773

Zahlreiche Reisen (u.a. Gotha, Hannover, Osnabrück, Hamburg, Helgoland). Lichtenberg bestimmt im Auftrag des Königs die geographische Position Hannovers, Osnabrücks und Stades.

1774–1775

Aufnahme als außerordentliches Mitglied in die Mathematische Klasse der Königlichen Sozietät der Wissenschaften zu Göttingen (April 1774). Zweite Englandreise (August 1774–Dezember 1775). 20. Januar 1775: Ernennung zum Ordentlichen Professor an der Göttinger Universität.

1777

Lichtenberg entdeckt beim Abschleifen der Harzplatten seines Elektrophors zufällig die nach ihm benannten, auf Gleitentladung beruhenden Figuren. Er gibt den *Göttinger Taschen Calender* für 1778 (und im folgenden Jahr den für 1779) heraus. Im Herbst tritt die 12-jährige Maria Dorothea Stechardt in seine Dienste – sie zieht 1780 zu ihm und ist vermutlich seine erste Geliebte.

1778
Beginn der berühmten Vorlesungen über »Experimentalphysik«.

1779
Ehrenpromotion zum Magister, Ernennung zum ordentlichen Mitglied der Sozietät der Wissenschaften.

1780
Bau des ersten Blitzableiters in Göttingen. Das *Göttingische Magazin der Wissenschaften und Litteratur* beginnt zu erscheinen.

1782
Ernennung zum Mitglied der Hallischen Naturforschenden Gesellschaft. Im Juli/August Erkrankung und Tod von Maria Dorothea Stechardt.

1783
Eintritt Margarete Elisabeth Kellners in den Dienst Lichtenbergs, mit ihr unterhält er ein geheim gehaltenes Liebesverhältnis. 28. September: Besuch Goethes bei Lichtenberg.

1784
Vermutlich Beginn des *Sudelbuchs H* (Handschrift verschollen). 16. September: Geburt des Sohnes Karl Gottlieb, den Margarete Kellner bei Verschweigen des Vaters im nahen Hessen ins Geburtsregister eintragen lässt und der nur zwei Monate lebt (15. November).

1786
4. Dezember: Geburt des Sohnes Georg Christoph, der im Kirchenregister unter dem Namen Eckhardt geführt wird und den Lichtenberg später adoptiert.

1787
20. August: Geburt des Sohnes Christian Friedrich, ebenfalls als Eckhardt mystifiziert; er stirbt 1789.

1788
15. September: Ernennung zum Hofrat.

1889
24. Juni: Geburt der Tochter Christine Luise Friederike, im Kirchenbuch als Eckhardt mystifiziert und später adoptiert; sie stirbt 1802.
Schwere Erkrankung Lichtenbergs aufgrund der von seinem Buckel verursachten Lungenunterfunktion (Asthmaanfälle). 5. Oktober: Heirat mit Margarete Kellner.

1790
Wiederaufnahme der Vorlesungen.

1791
Lichtenberg lehnt die Übernahme einer vakanten Stelle in der Honorenfakultät aus gesundheitlichen Gründen ab. 22. Oktober: Geburt des Sohnes Wilhelm Christian Thomas.

1793
Sudelbuch J (Januar–März). 1 März: Geburt der Tochter Margarete Elisabeth Wilhelmine. 11. April: Ernennung zum Mitglied der Royal Society in London. *Sudelbuch K* (April–ca. September 1796, Handschrift größtenteils verschollen). Höhepunkt der Korrespondenz mit Goethe (1792–1796).

1794
24. März: Mitglied der Physikalischen Gesellschaft in Jena. Beginn der *Ausführlichen Erklärung der Hogarthischen Kupferstiche*.

1795
Lichtenberg lehnt einen Ruf an die Universität Leiden ab. Er wird in die Akademie der Wissenschaften in Petersburg aufgenommen. 13. Juni: Geburt der Tochter Auguste Friederike Henriette. 24. August: Ernennung zum Mitglied der Mathematisch-Physikalischen Gesellschaft in Erfurt.

1796
Beginn des *Sudelbuchs L* (bis Februar 1799).

1797
24. Juli: Geburt des Sohnes Friedrich Heinrich.

1799
24. Februar: Lichtenberg stirbt in Göttingen, er wird am 28. Februar auf dem St.-Bartholomäus-Friedhof begraben.

Aus Kindlers Literatur Lexikon: Georg Christoph Lichtenberg, ›Bemerkungen vermischten Inhalts‹

Die 1765 bis 1799 entstandenen Aphorismen erschienen erstmals, allerdings unvollständig, unter dem Titel *Bemerkungen vermischten Inhalts* in den *Vermischten Schriften* (1800–1806). Bis kurz vor seinem Tod führte Lichtenberg seine »Sudel-«, »Schmier-« oder »Gedankenbücher«, wie er sie selbst bezeichnete, deren Eigenart er mit den Worten umriss: »Vermischte Einfälle, verdaute und unverdaute, Begebenheiten, die mich besonders angehen, auch hier und da Exzerpte und Bemerkungen, die an einem andern Ort genauer eingetragen oder sonst von mir genutzt sind.« Es sind weniger seine zu Lebzeiten publizierten satirischen Texte als vielmehr seine erst postum veröffentlichten Sudelbücher, die Lichtenberg in den Augen der Nachwelt zu einem der größten deutschen Aphoristiker machten.

Aphorismen als pointierte Formulierung eines Gedankens oder einer Lebensweisheit finden sich bereits in der Antike, bei Hippokrates und Marc Aurel, später bei Erasmus von Rotterdam und bei Francis Bacon. In der Neuzeit sind es vor allem französische Philosophen und Literaten wie Montaigne, La Rochefoucauld oder Vauvenargues, die diesen Stil pflegen, dabei aber im Grunde nur ein Thema haben: den Menschen in seinem Verhältnis zu den anderen, zur Gesellschaft. Selbst wo der Mensch mit sich allein ist, bleibt er, insbesondere bei den französischen Moralisten, gleichsam ein nur zufällig isoliertes Gesellschaftswesen, dessen ›Psychologie‹ kaum je von der Seele im Umgang mit sich selbst handelt. Von hier aus wird die eigentliche Tiefe und Weite der Gedanken Lichtenbergs sichtbar. Man hat darauf hingewiesen, dass die Wurzel seiner zwanghaften Neigung zur Selbstbeobachtung und -prüfung mehr in der christlich-pietistischen Lebenshaltung, in der er aufwuchs und die seine Jugend beherrschte, zu suchen sei als in einem rationalistisch-aufklärerischen Willen zu intellektueller Analyse; seine geistige Gestalt sprenge den üblichen Begriff von ›Aufklärung‹. Diese Auffassung sollte aber nicht dazu führen, die leidenschaftliche, nie abgeschwächte oder gar zurückgenommene Bejahung der Vernunft zu verschleiern, die für alle Zeiten hinreichend klar aus einigen seiner berühmten Sätze spricht: »Gott schuf den Menschen nach seinem Bilde, das heißt vermutlich, der Mensch schuf Gott nach dem seinigen.« – »Der oft unüberlegten Hochachtung gegen alte Gesetze, alte Gebräuche und alte Religionen hat man alles Übel in der Welt zu danken.« – »Unsere Welt wird noch so fein werden, daß es so lächerlich sein wird, einen Gott zu glauben, als heutzutage Gespenster.«

Die im engeren Sinn philosophischen Aphorismen sind voll erstaunlicher Vorwegnahmen von Haltungen und Einsichten, die teilweise erst heute eine Rolle in der Philosophie spielen. »Philosophie ist immer Scheidekunst, man mag die Sache wenden, wie man will. Der Bauer gebraucht alle Sätze der abstrakten Philosophie, nur eingewickelt versteckt, gebunden, wie der Physiker und Chemiker sagt; der Philosoph gibt uns die reinen Sätze.« Und auf das Interesse für die Sprachabhängigkeit alles Philosophierens weist die folgende Stelle hin: »Ich und mich. Ich fühle mich – sind zwei Gegenstände. Unsere falsche Philosophie ist der ganzen Sprache einverleibt; wir können sozusagen nicht räsonieren, ohne falsch zu räsonieren. Man bedenkt nicht, daß Sprechen, ohne Rücksicht von was, eine Philosophie ist.«

Mit modern anmutender Hartnäckigkeit formuliert Lichtenberg seine Skepsis gegenüber dem tradierten Wissen (»Dinge zu bezweifeln, die ganz ohne weitere Untersuchung jetzt geglaubt werden, das ist die Hauptsache überall.«), richtet er seine fragende Aufmerksamkeit auf Verfahrensweisen des menschlichen Geistes, nicht ohne andererseits fast ironisierend seinen eigenen Irrationalismus zu vermerken. Zeugnisse einer intensiven Lichtenberg-Rezeption finden sich bei Schopenhauer, Nietzsche, Grillparzer, S. Freud, K. Kraus und R. Musil.

So interessant und wichtig diese unmittelbar philosophischen Einsichten sind – sie stellen nur einen vergleichsweise winzigen Aspekt des Ganzen dar. Es gibt kaum irgendein Thema oder Problem des in der Welt seinen Weg suchenden Menschen, das nicht in Lichtenbergs Gesichtskreis getreten wäre. Es ist daher sinnlos, ›Gebiete‹ wie Psychologie, Literatur, Pädagogik oder Moral auszusondern. Lichtenberg selbst hat seine Sudelbücher auch nie so eingeteilt; erst seine Söhne, die 1844 die zweite Ausgabe redigierten, begannen damit.

Harald Landry